光文社文庫

嫌《イヤ》な女

桂　望実

光　文　社

目次

第一章

傷ついてるから。

男だって、傷つくからね。

慰謝料を請求させてもらうよ。親父は未練がましいのは止《よ》せって言ってるけどね、俺は、とことん戦おうって思ってる。訳がわからないのは嫌でしょ。ここの辺りがもやもやしたままっていうのはさ。

そうだよ。理由がわからないんだよ。あんた、弁護士なのに、夏《な》っちゃんからなにも聞いてないの？

あんた、本当に夏っちゃんの親戚？　顔、似てないよな。

六親等？　よくわかんないけど。

いや、いいよ。そんなの、説明してくれなくても。

しっかし、まさか、本物の弁護士を送り込んでくるとはね。俺はさ、話し合いたかったんだよ。電話しても出ないしさ、今、どこにいるの？

あるところってどこよ？

あーそー。俺には教えないわけね。でもさ、こうなったからには、俺に会わないわけにはいかないんだろ？　なんで、首捻《ひね》っちゃうんだよ。あんた、本当に弁護士？

あー。なったばっかり。そんな感じだな。

なに？　額？　額って……慰謝料の額？　それは——百だ。百万。突然、婚約解消されて傷ついた、俺の心に百万払ってもらう。

もしかして、高いのか？

おっと。あんたの話を真《ま》に受けちゃいけないな。あんたは夏っちゃんの味方だもんな。俺の弁護士？　そんなもん雇わないよ。

俺の勝負だ。俺と夏っちゃんのな。

本気だ。

真剣に付き合ってたんだ。結婚するために、色々準備だってやってたんだ。夏っちゃんだって、浮き浮きした様子で、結婚したらあれしよう、これしようって言ってたんだから。喧嘩の一つもしたことないよ。

そうだよ。障害なんてなかったよ。ま、あれはあったけど。

いや、たいしたことじゃない。本当だって。親父とお袋は、夏っちゃんは農家の嫁にはむいてないって思ってたって、それだけだ。全然、問題じゃないよ。俺は、夏っちゃんに野良仕事をさせるつもりはなかったから。夏っちゃんにも、それはちゃんと言ってあったしさ。

このマンションだって、夏っちゃんとの生活のために買ったんだ。同居は嫌だって言うから。

こんな風に飾ったの、全部、夏っちゃんだ。

謎だよ。本当にね。

どうしてこんなことになったんだか。

あんた、夏っちゃんに聞いてみてくれよ。

1

マンションを辞した私は、階段を下りた。

建物から一歩外に出た途端、強い日差しが眩《まぶ》しくて、目の上に手をかざした。

そのまま上半身を後ろに捻り、西岡章男《にしおかあきお》が小谷夏子《こたになつこ》と結婚するつもりで買ったという部屋を見上げた。

新築のマンションは四階建てで、多くのベランダで洗濯物がはためいている。

黒のジャケットを脱いで手に抱え、夏子に教わったバス停を目指す。

すっかり花を落とした桜並木を進んだ。昨夜の雨のせいなのか、無数のピンクの花びらが道に貼り付いている。

二、三分も歩いた頃、バス停を発見した。
時刻表を見ると、次のバスが来るのは、二十分後の午後三時二十分だった。

首を左右に振ってタクシーを探すが、片側一車線の路面に車の姿はない。

吐息をついて、夏子から預かったメモを広げる。

『タクシーは滅多に通らないので、我慢してバスで行くこと』

実に汚い字だった。

ちらっとベンチを見下ろす。

屋根もないバス停の木製ベンチは、雨水を吸って真っ黒だった。その上にいくつもの桜の花びらが散っていて、とても座れない。

立ったままショルダーバッグからモレスキンの手帳を取り出し、夏子のメモを挟んだ。

ふと、今日のページを開く。

昭和五十三年四月十七日の欄には、西岡章男と関係者たちから話を聞くと書いてあるだけだった。

司法研修所での二年間の研修が終わり、今月からイソ弁になったばかりの私の手帳は、ほとんど真っ白だ。

大学四年の時に、司法試験に一発合格した私は、同期の司法修習生の中で最年少だった。

そして、研修の最終試験では一番の成績を取った。

だが、私は女だった。

研修の早い段階で、すでに働き先を決めている同期が多い中で、女の私を受け入れてくれる弁護士事務所はなかなか見つからなかった。法の下での平等をスローガンに掲げているはずの弁護士に、性差別意識があった。

大学時代のゼミの担当教授の口利きによって、ようやく会ってくれるという弁護士を見つけた。渋谷駅の南口から五分ほどの事務所に行くと、荻原道哉《おぎわらみちや》は開口一番、「指導なんてできないよ」と言った。弁護士事務所を開いてから五年間、ずっと一人でやってきた荻原は、後輩を指導する力も、経験もないという。望むところだったので、私はそれでいいと頷《うなず》いた。

民事専門の荻原の下でイソ弁として働き始めて二週間。

宣言した通り、荻原は一切指導しない。

相談者が事務所に来た際、荻原が「聞く?」と尋ねてくることがあり、このような時、私は同席する。また、「来る?」と聞かれれば、外出する荻原に同行した。

それだけだった。

どんな案件なのか、どこへ行くのか、荻原はまったく説明しない。私は推理して、内容を理解するよう努め、わからない点は尋ねた。こちらから尋ねれば、荻原は答えてはくれる。

移動の車中で、いい弁護士になるのに、一番必要なことはなにかと尋ねた時には、「すべての関係者から話を聞くこと」だと即答した。

その言葉通り、荻原は多くの時間を、誰かの話を聞くことにあてた。原告、被告、関係者。本当だろうか。

弁護士がただ聞いているだけでは、原告と被告との争いは平行線のままだと思うのだが。

大きな走行音がして、顔を上げた。

バスがゆっくり向かってくる。

手帳をバッグに仕舞い、小銭を用意する。

乗り込み、中央付近の一人がけの席についた。

窓枠の上部にある路線図で、降りるバス停を確認すると、十二個先にその名があった。

先週、突然、夏子から電話が入った。

祖母の妹の孫にあたる夏子は親戚といっても、ほとんど接点もなく、名前を聞いても、すぐにはわからなかった。

相談したいことがあると言われ、出向いた喫茶店に足を踏み入れた途端、夏の日の記憶が蘇《よみがえ》った。

小学生になって初めての夏休みに、母に連れられ、福島の祖母の家に遊びに行った。今から十七年ほど前のことになる。そこには、やはり遊びに来ていた親戚の子どもたちがたくさんいた。同い年の夏子は、私たちより三日前に祖母の家に来ていて、すでに中心人物だった。

夏子が好きなメニューが食卓に並べられ、夏子が置きたい場所に物が置かれ、夏子がいたい場所に、夏子のための場所が空けられていた。皆が、夏子が喜ぶために動いていた。子どもなりの敏感さで、その空気を感じ取った私は、夏子を避けた。ある日、裁縫が好きな祖母が、夏子と私を呼んだ。祖母はいい布が手に入ったから作ったと言って、畳にワンピースを広げた。向日葵《ひまわり》の大輪が重なる大胆な柄だった。私たちはその場で着せられ、可愛いだの、ぴったりだのといった言葉を浴びせられた。その日は、そのワンピースで過ごした。翌日のことだった。母が洗濯機の中に、ビリビリに裂かれた私のワンピースを発見した。犯人は夏子だった。私に謝るようにと大人たちから言われた夏子は、「だって、私の方が似合うもの」と泣き叫んだ。やがて、ワンピースを裂かれた私より、泣く夏子に同情が集まっていくのを、全身で感じた。

あのワンピースを、夏子は覚えているだろうか。

先週、十七年ぶりで会った時、尋ねてみればよかった。

バスを降り、ぐるりと辺りを見回した。

どこまでも畑が広がっている。三十メートルほど先で、麦藁帽子をかぶった人が、しゃがみこんでいる。自分の足元近くの作物に目を移してみたが、なんの植物なのかはわからなかった。江戸川区内に、こんなに広い畑があるとは知らなかった。同じ都内でも、自分が住んでいる街とまったく違う風景だった。

夏子のメモを見ながら、西岡の実家を目指す。

歩道を五分ほど歩くと、立派な門構えの家が現れた。

ジャケットを羽織り、ブラウスの襟を直して、呼び鈴を押す。

しばらく待っても返答がないので、戸を横に引いてみた。鍵はかかっておらず、スムーズに開いた。

大きな声で呼んでみる。

途端に虚《むな》しくなった。

私は時折、虚しさに襲われる。

目を瞑《つむ》り、心の空白が消えてくれるのを待った。

中学一年の時に読んだ本が、私を時々こうやって困らせる正体が虚しさだと教えてくれた。

それは、高校、大学とずっと私に付きまとってきた。社会に出たらなくなるのではないかと淡い期待を抱いていたが、どうやら、無理だったようだ。

ゆっくり目を開けた。

その時、女の声がした。

耳を澄ますと、左に回れと言っている。

戸を閉めて、家屋を左に回りこんだ。

開いたガラス扉の先に土間があり、野良着姿の女がこちらを窺《うかが》っている。章男の母親の克枝だろうか。

　私は一つ頭を下げた。「お忙しいところ、申し訳ありません。私、石田徹子《いしだてつこ》と申します。小谷夏子さんの弁護士をしております」

　女は即座に眦《まなじり》を上げて、敵意を表してきた。

　激しい言葉を浴びせかけられるのではと身構えたが、女はなにも言葉を発しなかった。

　女は小さな椅子に腰掛け、籠から葉物をひと掴《つか》みし、秤《はかり》にのせる。秤の皿に少し足した後、葉物を膝にのせ、紙でくるりと束ねた。手馴れたその様子はリズミカルだった。

「章男が言ってたよ。今日、あの女の弁護士が来るって。本当に弁護士を雇うとはね」女は突然話し始める。「初めてここに連れて来た時から、あたしにはわかってたよ、どういう類《たぐい》の女かってことはね。言いたいことはぺらぺら喋るくせに、言いたくないことは、全部章男に喋らすんだ。じっとりと章男を見てさ、ほら、あんた言ってよって顔をしてくさって。章男は惚れてるからね。夏子の言いなりだったよ。男を手玉に取るのは、ああいう女にとっちゃ、簡単なことだ。最初は反対してたうちの人でさえ、最後には、時代が違うんだからしょうがないなんて言い出す始末だ。夏子がほんのちょっと顔を歪めれば、男たちは慌てるんだ。あれこれ言って、機嫌を取ろうとする。そうやってなんでも自分の思い通りにしていく女だよ、あれは」

「章男さんのお母様の、克枝《かつえ》さんでいらっしゃいますか？　そうですか。今のお話ですと、お母様は章男さんと夏子さんの結婚には、最初から反対だったということでしょうか？」

「当たり前だよ。うちは農家だからね。きつい仕事を黙々とやる嫁が必要なんだ。素直な嫁がね。あんな、文句ばっかり垂れそうな嫁はいらないよ」

「婚約解消をしたと聞いた時、お母様はどう思われましたか？」バッグから手帳を取り出しながら尋ねた。

「ほっとしたよ。したっていいだろ？」憎々しげに口元を歪める。「やっと章男が悪い夢から覚めたんだ。親としちゃ、赤飯を炊こうかと思ったぐらいだよ」

「それでは、章男さんが、夏子さんに対して、慰謝料の支払いを要求されていることについては、どう思われますか？」

初めて手を止めて、私を真っ直ぐ見つめてきた。「男のくせに女々《めめ》しいって、そう言わせたいのかい？　言わないよ、あたしは。章男だって随分貢《みつ》いだんだからね、あの女に。服とか、指輪とか、ほかにも色々さ。結構な額だよ。それを返してもらったって、罰は当たらないだろ？　一度痛い目に遭えばいいんだ。懲《こ》りるだろうよ」

夏子に与えたとする物と額について具体的に挙げるよう私は言ったが、克枝は首を左右に振った。詳しいことは章男に尋ねてくれという。

私は話を聞かせてもらった礼を言ってから、章男の父親、章光《あきみつ》の居場所を尋ねた。

克枝は、私の頭の先にあてた視線を、つま先までゆっくり下ろしてから、いるであろう畑の場所を教えてくれた。

夏子は克枝には毛嫌いされていたようだ。二人の間は、上手《うま》くいってはいなかったようだが、嫁と姑が良好な関係を結ぶのは難しいと耳にするので、よくある話なのかもしれない。

西岡家を出て家屋を回りこみ、坂を少し下って、畑の前に立った。

一面に畑が広がっている。

人の姿はない。

西岡家に戻って、章光の居場所を再確認しようと、身体を横に捻った。歩き出しながら、なおも畑へ視線を向けていると、小さな黒い点に気が付いた。

足を止め、顔を前に突き出すようにして、黒点にピントを合わせる。

ほんの少し、黒点は動いていた。

辺りを窺い、道を探す。右方向に一本の細い道があった。その線は、広大な畑の中央を貫いている。

道に一歩足を出した瞬間、その足を宙で止めた。

柔らかそうな土の上に、ここを歩いた人が残したと思われる大きな靴跡があった。

私は足をそっと硬い砂利道に戻した。

柔らかそうなこの道を歩いたら、パンプスはダメになる。

私はもう一度、黒点が人であるかを確認するため、畑の向こうに目を凝らした。

やはり、人間に見える。

身体を後ろに捻って、西岡家に戻ろうかと考えてみる。

だが、私の身体を嘗《な》め回していた克枝の視線が蘇ってしまう。

私は覚悟を決めて、小さな黒い点に向かって歩き出した。

ぐにゃっと靴が土にめり込む感覚を無視し、ひたすら前に進むことに集中する。

五十メートルも歩いた頃、黒点が人だと確信できた。

何度目かにかけた声に、人が振り返ったが、こちらに近づいてくる気はないようだった。

一メートルまで近づいたところで、私は名乗りを上げる。

ゆっくり立ち上がった男に、章男の父親の章光かと尋ねると、なにも言わずに、麦藁帽子を少しだけ持ち上げた。

私は訪問の理由を述べ、章男と夏子の交際について、どう思っていたかと尋ねた。

しかし、男はなにも言わない。

しばらく待ったが、口を開く気配はなかった。

痺《しび》れを切らして、私は口を開いた。「お父様も、章男さんと夏子さんの結婚には反対だったんでしょうか?」

章光は両手で腿《もも》を叩くようにしてから、二、三歩こちらに近づき、足元に置いてあった籠に手を伸ばした。中から水筒を持ち上げると、蓋に液体を注《つ》ぐ。

一気に飲み干すと、蓋を上下に大きく動かし、水滴を飛ばすようにして「あんたも飲むか?」と言った。

「いえ、結構です」と、私は即答した。

章光は太い指でくるくると水筒の蓋を閉める。「夏っちゃんにだって、言い分はたくさんあるだろう。どっちがどっちより悪いと、決められるもんじゃないだろうしな、男と女の場合は。章男は金だのなんだのとぐずぐず言って。困ったもんだ」

「そうしますと、お父様は章男さんが夏子さんに慰謝料を請求することに、反対だったんですか?」

「勝手にそんなこと、しておった。明日、弁護士が来ると章男から聞いて、初めて知ったんだ」

「そうでしたか」手帳を出した。「章男さんと夏子さんの仲はどうでしたか? お父様から見て」

小さく肩を竦《すく》める。「章男が熱を上げてるように見えたな。付き合いが長くなるうちに、章男じゃ、旦那にするには頼りないと気付いたんじゃないか? 夏っちゃんは優しい子だから、そうは言ってやれんのだろう」

私は手帳に『優しい』と書き、『?』を付け加える。

顔を上げると、章光が腰に両手を当てていた。

拳で自分の腰を叩くようにしながら章光が続ける。「夏っちゃんはしっかりもんだ。自分ってもんを曲げないところがあるだろ。そういうところが、女房は気に入らなかったようだ。あんた、親戚だっていうんだから、知ってるよな。あの子の生い立ちを。いつだったか、突然、一人で俺を訪ねてきてくれてな。自分で漬けたっていう沢庵《たくあん》を持ってきてくれてさ。それを摘みながら、色々話してったよ。随分苦労したようじゃないか。苦労すれば、どうしたって、心に芯ができちゃうもんだろ。そうじゃなきゃ、生きてこられなかったんだろうから」

私は手帳に、『章光は夏子に同情的』と記す。

「故郷じゃ、さぞかし暮らしにくかったろう」章光は首から提げている手ぬぐいで顔を拭く。

「今の話じゃないんだ。二十年以上前に、混血っていうのはさ」

「はい？」

私以上にびっくりした顔を見せた。「親戚なんだろ？」

「親戚とは言っても、私の祖母の妹の孫が夏子さんで、子どもの頃に数回顔を合わせた程度なんです。今回の件で十七年ぶりに会いました。あの、今、混血って仰《おつしや》いましたか？」

「ああ。アメリカの兵隊と、日本人のお袋さんの間にできた混血なんだろ？」

私がなにも言わないでいると、章光が「親戚の間でも、秘密はあるからな」と呟《つぶや》いた。

章光が先ほど作業していた場所に戻った。

屈《かが》んだ背中に向かって私は言った。「章男さんが、夏子さんの前に交際されていた方を、ご存知でしょうか？」

「付き合ってたかどうかはわからんが、幼馴染《おさななじ》みの礼子《れいこ》ちゃんと、結婚するもんだと思ってたよ。前はちょくちょく顔を出してたが、最近は見せなくなったから、どうしているか」

章光に礼を言って、手帳をバッグに仕舞った。

足を持ち上げようとしたら、つんのめりそうになった。

足元を見下ろすと、靴が土にめり込んでいる。

さっきより力を入れて足を上げようとしてみるが、びくともしない。

バッグのショルダーを斜めに掛け直してから屈み、靴に手をかけた。

「持ち上げるんじゃなく、後ろに引くようにしてみろ」

章光の声がしたので、その言葉通りに、後ろに引いてみた。

と、簡単に靴が抜けた。

教えてくれた礼を言おうと口を開いた時、章光が言った。

「夏っちゃんは、長靴を用意して来たよ」

私は嫌味を聞かなかったことにして、畑から抜け出した。

来た時とは違う系統のバスに乗り、駅に向かった。

終点の駅前でバスを降りた時、午後五時になっていた。

夏子の友人との約束時間まで三十分あったので、ファストフード店に入る。パンプスの状態をチェックしたら、泥が染み込んでしまったようで、変な模様ができていた。

がっかりした私は、ため息をつき、オレンジジュースを啜《すす》る。

隣席の女が「それ、絶対だって」と大きな声で言うのが耳に入ってきた。

ちらっと視線をくれると、私と同年代に見える女二人が、顔を寄せ合って喋っていた。

ふと、店内を見回す。

私以外、一人客はいなかった。

皆、友人や家族、あるいは恋人と一緒に同じテーブルについていて、なにやら楽しげに話している。

苦笑いが浮かぶ。

私はいつも、こんな感じだった。

独りぼっちだった。

さきほどの女が、「きっと忙しいんだよ」と言い出して、私は再び隣席に注意を向けた。

どうも、片方が、男から連絡がないとしょげていて、もう片方が心配することはないと、励ましているようだった。

あなたに興味がなくなったんでしょうと、言ってあげればいいのに。真の友情とは、真実を教えてあげられる関係のことだと思うのだが。世間で友情と呼ばれているものは、その場限りの優しさを見せ合う関係をさす。

延々と繰り返される隣の恋愛話を聞きながら、オレンジジュースを飲み終えた。

私が飲み終えてもなお、隣席の片方の心配は軽減されず、もう片方の励ましは続いていた。

学生の頃、私もこんな風に不毛な会話をさせられたことがあった。私も真実を伝えなかったのだ。そうすれば、煙たがられて、孤立してしまうと思ったからだった。孤立が恐ろしかったのではなく、そうなったらなったで、面倒そうだと考えたのだ。

約束の時間が近づき、汚れた靴を引きずって改札に向かう。

改札の前で待っていると、五分遅れで、それらしき女が私に声をかけてきた。

サーファーカットの髪に、レインボーカラーのゴムゾーリをはいた女は、そばかすだらけの顔で微笑《ほほえ》んだ。

先週、夏子と会った時、章男との共通の知人を紹介してくれと言ったところ、名前が挙がったのが、この中川栄子《なかがわえいこ》だった。

栄子に案内されるまま、喫茶店に入る。

店の右側から、電子音らしきピコピコという音が聞こえてきた。

右端の三台は、インベーダーゲームができるテーブルのようだ。

カウンターの中にいる男に片手を上げた栄子は、隅の席につくと、向かいの席を私に勧めた。栄子は午後六時から、ここでバイトをしているのだと話し出した。昼間は錦糸町《きんしちょう》で事務員として勤め、週に三日は夜、この喫茶店で働いているという。お金を貯めたいのだと言って、肩を竦《すく》めた。

頼んでいないのに、栄子の前にはフレンチトーストとアイスコーヒーが置かれ、私にもアイスコーヒーが出された。

運んできた男に「どうもー」と軽く頭を下げた栄子は、勝手に喋りだした。「聞いてる。親戚なんだってね。弁護士が親戚にいると便利だよねー。章男さんとのこと、聞きたいんでしょ。元々はね、夏っちゃんの前の彼が、私の彼と友達で、知り合ったの。四人で、何度か一緒に出かけたりしてさ。そういえば、四人で食事してて、突然、飽きたっていって、帰っちゃったりしたこと、あったな、夏っちゃん。気ままっていうか、我儘《わがまま》でしょ。だから、それほど、仲良しってわけじゃないんだけどね。夏っちゃんが彼と別れちゃって、私の方もダメになっちゃったんだけど、たまーに連絡取り合ったりして、夏っちゃんと私は続いてたんだ。で、ここに遊びに来たことがあったの。その時、うちの馴染み客だった章男さんを紹介したのよ。章男さんって、マスターの中学校の同級生なんだって」人差し指で自分の背後を指した。

指の先には、カウンターの中で忙しそうに働く男がいた。さっきフレンチトーストとアイスコーヒーを運んできた人だった。

栄子は三角にカットされたトーストの一片を食べ終え、人差し指と親指をぺろっと舐《な》める。

そして、その舐めた指でストローを摘んだ。

涼しい顔でアイスコーヒーを啜り、話を再開する。「初対面なのに、すっごく楽しそうに話してたから、付き合うようになるだろうなってピンときたわね。まさか婚約するとまでは思ってなかったけど」

「それは、どうしてですか？」

「え？　婚約するとは思ってなかった理由？　んー。夏っちゃんて、モテるのね。ほら、華やかな感じでしょ。それでいて、気さくだから、自分からどんどん話しかけるし。そういうの、男は好きだから。夏っちゃんも、男好きだしね。たーくさん、ボーイフレンドいるのよ、夏っちゃんは。皆にちやほやされて、愛されて、それで満足してるんだろうと思ってたからね。まさか、章男さんと結婚を決意するなんて。だって、結婚って、これから一人の男とだけにしまーすって宣言するようなものでしょ。夏っちゃんに、そんなこと、耐えられるとは思えなかったから。私ね、夏っちゃんと章男さんが婚約したって聞いた時、章男さんって、そんなにいい男だったっけって考えちゃった。結婚するなら、章男さんよりもっと条件のいいボーイフレンド、いっぱいいたはずだからさ」

手帳に『男』と一文字だけ書き、質問を続けた。「夏子さんから、章男さんのことはどう聞いていましたか？」

「んー」と言って大きく首を捻った後、残りのトーストに齧《かじ》り付く。

咀嚼《そしゃく》を終えてから言った。「章男さんは優しいって」突然、笑い出す。「優しい人が、フラれた腹いせに慰謝料請求するかってねぇ。夏っちゃんも見る目がなかったってことだよね。なんか、可笑《おか》しい。だって、男を手玉に取って生きてる夏っちゃんが、こんなことになるなんて。えーと、なんだっけ？　夏っちゃんから、章男さんのことをどう聞いてたかだっけ？　いいところは優しいところ、悪いところも優しいところって言ってたな。章男さんちが農家だって聞いてたから、私、言ったの。夏っちゃんが農家の嫁になる決心をするんだから、章男さんのこと、本気なんだねって。そしたら、大笑いしてた。そうだ。その席。弁護士さんが今座ってる席で、ギャハハって笑って。笑い過ぎて涙まで流しながら、野良仕事なんて絶対にしないって言ってた。野良仕事が嫌で、東京に出てきたのよって。農業を絶対に手伝わないっていうのが結婚の条件だったみたいね」

「章男さんは、その条件をのんだということですか？」

栄子は頷いた。「のむでしょ、なんでも。夏っちゃんと結婚できるんだから」

「章男さんのご両親と、夏子さんはうまくいってたんでしょうか？　夏子さんから相談を受けたようなことはありませんでしたか？」

「夏っちゃんからはなにも。あっ、でも、章男さんはちょっと困ってたかもね。後でマスターに聞いてみたら？　章男さん、この店に来ると、マスターとよくボソボソ話してたから、なにか聞いてるかも」

私は手帳に目を落とし、自分の書いた『男』の文字を眺めた。たくさんのボーイフレンドに囲まれ、ちやほやされていた夏子が結婚を決めた。相手は章男。幸せな二人の生活を信じていたのだろうが、ダメになってしまった。

よくある話だった。愛情の温度は毎日変化する。一度冷めてしまった気持ちを再び温めることはできない。だが、多くの人が、温め直せると思ってしまう。そして、そういった人たちがファストフード店で延々と同じ会話を繰り返すのだ。

栄子が続ける。「歴史は繰り返すのかしらね。ほら、夏っちゃんのお母さんも、男を苦しめる結果になったわけでしょ」タバコに火をつけた。

「苦しめる……？」

「知らないの？　親戚なんでしょ？　これ、言っちゃいけなかったのかな。でも、夏っちゃん、誰にでもこの話してたから、内緒じゃないと思うんだけど。お母さんの恋の話よ。あのね、夏っちゃんのお母さんは結婚して五年間、子どもができなかったんだって。ある時、遠い親戚が入院して、お母さんが看病をすることになったんだって。結婚六年目の話ね。その病院のあった横須賀で、アメリカの軍人と恋に落ちたって。二人とも家族がいたし、一緒になれないってわかっていたけど、一週間だけの激しい恋をしたって。軍人はアメリカに帰国して、お母さんは新潟に戻ったのね。で、しばらくして、妊娠してることがわかったんだって。お母さんは軍人の子どもだとわかっていたけれど、どうしても産みたくて、産んだんだって。それが夏っちゃん。生まれた時は普通だったらしいけど、大きくなるにつれて、顔が純粋な日本人には見えなくなってきちゃったって。じーっと自分を見つめるお父さんの顔を、覚えてるって言ってた。夏っちゃんが八歳の時、お父さんは東京に行くと言って出て行って、それっきりだって話」

初耳だった。章光が言っていたのも、このことだろうか。

あのバタ臭い顔立ちは、半分アメリカ人の血が入っているから？

「ほかに、なにかある？」

栄子に言われ、私は頷く。「章男さんに別の女性がいたとか、なにかトラブルを抱えているといった話を聞いたことはありませんか？」

「章男さんに？　聞いたことないなぁ」

栄子は腕時計に目をあて、「もう時間だから」と言った。「マスター、これから食事するから、その間に話、聞いたら？　ちょっと待ってて」

自分が使った皿にグラスやピッチャーをのせると、栄子は立ち上がった。

私は手帳を捲《めく》り、先週のページに目を落とす。

夏子は章男への気持ちが冷めてしまったから別れることにしたと、私に言った。夏子から別れ話を持ち出したが、章男は納得しなかった。夏子は一緒に暮らしていたマンションを出たが、引越し先のアパートに章男が押しかけてくるようになった。そのうち、婚約不履行で訴えると、どこかで聞きかじってきたような言葉を言うようになった。さらに、お金や物を返せと言い出すようになった。貰ったお金は、二人で暮らしていたマンションで必要な家具や電化製品の購入にあてたし、買ってもらった服やバッグは、別れると決めた時に捨ててしまったという。慰謝料を請求されても払えないので、間に入って丸く収めて欲しいというのが夏子からの依頼だった。

夏子に慰謝料を請求することを、克枝は応援しているようだったが、章光は否定的だった。章男を説得してくれる可能性があるのは、章光だろう。夏っちゃんと呼んでいたし。マスターが皿とグラスを持って、私の前に立った。「話を聞きたいってことでしたが」私は立ち上がり、頭を下げた。

「ま、かけてください」と言って、私の向かいに座った。

私の空のグラスを見て、首を後ろに捻り、「お替わり」とカウンターの栄子に向かって注文する。

すぐに栄子がアイスコーヒーを持ってきて、立ち去った。

「食事しながらで失礼しますよ」マスターはピザトーストを齧《かじ》る。「聞きたいことってなんですか?」

「章男さんとは中学の同級生だそうですが、どういった方ですか?」

「章男? そうですねぇ。いいヤツですよ。裏表のない、信頼できる男です。世間知らずなところはありますが」

「章男さんは、こちらのお店で夏子さんと知り合ったそうですが、マスターは夏子さんもよくご存知ですか？」

「いや、あまりは。何度か、栄子ちゃんを訪ねて遊びに来たって程度ですから。放っておけない感じが、そそられますけどね」

私が黙っていると、マスターは「ほら、ちゃんと構ってあげないと、プイと拗《す》ねて、どこかに行っちゃいそうでしょ。振り回されてたんじゃないかな、章男。ま、それも幸せなんでしょうけど、うまくいってるうちは」と説明した。

私は尋ねる。「章男さんから、夏子さんとのことで相談を受けたことはありますか？」

「相談？」しっかりと首を左右に振った。

「ノロケ話を聞かされたことは何度もありますけど、悩んでいるようなことは全然。もうすぐ結婚するとばかり。ついこの間、栄子ちゃんから、二人は別れ話で揉めてるって聞いて、驚いたところです」

「章男さんがお金に困っているような話を聞いたことはありますか？」

口に運んでいた手を止めた。「章男は金持ちではありませんが、生活に困ってもいないでしょう。結構広い畑をもってる農家だから」

トーストからチーズが滴《したた》り落ちそうになって、マスターはフォークを手に持った。フォークで落ちかかっているチーズをすくい上げ、トーストに戻した。

私は強烈に空腹を感じ、アイスコーヒーを強く啜った。

「困ってるっていったら」マスターが続ける。「夏子ちゃんの方でしょ。生活費をくれてた章男と別れちゃったんだから。それとも、もう次の人がいるんだろうか」

「いるんですか？」

顔を皺だらけにして笑った。「いやいや。こっちが聞いてるんですよ。章男、それを疑ってるんじゃないんですかね」

「夏子さんの交友関係を疑うような話をされたことはあったんですか？」

「どうだったかな。あぁ、そう言えば、章男が言ってたことがありましたよ。最初は自慢したくて、いろんなところに連れて行ってたんだけど、夏子ちゃんに近づこうとする男がどこにでも必ずいるから、もう連れて行きたくないって言ってましたね」

マスターがピザトーストを食べ終えるまでの十分ほど、私は質問を続けたが、章男が夏子を大事に思っていたらしいエピソードをいくつか知っただけだった。

欲しいのは、章男が愛想をつかされてもしょうがないと納得できるような、負の情報だった。交渉に有利になる情報が欲しい。夏子が言うような、ある日寝顔を見ていたら、急に気持ちが冷めたという理由では説得力がない。

章男がギャンブル好きか、酒乱、あるいは、ほかに女がいてくれでもしたら最高なのだが。

マスターの話でも、章男に女の影はないようだった。唯一、幼馴染みの礼子という名の女が、マスターの話にも登場したが、章男は妹のように思っているだけのようだった。そして、「礼子ちゃんの良さをわかる男だったら、万事うまくおさまっただろうに」とマスターはタバコの煙に目を瞬《しばた》きながら呟いた。

私は二杯分のアイスコーヒー代を支払い、店を出る。

外はすっかり夜に変わっていた。

大きく息を吐き出し、駅へ向かって歩き始める。

行きに歩いた時より、街は落ち着いている。

行きには開いていた店の半分ほどが、シャッターを下ろしているからだろうか。もう夜なのだ。

関係者たちから話を聞いて歩くのは、結構時間がかかる。

人は秩序立てて語ってくれないし、知りたいことは喋らないのに、関係ないことはよく喋った。

時間を潰すにはもってこいの仕事かもしれない。

私はいつも時間を持て余していた。学生時代には、時間を潰すために勉強をした。当然、成績は良かった。子どもの頃から、私は常に孤独を感じていた。大勢に囲まれていても、友人たちと一緒にいても、心の中には独りぼっちの寂しさがあった。のけものにされたり、苛《いじ》められたことは一度もなかったというのに。そして、この孤独感は、誰にも理解されないであろうこともわかっていた。だから、気持ちを口にはせず、同級生たちとは円満な関係を築き、保持するよう努めた。夢中になれるものを見つけたかった。そうすれば、このぽつんとした感覚はなくなるような気がした。だが、なかなか見つけられなかった。孤独を心から追いやり、虚しさに襲われないよう勉強した結果、将来の選択肢はたくさんもてた。医療界か法曹界に進めば、やりがいや生きがいをもてそうに思えた。血を見るのは苦手だったので、法曹界を選択した。弁護士になって二週間経つが、残念ながら、消えて欲しいものは消えず、手に入れたいものも手にできずにいた。

駅に到着すると、公衆電話から事務所に電話をかけた。事務員の藤田《ふじた》みゆきはもう退社していたようで、荻原が電話に出た。今、終わったので、このまま直帰すると告げ、電車に乗る。

根津駅に降り立つと、午後六時四十五分になっていた。

改札を抜けると、コンビニの看板が見える。

去年、この街に二十四時間営業のコンビニが登場して以来、生活がすっかり変わった。冷蔵庫の中身や、店の営業時間を気にせずに済む生活は最高だった。種類は少ないし、価格はどれも定価で、割高感はあるが、いつでも買える便利さは素晴らしい。

コンビニに足を踏み入れると、まずサンドイッチを選び、次に店の奥に進んだ。

今度はドリンクを手に取り、レジに向かう。

カウンターには誰もいなくて、従業員がいるであろう右奥に声をかけた。

しかし、誰も出てこない。

私は振り返った。

真っ白な店内には、私しかいなかった。

置き去りにされたような、心細さが胸に溢れて、びっくりする。

たまたまだ。

わかってる。

わかってるのに、どうして、心が震えてしまうのだろう。

群れていれば、居辛くて、独りでいる方が気楽でいいやと思ったりするくせに、はっきりと孤独を感じると、たちまち哀しくなってしまう。どんな状態になれば、平静でいられるのか、自分でもよくわからなかった。

やっと奥から出てきた従業員に、金を差し出した。

コンビニを出て、独り暮らしのマンションに帰った。

明かりを点けて、部屋の中に干している洗濯物に手を触れた。生乾きの物ばかりだったので、そのままにして、湯を沸かす。

独り暮らしの生活はすでに七年目になる。大学に入学するのと同時に、アパートで独り暮らしを始めた。自宅から通学すると片道二時間以上かかるため、大学に近いこの街でアパートを借りた。社会人になるにあたり、少し広い部屋に引っ越そうと決めた時も、この街の中で探した。特別な思い入れはなかったが、ほかに住みたい場所もなかったので、ここにした。

ダイニングテーブルで紅茶を飲みながらサンドイッチを食べていると、電話が鳴った。腕を伸ばして、冷蔵庫の隣の棚にある受話器を摑んだ。

耳にあてると、すぐに母の声が飛び込んできた。

私はテーブルに肘《ひじ》をつき、受話器を耳から少し離し、サンドイッチの続きに取り掛かる。週に一度程度、母からは電話が入るが、いつも一方的に自分の話を捲《ま》くし立てるだけなので、私はこっちでなにをしていても差し支えなかった。

私はそっと受話器をテーブルに置き、冷蔵庫からヨーグルトを取り出し、蓋《ふた》を剝《は》がした。ひとすくいを口に入れてから、受話器を持ち上げた。

母はこちらの様子にまったく気付かず、喋り続けている。

二十四年間、この母の子どもをやっているお陰で、私は自分の耳の穴に自在にフィルターをかけられる。母の話題の中心は父と姉と兄だった。毎日あれほどテレビを見て、新聞を開いているのに、政治や社会問題について母が語ることはない。私は会得した技術を使って、母の言葉を、鳥や犬の鳴き声程度に聞き流す。

内容を聞いていなくても問題はなかった。先週と、先月と、去年で、話の内容を比べてみれば、ほぼ同じだということがわかる。父が仕事中心で家族に関心がないこと、姉が派手な格好をしているので、良い縁談がこないこと、兄がまた仕事を変えたことを愚痴る。社会には興味はないが、世間の評判には異常に敏感だった。

この母は、幼い頃から私に、あんたは学問で身を立てるべきだと言い続けてきた。姉ではなく、兄でもなく、私にだけ母は学問の尊さを説いた。

そういえば、と思い出し、受話器を耳にくっつける。

息継ぎする瞬間を見計らい、私は言う。

「小谷夏子ちゃんって、ハーフなの?」

数秒の間の後に聞こえてきたのは、怒ったような声だった。「なに。あんたまで、そんなこと言って。正真正銘夏っちゃんは、昭一《しよういち》さんと万里子《まりこ》ちゃんの子ども。日本人よ。昭一さんの写真、見てみなさい。夏っちゃんにそっくりだから」

「その本人が、自分はハーフだって言ってるって聞いたもんだから」

「昔っから夏っちゃんは、その作り話が好きなのよ。なんで? 夏っちゃんと会ったのかい?」

この間の電話の時、突然夏子から連絡をもらい、今度会うと私は母に話したが、覚えていなかったようだ。母は、私の話をほとんど覚えていない。お互い様か——。

私は話せる範囲内で、事情を話した。

「夏っちゃん、どうなってたかい?」と母に尋ねられた。

「どうって。外見のこと? 普通よ」

「普通ってどういうのよ?」

「普通は普通」

「お姉ちゃんより美人になってたかい?」

母の美のはかり方は、姉より上か下かだった。

「どうかな」私は夏子の顔を思い浮かべる。

美しさという点なら、姉の方が数段勝っている。だが、夏子は人を惹きつける力をもっていた。くるくるとよく変わる表情に、つい、魅入ってしまう。別れ話がこじれて困ってしまったと言う時の顔は心細そうで、なんとかしてあげたいと思わせる。しかし、私が法律の話や、これから予想される展開について説明を始めた途端、つまらなそうな顔をして大あくびをしたので同情心は一気に吹き飛んだが。

私の答えを待たずに母は言った。「万里子ちゃん、どう思ってるのかしらねぇ。実の娘が、ふしだらな母親って作り話をあちこちでしてるのを。夏っちゃんがまだ小さい頃、昭一さんがいなくなったのは事実よ。でも、万里子ちゃんと外国人の間にっていうのは、夏っちゃんのでっちあげ。万里子ちゃんとこは、一家で農業をしてたんだけど、不作が続いて、生活が苦しくなったのよ。それで、昭一さんは東京に出稼ぎに行ったのね。最初はちゃんと手紙が来たり、仕送りが来ていたようだけど、そのうち連絡がこなくなって、行方知れず。あの頃はそういう人、多かったのよ。万里子ちゃん、それから苦労したんだから。再婚もせずに夏っちゃんを育てて、舅《しゅうと》と姑《しゅうとめ》を看取って。偉いんだから」

母の声には自慢する響きがあった。

なぜ、夏子はでまかせを言って歩いているのだろう。

自分の辛い過去を隠したいがために嘘をつくなら、理解できるが、夏子の場合は、必要な嘘とは思えない。自分の出生をドラマ仕立てにする夏子は、いったいどういう人間なのだろう。私は首を捻った。

2

翌朝、事務所に行くと、掃除中のみゆきに「おはようございます」と声をかけた。セーターの袖口をたくし上げ、ピンクのゴム手袋をはめたみゆきは、大きな声で挨拶を返してくる。

私は自分のデスクにつき、引き出しを開けた。コクヨのキャンパスノートを取り出し、ペンスタンドからビックの多色ボールペンを摘む。

私にはなんの趣味もないが、文房具にだけは弱く、新しい物を見れば、買わずにはいられなかった。文房具には知恵と工夫が詰まっているので、眺めるだけでも楽しく、使えば、思わず感心してしまう。買った文房具は、すべてを試したうえで、その日の気分で使い分ける。最新の物を選ぶ日もあるし、ロングセラーの定番物を手にする日もあった。

荻原から頼まれていた書類仕事を始める。

ふと、窓の横にある黒板へ目を向けた。今日の日付の欄には、なにも書かれていない。だが、アポや予定がないとは限らない。自分の予定を人に伝える習慣が身につかない荻原が、書き忘れている可能性もかなり高かった。

窓を背にする場所に、荻原の大きなスチール机がある。そのデスクは大量の書類で覆われている。

書棚に行こうと立ち上がった途端、大きな音がして、首を竦めた。

またやってしまった。

背後の壁に椅子が激しくぶつかった音だ。

ぶつけないよう注意して立ち上がることもあるのだが、急いでいたり、ほかに気が向いていると、つい背後を忘れる。

元々狭い事務所だった。

そこに私を受け入れることになったので、デスクを一つ、追加しなければならなくなった。

応接室を狭くはできない。書棚も小さくはできない。結局、それぞれのデスク周りが、限界ギリギリに配置されることになった。書棚から本を一冊取り出し、自席に戻った。

今度はぶつけないよう、慎重に壁際まで椅子を引き、そっと座面に尻をのせた。

みゆきが私のデスクに湯呑みを置いた。

「お茶です。どうぞ」

「ありがとうございます。荻原先生は今日、何時頃おみえになるか、わかりますか？」

胸に盆を抱くようにして言う。「確か今日は、午前十時に来客予定があったと思いますので、それまでにはお越しになるはずですけどねぇ」背後の壁時計を見てから、身体を戻した。

「私の勘じゃ、今頃は下の喫茶店でモーニングセットを食べてますね」

わからない顔をした私に、みゆきは「コーヒーとトーストに、サラダとゆで卵がついているメニューがあるんです。朝の早い時間だけのようですけど」と説明を続けた。

私は口を開いた。「モーニングセットを知らないのではなくて、荻原先生がご自宅ではなく、喫茶店でどうして朝食を摂られるのかと思ったものですから」

「あぁ。別居されたみたいなんですよ」自分の口の前に人差し指を立てる。「ちゃんと聞いたわけじゃありませんからね、内緒ですよ。まだ、私の勘の段階ですから」

「勘……ですか」

「ええ。だってワイシャツのクリーニング、この近くで出してるみたいなんです。先週、掃除している時ですよ。大きな紙袋がデスクの下にあるから、なにかと思って見たら、クリーニング済みのワイシャツが何枚もあって。タグが、すぐ先のクリーニング店のだったもんですから、あら、どうして奥様がやられないのかしらって思いまして。最近じゃ、クリーニングに出したって構いませんけど、それにしたって、家の近くの店にしますでしょ、普通は。それに、ハンカチのたたみ方も違ってるから」

「ハンカチのたたみ方？」

盆を脇に挟み、いったん両手を広げてから、合わせた。「アイロンをかけたハンカチをたたみますでしょ。たたみ方って、いろいろあるとは思うんですけど、そういうのって、癖のようになってますから、変わりませんでしょ。荻原先生のハンカチは、前は右下が出るようにたたまれてたんです。ちょっとした刺繍やマークが、ついてますね、ハンカチの右下部分には。そこが正面だと私なんかは、母から教わりました。ですから、今でも右下の部分が、たたんだ時に一番上になるようにするんです。お見せしましょうか？　バッグの中に入ってますから。あら、よろしいんですか。荻原先生のハンカチを何度も見たことありますけど、いつもそのようにたたまれてたんです。先週までは。それが、最近はいろんなたたみかたになっているもんですからね。奥様がアイロンをかけてるんじゃないと思うんです。先生ご自身でやられてるんじゃないかしら。状況証拠ですよ。状況証拠を積み重ねて、別居という答えを出したんです」

私は反論を試みる。「奥様が一週間ほど旅行に行かれているとか、実家に帰られているとか、そういう可能性もありますよね」

「あら、さすが先生。くるくる頭が回りますねぇ。確かに、そうですわね」真面目な顔で大きく頷く。「もう少し様子をみてみないと、いけませんわね。徹子先生、今のは内緒の話ですからね」

「ええ」

みゆきはデスクとキャビネットの隙間をぬって、どこにも身体をぶつけることなく、自席に座った。

私より八つ上のみゆきは、母や、実家の近所の女たちと同類のようだ。身近な人たちの微細な変化に敏感で、妄想を描き、それを内緒だと言っては触れ回る。

私はみゆきのような女を嫌悪しているのだが、いっぽうでは憧れてもいた。ごく些細《ささい》なことに一喜一憂できる才能は、私にはない。もし、私にそうした才能があれば、毎日はもっとメリハリのきいたものになるのではないかと思ってしまう。

私は書類仕事に戻った。

午前十時十分前になって、ドアが開き、荻原が「おはよー」と言った。

つい、ワイシャツに目がいってしまい、慌てて私は書類に目を落とす。

荻原が自席へ向かいながら「昨日はどうだったの?」と言った。

私は立ち上がりかけたが、荻原が手で制したので、椅子に座り直した。

自席についた荻原は椅子を回して、窓に向いた。

窓外の景色を眺める荻原に、私は言った。

「夏子さんに有利になるような情報は取れませんでしたが、章男さんの父親の章光さんは、夏子さんに同情的でしたから、そちらから説得してもらえるかもしれません」

「こういったらなんだけど。徹子先生にとって、夏子さんの案件はいい研修になりそうだね」

「……そうでしょうか？」

「人って複雑なんだよ。いろんな面をもってるんだな。それでね、本心を言わなかったりする。そのうえ、言ってることがコロコロ変わったりもする」思い出し笑いのようなものを浮かべた。「何度も通うことだな」

「章男さんのところにですか？」

「関係者全員のところに」

私が黙っていると、荻原は目を大きくした。

「もしかして、話はもうすべて聞いたと思ってる？」

少し考えてから、口を開いた。「何度通ったとしても、同じだと思います。章男さんは訳がわからないのは嫌だと言うでしょうし、夏子さんは気持ちが冷めたんだと繰り返すだけでしょうし」

みゆきがデスクに置いた湯呑みに、手を伸ばす。「初対面の弁護士に、心を開く人なんて、いやしないよ。何度も通ううちに、ようやく心の真ん中あたりを見せてくれるもんなんだ。ま、これは、私の遣《や》り方だけどね」

荻原は窓外へ目を向けながら、ゆっくり湯呑みを傾けた。

事務所のドアがノックされて、みゆきが席を立った。

「夏子さんは、今、なにで生計を立ててるの？」不思議そうな声で、荻原が尋ねてきた。

首を捻る。「わかりません」

「働いてないの？」

「すみません。聞いてません」

「謝ることはないよ」

みゆきが「先生」と声をかけた。

荻原はゆっくり立ち上がった。「どう対処するべきかわからない時、私は二つ、質問をするようにしてるよ。一つ目は、原告には被告に対して、被告には原告に対して、争っている件以外で、腹が立ったのはどんな時か。二つ目は、これも原告には被告に対して、被告には原告に対して、争っている件以外で、おやっと思ったのはどんな時か。必ずこの順で聞くようにしている。この二つの質問をきっかけに、思いもしなかった話を聞けることがあるよ。その話のお陰で交渉への道筋を発見できるんだ」

私のデスクの前を通りながら、荻原が「同席する？」と言って、応接室を指差した。

急いで私は立ち上がった。

ガタン。

椅子が壁に当たる大きな音がした。

私は顔を顰《しか》めながら、ノートとペンを持ち、荻原に続く。

依頼人との打ち合わせに同席し、終了したのは午前十一時半だった。

荻原と二人で、近くの定食屋に昼食を摂りに行ったが、もう夏子の話は出なかった。午後は二組の来客があり、そのどちらの打ち合わせにも同席し、合間には書類仕事を片付けた。

午後六時になると、荻原にあがらせてもらうと声をかけてから、渋谷駅の西口へ向かった。

およそ十分歩き、勉強会の会場に到着した。

エレベーターは使わず、階段で三階に上がる。

区営の貸会場の一室で、午後六時半から企業法務の勉強会が開かれる。

私が所属する弁護士会から送られてきた冊子に、大量の勉強会開催情報が載っていた。荻原に、オススメの勉強会はあるかと尋ねた時、彼は首を左右に振った。勉強会に最後に参加したのがいつだか思い出せないほどだと言って、荻原は頭を掻いた。

白いドアを開けると、スーツ姿の五人の男たちが、一斉に私を見つめてきた。

私が名乗ると、右端にいた背の低い男が、

「電話をいただいた古田《ふるた》です」と挨拶してきた。

古田は次々にメンバーを紹介し、「開始までまだ時間がありますので、サンドイッチとコーヒーをどうぞ」と勧めてきた。

私は教わった通りに、部屋の隅にあったテーブルに近づき、会費の千円をナプキンの上にのせ、サンドイッチと缶コーヒーを手に取る。

空いている席につき、缶コーヒーを開ける。

サンドイッチをぼそぼそ食べている間に、続々と人がやってきた。

大きな音をさせて、私の隣に人が座った。

顔を向けると、体格のがっしりした男が笑《え》みを浮かべていた。

「どうも。坂口博之《さかぐちひろゆき》といいます」

私が名乗ると、坂口は腕時計へ目を落としながら缶コーヒーを開けた。

「初めてだな。この勉強会に女性弁護士が参加するのは。古田先生も、そう言ってませんでした?」

「そう仰ってました」

「企業法務に関心があるんですか?」

「今月からイソ弁になったばかりなので、まずは色々な勉強会に参加しようと思っている段階です」

「なるほど。今、席を置かれている事務所は、企業法務の仕事が多いんですか？」

「まだよくわかりませんが、多くはないようです。それで、こういった勉強会で知識を身につけられたらと考えました」

坂口は大きな口でサンドイッチを頬張り、

「失礼を承知で申し上げれば」と言い出した。「石田先生が企業法務に精通されたとしても、実際、そういった仕事は回ってこないんじゃないでしょうか？」

無言で問う私に、説明を始める。「大企業のトップが、顧問弁護士に女性をと考えるほど、進歩的ではないのが、残念ながら現実です。それでは中小企業のトップはといえば、こちらも保守的ですからね。能力、経験なんて関係ないでしょう」

なるほど。

坂口の論理にすっかり納得した私は、彼を見つめた。

法学部の教授も、修習生時代の教官も、理想ばかりを説いた。坂口のように正面切って、現実を教えてくれる人はいなかった。

「そうかもしれませんね」私は静かに答えた。

一瞬、目を丸くした後、すぐに真面目な顔になる。「反撃を予想してましたよ。そんなに素直に僕の意見を受け入れてくださるとは、思っていませんでした」

「坂口先生の女性に対する考えを伺《うかが》ったわけではないと、判断しましたから。現実を教えてくださったのだと」

瞳に穏やかな光が宿った。「女性弁護士が活躍を期待されている分野もたくさんあるという現実も、お伝えしなくちゃいけませんよね。人権や差別問題を扱う女性弁護士が増えるべきだと思いますし、増えて欲しいと願っている人はたくさんいるでしょう。それに、離婚訴訟では、原告と被告のどちらかは必ず女性なんですから、この分野での活躍は間違いなく求められているでしょう」

夢中になれる案件と出会えるよう願うばかりだ。

「それでは、始めましょうか」古田の声がした。

私はほとんど無意識にノートを開き、ペンを握った。

3

腕を組んだ私は、ドアを見つめる。

二回目以降はアポを取る必要はないと荻原は言った。不意を襲うのも手だと。

三日ぶりに章男のマンションを訪ねると、彼は不在だった。不意を襲えば、こういうことにもなる。

私は名刺の裏に、また話を伺いに、近いうちに来ますと書き、新聞受けに落とした。

不在だったら名刺にメッセージを書いて残してくるといいと荻原が言ったので、そうしてみたが、どんな効果があるのかわからない。

マンションを出て、さて、どうするかと考える。

彼の実家の畑へ行こうか。バッグに長靴は入っている。

空を仰いだ。今にも雨が降りそうな雲行きで、午前十時というのに、もう夕方のような暗さだった。

ふと、マンション前の花壇に、看板が立っているのに気がついた。

『空き室あります』と書かれ、その下には不動産屋らしき名前と電話番号がある。

公衆電話から電話をかけ、場所を教わると、不動産屋を目指した。

歩き出した途端に雨が落ちてきて、折り畳み傘を広げる。

国道沿いを歩くうち、五、六軒の商店がくっつくように商売をしている一角が見えてきた。

看板の屋号を確認してから、不動産屋に足を踏み入れた。

うちの事務所の半分ほどだろうか。狭い店には黒い腕カバーをした男が、一人いるだけだった。

私が名刺を差し出すと、四十代に見える男は、横尾《よこお》と名乗った。屋号と同じ名字なので、店主と思われた。

隅の椅子に腰かけ、出してくれたお茶に礼を言ってから、私は章男の名前を出して、知っているかと尋ねる。

向かいに座った横尾は、右手で頬杖をつき、左手で私の名刺をいじる。やがて、横尾は「よろしいでしょ」と、まるでなにかを決断したかのように言葉を吐き出した。

「どういったことをお知りになりたいんでしょうか？」と言う横尾に、私は章男がマンションを購入したのはこちらかと尋ねた。

「はい。婚約者の女性と——夏子さんでしたっけ。お二人を部屋にご案内しました。土地の売却もうちです」

「売却？」

「ええ。ただね、言わせていただきますと、私だって、すっかり騙《だま》されたんですよ。でも、あれですよね。ご両親は争う気はないって、私はそう聞いてましたけど。もう片が付いたと思ってたのに、なんだって弁護士さんを雇ったんですかね」

横尾はなにか勘違いをしているようだった。

私は事情を説明し、知っていることを教えて欲しいと頼むと、遠い目をして話し出した。

「そうねぇ。最初はお嬢さんが一人でいらっしゃいましたよ。去年です。ええ。珍しいので、よく覚えてます。部屋を案内しましたら、とても気に入ったようで、今度は婚約者を連れて来るっていいましてね。今年になって、章男さんと二人でいらっしゃいました。これは買うなと、ピンときましたよ。わかります。女が欲しがってたら、男は無理してでも買うもんです。惚れてるうちはね。そりゃ、服やカバンとは違いますから、ちょっと無理どころじゃありませんけどね。部屋を見た後は、こちらに二人をお連れして、支払いの相談ですよ。章男さんは農家だそうで、現金はあまりないというお話でした。そうしますと、お嬢さんが、たくさん土地があるんだから、隅っこをお義父《とう》さんとお義母《かあ》さんに売ってもらって、その金で、マンションを買おうと言い出されたんです。章男さんは、難しそうな顔をされてましたよ。ま、その日は、ご家族でよくご相談なさってくださいと申し上げて、お帰りいただきました」テーブルに顔を近づけ、デスクマットに挟んであるカレンダーの上に指を這《は》わせる。

「それから二週間もした頃——一月二十四日だったな。私、日付には注意を払う方なんです。こういう仕事をしてると、日付に敏感になるんですよ。えっと、二十四日に、章男さんとお嬢さんが揃ってお越しになりました。章男さんがね、親から譲ってもらった土地があるので、そこを売りたいと仰いました。その金でマンションを買いたいとのことでしたよ。権利書を拝見しました。ちゃんとしたものでしたよ、もちろん。それで、少々動きましてね、そこの土地を買ってもいいって人を見つけました。それで、書類手続きをあれこれしまして、万事終了となりました。土地はある方のものになって、章男さんたちはあのマンションに越したんです」再びカレンダーに顔を近づけた。「二月二十七日でした。土地を買われた方が、測量屋を連れて、その土地を見に行ったらしいんです。そうしたら、うちの土地でなにやってんだと男性から言われたと。それで懐《ふところ》から書類を出しましてね、これこれしかじかと話をしたら、腰を抜かさんばかりに驚かれたそうです。それがなにを隠そう、章男さんのお父さんだったんです。後になってわかったんですが、章男さんは、ご両親に内緒で登記の名前を勝手に変えてたんです。ご両親が所有している土地の、一部ですがね。土地の権利書や印鑑や、そういった大事な物が自宅のどこにあるか、まぁ、家族だったらわかってますよね。ですから、手に入れるのは簡単だったわけです。つまり、お父さんの署名は捏造《ねつぞう》だったってことです。その嘘の書類で登記を変更して、それからうちにやって来てたってわけなんです。ここ、大事なとこですからね。うちに持っていらした時の書類は、正規のものだったってことです。だから、うちに非はなくてですね、被害者なわけです」

「それで、その土地はどうなったんですか？」

「親子で話し合われた結果、もうその土地は諦《あきら》めるってことでした。ほら、土地を取り戻そうとしたら、嘘の書類を作った章男さんが無事ではいられなくなりますからね。損得を計算した結果、土地を諦めるって答えが出たようです」

「それでは、土地はその買った方のものになって、あのマンションは章男さんの名義のままですか？」

「と思いますよ。その後、名義をお嬢さんに変更してなければね」

「そんな予定があったんですか？」

「ちょっと聞かれただけです」横尾は肩を竦めた。「もうお二人は結婚されたんですかね？まだですか。いえね、ほかのお客さんを案内してあのマンションに行った時——二月二十四日でした。マンションの前で出くわしましてね。まだ結婚していない人から、マンションの権利を譲ってもらう場合、普通の手続きでいいのかって聞いてきたんですよ」

「それが、二月二十四日ですか？」

「えっ？」カレンダーに目を落とし、人差し指を動かしてから顔を上げる。「ええ。二月二十四日で間違いありません」

「それですと、ご両親がまだ土地の売却を知る前に、マンションの名義を夏子さんに移す可能性があったということになりますね」

しばらく考えるようにしてから、突然にやっと笑った。「そうですねぇ。惜しいところでしたよね、あのお嬢さん。バレるのがもうちょっと後だったら、あのマンション、自分のものにできたんだから」

「名義人の承諾がないのに勝手に名義変更をしたことに、夏子さんは関係してたんでしょうか？」

「さぁ」横尾は首を捻る。「それはどうでしょう。わかりませんね」

横尾の話を頭の中で整理する。

夏子が画策したのだろうか。夏子が親と別居したがったからマンションを買ったと、章男は言っていた。夏子の入れ知恵――可能性はある。夏子がマンションを欲しいと言わなければ、章男は購入しないだろうし。だが、勝手に土地を売ったことは、いずれバレる。土地を買った人は、そこをそのままにしておくわけはない。バレても良かったのだろうか。その時はすでにマンションを購入しているだろうから、その状況を考えて、章男の親は土地を諦めると予想していたのか。

それにしても、章光と克枝は、私が話を聞きに行った時、なぜこのことを言わなかったのだろう。

私の顔色を窺っている横尾の視線に気付き、質問を続けた。

章男や夏子とは個人的な付き合いはないようで、土地売買以外にはたいした情報は得られなかった。

私は礼を言い、不動産屋を後にした。三十分ほど話を聞いていたことになる。

国道沿いを歩き出し、横断歩道の前で足を止めた。

雨は止んでいた。

左方向に目を向けると、畑が広がり、住宅が点在していた。

視線を右方向に転じると、高層ビルが並んでいる。二つの違う印象が混ざり合う場所だった。

横尾によれば、この近辺の農家は、土地を売って資産家になっているらしい。その資金を元に運用をしていけば、三代後まで優雅に暮らせると請け合っていた。

荻原の言葉が蘇った。

夏子はなにで生計を立てているのか——。

夏子に不意打ちをかけてみるか。

西岡家ではなく、駅へ向かうため、身体を反転させた時、横尾不動産の看板が目に入った。

途端に、荻原の言葉を思い出した。

小走りで戻り、不動産屋のドアを開ける。

再び現れた私に、横尾は驚いた顔をした。

「すみません」私は小さく頭を下げた。「お聞きするのを忘れていたことが二つありました。章男さんと夏子さんのどちらかに、腹が立ったことはありましたか？」

カウンター前に座っていた横尾は、顎を前に突き出し、私の問いを繰り返した。

やや経ってから口を開いた。「いいお客さんでしたからね。一時は詐欺に巻き込まれたかと思ってヒヤッとしましたが、結局は落ち着くところに落ち着きましたし。腹が立ったなんてことはありませんでしたよ」

「そうですか。もう一つ質問させてください。おやっと思った時はありましたか？」

口をへの字に曲げてなにやら考え込んでいたが、やがて言った。「まー、くだらないことでしたらありますけど。いいんですか？　そうですか。いや、ほら、お嬢さんに完全に尻に敷かれてるって思ってたんですよ、章男さんのこと。でもね、意外にお嬢さんの方が尽くしてるのかなって思ったことがあって。うちの女房が大福を買ってきてたんです、お二人がここにいらしていた日にです。それで、お出ししたんですよ。そうしたら、お嬢さん、自分のを半分に千切って、章男さんの皿にのせたんです。章男さんはね、そうされるのに慣れた様子でしてね、礼も言わずに食べたんです。自分の分もですから、都合一個半です。食べ終わった章男さんの口の周りが粉で白くなってましてね、それをお嬢さんが、笑いながらハンカチで拭《ぬぐ》ってあげたんです。それを見た時に、おやっと思ったんです。たいしたこっちゃありませんが」

婚約中の幸せな二人――。

当時の二人は、その後別れ話で揉めて、弁護士を介入させるなどとは夢にも思っていなかったろう。人の気持ちは移り変わるという基本を、恋愛中には忘れてしまう人が多過ぎる。高校時代と大学時代には、恋人と呼ぶような存在がいたが、私は決してこの基本を忘れなかった。付き合い始めの頃のぎこちない関係が消えれば、後は運命に身を任せていればいい。続く運命なら、努力しなくても続く。終わりがきたなら、どんなにあがいても終わるのだ。実際、私の、恋人との終わり方は、いつもとても静かで、さっぱりしたものだった。

私は横尾に礼を言って、駅へ向かった。

電車に乗り、葛西《かさい》駅で下車し、夏子が現在住んでいるアパートを目指す。

長い商店街を歩き過ぎ、住宅街の中を進んだ先の、二階建てのアパートを見上げた。二〇一号室の呼び鈴を押したが、夏子も不在だった。名刺を郵便受けに入れて、向かいの米屋の店先にあった公衆電話から夏子の部屋に電話をしたが、呼び出し音が鳴り続けるだけだった。しょうがないので米屋に入り、夏子について尋ねてみる。店番をしていた女はとても無愛想だったが、夏子を何度かみかけたことがあるという居酒屋の場所を教えてはくれた。

商店街へ戻る道々、横尾が最後に語った、夏子と章男の様子を想像してみる。甲斐甲斐《かいがい》しく章男の世話を焼く夏子の姿を頭に描いた時、びっくりして足を止めた。猛スピードの自転車が、私の横ギリギリを走り抜けて行った。

胸に手を当て、大きく息をつく。

もう少しで衝突するところだった。

考え事をしている間に、いつの間にかもう商店街の入り口に辿り着いていた。

ショルダーバッグを担《かつ》ぎ直し、歩きだそうとした時、ショーケースに釘付けになる。

夏子がいた。

ショーケースの中には写真が五枚飾られている。そのうちの一枚に、よそ行き顔の夏子が写っていた。椅子に座る夏子の背後には、直立不動の章男が写っている。

私は背中を反らせるようにして、店の看板を見上げた。

そして、小沢《おざわ》写真館のドアを開けた。

同時にチャイムが鳴る。

やがて、奥の白い扉が開き、紺ブレに白いパンツ姿の男が現れた。

名乗った私が、ショーケースの写真について聞きたいと言うと、椅子を勧めてくれた。

男は章男と夏子のことは、よく覚えていると言い、目を少し細めて語り出した。「女性の方が積極的でしたよ。大抵がそうですが。多くの女性が撮影のために服を買って、美容院に行くんです。男性は、手持ちの中で一番いいのを着てくる程度ですね。そうそう。男性の髪で、ちょっと揉めてましたね。これも、よくあることです。男性の髪が長過ぎると女性が言って、なぜ昨日のうちに床屋に行かなかったのかと怒りましてね。整髪が嫌いな方のようでしたよ。よくあることなのに、どうして二人を覚えているかと言いますとね、女性が泣き出したんです。それで記憶に残ってるんです。男と女じゃ、撮影に臨む気合が違いますから、ここで言い合いをする光景は見慣れていましたが、女性が泣き出したのは初めてでした。女性はね、男性が自分を大切に思ってないから、撮影にいい加減な気持ちで来てるんだと言いましてね。それから男性が謝って、宥《なだ》めて、大変でしたよ。次の撮影の時間が迫ってるわけじゃありませんでしたから、こっちは構いませんでしたけど」

それじゃ、その男性は大変な目に遭ったんですねと私が言うと、男は笑って続けた。

「そういう我儘も可愛いってところじゃないんですか。痴話喧嘩の一つですよ。女が、自分のことを思ってくれないって泣いてるわけですから、悪い気はしないんじゃないですか？

撮影が終わると、仲良さそうに手を繋いで出て行きましたから」

夏子と章男の仲睦《なかむつ》まじい様子を聞く度に、人と人の関係の儚《はかな》さを考えてしまう。

私は尋ねる。「二人のどちらかに、腹が立ったことはありませんでしたか？」

「ありましたよ」と即答した。「先月です。女性が一人でやって来ましてね。自分のところだけの写真が欲しいと言ったんです。そういう依頼もたまにあるんです。遺影にするので、家族写真の中のこの人物だけの写真が欲しいなんてことがね。ただ、そういう時は、ここら辺りから上だけなんです」鎖骨の下あたりに置いた手を、跳ね上げるようにした。

「でもね、女性は自分のだけの、全身が欲しいって言うんです。なにに使うんですかって聞きましたけど、欲しいからの一点張りでした。男性と重なっている部分が多い写真でしたから、手間賃が結構なものになります。私がそれを説明して、切り取れば、どうしたって不自然になるから、いっそのこと、ご自分だけの写真を撮り直した方がいいんじゃないですかって話したんです。そうしたら顔を真っ赤にして怒り出しましてね」

「怒り出した？」

「ええ。えらく興奮しまして、大変でしたよ」

「どうなったんですか？」

「そのまんま放っておいたら、落ち着きました。二十分はかかったと思いますけどね。女性が言うには、撮影の時着ていたツーピースはとても気に入っていたと。でも、醬油かなんだかのシミがついてしまって、もう着られない。だからこの写真の、自分のところだけの写真が欲しいんだと。だから、言ったんです。そういうことでしたら、あなたのところだけ、切り抜きましょうって。料金は五万円で、前金でいただきますって。途端にだんまりですよ」

「えっ？」私は驚いた顔をしてしまう。

「唇を噛んで、悔しそうな顔をしたかと思うと、高いって叫んで。今度は値切りだしたんです」

問いかけるような顔をした私にむかって頷く。「滅多にいません」

値段交渉は成立したのかと尋ねると、男は自分の顔の前で手を大きく左右に振った。

「価格を下げないのはうちの方針ですからって、譲りませんでした。譲る必要もないですしね。結構粘ってましたけど、最後は諦めて帰ってくれました。正直、ほっとしましたよ」

次に、おやっと思ったことはあったかと聞いてみた。

男は今度もすぐに頷いた。「胸糞悪いですからね、店の前のケースに飾ってある写真は、撤去しておきますよと言ったんです。そうしたら、すっと表に出て、ケースの中の写真をじっと眺めましてね。戻ってきて、言ったんです。この写真はよく撮れてるから、ここに飾っておいてくれって。それで、おやっと思ったんです。珍しいってね。怒ったり値切ったりする客も珍しいっていったら珍しいんですが、それだけじゃなくてね、男にフラレたなんて事情があるんじゃないかと踏んでたもんですから。そういう人は、たいてい、ケースから外してくれって言ってくるんですよ。幸せを信じて疑わなかった頃に撮った写真を、現実を知った後で見るのって、辛いもんでしょ。その女性はね、店の入り口で腰に手をあてて、ポーズを取ったんです。この写真はよく撮れてはいるけれど、実物の足の方が何十倍も綺麗でしょって。写真の足は太く見えるわと言いましたよ。なんでも膝から下のラインには自信があるそうで。電車で座っていると、ほとんどの男が、自分の膝下を見つめるんだからって。なんだか私、可笑しくなってしまって、笑っちゃったんですよ。酷《ひど》い客に間違いはないんですが、なんだか突き抜けちゃってるでしょ」

私は写真館を出て、改めてショーケースの中の夏子を眺めた。

ミニスカートから出ている足を、斜めに揃えて座っている。

男性の目を釘付けにするほどの、膝下のラインなのかは、わからなかった。

太くはないが、もっと細い人はいるだろう。

夏子はいったいどういう女なのだろう。話を聞いて歩くうちに、どんどんわからなくなってきた。元婚約者と二人で撮った写真の、自分のところだけ欲しいと言ってみたり、加工賃が高いと値切ってみたりして。そのうえ、交渉が決裂した写真館の男に、自分の膝下を自慢してみせたなどと聞けば、ますます夏子がわからなくなる。

商店街を進み、教わった鶏肉専門店の角を右に折れた。

二人は並んで歩けないほどの細い路地の両側に、居酒屋と書かれた赤提灯が並んでいる。目当ての店は、商店街から四軒奥にあった。

店の扉は閉まっていて、ガラス窓の向こうは真っ暗だった。

一応声をかけてみたが、静まり返っている。

居酒屋を訪ねるのに正午過ぎではタイミングが悪かったかと、腕時計に目を落としていると、背後で大きな音がした。

振り返ると、向かいの店の開いた扉に、寄りかかるように立つ、顔色の悪そうな女と目が合った。

私が口を開く前に、「京子《きようこ》ちゃんなら、そっちの奥、行ってみたら。井戸の側でタバコ吸ってるかもよ」と言った。

その言葉に従って路地の奥へ進み、突き当たったところで、左右に目を向ける。

右の道の先に、ポンプ式の井戸があった。

その井戸の前に、コンクリート敷きの小さな空き地があり、そこに女がいた。

近づき、側溝際に置かれたブロックの上に座る女に声をかける。

京子さんかと問うと、タバコをくわえたまま私を見上げ、頷いた。

私が名乗り、夏子の名前を出した途端、興味津々《しんしん》といった顔をして、「夏っちゃん、捕まったのかい？」と言った。

男のようなハスキーな声だった。

「どうして、そう思われるんですか？」私は尋ねる。

「弁護士さんが登場なんて、普通じゃないじゃない。結婚詐欺じゃめったに捕まらないって聞いてたのに、しくじったかって思ってさ」乾いた笑い声を上げ、「ま、座んなさいよ」と隣のブロックを指差した。

京子の左隣のブロックにハンカチを敷き、その上に座った。

井戸のポンプから水がぽたぽたと落ちている。

京子の言葉がひっかかっていた私は、すぐに口を開いた。「夏子さんは結婚詐欺をしていたんですか？」

探るように私を覗き込み、「その件じゃ、ないようだね」と言って、唇の端に笑みを浮かべた。

夏子が結婚詐欺？

その被害者が章男？

まさか——。

いや、違うとは言い切れない。

ボーイフレンドはたくさんいたと証言した人もいた。勝手に土地を売ったり、マンションの名義を変えそうだったりした件もある——。

別れ話がこじれただけの話ではなかったのかもしれない。

突然、向日葵のワンピースが頭に浮かんだ。

私が揃いのワンピースを着ているのが気に入らず、ビリビリに裂いた夏子。

私は今の夏子のなにを知っているだろう。

なにも。

我儘で、すぐに怒り、嘘の出生を語るのが好きな女だということは、知人らに話を聞いてわかってきた。

だが、それが夏子のすべてではないのだろう。

夏子のすべてを、知るべきだろうか——。

弁護士としては、恐らく知るべきなのだろう。

どう聞き出せばいいかと私が考えていると、子どもが井戸に近づいてきた。五歳か六歳ぐらいだろうか。ピンクのTシャツを着た女の子の手には、アイスキャンディーがあった。

京子が子どもに声をかける。「はなちゃん、いいもん食べてるねぇ。お母さんの友達に貰ったのかい？　優しいねぇ。お父さんになってくれたらいいんだけど、難しいだろうね。奥さんのいる人だから」

女の子は無表情のままじっと京子を見つめていたが、やがて、くるりと身体を返すと、路地を右方向に歩いていった。

「夏っちゃんの口癖はさ」京子が女の子の背中を目で追いながら口を開いた。「これで終わるような女じゃないよ、私はっていうの。酔えば必ずそう言ってさ。あー、そうかいってこっちが聞き流してるとさ、何度も何度も言うんだ。自分に言い聞かせてるのかね、あれは」

「西岡章男さんのことはご存知ですか？」

「店に連れて来たことはないけど、夏っちゃんから話は聞いてる。これで終わるような女じゃないって言ってたくせに、収まった場所は農家の嫁かいって、あたしがからかったらさ、ぷんぷんにむくれちゃって。結婚なんかしないんだって言ったよ。結婚しなくても、マンションを手に入れる方法があるんだってさ」

「結婚しなくても……どうやってマンションを手に入れると言ってましたか？」

「それは聞いてないね」

「……そうですか」

京子が言う。「最近夏っちゃん、うちの店、来ないけど、どうなったか、あんた、知ってる？　マンションは手に入ったのかね？」

私はなにも答えず、京子が履いているサンダルの先から覗く、真っ赤なペディキュアを眺めた。

ポンプから零《こぼ》れる水の音をしばらく聞いてから、私は尋ねた。「最初っから、章男さんと結婚する気はなかったんでしょうか？」

「夏っちゃんはそう言ってたよ。その、西岡さんなんかより、よっぽど金回りの良さそうな男はたくさんいたからね」

「章男さんと同時期に付き合っていた男性がいた、ということですか？」

口元に運びかけていたタバコを止め、私をじっと見ると、突然笑い出した。

背中を丸め、身体を小刻みに揺らす。

私はしらけた気分で、京子が笑い止むのを待った。

しかし、京子の笑いはなかなか終わらなかった。

間がもたなくなった私は、バッグから手帳とペンを取り出した。

手帳を捲《めく》り、以前書いたメモを眺める。

やがて、笑い声が小さくなっていった。

京子は大きく息をつき、「やだねぇ。また皺が一つ、増えたんじゃないかな」と言って、指の腹を自分の目尻にあてた。

大きな咳を二度してから京子が口を開いた。

「夏っちゃんはさ、天才なんだよ。男に夢を見させる天才。今の、そこに書き取らないのかい？　大事なことなんだけどね。それほど器量が良くなくても働かなくて済んでるのは、その才能のお陰だよ。その顔は、機嫌が悪いのか、理解できないのか、どっちかい？　理解できないの？　いいかい、よーくお聞きよ。この世には、生来の詐欺師ってのがいるんだよ。

それが夏っちゃんだ。詐欺師なんて、嫌われもんだと思うだろ。違うんだ。愛されるんだよ、詐欺師ってのは。人から愛される特技のあるもんじゃなきゃ、人なんて騙せない。カウンターにさ、男と並んで座るんだ。でさ、なに話してんのかと思うとさ、宝くじで百万円当たったら、どうするって男に聞いてんだよ。その男が、成田空港から海外旅行に行きたいと言ったとするだろ。そうしたら、行き先はどうするか、いつがいいかって、どんどん夢を膨らませるんだ。楽しそうにね。実際は宝くじなんて当たりゃしないし、買ってもいないのかもしれないよ。だけどさ、そんなんで、二時間も楽しい時間を過ごすんだ。帰りにさ、来月の家賃、払えなくって、なんて言ってごらんよ。男は黙って手持ちの金を出すだろ。次の日には、別の男とカウンターに並んでる。そんで、言うんだよ。宝くじで百万円が当たったら、どうするって」

手帳から顔を上げた私は、京子を見つめた。

京子は側溝にタバコを捨てて、すぐに次の一本に火をつけた。

「夏っちゃんの凄いところはさ」京子が続ける。「男に夢を語らせた後、自分の夢を語るんだよ。どんなって、色々だよ。男に合わせて言うことは変えるんだから。たとえばって——そうだねぇ。あれだよ、経理の専門学校に行きたいなんて言い出すんだよ。その学費にさ、宝くじで当たった百万のうちの五万円をあててもいいかって、男に許可を取ったりするんだ。上手いだろ? いつの間にか、二人の将来の話になってるんだから」

それから、夏子の詐欺師としての力量を窺わせるいくつかのエピソードが語られた。

私は京子にできる限り思い出してもらい、夏子が付き合っていた男たちの名を手帳に記した。

ニックネームだけの人も含めて十名だった。

私は手帳を閉じて尋ねた。「夏子さんに腹が立ったのは、どんな時でしたか?」

タバコを挟んでいる右手で脹脛《ふくらはぎ》を掻く。

「金払いが悪いのよ。うちの店の支払いをさ、男と一緒の日は、当然、男が払ってくれるからいいんだけど、夏っちゃんが一人で来た時は、ツケにしてっていうのよ。それで、一ヵ月分を要求すると、今日は持ち合わせがないだとか言ってね。何ヵ月も逃げ回るんだよ。その癖、銀座で服を買ってきたなんて自慢するんだから」突然、背中を真っ直ぐにした。「いや、こんなのはまだ可愛いもんだったね。思い出した。去年の日本シリーズよ。賭けようって言い出してさ。うちの店の客たちから金を集めたんだよ。ジャイアンツと阪急のどっちが勝つかって。あたしがそんなこと、止めさせとけば良かったんだけどさ、客たちから集めた金を分配し直すだけだから、金に汚い夏っちゃんが絡んでても大丈夫だと思っちゃったんだよね。あたし? あたしはのらなかったんだ。そしたら、阪急が勝ったんだって。客たちがさ、夏っちゃんが電話に出ないってあたしに言ってきてね。そう言われてみれば、しばらく店に来てなかったんだ。こりゃ、このまま逃げる気かもしれないって思ってね。この商店街の何軒かに声をかけてさ、夏っちゃんが顔を出したら、すぐに知らせてくれって言ってあったの。網をしかけておいたってわけ。そしたら、化粧品屋から電話が入ってね。今、店に来てるっていうのさ。だからなるべく引き止めておいてくれって頼んで、あたしはすぐに賭けに参加した客たちに連絡を取ったんだ。集まったのは二人だけだったけど、急だったんだからしょうがないよ。化粧品屋に皆で行ってね、店から出てくるのを待ったんだ。出てきたところで、あたしが声をかけたら、夏っちゃん、なんて言ったと思う？　やだー、皆、久しぶりーって言ったよ。図太い神経してるんだから。皆で取り囲んでさ、今すぐ、賭けに勝った人たちに支払うべき金を出せって、詰め寄ったんだ。そしたら、今手持ちがないって言い出したから、そこの角にある銀行に行こうって、あたしは言ってやったんだ。今度は目に涙を浮かべてね、銀行にも金はないって言ったんだよ。皆から預かった金を、使っちゃってたんだ。あたしに女の涙なんて効きゃしないよ。うちの大事なお客を騙すのは許せない。どうやってでも払ってもらうよ。あんたには、すぐに金を出してくれる男が何人もいるだろって、あたしは解決策まで提案してやったよ。夏っちゃんも観念したようでさ。近くの喫茶店に入るよって言ったら、黙って付いて来たよ。店の公衆電話から夏っちゃんに電話をかけさせたんだ。勿論、男によ。そうねぇ、一時間ぐらい待ったかな。男が金を持って駆けつけてきた。あー、違う違う。西岡さんじゃなかった。別の男。えっと——確か、熊田《くまだ》——熊田嘉昭《よしあき》って男だった。その男からあたしが全額を預かってね。それから店の客たちに還元した」小さく笑った。

「そんなことがあったらさ、普通、二度とうちの店の敷居は跨《また》げないだろ?」

「そう、ですね。もしかして、違ったんですか?」

「そうなのよ。一週間後には、ママー、元気? って店に来たのよ。まー、あの女は凄いよ」

確かに、凄い。

野球賭博をして、賭け金をネコババしたうえ、それに失敗すると、その借金を男に尻拭いをさせたのも、充分驚きに値するが、京子の店に再びやって来る厚顔さには、舌を巻く。ないとは思ったが、一応尋ねてみる。「おやっと思ったことはありましたか?」

京子は首を捻りながら、タバコを側溝に捨てた。

しばらく待ったが、京子が口を開く気配はなく、私は手帳とペンをバッグに仕舞う。

「プレゼントをくれたことがあったね」

京子の声に、私は顔を上げた。

京子が遠い目をして話し出す。「好きな役者がいてさ。夏っちゃんじゃなくて、あたしの話。結構人気があるから、その役者が出る舞台のチケットを手に入れるのも大変なんだって話したのを、夏っちゃん、覚えてたみたいでさ。店で仕込みしてたら、夏っちゃんが飛び込んできて。ママー、見てーって、大きな声で言ってさ、手にはチケットを持ってたよ」表情を柔らかくした。「前の晩からチケット売場に並んだって言ってた。映画は中央あたりが観やすいけど、舞台は一番前に座らなくちゃダメだから、頑張ってチケット売場に並んだんだって言ってね。公演の日まで一ヵ月ぐらいあったんだけどさ、その間も楽しかったよ。二人でなにを着ていくか、当日のお昼はどこで食べるかなんて、大騒ぎしちゃってさ。夏っちゃんが全身全霊で楽しもうとしてるから、こっちまでわくわくしちゃったよ。そういうの、男から金を引き出すためにしかしないと思ってたから。あたしにもこんなこと、してくれるんだぁって、おやっと思ったんだ。ま、そのすぐ後に、さっき話した日本シリーズの一件があったから、夏っちゃんの性根ははっきりわかったんだけどね」

なにがなんだか——。

京子から話を聞いているうちに、ますます夏子という女がよくわからなくなってしまった。

私は京子に礼を言って、立ち上がった。

4

みゆきが椅子に座りながら寂しそうに言う。「どちらの親も、親権を放棄したがってるなんて、哀しいですわよね」

荻原はみゆきのコメントにはなにも言わず、自席の後ろに立ち、腰に手を当てている。開いた窓に向いたまま、ゆっくり頭を左右に倒した。いつもの筋肉をほぐす運動が始まった。

「徹子先生はそう思いません?」みゆきが、今度は私に言ってきた。

「まぁ、そうですね」と、私は書類を片付けながら答える。

狭い事務所のため、応接室で話している声は、みゆきにすべて聞こえてしまう。

そうして耳にした話に、しばしばみゆきはコメントをするのだった。

「夏子さんとは会えたの?」荻原が言う。

「はい。やっと昨日」

「本人は、結婚詐欺を認めた?」頭を回しながらの荻原の声は、潰れていた。

昨日私は、入手した情報を並べ、夏子に真偽のほどを質《ただ》した。だが、夏子はなに一つ認めなかった。

「認めませんでした」私は言った。「私には友達がたくさんいるだけだって。それから、章男さんと結婚するつもりはなく、マンションを自分のものにしようとしていたのではないかと尋ねたところ、これも否定しました」

「みゆきさんはどう思う?」

みゆきはくるっと椅子を回して私に向くと、「徹子先生の親戚の方を悪くは言いたくないんですが」と言い出した。「お話を伺ってる限りでは、本業が結婚詐欺って感じですね。章男さんのは、ちょっと失敗しちゃったケースじゃないでしょうかねぇ」

私はみゆきの意見にコメントせず、荻原へ顔を向けた。彼は左肩をぐるぐる低速で回していた。

荻原は、みゆきの人を見る目を信頼しているようで、度々、どう思うかと尋ねる。するとみゆきは、待ってましたとばかりに、自分の意見を述べた。推測が当たれば喜ぶし、外ればがっかりした表情をする。ここで働くことが、とても楽しそうだった。

左肩を終えた荻原が、次に右肩を回しながら言う。「依頼人が弁護士に真実だけを話してくれるわけじゃないからね。嘘ばっかりだよ。守秘義務があるからとか、力になるから、すべてを正直に話してくださいって我々は言うね。たいていの依頼人は殊勝な顔で頷く。弁護士に相談に来てるってことは、なんらかの問題に巻き込まれてるってことだからね。ところが、依頼人は自分が望む物語しか語らない」

「どうしたらいいんですか？」私は心の底から尋ねた。

「できるだけたくさんの関係者から話を聞くことだね。前も言ったけど。原告と被告の話だけじゃ、なにもわからなかったでしょ、今回だって。物語をたくさん聞いているうちに、真実が微《かす》かに見えてくる。微かにってところがミソなんだけどね。うっすら見えたら、ようやく弁護活動をスタートだ。見えた時には、すでに解決してる場合も結構多いよ」

私は手帳を広げた。

話を聞きながら書き付けた文字を、眺める。

私は関係者たちから物語を聞いてきた。

当初はただの男女の別れ話のもつれだと思っていた。だが、うっすら見えてきたのは、違うストーリーだった。主人公の女結婚詐欺師が、不動産を手に入れるのに失敗した物語だ。みゆきが言うように、夏子はマンションを自分名義にする寸前で、章男の両親にバレたため、用済みになった章男と別れることにしたのかもしれない。慰謝料を請求されそうになったので、遠戚の弁護士に連絡をしてきた——ということだろうか。

この読み方でいいのだろうか。

私は手帳から顔を上げた。

荻原は腰をゆっくり回している。

腰の運動をしばらく続けた後、荻原は大きく伸びをした。椅子に腰かけ、デスクに左肘をつけると、今度は手首を回し始める。「章男さんがどこまで知っているかがポイントだろうね。章男さんの本心がわかれば、慰謝料の請求自体を取り下げてくれる可能性を探れるんだけど」

「取り下げる……そんな可能性、あるでしょうか?」私は疑問を口にする。「複数の男と付き合っていたことを知らないとしても、マンションを買っただけでなく、二人の新生活のために、結構な出費をいろいろしていたようですから、少しは取り戻したいと考えるのは、当然のように思います。百万円の数字については、根拠は見えてきませんので、金額は安くできるのではないかと考えていました。実際問題、夏子さんに百万円を支払う能力はありません。男から借りるしか手段がありません。定職についていませんから」

「章男さんに、夏子さんとの楽しかった思い出話を聞いてみたらどうだろう」

「思い出して……もらうんですか？」

「そう。弁護士事務所に持ち込まれる話って、すでに壊れてしまったものばかりでしょ。だからつい、忘れてしまうんだけどさ、いい時ってあったんだよ。離婚で揉めてるカップルにもさ、生涯の人だと思った時があったんだ。この幸せは永遠に続くと信じていた時期がね」

ふと、みゆきの言葉が頭に浮かんだ。

荻原の結婚生活の破綻《はたん》を察知したようなことを言っていたが。

ちらっとみゆきへ視線を向けると、丸い背中の上の首が、少し縮んだように感じられる。

荻原に私は尋ねた。「なぜ、章男さんの両親は、土地のことを私に話さなかったんでしょう。彼らからしたら、勝手に土地の一部を売られてしまった原因は、夏子さんだと思っているでしょうに。夏子さんの弁護士だと名乗った時点で、すぐに出してきてもいい話ですよね」

「みゆきさんはどう思う？」荻原が少し大きな声を上げた。

みゆきは振り向き、得意げな顔つきで言う。

「徹子先生、それは多分、誇りの問題じゃないでしょうか。土地って、代々受け継いできた大事な、大事なものでしょ？　今はマンションに住む方を希望する人も多いようですけど、昔の人は、命より大事ってぐらいに思ってるんじゃないかしら？　農家だっていうし。土地の大きさは収穫量と関わってくるでしょうから、収入と直結する大問題ですよね、きっと。農業をしている人たちにとって、土地は経済であり、誇りなんですよ。根っこのようなものですよね。それを勝手に切り売りされたなんていうのは、自分の誇りが切り刻まれたのと同じぐらいの痛みなんじゃないでしょうか。浅い傷のことならぺらぺら喋れても、深いところに入った傷のことは、触れられたくないもんだから、話さないんじゃないでしょうかね。さっきの荻原先生が仰ってた、自分が望む物語に、誇りを傷つけられた部分は入らないってことじゃないでしょうか？」

電話が鳴り、みゆきが身体を戻して受話器を取った。

荻原へ目を向けると、ファイルや書類を持ち上げて、探し物をしている様子だった。

壁の時計に目をやると、坂口とのランチの約束時間に五分と迫っていた。

私はバッグを摑むと、荻原とみゆきに断ってから外に出る。

小走りで指定されたレストランに向かう。

昨夜坂口から電話があり、仕事で渋谷に行くので、一緒にランチを食べないかと誘われていた。

エレベーターで六階に上がると、指定されたイタリアンレストランの前には、行列ができていた。

坂口の名前を出すと、店員が席まで誘導してくれる。

二人がけの小さなテーブルに、坂口は窮屈そうについていた。

遅れた詫《わ》びを言って、私は向かいに座る。

メニューを選んでいると、坂口が「お誕生日おめでとうございます。ここは奢《おご》りますから」と言った。

「あっ。今日、私の誕生日——なんで知ってるんですか？」

「この前の勉強会の時、会報の新人会員紹介コーナーに掲載したいから、プロフィールを教えてくれって言われてましたよね。石田先生が質問表に記入している時、横目で見てたんです」大きな笑い声を上げた。

「そうだったんですか」

「僕、どうも贈り物をするのが苦手でして。プレゼントは用意してません。すみません。その代わりっていったらなんですが、ここのパスタは旨《うま》いので、お誘いしました。仕事、忙しくなかったですか？」

「いえ。大丈夫です」

注文を済ませ、他愛もない話をした。

出身や大学や、今の住まいと事務所までの通勤時間を発表しあった。

サラダとパスタが同時に届き、食事が始まり、私は坂口の仕事について尋ねた。

守秘義務があるので、具体的な名前は出せないがと断ったうえで、実の兄弟間で訴訟になっている案件について話してくれた。

先代の父親が死亡し、長男が社長を継ぎ、次男が専務になった。二人の経営方針は合わず、次男は別の会社を興した。しかし、次男が立ち上げた会社の名前や商品名は、長男が経営する社名や商品名と非常に似ていたという。取引先は同じだし、商品も似通っている。これでは消費者に誤解を招く恐れがあるとして、長男は坂口が所属する弁護士事務所に相談したそうだ。

私は尋ねた。「坂口先生はその案件に、夢中ですか?」

坂口は目を丸くすると、「夢中」と呟いた。

やがて、真面目な顔をした坂口は言った。「寝食を忘れてとまではいきませんが、一生懸命向き合ってるつもりですよ。それじゃ、ダメですか?」

私は首を左右に振って、パスタを口に運んだ。

「弁護士をやってると」坂口は言う。「正直言って、無駄な争いが多いと感じることがよくあります。兄弟喧嘩に法律家を巻き込むなよ、とも思いますが、実際問題、こういった争いがなくなったら、我々も干上がってしまいますからね。揉めてる?　毎度有り難うございます、と考えるようにしていますよ」

坂口がフォークを摑み、大きく開けた口の中にパスタを入れた。

私は豪快に食べる坂口を眺めた。

5

章男の大きな背中に向かって歩く。

履き慣れていない長靴のせいで、踵《かかと》とくるぶしが痛い。

章男の畑から町の中心部へ五分ほど歩いたところに、無人販売所があると教えてくれたのは、章光だった。

道を間違えたのではないかと思い出した頃、章男の後ろ姿が目に入ったのだ。

木製の棚に、屋根が付いただけの小さな販売所の前に章男はいた。

私が声をかけると、勢い良く振り返り、目を丸くした。

すぐに「一人かい?」と尋ねてきた章男の顔には、がっかりした気持ちがはっきり表れていた。

章男は自転車の後部に取り付けた台車から野菜を取り出し、販売所の棚に並べていく。

「夏っちゃんは元気なのか?」章男が言う。「鼻風邪を引いたみたいで、長いこと、鼻をぐずぐずさせてたからさ」

「大丈夫みたいでしたけど」

「俺には会いたくないって？」

言葉を選びながら答えた。「会わない方がいいと、考えているんじゃないでしょうか」

章男はゆっくり首を左右に振ると、台車からキャベツを取り出した。

二段目の棚に置き、時計回りにキャベツを一回転させた。少し逆に戻し、キャベツから手を離す。

私は話しかける。「お気持ちは、変わらないですか？」

台車に伸ばしていた手を止めた。「お気持ちって、俺の気持ち？」

「はい」

台車の端に両手をかけ、中の野菜を見下ろした章男は、口を開かない。

十一日前、章男に話を聞いた時は、湯沸かし器のように沸騰していた。だが今日は、少し落ち着いているように見える。

時間が味方をしてくれる場合があると荻原が言っていたが、このことだろうか。

ただし、時間は敵にもなると、荻原は相反することも言っていたが。

そういえば、と思い出し、私は尋ねた。

「夏子さんとの楽しかった思い出話を、聞かせていただけませんか？」

章男はびっくり顔で私を見つめた。

唐突過ぎたかと反省していると、章男が静かな調子で語り出した。

「夏っちゃんに旅に連れて行ってもらった。楽しかったよ。宝くじで百万当たったらどうしたいかって夏っちゃんに聞かれて、俺、北海道をバイクで一周するのが夢なんだって話したんだ。寝袋で寝れば、それほど金はかからないはずだから、今日からだって叶えられる夢じゃないかって夏っちゃんに言われて、気が付いたよ。北海道やバイクなんて後から付けた理由で、本当はここから逃げ出したいんだって。俺にはほかに道はなかった。家が農家だし、一人息子だから。だけど、近くの農家がどんどん廃業して、アパートを経営しだしたり、サラリーマンになったりして——俺はこのままでいいのかって、いつもいつも思うようになった。考えれば考えるほど、どうしたらいいのか、どうしたいのかわからなくなって……。逃げたかったんだ。ここから。長男であることから。でも、そんなこと俺にはできないとわかってた」キャベツを両手で持ち上げると、なにかを払《はら》い除《の》けるように撫でる。「夏っちゃん、今から行こうって。俺の腕を引っ張って、駅へ。北にする？　南？　って俺に聞いたんだ。南って俺は言った。やってきた電車に乗ってさ、行き当たりばったりの旅が始まった。電車から見える看板を読み上げるだけで楽しくて、笑い合ったよ。熱海駅で降りて、歩きながら宿を探した。何軒か断られて。そんなことでさえ楽しいんだから、不思議だよな。やっと宿を見つけて温泉に入ってさ、湯上りに街をぶらぶらした。揃いのキーホルダーを買ったな。金平糖も。金平糖って知ってるか？　小さなギザギザがたくさん飛び出てる、甘いのだ。夏っちゃん、私は金平糖みたいなんだって言ってた。金平糖は大きな釜の中で、転がすようにして作るんだってな。あっちこっちぶつけるうちに、身を守るように突起物ができる。あたしみたいでしょって、夏っちゃん、笑ったよ。金平糖を食べながら、夏っちゃんが言ったんだ。その気があれば、いつだって、こうやって自分の行きたい場所に行ける。自分の人生は、自分で決められるんだよって。俺は優しすぎるんだってさ。親が困るだろうとか、悲しむだろうとか、親の気持ちばかり察して、自分のしたいことをすべて諦めてるように見えるって。そう、言われたよ」

そうやってけしかけた結果、親の土地を勝手に処分させることに成功したのだろうか。だとしたら、夏子の手腕には脱帽だ。

章男はキャベツを棚に置き、その場でくるりと一周させた。

次々に野菜を棚に置いていき、すべてを並べ終えると、マジックペンを握った。短冊形の厚紙に野菜名と値段を書いていく。

私は、ただ章男の手元を見つめていた。

どうしたら百万の慰謝料請求を考え直してくれるだろうか。

だいたい慰謝料というはっきりしない存在が、困りものなのだ。精神的苦痛をどうやってはかったらいいのだ。章男が百万を請求し、夏子が百万を払ったとしたら、精神的苦痛は癒えるのか？　五十万で手打ちになったら、苦痛は半分だけ減るのだろうか？　そんなことはないと誰もが知っている。

「誰か、いるのか？」

章男の質問に、私は顔を上げる。「あの、もう一度、言っていただけますか？」

「だからさ」口を尖らせ、ぶっきらぼうに言った。「夏っちゃんに、別の男がいるのか？」

私は慎重に、「存じません」と答えた。

「俺の悪いところは直すからって、言ってもらえないかな？」

はっとした。

もしかすると――章男は慰謝料が欲しいのではなくて、よりを戻したい？

だとしたら、とんだ茶番に付き合わされてしまった。

みゆきならもっと早い段階で気付いただろうか。

荻原は予想していた？　そういえば――章男の本心がわかればと言っていた。章男が私に本心を話していないと、わかっていたということか。

どうして夏子を諦められないのだろう。

楽しい思い出のせいだろうか。

受け入れるしかないのに。

上手に受け入れられたら、毎日を過ごすのは簡単になる。

私は受け入れるのが上手い。そうなるよう、努力してきた。

ただ――副作用には、まだ慣れずにいる。

いろんなものを受け入れているうちに、自分はなぜ存在しているのかと思うようになるのだ。それが虚しさという副作用。そんな時は、身体と心が凍りついてしまい、動けなくなった。

私たちの横をバスがゆっくり通り過ぎた。

章男がバスを目で追う。

しばらくして章男は振り返ると、「夏っちゃん、バスが嫌いでさ」と穏やかな口調で言った。「一緒くたにされて運ばれるのが嫌だって言ってたな。ほかの人と同じじゃつまらない。特別扱いされたいって。夏っちゃんに——俺の嫁に納まってくれなんて、無理な頼みだったんだろうか」

私は答えをもっていなくて、ショルダーバッグを持ち直しただけだった。

章男は最上段に並ぶほうれん草へ手を伸ばした。一束を摑むと、じっと見つめた。

そして、章男は言った。「親父に言われたよ。いつまでも未練がましいことするなって。もう諦めろって。だけどさ——簡単にはいかないさ」

章男はずっとここで生きていくのだろう。私はそう確信した。

夏子のようには生きられない。

誰も。

第二章

借用書なんてないよ。

証拠って言われたってさぁ。まさか、こんなことになるとは思ってなかったんだから。

俺が悪いの？　違うよね。借りた金を返さない、夏っちゃんが悪いんだろ。

ちょっと、なんで返事しないいんだよ。

もしかして、弁護士さん、チャラにしようとしてる？　そうなのか？　とんでもないよ。

いくらだと思ってんだよ。

だから、証拠はないけどさぁ。

あっ。だったら、こっちはあるよ。ツケの未払い。

伝票がちゃんと残ってる。コピー？　ちょっと待ってな。

ちえちゃん、向かいのコンビニでこれ、コピーしてきてくれる？　悪いね。

ツケの分は払おうってことなわけ？　相談する？

なんだよ、それ。

どれくらいの知り合いって……もう一年ぐらいじゃない？　フリーの客だったんだよ。ちょっとシャンプーしてもらおうかなって、ぷらっと入ってきてさ。それから、月に一回ぐらいくるようになって。うち、基本的にツケってしないんだから。あれだよ。最初はちゃんと払ってたんだよ。カードだって使えるんだし。

そうだなぁ。ここ半年ぐらいじゃないかな、財布を忘れたって言うようになったの。えっ？　そう。毎回、財布を忘れるんだよ。普通はきまりが悪いよね、そういうの。でも、夏っちゃんだから。しれっと、あらやだ、お財布忘れちゃったわって言うね、毎回。

借金の理由？　知らないよ。

理由を言わなかったんだよ。

言いたくないのかなって思ったんだよ。

デリカシーのある男なわけよ、俺は。学者先生のダンナがいるんだから、普通だったら、俺なんかに借金なんてしないだろ。だからよっぽどの理由があるんだろうなぁとは思ったけど、聞かなかったんだよ。

言ってたよ。確か――来月には返すって。

それは……三ヵ月前ぐらいじゃないかな。

今になってみれば、そうだけどさ。まさか、借金も踏み倒す、ツケも払わないとは思わなかったんだよ。

行ったよ。

なに？　借金の取り立てに、家に行っちゃいけないわけ？　電話したって出ないんだから、しょうがないでしょうが。

暴力？　とんでもないよ。

ドアがへこんでる？　知らないよ。

なんだよ、弁償って。

俺だって言ってんの？　その目撃者が？

勘弁してくれよぉ。

1

岩井卓《いわいすぐる》が経営する美容院を出た私は、向かいの教会を皮切りに、片っ端から評判を尋ねて歩く。

先週、五年ぶりに夏子から電話があり、トラブルに巻き込まれているので、助けて欲しいと言われた。五年前、慰謝料を請求されそうになった夏子が、私に仕事を依頼してきたことがあった。その一件では、最終的に原告が、慰謝料の請求を断念した。それは、原告が夏子への想いを断ち切る決断でもあった。弁護士として携わった私は、その時の実費を夏子に請求したが、五年間支払われていない。

夏子に限らず、弁護士がこんなに取りっぱぐれることが多い商売とは、まったく予想していなかったが、これが現実だった。

依頼してくる時は、方々に手を尽くして着手金を工面してくる。しかし、いったん判決が出たり、示談が成立したりすると、弁護士への支払いに熱心ではなくなる。

再三再四請求書を送付しても、梨《なし》の礫《つぶて》になることはしょっちゅうだった。

夏子のように住居が変わり、請求書が戻ってくるケースもよくあった。

現在は結婚し、夫と子どもと名古屋で暮らしていると夏子は言った。

私は、五年前の未払い金と、今回の相談料の振込みを確認してからでないと、話さえ聞かないと言ってやった。

すると、翌日には金が振り込まれ、事務員のみゆきが喜びの声を上げた。

荻原に報告すると、「今度はなんだろうなぁ」と楽しそうに言った。

今から四時間半前に、名古屋駅に到着した私は、真っ先に夏子の自宅を目指した。表札に並ぶ三つの名を見た時、気がついた。夏子がネコババした野球賭博の金を、彼女に代わって支払った男、熊田嘉昭と結婚したのだということに。それから一時間に亘《わた》り、夏子は、世界で一番幸せになるように幸一《こういち》と名付けた息子を腕に抱きながら、自分勝手な物語を語った。

それによれば、行きつけの美容院の店主から、借りてもいない金を返せと言われて困っている。植物学者の夫は、日本全国の水田を調査して歩いていて、不在がちで、守ってくれる人がいないので心配だというものだった。私は警察に相談したらどうかと提案したが、即座に、それは嫌だと言った。

夏子のことだ。警察には相談したくない別の理由があるのではないかと考え、色々質問してみたが、終始一貫して借金はしていないし、どうしてこんな目に遭わされるかわからないと言った。

夏子に渡されたメモを片手に辿り着いたのが、岩井の美容院で、案の定、彼女のとは違う物語を聞かされたのだった。

いずれにしても、私は真実を突き止める必要はなかった。依頼人の主張を裏付ける情報を集め、交渉を有利に進めればいい。

弁護士になって五年。この仕事に大事なのは、事実ではないとわかるだけの経験は積んで来た。

煎餅店の暖簾《のれん》をくぐった。

ショーケースを見て、一瞬、店頭の看板を見間違えたかと思った。

マドレーヌなどの洋菓子が、箱詰めされた状態でいくつも並んでいる。

煎餅を探すと、ショーケースの上に一つ置かれた化粧箱の中で発見した。

ていた。

奥から出てきた男は、酒を飲み過ぎてきた人のように、鼻先の血管が何本もしっかり見え

私は名乗り、オールウエイズ美容院を知っているかと尋ねた。

男は嬉しそうに小さな目をさらに小さくした。「岩井さんのこと？　彼、なにしたんだて？」

私は詳細を述べずに、店や岩井のことが知りたいのだと告げた。

「三年前かな」男は人差し指を自分の顎《あご》にあてながら言う。「あの店できたの。でも、一度も商店街の集まりに出席したことにゃーんだがね。一応会費はもらっとるけど。全然協力的じゃにゃーしね。それほど忙しそうじゃにゃーのに。だで、あまり知らにゃーんだ、個人的なことは」

「お店は、繁盛してるんでしょうか？」

「厳しいんじゃにゃーかな。開店した頃は、結構人が入っとるようだったけど、今は滅多に客を見にゃーって話だから。うちからは距離があるから見えにゃーけどさ、そういう噂はいろんなところから入ってくるから。でもさ、ちょこっといい男でしょ。だで、違う商売の方は、うまくいってんじゃにゃーかって言う人もいてね」

「違う商売というのは？」

「えー。弁護士さんに言うのはどうかなぁ」と大きな声を上げ、わざとらしく躊躇《ためら》う素振り

をみせた。

私はそのまま待つ。

この男は話したがっている。待っていれば、そのうち勝手に喋りだすだろう。

やがて予想通り、男は話し出した。

「私から聞いたって言わにゃーでくれます？　内容によるんだてか？　内容かぁ。どうしようかなぁ。弁護士さん、ここらを聞いて歩いとるんでしょ？　だったら、もう耳にしとるかもしれにゃーしな。なにって、ほら。商売がそれほどじゃにゃーのに、外車を二台か三台、もっとるんだて。おかしいでしょ。だで、いい男だったらできる副業をしとるんじゃにゃーかって噂があるんだて。わかりません？　またぁ。わかるでしょ」女がするように揃えた指で、口元を隠すようにした。

岩井にはパトロンでもいるのだろうか。

それが、夏子？

男から金を集めるのが、夏子の特技だと思っていたが。

確かに、私がオールウエイズ美容院を訪れていた約一時間、客は一人も入ってこなかった。スタッフは若い女が一人だけで、暇そうにソファに座って雑誌を読んでいて、煎餅店の男が言うように、商売が流行《はや》っているようには見えなかった。

いずれにせよ、岩井自身が借金の証拠はないと言っていた。借用書はないし、銀行口座に入出金の記録が残っているわけでもない。

証拠がなければ、借金は存在しなかったことになる。

問題は、ツケの証拠が残っていること。

夏子に確認しなくては。

懸念されるのは、岩井の暴力性。

夏子の自宅まで押しかけ、呼び鈴を押し続け、彼女が出てこないのに腹を立てた岩井は、玄関ドアがへこむほど何度も蹴ったという。思い通りにならないと、暴力で解決しようとする愚かな男はたくさんいる。そういった男たちには、暴力には屈しないし、却《かえ》って酷い結果になるのだと、頭に叩き込んでやる必要がある。

私に回ってくる依頼は、女が被害者であるケースが圧倒的に多かった。私が女であるために、被害者には安心してもらえるが、加害者からはなめられる。

煎餅店を出て、名古屋駅方向へさらに聞き込んで歩く。

一軒の店の前で足を止め、窓ガラス越しに中を覗いた。

オールウエイズの倍以上の広さがありそうな店内では、四人の客がスタイリングチェアに座っている。

私はその美容院の扉を押し開けた。

シャンプーとカットを頼みたいと言って、私は店の隅のソファで順番を待つ。

十分ほどで、シャンプー台に案内された。

シャンプーをしてもらい、大きな鏡の前に移動させられた。

「今日はどういたしましょう」と背後から女に尋ねられ、全体的に二センチ短くして欲しいと言った。

オールウエイズの岩井を知っているかと質問すると、女はブラッシングの手を止め、鏡越しに私に鋭い視線を向けてくる。

私は自己紹介をし、岩井の情報を集めていると話した。

澄ました顔を繕《つくろ》った女は、ブラッシングを再開し、「なにか事件でも？」と聞いてきた。

どうして事件だと思うのかと尋ね返すと、女は首を傾け、鏡の中の私を見つめてくる。

ドアの開く音がして、女は入り口へ顔を向けた。「いらっしゃいませ」と明るい声を上げると、鏡から姿を消した。

すぐに戻ってきた女は、小さな椅子を私の背後に置き、そこに腰かける。

「弁護士さんが、趣味で人の噂話を聞いて歩くとは思えにゃーから」と、女が言った。

私は鏡に向かって、口角を少し上げてみせた。

信じられないことだが、こういった曖昧な表情で、人は勝手に納得する。

肯定も否定もせずに、硬く笑ってみせると、察してくださいと言っていることになる。五年間の弁護士生活で、この便利な表情は瞬時に作れるようになった。

女は鋏《はさみ》を動かしながら話し始めた。「同業者のことを話すの、どうかと思うんだて。褒めたら、嘘つきと言われるし、けなしたら、根性曲がってると言われるし。でも、東京から来たっていうし、こうしてお客様になってもらっとるし、お話をした方がいいんでしょうね。なにを聞きたいんだて？」

「どんなことでも構いません。ご存知のことを教えてください」

「どんなことでもって……」困ったような表情を浮かべる。「あっちは、三年前にオープンしたんだて。うちは今年で十年目。たまたま前を通った時にちらっと見ただけだで、確かなことは言えにゃーけど、ヘアースチーマーは、いいの、入れてまったね。器具の値段はだいたいわかるから。相当お金があるんだと思ってましたよ。料金もここら辺の平均より、高くしてまったね。でもね、お陰様でうちは、お客さんはまったく減らなかったんだて。駅前通りってわかりますか？　あっちの通りならね、マンションがどんどん建ってて、人口が増えてるから、新しい店を出してもやっていけるんじゃにゃーかと思いますけど、こっちの桜通りはそうは簡単にはいかにゃー」

「美容院の経営はうまくいってなさそうなのに、外車を何台ももってると聞きましたが」

「あらっ、そんなことまで知ってるんだて？　そうなんだて。不思議でしょ。よっぽどお金持ちのスポンサーがいるんでしょうかね。しょっちゅう臨時休業してまうし」

「店を休むんですか？」

女は頷く。「最初はうちと同じで、火曜が定休日だったで、最近じゃ、店のドアに本日臨時休業させていただきますって張り紙が、よく貼ってあるって話」

「人にお金を貸してるといった噂を聞いたことはありますか？」

手を止めた。「岩井さんが人に貸すの？」笑いを堪《こら》えるように口元を歪めた。「そんな話は、聞いたことにゃーねー」

女が立ち上がり、私の正面に移動した。

前髪に櫛を入れられ、私は目を閉じる。

カットが終わり、髪を洗い流すため、シャンプー台に移動した。再びスタイリングチェアに腰かけると、次はドライヤーだった。

熱風を浴びながら私は大きな声で尋ねる。

「腹が立ったのは、どんな時でしたか？」

「ええ？　腹なんて」首を左右に振った。

「商売敵に腹を立てだしたら、キリがにゃーよ。うちのダンナなら、あるかもしれにゃーけど。いえね、うちの、駅前通り沿いにあるガソリンスタンドで働いとるんだて。そこにね、岩井さんが洗車を持ち込むんだて、いつも一番高いコースにするって。それは有り難いけど、ここがまだ汚れてるなんて言ったりして、いつも文句をつけるって。高い車らしいから、大大事なのはわかるけど、ちょこっと尋常じゃにゃーよーだわ。ある時、ここに傷があるって言い出したそうだて。出した時はついてなかったから、洗車でついたって言い分で。大騒ぎになったって話。だで、私が岩井さんに腹を立てたことはにゃーけど、ダンナはえらく腹を立てたことがあるわ。結局？　あぁ。オーナーが、二度とうちの店に車を持ち込まにゃーでくれって岩井さんに言って、解決したみたい。いえ、違うの。納得したんじゃなくて、オーナーって人が、パンチパーマで眉がなくて。スジもんにしか見えにゃー外見なの。実際は、凄く優しい人なんだけど。だで、そういう、ちょこっと揉め事になった時には、オーナーに登場してもらうって。そうすると、大抵の人は怖がってくれるから、解決するだて」

女が笑いながら、私の髪をブラシで引っ張る。

私は首に力を入れて、頭をもっていかれないよう踏ん張る。

首にあたる熱風が熱過ぎるが、なにも言わずに我慢した。

女は髪先を内向きにまるめて固定し、そこにドライヤーの風をあてる。

私は口を開く。「おやっと思ったのは、どんな時でしたか？」

目を見開いた女は、ドライヤーの吹き出し口を下に向け、自分の足元へ風を送った。

やがて、話し出した。「半年ほど前の話。子どもがリトルリーグに入っとるんだなも。今年、息子のチームは調子が良くてね。ピッチャーの後藤《ごとう》君のお陰なんだわ。それで、今年は結構、応援に行っとるんだなも。城西グラウンドに応援に行った時に――こっからだと、車で十分ぐらいのとこで、岩井さんを見かけたんだなも。それが、国産の車に乗っとって。しかも、それ、助手席側のドアがちょこっとへこんどるような、ボロボロのだったんだなも。まー、どうしたんだろうと思って、よく覚えてますよ」

美容院を出た私は、パチンコ屋の二階のレストランで、遅い昼食を済ませた。

店を出て、駅へ向かいながら、岩井自身のことや美容院のことを聞いて歩いたが、これといった収穫はなかった。

駅の反対側へ回り、夏子の家に向かって駅前通りを北上する。

赤信号で足を止め、ブティックのショーウインドーに映る自分の姿を捉えた。すべてが内巻きにブローされた私は、二十九歳の実年齢より五つは若く見えた。前髪に手を差し込み、左右に分けた。分けた前髪を額に押し付けるようにして、なんとか横分けにしようとする。少しでも年より上に見られるよう、いつも額は出していたのに。

信号が青になった途端、疑問が浮かんだ。

どうして、夏子はオールウエイズに行っていたのだろう。夏子の家からオールウエイズまでの間には、何軒もの美容院がある。

ぷらっと入ってきたと、岩井は言った。

自宅近くの美容院なら、ぷらっと立ち寄るかもしれない。だが、この距離を歩くのは結構大変だろう。子どもはまだ小さい。なるべく自宅の近くで手早く済ませようとするのではないだろうか。何軒もの美容院を通り越して、通いたくなるほどのものが、オールウエイズにはあるだろうか。岩井を気に入った？　確かにいい男だったが。

もしかすると——。

気に入ったのは、岩井ではなく、岩井の財力か？

美容院は流行っていなくても、複数の外車を乗り回せる財力が、岩井にはあるようだし。

いや、それはないか。

五年前なら、岩井の財力に魅《ひ》かれて、夏子が近づいたとしても不思議ではないが、今は人妻だ。植物学者の収入が高いとは思えないが、少なくもないだろう。お金に困り、行きつけの美容院でツケを溜め、借金までするなんて——。

と、言い切れるだろうか。

夫には内緒のお金の貸借がないと、どうして言えるだろう。

夫には秘密の関係が二人の間に、あったのかもしれない。

夏子なのだ。

なにがあってもおかしくない。そういう女なのだ。

横断歩道を渡り、五分ほど歩き、公園に足を踏み入れた。地面には銀杏《いちょう》の葉が大量に積もっていた。

足を止め、膨大な量の落ち葉を眺める。

もう、秋も終わりか——。

直《じき》に冬が来る。
今年もあと少し――。
あっという間に一年が終わってしまう。
去年とほとんど同じ一年だった。一昨年も同じ。
来年も？
その時、すーっと足元を冷たい風が吹き抜けていった。
途端に私は動けなくなる。
広い公園の入り口で、私は立ち尽くす。
なにもなかった。なにもしなかった。なにも変わらなかった。
そして一年が終わる。
それが、とても恐ろしい。
そして――哀しい。
私の前には、この公園のように広い世界があって、そこは確実に劇的に変化している。
それなのに私は、端っこに立ち、呆然と眺めているだけ――。
ぽつん。
一滴の水音が、私の心の中で響く。
私はじっとしたまま、身体が動くようになるのを待つ。

やがて、指先に微《かす》かな熱を感じてきだして、動かしてみる。ゆっくり指を曲げ、伸ばし、自分の身体がコントロールできているのを確認した。

少しほっとして、深呼吸をする。

やおら、足を一歩前に出した。

どこかの骨が軋《きし》んだ音を立てた。

改めて公園を眺めた。

ジャングルジムの近くで、中学生らしき制服姿の男女を、砂場で一人の子どもを発見する。

さらに、砂場の横にあるベンチに女がいた。

私は改めて吐息をつき、足を前に繰り出した。

同じくらいの子どもをもつ母親同士なら、公園という社交場で出会っている可能性は高い。

私は女に近づいた。

私に踏み潰された銀杏の葉が、パリパリと音を立てる。

女に自己紹介をした私は隣に座り、夏子を知っているかと尋ねた。

「幸一君のママだよね？　ハーフの方だなも」と女は言って、笑顔を浮かべた。

夏子は、ここでも自分の好きな物語を語っているようだ。

女は砂場で遊ぶ子どもに目を向け、「息子より一つ下なんだて、幸一君は」と言って微笑《ほほえ》んだ。

その時、女は私に対してではなく、普段から笑っているような顔なのだと気が付いた。

女は自分のジーンズについたなにかを摘み、横に捨てるような動作をした。「よく預かります、幸一君を。たまに、私も預かってもらったりして」

「お住まいは、この近くなんですか？」

「ええ。すぐそこ」手を後ろに伸ばす。

「失礼ですけど、どちらの美容院に行かれてますか？」

「美容院？」と言って自分の髪に触れ、「美容院？」と確認してきた。

「ええ。駅からここまでの間に、何軒かの美容院があったので、どこを利用されてるのかと思いまして」

「あぁ」女は薄く笑う。「何軒もありますね。私は喫茶店の隣の、セタ美容院に行ってます。最近は行ってにゃーけど。三ヵ月ぐらい行ってにゃーか。いえ、四ヵ月になるかもしれません」

私が弁護士だと名乗り、あれこれ質問しているというのに、この女はこの状況に疑問をもたないようだった。

たいていの人が、どうして調べているのかといったことに興味をもつ。だが、たまに、好奇心をもたない人に出くわす。そういう人の方が、偏見や先入観なく答えてくれるので、真実に近い話を拾える可能性が高かった。

私の質問に、女はオールウエイズという美容院も、岩井という名の美容師も知らないと答えた。

そこで、「夏子さんのご主人も、ご存知ですか?」と私は尋ねてみた。

「はい。熊田さんご一家と一緒に、お宮さんのお花見に行ってまったので、その時に」

「どんな方なんです、夏子さんのご主人って」

「物静かな方だなも。学者さんだそうだて。それで、日本中を研究して歩かれてるそうだなも。そう言えば、そのお花見の時、隣のグループで喧嘩がおこったんだて。酔っぱらった二人の男性が、大きな声を上げだして。同席しとった人たちが宥《なだ》めてまったけど、なかなか収まらなくて。そのうち、一人が、もう一人の胸ぐらを摑《つか》んで、大騒ぎになりかかったんだなも。その時、夏子さん、お酒を持って、すっと立ち上がって、隣のグループの茣蓙《ござ》に移動して、喧嘩しとる二人の間に座ったんだなも。揉めてた二人の言い分を聞き出して、仲裁しはじめたんだなも。夏子さん、あっという間に、その場を鎮《しず》めてまった。夏子さんが真ん中で、左右に座った二人の男性の肩に手を置いて、仲良さそうに歌を歌い出すまで、ほんの数分だったなも。その時、ご主人は夏子さんになにも言わなかったんだなも。止めなさいとか、そういうこと、ひと言も。ただ、夏子さんを見守っとった」

男あしらいが上手な夏子なら、そんなこともやってのけるだろう。

それが、夏子なのだ。

五年経っても、人妻になっても、母親になっても、本質は変わらないのだろう。

女が続けた。「とってもお似合いのご夫婦だて、あの二人は。夏子さんって、いつも急いでいるような方でしょ、ご主人はその反対で、とってもゆったりしているんだなも。だで、きっとちょうどいいんでしょう。あの、お花見の時に、うちの主人が熊田さんのご主人に話しかけるでしょ。そうすると、熊田さんは、じっくりと考えてから話し出そうとするんだなも。でも、夏子さんはご主人が口を開くのを待っていられにゃーみたいで」首を竦《すく》めた。

「ご主人に代わって、夏子さんが全部答えてまった」

「ご主人はお金持ちなんですか？」

「お金持ちかどうかは——お金に困ってはいにゃーとは思いますけど。まだ若いのに、一軒家を建てたし。夏子さん、ビギとかニコルとか、そういうブランド物の服やバッグをよく買っとるし。いつもお世話になっているからと言って、私や息子に、結構いいものをくれるから」

夏子の自宅を思い出してみる。

溢れる物に目を奪われ、それが高級品かどうかまでは見ていなかった。

六畳ほどの小さな裏庭には、ブランコがあった。

リビングのソファに座った私は、そのブランコを眺めながら、ここが夏子の終着点だったのかと感慨にふけった。

これで終わるような女じゃないと自ら宣言していた夏子が選んだのは、意外なほど平凡な形をした幸せだったなぁと。

子どもが突然、大声でなにかを言った。

女が「できた? 偉かったね」と褒めると、子どもは満足したような笑い声を上げた。

子どもがシャベルでバケツに砂を入れるのを見ながら、私は尋ねる。「最近、夏子さんになにか変わったことはありませんでしたか?」

「変わったこと……」笑顔を張り付かせたまま、首を捻った。「そういえば、ご主人が車を処分してまったたって言ってまったね。それで、遠出ができなくて、おーじょーこくって。でも、それはしょーがーせんだてよ。夏子さん、運転があまり得意じゃにゃーようで、三度も事故を起こしただなも。それで、ご主人が、もう運転しちゃダメだと言って、売ってまったそうだわ。夏子さん、嘆いてまった。小さい子どもがいると、車がにゃーと結構大変だで。それで、うちに車を借りたいと言ってきたことがあっただなも。大学病院まで行きたいけど、電車だと大変だで貸してくれって。主人に相談したら、断りなさいって言われて。それで私、夏子さんにごめんなさいねって言ったんだなも。そうしたら、ちょこっと、気を悪くされたみたいなんだわ。すぐそこに大学病院行きのバスが出てるので、それを私が言ったら、バスはきりゃーだ、もういい、頼まにゃーって怒って。ちょこっと怖かったなぁ」

「三度も事故を。怪我はしなかったんですか?」

「夏子さんは全然平気だったそうだて、相手の方がむちうちっていうんだてか？　首が動かせのーなるの。そういうのになったって言ってまった。大変だったわねって私が言ったら、保険金が下りるんで、大丈夫って言ってまった」

「その三回の事故、いつだったかわかりますか？」

女が苦労して思い出そうとするかのように顔を顰《しか》めたので、私はバッグに手を入れ、そこでペンがないことを思い出した。

夏子の家でメモを取ろうとした時、手帳に挟んでいたはずのボールぺんてるは、新幹線の車内にでも落としたのか、バッグの中に見当たらなかった。仕方なく、ビジネスには不向きだとわかっていたが、フローティング・アクション・ペンを使ったところ、幸一に見つかってしまった。上下を逆さにすると軸の中のフィルムがゆっくり動き、絵が変わるペンは、コレクター魂を刺激するアイテムで、二百本程度は持っている。ペンの左端にある車が、徐々に右端に移動していくように見えるそれに、幸一が何度も手を伸ばしてきたので、辞去する際にあげてしまっていた。とびっきりのお気に入りというわけではなかったが、あげてしまった後では、やけに素晴らしいペンだったような心持ちになる。

人には執着しないくせに、子どもにやった一本のペンを惜しむなんて、私はどういう大人だろう。器が小さいのだ、私は。つくづく自分が嫌になる。突風が正面から当たってきた。途端に目に違和感を覚え、瞑った。ゴミが目に入ったようで、痛くて開けられない。

すると、銀杏の葉がたてる、カサカサと乾いた音が、私に迫ってきて、恐ろしくなった。

2

午前十一時に会場に到着した。

客席に向かう間にも、ブルース・リーのような雄叫びがあちこちから聞こえてくる。

剣道の大会に来ると、いつもこんな調子で、男の甲高《かんだか》い声を耳にする。低い声の方が力が出そうな気がするのは、素人の考えか。

今日の試合に坂口が出場するので、手作りのサンドイッチを持参して、応援に来た。

二階の客席の最前列に座り、下を覗く。

体育館の床には白いテープが縦横に貼られ、十二に区画されている。それぞれの場所で同時に試合が行われているようで、防具をつけた選手や、スーツ姿の旗を持った審判の姿が見えた。

選手は下腹部のあたりに名前を付けて、試合に臨んでいるはずだが、二階の客席から見えるはずもない。

こうして、坂口がどこにいるかまったくわからない状態で、私は何時間も過ごさなくてはならなかった。せめて試合そのものを楽しめればいいのだが、審判の旗を見なければ、勝負の結果さえもわからないのでは、どうしようもない。

「よっ」

声がしたので、私が顔を上げると、坂口がセーターにジーンズ姿で立っていた。

頭の後ろに手を回した坂口は、「一回戦で負けちゃってさ」と照れたように笑った。

私たちは車で近くのデパートに移動し、屋上のベンチでサンドイッチを食べることにした。

あっという間に一個目のサンドイッチを食べ終えて坂口は言った。「せっかく応援に来てもらったのに、勇姿を見せられなくて残念だよ」次のサンドイッチに齧《かじ》り付く。「まさか、一回戦で負けるとはなぁ。年、取ったかなぁ」

私より五つ上の坂口は、三十四歳だった。剣道が激しいスポーツには思えないが、試合終了後には、いつも汗だくになっているようなので、体力は消耗するのかもしれない。あの防具を軽くしたり、通気性を良くすれば、もっと楽に戦えそうなのだが。

「安易に気休めを言わないところが、君らしいね」坂口が笑いながら言った。

「え？　今、私に話しかけてたの？」

少しむせながら大きく首を左右に振る。「いや、独り言だった。でも、ある程度、返答を期待した上での独り言。わからない？　お決まりの会話ってあるだろ。年、取ったかなぁって弱気なことを男が言ったら、まだまだよ、なんて女が言ってくれるだろうって、予想をした上で、口にするっていうことがさ。いや、なんでもない。わからないよね。いいんだ。君の場合は、それで」

私は無表情のままサンドイッチを食べ、アイスティーを飲む。

君はそのままでいいと坂口から言われる度に、普通の人とは違うと言われているようで、不愉快だった。

だったら、なんで五年も付き合っているのか——。

わからない。

自分のことなのに、わからないことが多すぎる。

「そう言えば」坂口が言う。「名古屋、どうだった？　今週の頭に、行ってたんだよね」

私はため息をついた。

「なに？　難しい案件なの？」坂口が聞いてくる。

「難しいかどうかは、わからないけど。まぁ、いろいろありそうで」

「確か——親戚の人からの依頼だって言ってたよね」

「遠戚」

含み笑いをした。「そうそう。遠いんだったね。夏子さん、だったっけ？　君の評価では、夢見がちな嘘つきで、金が好きな詐欺師ってことだったね。久しぶりだったんだろ。どうなってた、夏子さん。相変わらずだったかい？」

「結婚して、子どもがいた。小さな庭のある一軒家に住んでた。ということになってるっていうか……」言葉を濁した。

「その顔は、なんだか、色々ありそうだね」坂口は目を大きくした。「ま、いいよ。僕には話せないこともあるだろうから。話せる段階になったら、話せる範囲で教えてよ。夏子さんには興味があるんだよな」

私は運んでいたサンドイッチの手を止めた。

なぜ、夏子なんかに興味があるのだろう。所詮、どんな男も、夏子のような女が好きなのか。

玉子サンドを口に入れると、塩味が強過ぎて、舌が痺《しび》れた。

剣道の試合がなくなったために空いた午後は、二人で映画を観て過ごした。

自宅まで坂口に車で送ってもらい、午後七時過ぎに別れた。今夜、兄がうちに来ることになっていて、それは午後六時と聞いていたが、約束時間を守る人ではないので気にしていなかった。

七時半になって、ドアフォンが兄の到着を告げた。

招き入れると、兄は遠慮する素振りも見せずに、リビングのソファに座る。

いつものように、フライドチキンの袋をテーブルに置き、「食おうぜ」と言った。

兄の手土産は、いつも決まって、フライドチキンだった。そのうち白い髭を生やし、メガネをかけて蝶ネクタイをするのではないかと、姉はよくからかう。しかし、姉の嫌味など兄には届かない。兄は変わらず、フライドチキンを運んでくる。

私は冷蔵庫から缶ビールを取り出し、テーブルに置いた。

食事を始めてすぐに、兄がセカンドバッグから封筒を取り出した。「これ、また、頼むよ」

私は受け取った封筒から書類を取り出し、中身を確認する。

兄の趣味は引越しだった。

仕事がうまくいかないから、気分転換に。彼女と別れたから、気分転換に。

兄は気分転換ばかりしている。

半年と一箇所に留まれない。そして今日も、マンションの賃貸契約書の保証人欄に、サインをしてくれと、フライドチキンを伴ってやってきたのだ。「東大泉《ひがしおおいずみ》ってどこ？」私は尋ねた。

「西武池袋線の大泉学園駅の近く。会社まではちょっと遠くなるんだけど、静かなんだよ。それに、今の会社、辞めるかもしれないしさ」

兄は部屋を替えるような気楽さで、仕事も替える。今、どんな業種の会社に勤めているのか、忘れてしまった。

面倒だと言って、週に三日程度しか高校に行かなかった兄が、社会人になったからといって、毎日出社できるわけがない。

「徹子は引越し、しないよな」兄がフライドチキンを食べながら言う。

「それともあれか、もうすぐ二人暮らしか？　なんて言ったっけ、坂口さんだっけ？」

「普通はそんなにしないものよ」

私はなにも答えず、缶ビールを持ち上げた。

自分だって独身のくせに、兄は母のように、私に結婚という言葉を唱える。

結婚したいと考えたことはないが、それを表明するほどの勇気は私にはなかった。女友達から浮かないよう、どういうウエディングドレスがいいか、どういう家庭を夫と作りたいかといった話題の際には、無難な答えを用意していた。

二十九歳にもなると、見えない縄でじわじわと締め付けられるような恐怖を常に感じるようになる。母のよく言う、世間が、私を追い詰める。

あの、夏子だって結婚した――。

夏子のことだから、大金持ちと結婚するだろうと思っていたが、意外に小さくまとまった。

兄に尋ねた。「小谷夏子ちゃんって、覚えてる？」

首を捻る兄に、説明する。「お祖母ちゃんの妹の孫で。夏休みに皆でお祖母ちゃんの家に遊びに行った時、いた子なんだけど。私と同い年で」

背筋がみるみる伸びたかと思うと、大きな声を上げた。「夏っちゃんかぁ。その、夏休みのは全然覚えてないけど、いつだったか、法事に出席させられたことがあってさ。長男だからとか言われて。その時、夏っちゃん、来てたよ。俺が大学生の時だった。可愛かったなぁ」遠い目をした。

「ちゃんと覚えてる? 顔のできでいったら、並だよ」

「相変わらず、徹子の人への評価は厳しいな。並じゃないよ。並よりはちょっと上だよ。松竹梅でいったら、松に近い竹だよ。あのね、そこのゾーンは、男には非常に魅力的なゾーンなのよ。松はさ、ちょっと手を出しにくいっていうか、俺には無理だよなぁって最初っから諦めちゃうクラスなんだよ。だけどさ、竹クラスだと、割と気軽にちょっかいを出しやすいんだな、これが。その竹クラスでも、松に近いのは、理想的」

兄に呆れるいっぽうで、それが、夏子が大勢の男たちを傅《かしず》かせられる理由なのかと納得しかかる。

松に近い竹か。

「で、夏っちゃんがどうしたのよ?」と兄が言うので、「結婚して、今、名古屋にいて、子どもが一人いる」と私は教えてやった。

先ほどより遠い目をして、兄は言った。

「そうかぁ。嫁に行っちゃったかぁ。子どもまでなぁ。いるよな、そういう年だもんなぁ」

私に目を向けてきたので、なにか言われる前に、うんざりした顔をしてみせ、ビールを呷《あお》った。

3

緒方直子《おがたなおこ》は泣きじゃくる。

隣に座る、姉の律子《りつこ》が、直子の背中を撫で始めた。

律子が私をちらちら見てくるのは、私になにか言えと促しているからだろうか。だが、私にはなにも言うことはない。

週明けの今日は、律子が住むマンションの前で荻原と待ち合わせた。それは、荻原の指示だった。

私が荻原へ顔を向けると、優しそうな目で姉妹を見つめていた。

直子は泣いてばかりで、どうしたいのか、口にしてくれない。

言いたいことを言わずに、泣いてみせて、自分の心情を察してくれと訴えている。

私が一番苦手なタイプの女性だった。

もし、自分の気持ちがわからないなら、そう言ってくれればいい。

それをしないで、ただ泣くだけでは、可哀相な自分を演じたいようにしか、私には思えなかった。

この茶番から私は早く逃げ出したかった。

坂口を羨ましくなるのは、こういった時だ。クライアントのほとんどが企業だという坂口は、こうしたセンチメンタルな場面に立ち会うことはないという。

荻原が穏やかな声で二人に話しかける。

「直子さんの気持ちを、尊重しますよ。直子さんが幸せになるのが、一番です。ただ、直子さんを心配するお姉さんの気持ちも、よくわかります。お話を伺っていると、直子さんご自身も、まだ気持ちがはっきりしていないようですね。来週、またお話を伺いますから、それまで、もう少し時間をかけて、気持ちを整理してみてはいかがでしょうか？　急ぐ必要はないんですから」

律子は感謝するような表情を浮かべ、荻原に向かって頭を下げた。

荻原と私は、律子の家を出て駅へ向かう。

荻原に尋ねた。「来週、また話を聞きに行くんですか？」

「そうだね」

「二人の弁護士であたるような案件でしょうか？」

「二人であたっちゃ、まずい？」

「効率の問題です。争点は一つですし、交渉に臨めるだけの、証言や証拠は揃っています。一人の弁護士で充分じゃないでしょうか？」

「そうかな？　この案件には、まだまだ手がかかると思っているよ、私は。だから、私と徹子先生の二人であたるべきだとね。不満そうだね。それじゃ、実はって話をしよう。徹子先生に不満の声が上がってる」

「えっ？」思わず、私は聞き返してしまう。

「依頼人の数人から連絡が入ってね。それぞれの意見は、それぞれなんだが、共通した見解もある。親身になってもらえないってことだ。それがクレームになって、私の耳に入ってきてね。心当たり、ある？」

「松坂《まつざか》さんのことですね。あの人はすぐに興奮するんです。だから冷静によく考えてみてくださいって言ったんです。お金を借りといて、返したくないなんて話に、親身にはなれません」

「松坂さんの件は、初耳だなぁ」

私は足を止めた。

だが、荻原はどんどん歩いていってしまう。

私は、荻原を追いかけた。

路地を左に曲がると、道幅が少し広くなった。右には低いブロック塀が続き、その向こうに、墓地が広がっているのが見える。左は古い民家が建ち並んでいた。

荻原に追いつき、並んで歩きながら、誰がクレームを言ってきたのかと考える。松坂でないとすると、誰だろう。思い浮かばない。

「反省したんだよね」荻原が口を開いた。「徹子先生への指導を放棄しちゃったこと。徹子先生はさぞかし不安だったろうなぁなんてさ。今頃、遅いんだけど、今頃、そう思ったんだよ」

「私、クビですか？」

「まさか。違うよ、全然」

突然、荻原が足を止めた。

花屋の前だった。

「女性は花を貰うと、嬉しいんだよね？」と荻原が尋ねてきた。

「はい？　はぁ……ええ」

「徹子先生にお願いがあるんだけど」書類カバンから財布を取り出す。「花束を注文してくれないかな。どういうのがいいのか、私は全然だから」

しばらくぼんやりしていたが、荻原の視線に気付いて、我に返った。「花？　花束って今、言いましたか？　なんでですか？」

「今夜、娘とデートなんだ。それで、花束を渡したら喜ぶかと思ってさ。うちの、マセてるから、ちっちゃくても、一人前の女性扱いをされないと怒るんだよね。先月、ぬいぐるみを買って行ったら、しばらく口を利いてくれなくて、困ったよ」

「……あぁ」

荻原には、離婚した奥さんと暮らしている、一人娘がいる。たまに荻原のデスクが片付くことがあり、そんな時には、娘さんの写真が入ったフォトスタンドを目にすることもあった。ピアノの発表会の日に撮られたその写真で、娘さんは光沢のあるブルーのワンピースを着ていた。

私は荻原からお金を預かって、花屋に入る。

注文をして店を出ると、荻原がガードレールの上に尻をのせていた。

「今、花束を作ってもらってますから」と私は説明すると、荻原は右手を上げて、「ありがとう」と答えた。

歩道を歩く人の邪魔にならないよう、私は荻原の隣に移動する。

弁護士としての五年間を否定されてしまった――。

だが、哀しさも、怒りも湧いてこない。

わかってしまうのだろう。熱心ではないこと。時間を潰すために仕事をこなしていること。

冷めた目で依頼人を見ていることが。

私は自分へのダメ出しを、すっかり受け入れていた。

そして、そんな自分に、少しだけがっかりもしている。

どうして、がっかりしているのかは、よくわからなかった。

荻原が前を通るベビーカーを目で追いながら、口を開いた。「我々からするとさ、抱えているたくさんの案件の一つ。でも、当事者からすると、自分の人生を変えるような大きなたった一つのトラブルなんだ。不安だしね。法律用語なんてちんぷんかんぷんだろうし。自分がトラブルに巻き込まれたことを、理不尽だと思ってる人がほとんどだからね。弁護士だけが頼りだよ。心の支えだ。だから、必要以上に期待もするし、縋《すが》ってもしまう。弁護士はね、それに応えていかなきゃいけないと、私は思ってるんだ」

私は目を伏せた。

ガードレールの支柱とアスファルトの歩道の隙間に、ピンクの花が咲いていた。

荻原が続ける。「みゆきさんってさ、依頼人たちから凄く評判いいんだよ。私よりね。どうしてだと思う?」

私が顔を上げると、少しおどけた表情の荻原が口を開こうとしていた。

「それは大変でしたねぇって言うの、聞いたことない? みゆきさんのいつもの調子でだよ。まるで身内に向ける言葉のように、凄く、感情を込めて言うの。そんな言葉一つで、依頼人の気持ちが変わるんだよね。この人は本気で心配してくれてる、私の気持ちをわかってくれてると思うんだろう。そういうの、大事なんだ。訴訟に勝つのが、目的じゃなくなる。依頼人の満足度ってさ、訴訟の勝率と比例関係にはないんだよね」

荻原の言いたいことは、理解できる。

私も、そんな弁護士になれたらと願っていた。

だが、私にはできなかった。

依頼人の置かれた境遇に同情をすることはあっても、彼らと同じ温度で腹を立てたりはできない。いっそのこと、諦めたらどうですかと、何度口にしそうになったことか――。

さすがに、それを言ってはいけないのだろうと、理性が歯止めをかけてくれて、一度も発言してはいないが。

荻原が続けた。「そういうの、ちゃんと徹子先生にレクチャーするべきだったなと、遅まきながら反省してね。しばらくの間、案件によっては、私と二人で当たるようにしようかと思ってさ」

店員が、花束を持って店から出てきた。

私の姿を認めると、花束を差し出してきた。

ブルー系でまとめて欲しいとのリクエストに添って作られた、デルフィニウムと薄紫のトルコギキョウがメインの花束は、その色合いから、クールな印象だった。

手提げ袋に入れてもらった花束を、荻原が受け取る。

帰りの電車の中では、荻原はなにも言わず、中吊り広告を眺めるだけだった。私も口を開かず、ただ、電車の揺れに身体を任せた。

事務所のドアを開けるとすぐに、「お帰りなさい」とみゆきの元気な声がかかる。

すぐにみゆきがお茶を入れて、荻原と私のデスクに湯呑みを置いていった。

荻原が窓に向かって体操を始める。「みゆきさんが言ってた通りになったよ」

みゆきが自席から声を上げた。「緒方さんですか？　やっぱり、そうですか」

「来週、また話を聞きに行くことになったんだけど、どう思う？」

「別れない方に、舟和の芋ようかんを賭けますね」

「芋ようかんを賭けちゃうかぁ」右肩を回しながら言う。「徹子先生は、どう思う？　緒方さんは別れるって方に、賭ける？」

「あの、緒方さんって、今、行ってきた、緒方直子さんが、ご主人から暴力をふるわれてて、離婚を希望している件のことですか？　それをみゆきさんは、別れないと思ってるんですか？」

みゆきが椅子を回転させて、私に向いた。

「そうです。お姉さんや周りが、別れなさいって言ってるだけで、直子さん自身は、別れる気なんてないんだと思いますよ。ご主人を愛してるんですもの」

みゆきがそう言うなら、そうかもしれない。

みゆきのこういった勘はよく当たる。

だが——。

私はみゆきに尋ねる。「鼻の骨を折られて、肋骨にはヒビを入れられて、それでも愛してるんですか？」

しっかり頷《うなず》いた。「愛してるって言葉だと、理解しにくいかもしれませんね。執念って言ったらわかりますか？　この人を愛してるっていう、自分の気持ちを変えたくないんですよ。この人には、私が必要って思い込んでる気持ちでも、いいですけどね。執念があるうちは、どんなに怪我をさせられたって、周りで言い含めたって、ダメなんです。本人が、執念を打ち捨ててからじゃないと」

細い身体を震わせて泣いていた、直子を思い浮かべた。

執念か――。

怪我をさせられても、その痛みや恐ろしさより、一念の方が勝るなんて。

不幸の渦の中に自ら入っていっているように思える。

直子の行きつく先は、どこなのだろう。

どうなった時、直子は幸せを感じるのか、ぜひとも聞いてみたい。

私にはまったく理解不能な直子の言動に、「それは大変でしたね」と、言える努力をしなければ、いけないのだろうか。そう言えさえしたら、弁護士として認めてもらえるのか。本当に、そんなことが大事？

だったら、劇団にでも入って、芝居の練習をしなくてはならない。

電話が鳴り、みゆきがくるっと身体を回して、受話器を握った。

荻原の声がした。

「夏子さんと電話で話せたの？」

先週、名古屋出張から戻って以降、夏子と連絡が取れなくなっていた。岩井の暴力性や、嘉昭が不在がちなことなど、懸念材料があったため心配していた。

私は肩を回す荻原に向かって、昨日、やっと連絡が取れたと報告する。

さらに、荻原から問われるまま、夏子の案件について手帳を見ながら説明した。

「そうすると」荻原は言う。「夏子さんが金を借りた証拠や形跡はないようだから、金銭の貸借とは違う問題が、二人の間にあるのかもしれないね。男女関係かもしれないし、まったく違うトラブルが潜んでいるのかもしれない」

やはり、荻原もそう思ったか。

私は手帳の中の自分の字を眺める。迷いながらも、荻原に報告していないことが、そこには書かれていた。

「なにか、ヒントでも拾ったのかな？」

荻原の声に促されて、私は顔を上げた。

「関係ないかもしれませんが、夏子さんが交通事故を三回起こしたと教えてくれた人がいました。その人が言うには、交通事故の相手が美容師だと聞いたと。夏子さんに確認しましたが、事故は保険会社が処理してくれたので、相手がどんな人か、知らないということでした」

「臭いますね」と言ったのは、みゆきだった。

いつの間にか電話を終え、立ち上がっていた。

みゆきの顔は輝いていた。「そんな偶然、おかしいですもの」

好奇心のかたまりといった風情《ふぜい》のみゆきが、なんだか眩しかった。

4

タクシーを降りて、研究所の受付に向かう。

熊田嘉昭と面会の約束があると告げると、四番の札がかかっているビニールハウスに行ってくれと言われた。

大学のキャンパスから車で五分ほどのところに、嘉昭が勤める研究所があった。

ガラスの戸を横に引き開けると、さらに内側にもう一枚のガラス戸があった。

その戸を開けた途端、頭上から熱風が吹き込んできて、すぐに後ろ手で閉める。

体育館ぐらいあると思われる広いハウス内を見渡し、嘉昭なる人物を探す。

ハウスの端にいる、あの人だろうか。

私はその男に向かって歩き出す。

腰の高さ程度の台が整然と並び、その上に、数字が書かれた箱が置かれている。箱の中には十センチほどに育った稲が入っていた。

台の間を進んでいる時、章男の大きな背中が思い出された。

五年前、夏子と婚約していた章男は、今、どうしているだろう。

あの畑で、野菜を育てているだろうか。夏子のように、結婚して家族が増えているのか。

長身の男の背中に声をかける。「熊田嘉昭さんでしょうか？」

クリップボードから目を離した男は、丸くて大きなメガネをかけていた。

私が名乗ると、嘉昭は「夏子がお世話になります」と頭を下げた。

嘉昭は台の下から丸椅子を二つ取り出し、そのうち一つを私に勧めた。

私は腰かけ、すぐに尋ねた。「夏子さんから、岩井さんの話は聞いていますか？」

小さく頷いた。

しばらく待ったが、嘉昭が口を開く気配がないので、再び質問する。「どのように聞いていらっしゃるんでしょうか？」

自分の膝頭を見つめて考えをまとめる様子の熊田を、私は観察する。

章男とは随分雰囲気が違う。

章男には熱があった。強く足を踏ん張っていないと、押し倒されそうな熱気が常に放たれていた。だが、嘉昭に熱は感じられない。静かで、どちらかというと冷めていた。

夏子がインテリだと自慢していた男。本当かどうかはわからないが、凄い研究をしているので、ノーベル賞を取るだろうと噂されているのだとも夏子は言っていたっけ。

嘉昭がようやく話し始める。「行きつけの美容院の店主だと聞いています。腕が良かったので、近所の奥さんたちに店を紹介したこともあったそうです。財布を忘れて行った時、ツケにしてもらったことが何度かあったようです。金額を尋ねると、その度に額が違ったと夏子は言ってました。理解できないほどの高額を言ったかと思うと、考えられないほど低い金額を言ったりするので、本気で請求していないと思ったというんです。何人か知人を店に紹介したので、サービスしてくれる気なのだろうと判断したと。それが突然、家まで押しかけてきたので、怖くてドアを開けなかったら、大声で喚《わめ》いて、ドアを何度も蹴ったそうです。私は家にいないことが多いので、心配になって、親戚の徹子さんに連絡をしたようです。岩井さんが主張している借金については、夏子はまったくの言いがかりだと言っています」胸ポケットから封筒を取り出した。

「これ、岩井さんが言ってきた、カット代の未払い分の金です。徹子さんから岩井さんに、渡していただけませんか？」

私は受け取り、「夏子さんの話を、ご主人はどう思われますか？」と尋ねた。

一瞬、驚いた顔をした嘉昭は、再び自分の膝頭に目を落とした。

答えが返ってくるまで時間があるように思われたので、私は封筒の中身を確認し、受取証を書く。

書き終わって、顔を上げると、嘉昭はまだ膝頭を見ていたので、受取証を彼に向けた。確認欄にサインをして欲しいと言ってペンを渡すと、嘉昭は受取証をしげしげと眺めた。

「夏子の言い分を信じているのかと、そういうお尋ねですか？」嘉昭が言った。

私は曖昧に頷いてみせる。

ためらいがちに嘉昭は言った。「筋が通っていない部分があるとは思います。ですが、夫の私が信じてあげなくては」私の目を見つめた。「私が信じなくては」

自身に言い聞かせるように繰り返した嘉昭は、受取証にサインをして、私に戻した。

「交通事故の件は、どうでしたか？」私は尋ねた。

眉を顰《ひそ》め、口を固く引き結んだ。

絶対に喋らないと決心している様子が、すべてを語っていた。

電話で嘉昭と話をした時、三つの保険会社に連絡を取って、夏子の交通事故の相手の名前を調べて欲しいと言ってあった。その中に、岩井の名前があるかもしれないからと、調べる理由について説明もしていた。

夏子が岩井と共謀し、交通事故を偽装したのではないかと、私は疑っていた。

保険会社がその都度違っていたのも、この推理を後押しする。

下りた保険金を二人で山分けしていたが、仲間割れでもしたのではないだろうか。美容院オーナーが、客の自宅に行き、ドアを蹴ったと考えると不自然さが残るが、二人に共犯関係があったとすると、しっくりくる。被害を警察には届けないと言った、夏子の態度も納得がいくことになる。

カット代の未払いについては、弁護士の私が登場したことに驚いた岩井が、慌てて出してきた争点のような気がしていた。

嘉昭の口をこじ開けるのは難しそうだったので、私は違う質問をする。「夏子さんとは、どこで知り合ったんですか?」

ほんの少しだけ表情をほぐした。「東京の大学で働いていた時、よく行ってたラーメン屋で。夏子もよく来てたんです。それで、です」

次の質問を私が考えていると、嘉昭が喋りだした。

「その日、店が混んでて、夏子と相席になったんです。私が餃子を食べてると、夏子がグラスに自分の瓶ビールを注いで、私に勧めてくれたんです。私、ビールはダメなんです。それで、せっかくですが、私はビールを飲みませんと言ったんです。そうしたら、夏子は笑ったんです。せっかくですがって、なんだか格好いいと言いまして。せっかくですが、せっかくですがって、子どもが初めて覚えた言葉を繰り返すように、何度も口にしました。そんなことをされたら、馬鹿にされたと感じるところなんですが、その時、私はそうは思わなくて。どちらかというと誇らしいぐらいの気分でした。それから夏子は、嫌いなことを互いに三つ挙げようと言い出しました。私がちょっと戸惑っていると、私はねって指を折り出して、ハゲと掃除とバスだって言ったんです。それぞれについて、どれくらい嫌いかってことを捲《ま》くし立てました。あの時――いつもの汚いラーメン屋が、夏子の周囲だけ輝いていました」目を細めた。「それで、私も嫌いなものを三つ挙げました。ビールと写真に撮られることと、ジャンケンだって。どうしてどうしてと夏子が聞くので、理由を話しました。そんなこと、人に話したことなんてありません。夏子に初めて話したんです。ラーメンを食べ終えた頃には、夏子が凄く近しい人になってました」

夏子の方は、どう思っていたのだろう。

覚えていないかもしれない。

覚えていたとしても、全然違う話を語るかもしれない。

私は尋ねる。「夏子さんに対して腹の立ったことは、ありましたか?」

「今回の件で?」

「いいえ。知り合ってから、今日までの間に」

受取証の複写ページを破り取って渡すと、嘉昭はそれを半分に折って、胸ポケットに入れた。

私は辛抱強く待った。

やがて嘉昭は口を開いた。「夏子はなんて言うか――全部を理解することはできない女なんです。研究所の先輩たちも、奥さんのことを同じように言ってますから、女というのはそういうものなのかもしれませんが。ただ、私はやはり……理由を知りたいんです。結果に至るまでには、思考過程がありますよね。こう考えたので、こういう行動を取ったといったような。それを尋ねても、そうだから、そうなのって言いまして」苦笑いをする。「感情で行動してしまうんです。後から、なぜそうしたのかと尋ねても、本人もわからないことが多いようです。昔はそういうことに、私は腹を立てました。理解できなかったからです。最近はもう慣れましたが」

「おやっと思ったことはありましたか？」

嘉昭が私を真っ直ぐ見つめてきた。

しばらく待っていると、嘉昭の瞳に寂しそうな影が射した。

ゆっくりと嘉昭が言った。「それは、私と結婚してくれたことです」

はっとして、私は嘉昭の瞳を覗き込む。

嘉昭はいろんなことを知っている——。

それでも、夏子と共に生きることにした。

なぜだろう。

それほど、夏子は魅力的な女だろうか。

兄はよくわからない理由を上げていたが、どう贔屓目《ひいきめ》で見たとしたって、外見にずば抜けたものはない。さらに、知性もまったくない。

場当たり的に、楽しい時間を演出することはできるかもしれないが、それだけだった。

それだけなのに、夏子はいつも男たちに囲まれている。

ふと、苦笑した。

人に興味のないはずの私が、夏子への疑問で頭がいっぱいになっている。これではまるで、夏子に関心があるかのようだ。

どうして、もっと夏子を知りたいと考えてしまうのだろう。

それは——わからないからだ。

私の理解を超えているからだ。恐らく。

ただの最低の女にしか見えない夏子が、私より、よっぽど楽しそうに生きているのが、解《げ》せないのだ。もし、その理由を解明できれば、私ももう少し幸福感を得られる生活を送れそうな気がしているのかもしれない。

嘉昭が不思議そうな顔をしているのに気付き、我に返った。

なんだか気まずくて、嘉昭の視線を避けるようにして、受取証をバッグに仕舞う。

顔を上げると、まだ嘉昭は私を見つめていた。

落ち着いた風情の男。

とても常識的で、論理的思考の持ち主に見える、この嘉昭が、夏子の嘘を丸ごと受け入れようとしている——。

もしかすると、嘉昭は、私に似ているのかもしれない。

疑ったり、嫉妬したり、腹を立てたりするより、受け入れてしまった方が、楽だと考えるタイプなのでは。副作用は、私と同じように、時折虚しさに襲われることだろうか。

あなたも、身体が凍りつき、動けなくなってしまう時がありますかと、尋ねてみたい衝動に駆られた。

だが、もちろん、そんなことはしない。

嘉昭が、私と同じタイプでなかったとしたら、どうだろう。

嘉昭の胸にあるのは——執念？

以前、みゆきから教わった感情だ。

どちらにせよ、嘉昭と夏子の間には、二人だけの特別な関係が構築されているのは確かだろう。

5

VIPルームに入った私は、ソファに座り込んだ。

大音響と人ごみから逃れられて、ほっとする。

私は少し首を伸ばして、下のフロアを覗く。

ガラスで囲まれた部屋からは、階下で踊る人たちを見下ろせる。

このディスコは、高木美貴《たかぎみき》が大学生時代、よく通った店だという。彼女はどうしてもここで結婚式の二次会をしたくて、借り切ったのだと、電話で私に言った。

美貴とは家が近所で、小学校の一年で同級になった。その後、クラスが違ったり、また同級になったりを繰り返しながら友人関係は続いた。中学からは別々の学校に進学したが、時折美貴から連絡が入り、二人で遊びに行ったりした。

VIPルームを見渡すと、四人の男と一人の女が話をしていた。

私は立ち上がり、部屋の隅のテーブルに近づいた。

小さくカットされたサンドイッチは、乾燥してしまっていて、端が反り返っている。とてもそれを食べたい気持ちにはならなかったので、カットフルーツが盛られている皿を手にソファに戻った。

美貴の二度目の結婚相手は、小学校の同級生だった。美貴から夫となる人の名前を言われても全然思い出せず、二ヵ月ほど前に対面させられた時も、記憶は蘇らなかった。私の記憶を呼び戻せないことに、美貴と彼は残念そうだったので、申し訳ない気分になった。

薄い味のメロンを食べていると、突然、大きな音が流れてきた。

振り返ると、開いた戸口から美貴が顔を出し、きょろきょろしていた。

私を見つけると、走り寄ってきて隣に座った。「ここじゃないかと思ったんだ。踊るの好きじゃないって言ってたから。三次会もあるんだから、ここで帰らないでよ」

先読みされた私は、苦笑いを浮かべた。

美貴は足元に置いた紙袋から、小さな包みを取り出す。「徹子って、昔のこと全然覚えてないから無理だろうなぁ。小学校を卒業する前の日に、仲の良かった七人でタイムカプセルをうちの庭に埋めたでしょ。その顔は、まったく覚えてなかったって顔ね。クラスの皆で、タイムカプセルを埋めようってアイデアが出たんだけど、担任に、校庭に物を埋められては困りますって言われて、ポシャって――その話も覚えてないかぁ。私、タイムカプセルって素敵だなぁって思ってたから、学校に拒否されたのが凄く哀しくて。それで、親に言ったら、うちの庭だったら構わないってことになって。友達に声をかけて、七人のタイムカプセルをうちの庭に埋めたの。その時、十年後の同じ日に、ここで再会して、皆でタイムカプセルを開けようって約束したんだよ。でもさ、十年後には、そんなこと忘れてた。康《やすし》に偶然再会して。二度目のデートの時に、二人同時に思い出したの。あのタイムカプセル、どうしたかなって。それで、記憶を頼りに庭を掘ってみたら、あったんだよ、缶が。お煎餅が入ってた缶。それで、これが、徹子がその缶に入れてた物。勿論、中は見てないよ。封してあるし。あの時の七人――私と康を抜かすから五人だけど。五人には、今日、渡したかったんだ。後で、もし良かったら、なにを埋めたのか教えて」

私の返事を待たずに、美貴はＶＩＰルームを出て行った。

赤い包み紙にはゴールドのリボンがかけられている。

自分の膝の上で包み紙を開けた。

油紙を外し、ラップを外している間も記憶は蘇らない。これは本当に私の物なのだろうか。

やっと出てきたのは、淡いピンクの封筒だった。バンビのシールの下に書かれていたのは、見覚えのある、幼い頃の私の文字だった。

途端に身体が落ちていく感覚を味わい、ソファに手をついた。

みるみる記憶が蘇る。

あれは、寒い日だった。

私はとても寒くて、男子がタイムカプセルの上に土をかけていくのを眺めながら、早く終わってくれないかと願っていた――。

封筒を裏返し、隅に貼られた星型のシールに指をあてた。この立体的なシールは、当時の私のお気に入りだった。

封を開け、中身を取り出す。

鍵だった。

茶色くなってはいるものの、錆《さ》びてはいなかった。

これは、叔母の家の鍵だ。

私は掌にのせ、しばし眺める。

たちまちこの鍵を渡された時の記憶が胸に迫ってきた。

小学六年の時、父が経営していた会社が上手《うま》くいかなくなり、生活は日に日に苦しくなっていた。子どもなりに、家計が逼迫《ひっぱく》していくのを、私は理解していた。夏休みのある日、叔母の家に一人で一週間泊まりに行くよう、両親から言われた。それは唐突な命令だった。叔母の家に行く前日に、別の伯母から同情めいた目で見られた。そしてその時かけられた言葉から、この命令の裏にある計画に私は気がついた。子どものいなかった叔母夫婦が、私を養女にするかどうかを試す一週間だったのだ。

あの時——私は哀しかっただろうか。

よくわからない。

叔母の家では、それはそれは大切にされた。

そして、叔母夫婦に嫌われないよう、細心の注意を払って行動している自分に、がっかりしていた。

十二歳の私は、両親が自分を手放すと決心したなら、それは仕方がないことだと運命をすっかり受け入れていた。

一週間が経ち、自宅に帰ろうとした私の手に、叔母が、この鍵を握らせた。ここの家の鍵だと言って。いつでも好きな時に来られるように、徹子ちゃんに鍵を渡しておくと、叔母は言った。

その後、親族会議があったようだが、どのような話し合いがされたのかは不明だった。父の会社が持ち直したのと、関係があったのかはわからないが、その後叔母の話が両親から出されることはなかった。

私はどんな想いで、この鍵を埋めようとしたのだったか――。

肝心な点の記憶は戻らない。

だが、はっきりしていることは一つだけある。

それは、これが、私が運命をすっかり受け入れてしまった方が楽になると、初めて気がついた出来事だったということだ。あらがわなければ、傷は最小限に抑えられる。

隣に男が大きな音をさせて座り、私の手元を指差し、「それ、なに？」と話しかけてきた。

私は無視し、鍵を封筒に戻すと、ショルダーバッグに仕舞った。

包み紙を捨てるゴミ箱を探す。

隅のテーブル下に発見し、立ち上がった。

包み紙を捨て、ついでに水割りを作ろうと、テーブルのウイスキーに手をかけた時、背後から声がした。

「タイムカプセル、なに入れてた？」

振り返ると、小学校で同級生だった村上三郎《むらかみさぶろう》が、片手に持ったノートを左右に揺らしていた。

「村上君は？　なんだったの？」

「エロ写真をスクラップしたノート」

思わず、私は笑ってしまう。

村上は口を尖《とが》らせた。「今見ると、全然エロくないの。ただの水着の写真だったり。こんなのをイヒヒって喜んで集めてたのかと思うと、情けなくなるよ」

水割りを飲むかと尋ねると、頷いたので、村上の分も作り、ソファに並んで座った。

「変わらないんだな」村上がフロアを見下ろしながら言った。「なんだかんだ言ってさ。成長なんて、しないんだな。ダメだったヤツは、ダメなままだし。エロしか頭にないヤツは、エロな頭のままだ。成長するのは身体だけだ。心だって頭だって、変わらない。いや、ごまかすのは上手になったかな。それを成長とは言わないか。徹子はなんだったの？　六法全書でも入れてたか？」

私は静かに首を左右に振った。

6

新幹線の窓側の席に座った私は、流れていく景色を眺める。

乗車して一時間半。

ずっと車窓からの景色を眺めていたら、孤独感が募ってしまった。

隣席に顔を向けると、荻原が名古屋のガイドブックを広げていた。

私の視線に気付いた荻原が言った。「みゆきさんへの土産は、やっぱり外郎《ういろう》だよね」

荻原の声が弾んでいるように感じるのは、気のせいだろうか。

昼は味噌カツを食べなくてはいけないと、決心を口にする荻原に、私は曖昧に頷いた。

荻原は遠出が好きなようだ。

坂口も遠出が好きで、特にお気に入りの沖縄には二度も連れて行かれてしまった。のんびりしようと坂口は言う。

だが、私は上手にのんびりすることができなかった。時間を持て余した結果、普段、忙しさの下に隠している満たされない想いと向き合ってしまう。

「手鏡、ないかな?」と、荻原に聞かれ、私はミラーを手渡した。

荻原は襟元に手をやりながら、「ちょっと、派手だろうか」と言った。

明るめのグレーのスーツに合わせているのは、ピンクのネクタイだった。初めて依頼人に会う時によく締めているネクタイだ。

荻原は相手に合わせて、ネクタイを選んだ。常に何本か持ち歩いていて、裁判所のトイレや、依頼人の自宅前で締め直すと知ったのは、最近のことだ。依頼人たちから親身でないと落第点を付けられた私は、監視役の荻原と一緒に行動する時間が増えていた。

私は言った。「最初に会うのは、夏子さんの方ですよね。だったら、そのピンクでいいんじゃないですか？」

足元のカバンから水色のネクタイを取り出し、「こっちと、凄く迷ってるんだけど、どう思う？」と締めているネクタイの隣にぶら下げてみせた。

「水色は初めて拝見しますけど、どう思われたい時に締めるんですか？」と、私は尋ねた。

黙ったまま私を凝視してくるので、「どうかしましたか？」と言葉をかけた。

「いや」荻原は首を左右に振る。「直球が胸に当たって、しばらく呼吸できなかった。水色は……好かれたい時、かな」

私はピンクのネクタイを指差して、「ピンクのも好かれたい時でしたよね。なにか違いがあるんですか？」と聞いた。

ミラーを私に返してきた。「無意識だったんだけど。徹子先生に質問されて、自分でもびっくりした。水色は——好かれたい時でも、なんていうか、あくまで一部であるし、ごくごく微量なんだけど、男として好かれたいって気持ちがあったかもなぁ」どんどん声は小さくなる。

私は返されたミラーをしばらく見つめてから、ポーチに仕舞った。

「ピンクにするわ。ピンク、ピンク」荻原が水色のネクタイを乱暴にカバンに入れた。

「えーと、もう少しだね。十一時五十分に到着だから」

早口でそう言うと、トイレに行くと断って逃げて行った。
私は再び車窓へ目を向ける。
景色はびゅんびゅん後ろに飛んでいく。
次々に現れる景色を目で追っているうちに、頰に風を感じた。
新幹線の車体が消えて、私が猛スピードで走っているような錯覚に陥った。
瞼《まぶた》を閉じた。
まだ、風を感じる。
こんな具合に、一人だけスピードが違ったら——気持ち良さそう。
私だけ、どんどん先に行ってしまうのだ。
置き去りにされるのは、私ではない。
私が、皆を置いて、先に行くのだ。
どれだけ気持ちいいだろう。
ゆっくり目を開けた。
その瞬間、車両がトンネルに突入した。
窓ガラスに映る、自分と目を合わせる。
私は、困ったような顔をしていた。
困った自分と対面していると、突然、私の上に田園風景が重なった。

トンネルを抜けた車内は一瞬で明るくなり、窓ガラスから私の姿は消えていた。私を吹き飛ばした田舎の景色を、呆然と眺める。

もう、頬に風は感じられない。

哀しい気分で、のどかな風景が続くのを見つめた。

ふと、祖母の家で過ごした夏休みの日々を思い浮かべた。

どんな家だったか、どんな遊びをして過ごしたのか、ほとんど覚えていないのに、夏子のくるくる変わる表情ははっきりと蘇る。

なぜかと考えて、思い至った。

私は彼女の一挙一動を、ずっと目で追っていたのだ。

夏子がどんなことで笑うのか、なにをしている時は機嫌がいいのか、少し離れたところから、私はじっと見つめていた。珍しい動物を観察するように。

新幹線は定刻通り、名古屋駅に到着した。

ガイドブックに載っていた店で味噌カツの昼食を摂り、夏子の家で打ち合わせを済ませてから、岩井の店に向かう。

桜通りを進み、スーパーの前で荻原は足を止めた。

スーパーの駐車場に一歩入ると、カバンを足元に置いた。

コートの前ボタンを外し、ピンクのネクタイを取った。カバンからグレーのを引き上げたので、私はミラーを荻原の襟元あたりに向けてやる。

「グレーはどう思われたい時なんですか？」私は尋ねる。

「したたかな男」

絹が擦れる音が、キュキュッと響く。

荻原がネクタイを締め終わり、再び並んで歩く。

「夏子さんの話だけど」荻原が言った。「なかなか面白かったよね」

「どこがですか？」

「ん？」笑顔になった。「全体的にはよくできてたじゃない。細部は甘いけど。そういうところが、男からすると――なんでもないわ」

「どうぞ最後まで仰《おっしゃ》ってください」

「そお？　ほら、男はさ、ちょっと間抜けな女を、可愛いと思うところがあるから。一般論だけどね」

赤信号にかかり、郵便局の前で足を止めた。

私は心の中で、夏子に拍手をした。

夏子は、しっかりと作戦を成功させていた。

荻原に、か弱い女という印象をもたせたかったのだろう。どうしたらいいんでしょうと、荻原に縋《すが》ってみせた。終《しま》いには、荻原先生だけが頼りなんですぅと、甘えた声を上げることまでやっていた。

夏子にとっては、荻原の気持ちを掌握するのくらい、朝飯前なのだろう。

情けないのは、荻原だ。

「それはそれは」などと心配そうに相槌を打ち、私が力になりましょうなどと、男気を見せたりしていた。

私が話を聞きに行った時の夏子は、さっきより一オクターブは低い声で、岩井を呪う言葉を吐いたと報告したところで、荻原は信じてくれそうもない。

町内会費を夏子の家だけ、払っていない理由が、集金に来た男がハゲているのに鼻毛が出ていたからだと言ったら、どうだろう。荻原は信じてくれるだろうか。それとも、笑い飛ばすだろうか。法律違反はしていないだろうと、夏子から確認された私は、頷いた。だが、それでは近所付き合いがやりにくくないかと尋ねた私に、そういうのはまったく気にしないと夏子は答えた。どのみち、嫌われるのよ、女からはと言って、夏子は笑った。男が放っておかない魅力いっぱいの自分は、嫉妬されるのは仕方がないのだと言って、肩を竦めた。その自信は鼻についたが、事実でもあったので、私は黙っていた。

そういえばと、夏子は思い出したように隣家の話をしだした。隣家の生け垣の形がセンス悪かったので、直してやった。礼を言ってくるかと思ったら、怒鳴りこんできたという。訴えてやると言われたので、私の名前を出して、今後はすべて、親戚の弁護士を通してくれと話したが、どうなってる？　と、気楽な調子で尋ねてきた。

私は呆れて、夏子を見つめるしかなかった。そして、しばらくしてから腹が立ってきた。私をなんだと思ってるんだろう。

私は夏子の部下でも、顧問でもない。勝手に名前を出したり、弁護士の肩書きを利用するのは、止めてもらいたい。仕事を依頼する気があるなら、そう連絡して事情を説明するべきだ。もし隣人が、なにも知らされていない私に、連絡をしてきていたら――と考えると、怒りはさらに大きくなった。

だいたい、夏子には、人を敬う気持ちがなさ過ぎるのだ。自分以外はしもべ程度にしか思っていないのだ。だから、トラブルばかり起こす。

夏子のこういった人として最低の点を並べ立てたとしても、一旦彼女の手に落ちた者には、私が悪口を言っているだけだと取られるのだろう。

私は口を引き結び、荻原に語るのを我慢した。

「徹子先生と夏子さんは」荻原が横断歩道の向こう側を見ながら言う。「正反対だね。徹子先生は、平凡を望んでいる。周囲に溶け込みたいと願ってる。でも、夏子さんは逆だ。平凡を悪のように思っていて、特別になりたいと憧れている」

信号が変わり、荻原から一歩遅れて、私も歩き出した。

荻原が続けた。「ないものねだりだ。私も、つい、そうしがちだけどね。しかし、結局自分の能力や、自分の置かれている環境と、折り合いをつけていくしかないんだよね」

私はなにも言わず、ひたすら足を進めた。

十五分ほどで、オールウエイズに到着した。

店は営業していたが、今日も客は一人もいない。

岩井は、女性スタッフに店番を頼むと、私たちを奥の部屋に案内した。

休憩室なのか、テーブルにはスナック菓子の袋や、マグカップが置いてある。

岩井がなにか飲むかと言うと、荻原はありがとうございますと答えた。

ここでは、「どうぞお構いなく」と言うのが正解だと思うのだが、荻原はこうした時、必ず貰ってしまう。尋ねられれば、飲み物のリクエストまでするし、出された物はすべて口にする。お茶菓子までも。

私たちの前にインスタントコーヒーが出され、荻原は早速、手を伸ばした。

岩井はテーブルの端にあった灰皿を中央に移動させ、タバコに火をつけた。身体を右に大きく捻り、壁に向かって煙を吐き出す。

そこはヤニ色に染まっていた。

岩井が顔だけを私たちに向け、言った。

「で、あっちはどう言ってんの？」

荻原が一つ頷く。「夏子さんに再確認してきましたが、やはり借金はしていないということです。石田からもお尋ねしていると思いますが、借用書はお持ちじゃないんでしたよね？」

「そう」不貞腐《ふてくさ》れた表情で答える。

「銀行口座に、入出金の控えが残ってもいないんでしたね？」

「そうだけどさぁ」大きな声を上げた。

「どうして、美容師になろうと思ったんですか？」

唐突な荻原の質問に、不審げな表情を顔いっぱいに浮かべた。「なんで？」

荻原が答える。「いやぁ、格好いい商売だなぁと思いまして。技術もですけど、センスも問われる仕事ですよね？」

「そう。誤解されがちだけどね。女とくだらない話をして、ニヤニヤしている男ってさ」

「岩井さんはまだお若いのに、こうしてお店をもてていらっしゃるわけですから、相当腕がいいんでしょうね。それとも、ご実家がお金持ちとか？」

冷めた笑みを浮かべる。「実家はすっげぇ貧乏ですよ。前の店でね、頑張ったんですよ。店でナンバーワンの売上でしたよ。指名が多くてね。だけど、オーナーがバカでさ。俺のやり方に、文句を言うようになってさ。頭きて、辞めてやった。貯金だけじゃ足りなくて、借金して、この店を始めたんだ。前の店の客たちには、案内状を送ったよ。辞める前に、住所録はコピーしてあったから。それ、罪になるのか？　俺が作った客なんだから、いいんだよな」顎を上げて、煙を高く吐き出した。

「そのお客さんたちは、たくさん来てくれましたか?」

唇を歪める。「いや。全然来てくれないから、バカなオーナーが、裏でなんかしてんじゃないかと疑ったよ。何人かに電話してさ、来てくださいよって営業した。そのうちの何人かは、本当に来てくれたよ。でも、その後が続かないんだよ。そんでさ、わかったわけ。家から遠い美容院には、行きたくないってことだよ」

「夏子さんは、岩井さんの腕を褒めてましたよ」荻原が自分の腕を小さく叩いた。

吐息を一つついた。「そうね。夏っちゃんは、褒めてくれたね。べた褒めってぐらい。大袈裟なんだよね、夏っちゃんってさ。だけど、自信をなくしてたからさ、俺。夏っちゃんの言葉が胸に響いたりしたんだよ。嘘なんだよ。わかってんだよ。俺を励ますために言ってくれてるだけだって。だけど、その嘘にのっかっちゃいたいなって気持ちにさせるんだよ、夏っちゃんって。宝くじで百万当たったら、どうするって聞かれてさ。パリに行きたいって言ったんだ。勉強のし直しをするなら、パリだから。日本じゃ、ちょっとヤだからね。小さい店でいいんだ、パリでなら。どうせ実現しないよ。本当に自分がやりたいのかも、よくわからないよ。色々めんどくさそうだし。フランス語できないしね。でもさ、夢を見させてくれるんだよな、夏っちゃんって。本当に、近所の人を連れてきてくれたりもしたし。それで、ツケにしちゃったりしたんだ」

「もう、終わりにしませんか？」

荻原の言葉に、岩井は驚愕の表情をみせた。

「いいお店じゃないですか」荻原が静かに話し出す。「一生懸命商売をするのが、早道ですよ。時には遠回りに思えてもね。真面目にコツコツ生きるのが、実際は、成功への一番の近道なんです。少なくとも、車に保険をかけて、ぶつけてもらうことじゃないと思いますよ」

瞬間、岩井の手が止まったが、すぐにタバコを口に運んだ。

「仮にの話をしましょう」荻原が続けた。

「仮に、岩井さんが、今後、夏子さんに接触しようとした場合、即、警察に通報します。警察に通報されたら、岩井さんはおもしろくない現実に直面することになりますよ」

岩井はなにも言わず、タバコの煙の行く先を見つめる。

荻原が少し口調を和らげた。「弁護士事務所を始めて十年になりますけどね、裁判にいたらない案件って、とっても多いんですよ。争いたいっていう気持ちより、自分の主張を相手にわかってもらいたいって気持ちの方が、強いからじゃないかと思ってるんです。岩井さんのお考えというのもあるでしょうし、気持ちを治められない経緯があったかもしれません。ただ、ここは冷静になって、ご自分を大切にされるべきだと思うんです。目先のいくらかの金を追うことで、大きなものを失う可能性や、そういったことを」

「弁護士さん」岩井がタバコを灰皿に押し付ける。「どこまで知ってるの？」

荻原は両手を広げて、肩を竦めた。「なにも知りませんよ」

私は荻原の横顔を見つめた。

私が知っている荻原は、関係者たちの話を聞いてばかりだった。今日のように、クライアントのために、際どい交渉をするのは初めて見る。

夏子からは、なにも新しいことを引き出せなかった。嘉昭も認めていないから、自動車事故を装った保険金詐欺が、夏子と岩井の間で行われたかどうかは、推測の域を出ない。なのに、荻原は、まるで知っているんだぞと鎌をかけている。

グレーのネクタイを締めた、したたかな荻原は、岩井をじっと見つめていた。

どう考えたって、財産目当てですよ。

親子ほど、年が違うんだし。

三十六歳？

じゃ、僕より二つ上なだけじゃないですか。

どうして親父が、一人息子の僕じゃなくて、そんな女に財産を渡すなんて遺言書を残すんです？　おかしいでしょ。

あの女が、親父に作らせたんですよ。そうに決まってる。

病人ですからね。看病してもらってるって弱味もあるから、仕方なく作ったんですよ。

なんでです？

しょうがないでしょ。僕は東京で働いてるんだから、弘前《ひろさき》にそんなしょっちゅう帰れやしないですよ。東京の病院に転院させようとしましたよ。でも、親父は、弘前しか知らない男ですからね。東京の病院なんて行きたくないって言ったんですよ。

ええ、看病はしてましたよ、多分ね。

だったら、入院してからの日当を計算して、出してみてくださいよ。遺言書に書かれてた金額より随分少ないはずでしょ。

心の支え？

知りませんよ。僕にはなにも言ってませんでしたから。

寂しかっただろうなんて、勝手に決め付けないでもらえますか？

親父が望んだことなんです。東京で一旗揚げろって。男なら、こんな田舎にいちゃダメだ、日本の中心に行って、人生を切り開けっていうのが口癖で。

僕のことは、関係ないでしょ。

あの人、僕と戦う気なんですよね。弁護士を寄越すぐらいなんだから。

遠戚？　へぇ。

商売って？　質店のこと？　とんでもない。

親父の代で終わりですよ。それだって、親父が望んだことですから。

親父はね、自分が東京へ行きたかったんです。でも、できなかった。だから、息子の僕には、質店を継がせたくなかったんです。そう、僕にずっと言ってましたよ。

いいんですよ。親父の代で終わりで。だからって、遺産をお前にはやらないとは、一度だって言ったことはありませんでしたよ。金は邪魔になるもんじゃありませんからね。貰いますよ。当然の権利としてね。あなたは、あの人が親父の側《そば》にいたって言いますけどね、わずか一年ほどのことなんですから。偉そうな顔して、僕に、もっと帰ってきてやってくれなんて、説教したんですよ、あの人。自分はどうだっていうんですかね。あの人、子どもを育ててないそうじゃないですか。別れたご主人が育ててるんでしょ。僕に、親子関係を語れる立場かって。あんな遺言書、無効ですよ。僕は認めませんから。

1

受付で身分を名乗り、看護婦長とアポイントがあると話すと、すぐに奥へ案内された。先を歩く制服姿の女が、立ち止まった。ドアの横にあった札を、空室から在室にスライドさせた女は、私を振り返り、笑顔を見せた。

女が開けたドアから、中に入る。勧められた椅子に座り、看護婦長を待った。

六畳ほどの部屋には、風景画と造花が飾られている。

七年ぶりに夏子から連絡があったのは、先週だった。

今度もトラブルに巻き込まれているので、助けて欲しいという内容だった。

この七年の間に、夏子は嘉昭と離婚し、世界で一番幸せになるようにと願って名付けた息子を手放していた。

そういう私も、この七年の間に坂口と結婚し、離婚している。

人生は思うようにはいかない。

弘前駅から車で十分ほどのところにある総合病院で、夏子は内縁関係だった橋本敬一郎《はしもとけいいちろう》を看取った。敬一郎は、息子の敬介《けいすけ》にではなく、夏子に三千万円を超える財産を遺贈するとした遺言書を残していた。

先ほど、夏子のアパートで、その遺言書を検《あらた》めると、公証人が作成した正式なものだったので、正直ほっとした。夏子のことだから、遺言書を偽造したのではないかと疑いをもったまま、弘前まで来ていたのだ。

ノックがして、小太りの女が顔を出した。

線の入ったナースキャップをかぶった女は、豊重《とよしげ》ハツエと名乗った。

ハツエはよく通る声で言った。「夏子さんですよね。よく看病されてましたよ。橋本さんも、夏子さんを頼ってらして。夏子さんが面会にいらっしゃるのが、ちょっとでも遅れようもんなら、大変でした。夏っちゃんが来ない。事故にでも遭ったんじゃないかって心配して」

「橋本さんの遺言書の証人になられていますね？」

「ええ。橋本さんから相談されたので、公証人に病院に来てもらって、ちゃんとした遺言書を作った方がいいって、私がアドバイスしたんです。患者さんから、よくそういう相談を受けるんです。病気になると、最初は自分のことだけ。痛いだとか、怖いだとか。そうやって大騒ぎした後で、ようやく、気付くんです。遺される人のこれからを。橋本さんも、そうだったんじゃないでしょうか。夏子さんは籍に入ってないというお話でしたから、遺言書を残さなかったら、なにも渡せませんでしょ。立ち会って証人になって欲しいと言われたので、看護婦と二人で協力したんです」

「その時、敬一郎さんの意識ははっきりしていたんでしょうか？」

「ええ、勿論。公証人さんにでも、同室だった方にでもお尋ねください。とてもしっかりしていらっしゃいましたよ」

「敬一郎さんと息子さんとの関係は、どうでしたか？」

首を少しだけ傾《かし》げる。「どういったご質問でしょうか？」

私は言った。「一人息子の敬介さんに、財産を遺《のこ》さなかった理由がなにかあるのかと思いまして」

私の目をじっと覗き込んできた。

私は見つめ返す。

荻原のように、楽しそうに依頼人の話に相槌は打てない。たいしたネタもないのに、脅迫まがいの交渉もできないし、熱意があるがごときの態度も取れなかった。

だが、こんな私でも、十二年の弁護士生活で、身に付けたテクニックもある。

それは、見つめ返すこと。

無心でひたすら見つめ返すと、不思議なことに、たいていの人が、自分なりの解釈をして話し出す。

私は鏡になるのだ。

私の瞳に映っているのは、その人自身。

肯定も否定もせずに、硬く笑ってみせると、察してくださいと言ってることになるのを発見し、多用していた頃があった。だが、これには限界があり、通じない相手も相当数いるとわかってからは、滅多に試みなくなった。

それよりは、鏡になる。

これによって、思いがけない本音を引き出せる場合もあった。このテクニックを使うようになったのと、私へのクレームが減った時期は重なっている。

ハツエが一つ息を吐き出してから、口を開く。「よくある話です。すべての親子の仲がいいってわけじゃありませんでしょ。兄弟や姉妹なんていたら、もっと話は複雑になりますし。奥さんを早くに亡くされたそうで、男手一つで、息子さんを育てたそうですね。それでも、うまくいかない場合もあるんですね」

それから、敬介が病院を訪れたのは、二、三回だったということ。来ても、三十分もいなかったこと。入院費は敬介が支払っていたことを話した。

ハツエに礼を言い、部屋を出た。

敬一郎と同室で、親しかったと思われる患者をハツエに教えてもらい、その人の病室に向かう。

病室に近藤高昭《こんどうたかあき》の姿はなく、隣のベッドに寝ていた人が教えてくれた、中庭に行ってみることにした。

非常に小さな中庭の三箇所に、白いベンチが置かれている。

そのうちの一つに、男が座っていた。

パジャマの上にカーディガンを羽織り、腕を組んでいる。

近藤高昭さんかと尋ねると、男は眩しそうに目を細めて私を見上げ、頷《うなず》いた。

近藤の隣に腰かけ、敬一郎について尋ねてみた。

近藤は何度も頷き、言った。「遺言書だべ。夏子さん、献身的に尽くしてたんずや。でも、内縁だったはんで。夏子さん、ちゃんと遺産、貰えるんでしょ？」

「なにば調査するんだ？　ちゃんとした遺言書ば作ったはんで、これで安心だばて言って、旅立っていったんだ、橋本さん。なにか、問題でも？　あぁ、そっか、息子さんか。いや、ワもね、実はそればば心配してたんだ。全部ば夏子さんに残すって言うもんだばってら、ワ、差し出がましいとは思ったんだばって、言ったんだ。息子さんは、せば、納得しねかもしれねよって。そしたらね、親の遺産ば当てにするような男には、育ててねって言ったんだ。はっきりと。自分の力で生きろと、小さい頃から教えてきたそうだ。羨ましかった、橋本さんが。あった年の離れた若い女に看取られて、天国へ逝《い》けたんだはんで」

「現在調査中です」

「息子さんに、財産を残さないということが、敬一郎さんの遺志だったんですね？」

「そう言ってたね。本心かどうかはわがねけど」

「本心じゃない可能性があるんですか？」

近藤は首を左右に振った。「それは、わがねな」

「夏子さんが、敬一郎さんに、そのような遺言書を書かせたと思いますか？」

近藤が私を見つめてきた。

私は見つめ返す。

近藤が、私の瞳に映る自身と対話を始めた。

やがて、近藤の顔に怯《おび》えが浮かんだ。

近藤は目を伏せ、カーディガンの胸元をかき合わせた。

「しばれるな」近藤は正面の痩せた木に向かって言う。「先生、小銭持ってねか？　すぐそこに、自動販売機があるんだけど、そこのコーヒーばご馳走してくれねか？　自動販売機のくせに、消費税ば取る、ヤな機械なんだ。四月一日から、病院内のすべての自動販売機の値段が十円、上がったんだ。感じの悪い世の中になったもんだ」

私が立ち上がると、「砂糖とクリームは増量ボタンば押してけろじゃ」と近藤が言った。

歩き出した私に、「さぎに増量ボタンば押してけろじゃ」とさらに声をかけてきた。

階段の横の自動販売機に、小銭を入れた。

紙コップが落ちた音がして、私は少し屈む。

小窓越しに、液体が紙コップに注がれているのを確認してから、姿勢を戻した。

ガラガラと大きな音がして、振り返ると、点滴スタンドを自ら引きずって歩いてくる男がいた。

窓ガラスの向こうにある、中庭へ目をやると、ベンチに座ってぼんやりしている近藤がいた。

近藤はなにか隠しているのだろうか。

なぜ、怯えた顔をしたのだろう。私の勘違いだろうか。

遺言書自体には、問題がない。

だが、夏子がなにかしている可能性は捨てきれなかった。献身的に看病したと、聞けば聞くほど、怪しく思える。

結婚して、子どもに恵まれ、幸福な主婦に見えた時でも、保険金を騙《だま》し取るために、美容師と共謀していた疑いがあったぐらいなのだ。

遺産のためなら、毎日病院へ通うことぐらい、厭《いと》わないだろう。

敬介に、遺産の一部でも渡す考えはないのかと私が確認すると、びた一文やらないと夏子は言った。

そして、どれだけ自分が敬一郎に尽くしたかを、夏子は私に延々と語った。

長い演説を聞かされているうちに、偽善的な臭いはどんどん強くなり、私は気分が悪くなってしまった。

いっそのこと、遺産目当てだったと言ってもらった方が、どれだけすっきりするだろう。

うんざりしている私に向かって、夏子は、自分にお金を残すのが、敬一郎の遺志だったのだと言い、そうしなければ、化けて出てくるだろうと続けて、両手をだらりと垂らしてみせた。

それは、とても、真剣に愛した人を、亡くしたばかりの態度とは思えず、ますます私の疑念は増した。

紙コップを取り出し、自分用にレモンティーのボタンを押した。

両手に紙コップを持ち、近藤の隣に戻った。

近藤は両手で紙コップを受け取ると、「ありがとうね」と言った。「今、わんつかばし、考えてたんだ。ワも遺言書ば作ろうかと。先生にお願いできるかね？」

私は勿論と答え、レモンティーをベンチに置き、手帳を取り出した。

腕時計へ目を向けてから、私は言う。「生憎《あいにく》、今日はこれから、いくつか回らなくてはいけませんので。ご相談の日時はいつがいいですか？」

近藤はゆっくり紙コップを傾けた。

ビジョビジョと、大きな音がする。

やがて、口を離すと、紙コップの中を覗いた。

その姿勢のまま、静かに言った。「先生には時間がたっぷりあるだべ」顔を私に向けて、続ける。「でも、ワは病人だ。残されている時間は少ないはんで。次の約束ば守れるかどうか」正面の木に目を移した。「わがね」

私は胸を衝《つ》かれ、言葉を失う。

遺言書の作成経験はあったが、遺言者は皆、健康体だった。将来を見越して、早めに準備をしておこうと考えるほどの、資産家ばかりだった。

命の縁を見つめている人から、遺言書の依頼を受けたことはなかった。

「先生、見た目と違って、いい人みたいだな」近藤が言った。「そったら、しまったって顔されちゃうと、こっちが弱っちゃうよ。遺言書、作ったことないの？」

「……いえ。あります」

「残り時間が少ない人からの依頼じゃなかったんだ？」

私はなんと答えたらいいかわからなくて、手帳を強く握った。

近藤は「冷めちゃうよ」と言って、ベンチのレモンティーを指差した。

慌てて、私は紙コップを摑《つか》む。

そのまま口に運んだ。

熱い液体が喉を落ちていく。

「たいした財産なんて、ないんだばって」近藤が言う。「別れた女房に、ありがとうって伝えたいんだよ。そういう感謝の気持ちば遺言書に書くことって、できるの？」

「それは……どの程度の表現で、どの程度の分量かにもよりますが」

「分量かぁ。結構になるかもなぁ。ありがとうの一言だけじゃ、とても足りね。最後なんだはんで」

最後という言葉は聞かなかったフリで、言った。「それでは、遺言書と手紙を分けて作られたらどうですか。両方ともお預かりしておけば、亡くな……相続人に、私から同時にお渡しできます」

近藤は穏やかな笑顔で、コーヒーに口をつけた。

配慮に欠けた言葉を使った私に、腹を立てる様子はなかった。

近藤が話し出す。「夏子さんは名前の通り、夏の太陽のように力強くって。夏子さんが病室にやって来ると、眩しいぐらいだったよ。病人だからね、どうしたって口ばっくのは、弱気な話ばっかりだ。そうするとね、夏子さんはダメダメって。楽しい話ばしようって言うんだ。最後の日まで、最後の瞬間まで、楽しい話ばしていようよって。それでね、人生で楽しかったランキングば作ろうって。一位から十位まで順位ばつけて、発表してくれって言ったんだ。ワは十個もねって言ったんだ。そしたら、怒ったような顔をしてよ。絶対あるって。忘れてんだって。夏子さんが、あまりに熱心に何度も言うはんで、紙に書き出してみようとしたんだ。最初は全然浮かばねかったよ。うんうん唸《うな》っていたら、わんつかずつ思い出してきたよ」紙コップを傾け、コーヒーを飲み切るとベンチに置いた。「楽しかった思い出のほとんどが、女房と一緒に過ごした時のものだったんずや。もっと大事にすれば良かったのに。その時は、気付かねんだな。命の火が消えるまであとわんつかって頃になって、ようやぐ気付くなんて」首をゆっくり左右に振った。

カモではない近藤に、夏子がそんな風に接していたとは意外だった。

夏子は……この近藤の入院生活に彩りを加えたのだろうか。

それは——恐らく、素晴らしいことで……夏子にしては珍しいことだった。

夏子に少し感心している自分に気がついて、私は慌てて咳払いをした。

2

近藤には用事を済ませたら病院に戻ると告げ、公証人役場へ向かった。

それは、弘前の駅前にあった。

エレベーターの五階のボタンを押し、胸を押さえた。

なんだか落ち着かなくて、腕時計で時間を確認する。

午後一時の約束時間の五分前だった。

近藤と話してからずっと、胸がざわついている。

こんなことは、生まれて初めてだ。

五階に到着すると、受付で西野輝光《にしのてるみつ》に面会を求めた。

入るように言われた小部屋では、すでに西野が着席していた。

髪ばかりでなく、眉までも真っ白な好好爺《こうこうや》然とした人物だった。

名刺交換を済ませ、西野の向かいに座る。

私が、敬一郎の遺言書を作成した際の話を聞きたいと言うと、西野は頷き、ハツエと同様の話をした。

大事な点を私は確認する。「遺言書を作成することや、内容については、敬一郎さんの遺志だったんですよね？」

しっかり頷く。「そうです」

公証人役場で保管してあった、遺言書の原本を確認させてもらったところ、夏子が持っていた正本と同じで、改竄《かいざん》された形跡はなかった。

「ただし」西野は言った。「心のうちは、わかりませんが」

私が尋ねるような顔をすると、西野はテーブルの上の遺言書に手をのせた。

「この遺言書に瑕疵《かし》はありません。正式な手順に従って、私が作成しました。この耳で、敬一郎さんから聞いた言葉をまとめました。ですが、遺言書にでさえ、本心を見せない人はいますからね。最後ぐらい、自分に正直になればいいんじゃないかと、私なんかは考えますが。石田先生はそう思われたこと、ないですか？」

「遺言書の作成は何度か経験していますが、それほど多くの案件を扱ったわけではありません。ですから、今の、本心を見せないというのは、よくわかりませんでした」

楽しそうに笑い、「これは、正直な弁護士さんだ」と言った。「こんなことがありましたよ。奥さんがここにいらっしゃいましてね。自分は病気で、余命は少しだ。遺言書を作ろうと考えたんだが、浮気ばっかりしてきた夫には、一銭も残したくないと仰いました。すでに他界されていたご両親から譲り受けた、アパートや株などの、奥さん名義の財産をお持ちの方でした。二人のお子さんにだけ、財産を遺すという遺言書を作られました。その奥さんが亡くなられまして、二人の娘さんがここに来られました。そして、こう言ったんです。遺言書のことは、母から聞いていました。遺言書の写しを見せてもらっていたので、内容もわかってます。姉妹で相談したのですが、その遺言書は、母の本心ではないでしょう。大変な焼きもち焼きだった母は、最期まで、嫉妬心を横に置くことができなかったのでしょう。だから、遺産の一部を父に譲りたいと」両手を左右に広げた。「娘さんたちは、遺言書の内容は、母親の本心ではなかったと読み取ったんです。これが正しいのか、間違っているのか、私にはわかりません。天国のご本人にしかわからないことです。複雑怪奇な生き物ですからな、人間とは」

「敬一郎さんの本心は——本人しか、わからない?」

「そういうことですな」

公証人役場を出て、敬一郎が営んでいた質店へタクシーで移動した。

利用者への配慮なのか、その店は、裏通りに面していた。

今は閉じられている出入り口と思われる戸も、小さく目立たない。

まずは、向かいの住宅から、聞き込みを始める。

口の堅い人が多く、たいした情報は得られないので、表通りまで足を延ばした。

一軒の酒屋に入り、真っ直ぐ店の奥を目指す。

レジの横で、椅子に腰かけている女が、紙を小さく切っていた。

名乗った私が、裏の質店のことで話を聞きたいと口にした途端、女は喋りだした。

「橋本さんね。あっつう間に天国へ逝っちゃって。ずっと元気だんずやのに。あの女に生気ば吸い取られたんじゃねぇかって噂よ。あの女が現れてから、三ヵ月で入院だもの」

「女というのは、夏子さんのことでしょうか？」

「そう、夏子。男たちには夏っちゃんなんて呼ばせてたわ。三十半ばっていうのに」口を歪めた。「真っ赤なワンピースば着たりして、わんつかばオツムが弱いんじゃねぇかと思ってたわ。すっごいミニのよ。オスなら、犬にだって色目使う女よ、あの夏子ってのは。敬一郎さんってさ、子どもの頃から、ここら辺の女たちから人気があったのよ。ちょっと気品があったのよ。難しそうな本ば読んでたの。そこらへんの汚い男子学生とは違ったの。さすが、橋本質店の四代目なんて言われてたわ。どごがら嫁こば取るんだろうって、女たちは噂しあったもんよ。結局、能代《のしろ》から嫁ばもらったの。お見合いでね。すぐに敬介君が生まれて。でも、敬介君が一歳になる前に、亡くなってさぁ。すぐに後妻ばもらうんだろうと思ってたけど、そうはしなかったんずや。男手一つで、敬介君ば立派に育てたんだばってら、偉いわよ。厳格な父親だったぁ。怒られて、店の前に立たされてる敬介君ばよく見たもんよ。そったら人がよ、あっという間にあのメス猫に手なずけられてさぁ。私が集金に行った時のことよ。敬一郎さんったら、あの女にパパーなんて呼ばれて、デレデレしてたばってら」

「そうですか」

「あの女、男と女の前では、態度ばはっきりわけるのよ。近くに蕎麦屋があるのね、そこによしえちゃんって店員がいるのよ。あの女が、敬一郎さんと、ほかに二人の男ば従えて、店に入ってきたんだばて。混んでる昼時よ。よしえちゃんが、注文ば取りに行ったら、ほかの三人は注文ばしたんだばって、夏子だけ、まだ迷ってるから、もう少し考えるって言ったんだって。それで、三人の注文だけ厨房に伝えて、しばらくしてからもう一度注文ば取りにいったら、どうしよー、まだ決められなぁいなんて、甘えた声出して、敬一郎さんに寄りかかったっていうの。それ、昼時で、待ってる客が店の外に列ば作ってる時間帯の話だからね。よしえちゃんは、決まったら呼んでくれって言って、テーブルから離れたんだばて。そりゃそうよ、忙しいんだもの。ようやぐ注文を決めた夏子が、手ば上げたらしいの。でも、忙しいはんで、すぐには注文ば取りに行けなかったようなのよ。それが、気に入らなかったみたい。注文は、聞きには行ったのよ、勿論。わんつか後にね。店は混んでるはんで、よしえちゃんは、あっちのテーブル、こっちのテーブルと動き回るわけよ。お蕎麦ば運びながら、夏子の横ば通ろうとした時よ。夏子、足ばひょいっと出したんだって。よしえちゃんは、その足に引っ掛かって、お蕎麦ば持ったまんま、すってーんて転んじゃって。両膝からは血が出てるわ、お蕎麦の汁はお客さんにはかかっちゃうわ、恥ずかしいわで、大変だったたって。よしえちゃんの話じゃ、絶対に、なにかに引っ掛かって、転んだばってら、場所からいって、夏子が足ば出したに違いねって。でも、夏子、ほかの客と同じように、あらあら、大丈夫?

なんて声ばかけてきたって。とんでもねぇ女なのよ」

なんて自分勝手な女なのだろう。

注文をなかなか聞いてくれなかったというだけで、転ばすなんて——。大人がすることじゃない。

こういうところが、夏子にうんざりする点だった。

私は心の中でため息をつき、女に尋ねた。

「敬一郎さんと敬介さんの仲は、どうだったんでしょう？」

「さぁ。あまり帰って来てはいねかったようだばって、東京で働いてるんじゃ、しょうがねぇからね。そういうお宅、多いのよ。子どもが後ば継いでくれねぇお宅が。時代だばってら、しょうがねぇのかね」

それから自分の息子と娘の話が始まってしまい、当分終わりそうになかったので、わざとらしく腕時計に目を落として見せた。荻原が隣にいたら、目を三角にしそうな行為だが、ここには私しかいない。

やっと口を閉じた女に向かって尋ねた。

「敬一郎さんの遺産について、なにかご存知のことはありますか？」

「遺産って……敬介君が貰うんでしょ？　違うの？　あっ。あの女がなにか言ってるの？　そういうこと？　東京の弁護士さんがここに来てるってことは、敬介君に頼まれて、あの女に遺産ば盗まれねぇようにしてるの？　そお？」

女は遺産の行き先も、遺言書を作ったことも知らなかった。ならば、用はない。

私はなにも話せないのだと言い、好奇心丸出しで質問を連打してくる女を振り切って、店を出た。

それから敬一郎の元同級生だったという人物や、週に一度、碁の対局をしていたという人物たちに話を聞いて歩いたが、目ぼしい収穫はなかった。

昔からの知り合いだと名乗る人物も、病院に見舞いに行ったという人物も、遺言書の件はなにも知らず、相談されたこともなかったようだ。

集まったのは、年甲斐もなく、腑抜けにされた敬一郎と、腑抜けにした夏子への羨望や嫉妬のコメントばかり。

男たちからは色っぽいだの、可愛い人だのと比較的高評価を得る夏子が、女たちからは手厳しい批判を受けるのは、相変わらずのようだった。

病院へ戻るため、タクシーに乗る。

車内を染めるオレンジ色の夕陽に気付き、顔を左に向けた。

射すような強い夕陽が、辺り一帯を照らしていた。

こんなに強烈な夕陽を見るのは、初めてのような気がした。東京より空気がきれいなせいだろうか。

夜に変わる前に、その力を誇示するような夕陽を浴びる。

ふと、近藤の顔が浮かんだ。

どんな病気なのだろう。

どんな遺言書を作ろうとしているのか。

私なら――どうするだろう。

法定通り、親や姉と兄に、私の遺産が渡っても構わないので、遺言書を作る必要はないか――。私はこう生きたのだと、誰かに伝えたい気持ちもない。伝えられるものも。

それって……。

ちょっと寂し過ぎる人生だろうか。

私の人生は――そんな、もんか。

苦笑いが浮かんだ。

先週観た映画では、新人の弁護士が巨悪と戦っていた。

荻原の事務所にいる限り、そんな派手な事件が回ってくるようには思えない。だったら不満なのかといえば、そうでもなかった。人づてでやってきた依頼を、クレームが出ない程度に時間をかけてさばいていく毎日は、退屈ではあったが、こんなもんかと思い始めてもいた。

だから仮に、今月いっぱいですと命の期限を言われたとしても、遺り残したことや、心配なことはない。将来を案じるような子どもも、私にはいなかった。

夕陽を浴びながらタクシーは進んだ。

十分ほどで、病院に到着した。

真っ直ぐ病室に向かう。

戸を横に滑らせ、足を踏み入れた。

息を呑んだ。

近藤がいるはずのベッドは、綺麗に片付けられていた。キャビネットの上にも、なにものっていない。

急いでベッドに近づいた。

呆然とベッドの端に佇《たたず》んだ。

そんな……。

午前中は元気そうだったのに。

「まだ生きてるよ」

心臓が飛び跳ねるほど驚き、振り返ると、近藤が戸の横に立っていた。

膝から力が抜けていき、私はベッドの柵に手をついた。

「悪かったね」近藤は申し訳なさそうな声を上げた。「驚かせちゃって。先生、大丈夫かい？　顔色が悪いよ。先生が帰った後で、病室が替わってさ。トイレに行こうと歩いてたら、先生っぽい人が前の病室に入っていくのぼ見かけたから、来てみたんだよ。そしたら、先生が空《から》のベッドの前で、固まってるから。もしかして勘違いした？ 生きてるよ。幽霊じゃないよ」

近藤に教わった、新しい病室に私は向かい、彼はトイレへ行った。

病室は二人部屋で、手前のベッドは空いている。窓側のベッドに近づいた。

乱れたベッドの横には、マグカップやメガネが置かれたキャビネットがあった。

生きている痕跡を目で追い、私はほっとする。

ふっと、おかしくなる。

本人をこの目で確認し、言葉だって交わしたっていうのに、物で再確認して、ほっとしたりして。

隅にあった丸椅子を、ベッドの脇に移動させた。そこに腰かけ、窓の外を眺める。

タクシーの中から見た時より数段濃い夕陽が、住宅街を染めている。

足音がして、振り返ると、近藤が片手を上げながら近づいてくるところだった。

近藤はベッドにのると、リモコンを操作して、上半身部分を起こすようにし、そこに背中を預けた。

キャビネットの引き出しから、紙とペンを取り出した。「先生、さっきは手紙ば書くって言ったけど、やっぱり無理だ。作文は子どもの頃から苦手でぇ。ワが喋るから、先生、うまくまとめて、代筆してくれねか？」

「それは構いませんが、それでいいんですか？」

「いいよ。伝わればいいんだばってら」

「でしたら」足元のバッグから、ポータブルテープレコーダーを取り出す。「声にしますか？」

途端に笑顔になった。「それ、いいなぁ。そのまま、テープば渡してくれる？　なんだ、先生、用意がいいや」

大事な証言を記録したい時のために持ち歩いていた、テープレコーダーを置く場所を、私は探す。

キャビネットの上を少し片付け、空いた場所に置く。

それから三十分ほどかけて、遺言書の内容に関して打ち合わせをした。

メモを読み返し、書類作りに必要なことをすべて聞き出したかをチェックした。

確認を終えると、近藤に声の録音を始めましょうかと声をかけた。

近藤はメガネをかけ、掛け布団の上に広げた数枚のメモを見下ろす。

指が、迷うように、メモの上を行ったり来たりする。

やがて一枚を選び取った。

咳払いを繰り返した後、洟《はな》をかんだ。

大きな音が病室に響き渡った後で、近藤が頷いたので、私は録音ボタンを押した。

「えー、小坂《こさか》君。元気かい？　すっかりご無沙汰してるな。えー、おめに本ば渡したくて、ワの遺言書に、おめの名前ば入れさせてもらったんだ。ワには価値はわがねが、親父が大切にしていた本だ。よかったら、受け取ってけろじゃ。邪魔なようなら、古本屋にでも売ってけろじゃ」

突然、話すのを止めた近藤は、メガネを外した。

そして、「なして、おめの忠告ば聞かなかったんだべか」と呟いた。

近藤はゆっくり自分の頬を撫でながら話を再開した。

「酒に飲まれたらダメだと、何度も注意してくれたのに。ろくでなしだ、ワは。ワは恵まれていたのにな。努力さえすれば、どんなものにでもなれる環境が、ワにはあったのに。楽な方へ逃げることしか、ワは選んでこなかったんずや。それが後ろめたいから、酒ば飲んだ。そのうち、素面《しらふ》でいることが苦痛になった。とにかく飲んだ。土地ば切り売りして、酒に換えたんずや。それでぇ、肝臓がすっかりやられたよ。自業自得だ。医者から、余命半年と言われたよ。会いたい人には会っておいた方がいいと勧められたんずや。その時、おめの顔が浮かんだ。でも——おめに連絡は取らなかった。とてもじゃねぇけど、取れねぇよ。おめは昔のことば覚えとるか？　ワはよく覚えとる。ワの家に遊びに来たおめが、親父の書庫ば見て、感動した声ば上げたろ。そいがら何度もワの家に来てくれたが、それは本が目当てだってことは、わかってたよ。その本も、ほとんどは酒に換えてしまったが、一部は手元に残していてね。おめに渡したいと思ったんだ。最後に会ったのは、三十年前だったんずやな。おめの結婚式だ。大事な日なのに、ワは酒を飲み過ぎてしまった。あの日は、絶対に飲まねぇと誓って出席したんだばって。おめの綺麗な嫁こば見たら、なんだか羨ましくなってね。おめは一つひとつ、手に入れていくのに、ワはどんどん失っていくだべ。それが、やるせなくってさ。謝っておきたかったんずや。結婚式ば台無しにしてしまって、すまなかった。おめの嫁こにも謝っておいてくれると助かる。ずっと逃げてきたんだばって」顔を上げ、正面の壁へ目を向ける。「不思議なことに、今回は酒に逃げてねんだよ。三ヵ月間、一滴も酒ば身体に入れてねんだ。それでも平気でいられるなんて、我ながら感心してる。こったら頭がすっきりしてんの、久しぶりだよ。でもな、突然、怖くなるよ。あとわんつかで終わると思ったら。おめのことだから、毎日ばちゃんと生きてると思う。だから、こったら心配、いらねとは思うけど、言っておきたかったんずや。いつ終わってもいいように、後悔のねぇ人生ば過ごしてくれ。もしかして——孫がいるのか。おめがジジイか？」笑い声を上げた。「凄いよな。年だけは、平等に取っていくな。せいぜい長生きしてくれ。ワとは違って、おめがいなくなったら、哀しむ人がたくさんいるだろうからな。今まで、すまなかった。おめと出会えて良かったよ。ありがとう」

近藤は深く頭を下げた。

私は手を伸ばし、レコーダーを止めた。

途端に部屋は静かになって、私はどうしたらいいのかわからなくなる。

近藤が再びメガネをかけ、メモを一枚摘んだ。「次はこれにしよう。元女房だ」

私は録音ボタンを押した。

「えー、どうも。ワだ。近藤高昭だ。なんか、こういうの、照れ臭いな。でも、最後はちゃんとしなくちゃいけねよな。残り時間が僅《わず》かになって、初めておめの存在の大きさに気付いたよ。結婚していた頃に気付いていれば、良かったんだろうが、ワはどんくさいので、今頃気付いたよ。おめはワば思い出すことがあるかい？　ワは、おめのことばよく思い出す。おめの笑顔だ。おめの笑顔は最高だ。これも言っておきたいことだった。ずっと笑顔でいて欲しい。おめから笑顔ば消したのは、ワだよな。ワは、ひねくれ者だった。周りの人の言葉ばそのまま信じることができねで、ワのことなんか、誰もわかっちゃくれねぇ、ワは独りぼっちだと不貞腐《ふてくさ》れてたんずや。違うよな。本当は。おめは隣にいてくれたし、心配してくれる人もいたよな。今さ、この声ば録音してちゅうのは病室なんだ。ここには、いろんな人がいるんだよ。前に同室だったバアさんなんか、毎日のように見舞いに来てくれるいい娘さんに向かって、我儘言い放題なんだ。どうせ、私なんかやっかいもんだ。早くたばれと思ってんだべとかさ、そりゃあ酷いことばっかりだよ。娘さんが可哀想になってさ、いい加減にしろって、怒鳴ったんだ。寂しいのは、おめだけじゃないんだ。辛い思いば抱えてる人は大勢いる。口に出さないだけだ。自分だけが苦しいと思うなってさ。言い終わって、はっとしたよ。ワのことだったんずや。ワだけが辛いかのように振る舞ってきた。でも、大大大満足の人生ば過ごしちゅうヤツなんて、いやしねよなぁ。皆、いろんなものが足りねぇと感じながらも、生きてるんだよな。あの頃――ワと一緒にいた頃、おめも孤独だったろ。心ば開かず、酒に溺れるワの側にいたんだばってら。すまなかったな。申し訳ない。たいした現金は残ってねぇんだばって、おめの小遣いにでもなればと思って、弁護士さんに頼んで遺産ば贈ることにしたよ。おめには、あの最高の笑顔ば毎日浮かべていて欲しい。浮かべてるよな？　ワと結婚してくれて、ありがとう」

涙がこぼれてしまった私は、慌ててバッグの中のハンカチを探す。

手が震えていて、なかなか見つけられない。

もどかしくて、自分に苛つきながらハンカチを探す。

あった。

やっと見つけたハンカチを、すぐに目にあてた。

その時、カチッとレコーダーを止めた音がした。

涙を拭った私が顔を上げると、近藤がティッシュを鼻にあてている。

近藤は大きな音をさせてかみ、ごみ箱に捨てる。「湿っぽくなってしまったな」

戸の向こうから、通路のざわつきが流れてくる。

「夕飯の時間だ」近藤が言った。「食事休憩にするか？　先生、良かったら一緒にどう？

一階の売店に、軽食売ってるよ」

私の腕時計は午後五時を差していた。

さらに近藤が言ってきた。「誰かと一緒に食事するのも、これが最後かもしれねぇんだばってら、付き合ってよ。また、先生、そったら困った顔して。病人の最後って言葉に、そったら敏感に反応しねでよ。最後かもしれねと思ったら、大事に生きようって気になるんだ。それほど後ろ向きじゃねくて、口にしてる言葉なんだばってら」

私は曖昧に頷き、病室を出た。

通路には大きな配膳カートがあり、その棚には、トレーにのった食事が並んでいる。

そのカートの前を通ったが、蓋がされているせいか、食事の匂いはまったくしなかった。

売店でアップルパイと牛乳を買い、エレベーターに戻る途中で、ロビーに並ぶ長椅子に腰かけた。

シャッターで閉ざされた受付を、ぼんやり眺める。

あのテープを、小坂と元妻はどう聞くのだろうか。あれも、近藤が勝手に作った物語なのだろうか。

死は――なんて圧倒的な力をもっているのだろう。

何人《なんぴと》も太刀打ちできない。

私は呆《ほう》けたようになって、シャッターを見つめた。まるで、そこに死が折り込まれているかのように、ひたすら視線を注いだ。

どれくらい経ったろうか。

ふと、我に返った。

誰もいないロビーで、シャッターを睨む自分がいた。

なにやってるんだろう、私は。近藤が病室で待っているというのに。

立ち上がろうとして、はっとした。

私は今、頭と心が空っぽだった――。

いつも胸《むな》に蔓延《はびこ》っていた虚しさの重みを、私は感じていなかった。

これは、どういうことだろう。

死がもたらすあまりの大きな力に、虚しさは吹き飛んでしまったのか。

なんだか、よくわからない。

一つだけわかっているのは、とても大変なことを、私は近藤から頼まれたということ――。

人生最後のメッセージを預かる仕事。そして、それを届ける仕事。

なんて重要で、切ない仕事だろう。

私にできるだろうか――。

さっきは、つい泣いてしまった。

何年ぶりだろう。

最後に泣いた時の記憶さえないほど、久しぶりだった。

結婚した時も、離婚することになった時も、泣いていない。

弁護士の国家試験に合格した時も、大学に入学した時も。

高校で泣いたろうか。泣くような出来事を思い出せないから、泣いてないだろう。だとしたら中学も同じだ。

小学生の時は——転んで痛かった時には泣いたかもしれない。

だが、養女に出されるかもしれないとわかった時でも、泣いていないはずだ。

私は強く瞬《まばた》きをしてから、腰を上げた。

病室では、近藤が待ってくれていた。

「遅くなってすみません」と私が謝罪すると、「いやいや」と近藤は陽気に答えた。

ベッドテーブルの上には六品もの料理が並んでいて、日頃の私より、よっぽどバランスの取れたメニューだった。

食事をしながら、近藤から弘前の冬の寒さを聞き、私は問われるままに、現在独身で一日の平均睡眠時間は六時間だと答えた。

大好物だという、ちくわの入った味噌汁を、近藤はビジョビジョと、大きな音をさせて飲んだ。

やがて、近藤が言った。「先生の用事は、全部済んだのかい?」

「約束していた方に、お話を聞くことはできました」

「息子さんが、なんだかんだ言ってんのかい?」

「なぜ、そう思うんです?」

含み笑いをする。「たいした推理力がねくたって、わかることだ」

近藤は唐突に難しい顔をして、まだ残っている料理を見下ろす。

私はパイの屑《くず》が下に落ちないよう、注意しながら口に運んだ。

パチンと音をさせて、箸をトレーに置き、近藤が口を開いた。「夏子さんは、わんつか誤解され易い人だばってら——でも、ちゃんと、橋本さんば看取ったからね。きちんと、金はもらうべきだと思うよ。ワがなにか言える立場じゃねぇのはわかっとるけどさ。橋本さんがまだしっかりしちゅう頃の話だ。橋本さんが夏子さんに頼んでいるのば聞いてしまったことがあったんだ。ワが寝ていると思ったんだべ。人工呼吸器ばつけるようになったら、それはもうワじゃねぇと思ってくれって、橋本さんは言ったんだ。もうワはあの世に逝ってるのに、そうはさせてもらえねぇ半端な状態だ。そったらことはごめんこうむりたいって言ってたんずや。意識がねくなって、人工呼吸器だけで生きるようになったら、すぐに機械のスイッチば切ってくれって」

私が口を挟もうとすると、近藤は片手を上げて制し、話を続けた。

「医者に頼んだばって、そったらことはでぎねと言われた。だから、夏っちゃん、お願いだから、そうなったら、ワのためにスイッチば切ってくれって」

我慢できず、尋ねた。「夏子さんは、なんて？」

「わかったって」

私が絶句していると、近藤は静かに語り出す。

「必ずそうするって、夏子さんは言ったんずや。橋本さんと指きりげんまんしてたな。そいから二週間ぐらい経った頃かな。橋本さんの病室が個室に移されて。部屋に遊びに行ったら、人工呼吸器ばつけられてた。話しかけても、もうわからねくなってて。夏子さんに、尋ねたんだ。このスイッチば切るのかいって。そしたら、そったらことでぎねって。橋本さんとは約束したけど、嘘ばついたんだって。どんだ状態でも、一日でも、一分でも、生きてて欲しいって。もう話はでぎねけど、手ば握ると、温かいんだもの。それだけで嬉しいんだものって言ってさ。そうやって一週間ぐらいかな。もうわからねくなってる橋本さんに向かって、毎日話しかけてたんずや。医者が、もうあと僅かだばってら、家族に連絡ば取ってけろじゃって。それで、息子さんば呼んだんだ。ギリギリ息子さんは、最期に間に合ったんずや。それだけだよ、息子さんがやったことって言ったら。最期に駆けつけただけ。夏子さんのことば、遺産欲しさに、橋本さんの看病ばしてるんだと陰口ばたたく人もいたけどね。それでいいじゃないかって、ワは思うんだばってよ。最後の心寂しい時に一緒にいてくれたってだけで、金ば払ったってさ。それだけの価値があるよ。最後ば一緒に過ごしてくれるっていうのは」

寂しそうに微笑むと、近藤はゆっくり箸を持ち上げ、食事を再開した。

私は思わず、胸を押さえる。

夏子が安楽死に関わってなくて良かった。

近藤から話を聞いている最中には、私の心臓が止まるかと思った。

遺産を早く手に入れるために、敬一郎の寿命が尽きるのを待たず、夏子が人工呼吸器を止めたのではないかと先走ってしまった。

それは、夏子ならやりそうな、いかにもな筋書きに思えたのだ。

だが、夏子はそうはしなかった——。

近藤の話を終わりまで聞いた時に、胸に溢れた安堵感は、なんだったのだろう。

長い付き合いになってしまった夏子を心配する気持ちが、いつの間にか、私に生まれていたのだろうか。

夏子に呆れることはあっても、好意を覚えたことは一度だってないのに。

私はゆっくり、牛乳を喉に流し込んだ。

3

書類の作成が終わり、腕時計を見た。

午後十時十分。

立ち上がり、大きく伸びをしてから、窓辺へ移動する。

ホテルの小さな窓からは、隣の消防署の屋根が見える。

病院を出た私はホテルにチェックインして、すぐに近藤の遺言書作りに取り掛かった。

信じられないことに、私は書類を作りながら、また泣いてしまった。

冷蔵庫やレンジ、テレビといった家電品は福祉事務所に、銀行預金と死亡保険金は元妻に、隣家の夫人にはユッカとシンビジュームの植木鉢を——。

そのつつましい遺言書には、近藤の人生があった。

近藤と食事をしながら、人生で楽しかった出来事のランキングについて尋ねた。

四位に入ったのは、新婚当時、喧嘩をして一週間互いに口を利かなかった思い出だと言った。そして三位に入ったのは、二人で我慢比べをしながら食べた、手料理の思い出だと語った。きっかけは、近藤が夕食の味付けが薄いと文句をつけたことだったという。意地になってしまった奥さんが、驚くほどの濃い味付けをするようになったが、どちらも折れずにいたため、何日も酷い料理を食べ続けたと言って笑った。

ふと、私ならどんな順位になるだろうと考える。

ずっと探していたレアな文房具を見つけた時。長いこと買うかどうか迷っていた、靴の値段が下がっているのを発見した時——。

なんてことだろう。

こんなことしか浮かばないなんて。

でも——。

一生のうち、そう何度も劇的な体験をするわけもないか。

それに——。

人と関わりあっても寂しくて、なにをしていても満たされない思いを、近藤は語っていた。

私のように、虚しさを抱えている人は、ほかにもいるということだろうか。

だとしたら……少しだけ心強い。

部屋の電話が鳴り、デスクに戻った。

坂口から電話が入っていると聞き、繋ぐようフロントに告げた。

すぐにカチッと音がして、受話器から坂口の声が聞こえてきた。

「よっ。伝言聞いたよ」

「出張が長引くことになってね、明日の剣道の応援には行けなくなったの。ねえ、いい人、まだできないの？　試合の度に、元妻に応援を頼むなんて、どうかと思うけど」

「僕もそう思ってるよ」籠《こも》った笑い声が流れてくる。「なにか、トラブルでも？」

「トラブルってことじゃないの。別の依頼を、こっちで受けることになったもんだから」

「また、夏子さんの件だったよね」

「きっかけはね。ね、人生で楽しかったランキングをつけるとしたら、一位はなに？」

「急になんだよ」坂口が驚いたような声を上げる。「人生で楽しかった——って、人生まだまだ長いのに、もうランキングつけちゃうの？」

「今のランキングよ」

私は坂口の答えを待ちながら、テープケースの上に指をのせた。そっと撫でてみる。

「宿題にしてくれ」坂口が大きな声で言った。「ランダムに記憶が蘇ってきたんだけど、本当にそれをランクインしていいのか、決断できない。だから、時間をくれ」

「いいけど」

「本当のこと言うと……」

「なに？」

「浮かんできた記憶の全部に、徹子がいたもんだから、ちょっと動揺してる。僕はすっごく大事なものを失ったんだって結論に達しそうで、怖くなった」

私は声を上げずに、笑った。

離婚したいと言ったのは、坂口だった。好きな人ができてしまったので、別れて欲しいと私に頭を下げたのだ。坂口との結婚を決めたのは、なんでも正直に話してくれるところだった。だが、こんな時には、嘘をつくべきではないかと思った。痛みは感じなかった。ただ、残念だった。私は坂口との生活を、そこそこ気に入っていたから。

二人で住んでいたマンションを貰った私は、それを売った。売却益で、残っていたローンを完済し、さらに私が一人で暮らすのにちょうどいいサイズのマンションを購入した。

一年ほどして、坂口から連絡があった。

件《くだん》の女性とは、再婚前にうまくいかなくなり、別れたという。

「だから？」と私が問うと、「友人でいたい」と坂口は答えた。

私は気まぐれを起こし、その提案を受け入れた。

以後、微妙な友人関係を続けている。

私は友人に尋ねる。「遺言書の作成って、よくする？」

「何度かはある。でも、滅多に僕には回ってこない。依頼があれば、勿論やる気はあるんだけど、企業法務専門ってことになっちゃってるからな、うちは。徹子のところは、どうなの？ 結構手広くやってるんだったよね？」

「手広くっていうか、荻原先生が独立して間もない頃、回ってきたのをなんでも受けているうちに、なんでもありの事務所になってしまったってだけだから。それでも遺言書は滅多にない。日本じゃ、あまりポピュラーではないのかしらね」

「公証人役場もあるしな。なに？　今度の依頼は遺言書がらみなのか？　あっ、夏子さんが遺言書を自分に有利に改竄《かいざん》したか？」

私と同じ発想をする坂口が可笑《おか》しかった。

一度も会ったことのない、夏子のファンだと坂口は言い、私たちの結婚式にも呼ぼうとした。それは、私の両親が大反対し、実現せずにすんだ。

いつものように、夏子は結婚詐欺をするつもりで、敬一郎に近づいた可能性は高い。夏子にとって男とは、ターゲットなのだから。離婚した夏子が、一度も行ったことがないというだけの理由で弘前で暮らし始めた頃は、釜飯屋で働いていたが、二ヵ月ほどで辞めてしまったという。二ヵ月もあれば、小遣いをくれる男は調達できるのだろう。その後すぐに敬一郎と出会っている。旧家の質店のオーナーであった敬一郎には、後添えの話はたくさんあったと、近所の人たちは証言した。だがそれらをすべて断り、息子を厳しく育て、商売に励んだ。そして六十三歳で、夏子と出会ってしまった。運の尽きだと言う人もいたが、最後に神様から貰ったご褒美だと言う人もいた。

——どちらも正しいのかもしれない。

「徹子のランキングは？」

坂口に尋ねられ、受話器を左から右に移した。「宿題にする」

「なんだ。徹子もか」

ランキングに、坂口との思い出は入らないだろうとは言わずに電話を切った。私は相手を傷つけないよう、その場しのぎができるようになっていた。事務所のみゆきに言わせれば、それが年を重ねるということらしい。

4

事務所のドアを開けると、「お帰りなさい」とみゆきが元気良く言った。

「ただいま」と私は答え、紙袋をみゆきに差し出す。「これ、青森のお土産です」

「まぁ、ありがとうございます」と、みゆきは嬉しそうな声を上げた。

荻原の姿がデスクにないのを確認してから、自分の席についた。

すぐにみゆきが湯呑みを運んできた。

私はバッグから取り出した書類を手渡す。

「これ、遺言書です。保管と請求書の発行をお願いします。メモにも書いておきましたが、全員、請求書は病院気付けで大丈夫だそうです」

「先生、これ、随分多いですね。いったい何人の遺言書を作ったんです?」

「六人です」

「そんなに?」

「次々に紹介されて。入院されてる方たちですからね。皆さん、不安をもってらしたんでしょう」

「先生、いつ、戻ってらしたんです? こんなに大勢の方とだったら、土曜日の遅い時間に?」

「いえ」私は否定した。「昨日の、日曜の遅くに」

「まぁ。それは大変でしたね。お疲れ様でした。でも先生、なんだかお疲れっていうより、どちらかというと、晴れ晴れした顔をされてますね。なにかいいことありました、青森で?」

「晴れ晴れとしていますか? なにもありませんよ」

「そうですか?」

不審そうな顔をしたまま、みゆきは自席に戻った。

私はデスクの引き出しを開け、今日はどのペンにしようかと選んでいると、みゆきの声がした。

「テープも保管しておくんですね?」

「ええ。手紙の代わりに預かったものですから、遺言者が亡くなった際に、指定された方にそれぞれ渡しますので、保管をお願いします」

「私もそうしようかしら」

みゆきへ顔を向けると、首だけを捻ってこちらを見ていた。

「手紙だと、ちょっと畏《かしこ》まってしまいますでしょ。でも、話すならね。あれかしら。私お喋りだから、二百四十分テープでも足りなくなってしまうかしら」笑い声を上げたみゆきは、突然しんみりした口調になった。「でも、我慢して聞いてくれるわね、きっと。もうその時は、私はあの世に行ってるんですもんね」

「遺言書を作るなら、承りますよ」

「まぁ、先生ったら。たとえば、の話。冗談ですよ。私に財産なんて、ありませんもの」

「金額なんて関係ありませんよ。今回作った遺言書の中には、いつもこっそり大盛りにしてくれる弁当屋の店員に、五万円を渡したいといったのもありましたし、六十年前の初恋の人に、三万円を渡したいといったのもありましたよ」

みゆきは「そうですかぁ？　そうですねぇ」と呟いた。

私はお茶を飲み干し、キャビネットに手を伸ばして、ファイルを取り出す。

電話が鳴り、みゆきが受話器を取った。

私は書き物を始めた。

すぐに間違えてしまい、引き出しから修正テープを取り出す。

五、六年前、ペンタイプの修正液が登場した時、私は感嘆の声を上げたものだが、この修正テープの発売はその何倍もの衝撃だった。長い間、ペン書きで文字を間違えると、リキッドペーパーの小さな毛先で、修正液を文字の上に塗るしか方法はなかった。フーフーと息を吹きかけ、早く乾かそうとしたものだった。それが今や、テープで消したい文字だけを消せるようになった。私の人生はとても淡々としているが、修正のための文房具は激しく変化を遂げている。

みゆきが至急荻原に連絡を取ると話す声がした。

私はちらっとホワイトボードに目を向けた。

荻原の予定欄には、なにも書かれていない。

電話を切ったみゆきは、「困ったもんですよ、荻原先生には」と大声を上げた。

始まった。

ここ最近、みゆきは荻原に対する不満が溜まっているようで、すぐに沸騰する。

荻原のデスクに向かいながら、みゆきが言った。「ポケベルを鳴らしたって、全然連絡をくださらないんですよ。あの女が、行っちゃ嫌とか言ってるんですよ、きっと」

散らかり放題の、荻原のデスクの前に立ったみゆきは、ファイルや書類を持ち上げて探し物を始めた。

荻原が最近付き合いだしたと思われる、十代にしか見えない女を、みゆきは毛嫌いしている。そもそも、女ができたのではないかと、みゆきが疑いをもったのは、二、三ヵ月前だったという。持ち物の変化、スケジュールの空白、コールバックの遅さといったことから判断したそうだが、先週みゆきの疑念は確信に変化した。みゆきが一人でいる時、事務所に女が現れた。荻原はいるかと尋ねる女の態度は、身内が働いている会社を訪問したといったものだったらしい。それがどういった態度なのか、私にはわからなかったが、みゆきのこうした勘めいたものがハズレたことはないので、恐らく、荻原と付き合っている女だったのだろう。まともな家庭で育ったとは思えない女だったと、みゆきは言った。ミニスカートに黒いストッキングをはき、白いハイヒールを履くようなアバズレだったと、私に報告した。

「徹子先生」探し物をしながらみゆきが言う。「もし独立されるなら、私も連れていってください」

「はい？」

「荻原先生にはついていけませんから、私。荻原先生のこと、尊敬してたんですよね。依頼人には真剣に向き合うし、額に関係なく一つの案件にたっぷり時間をかけますでしょ。そういうところ、素晴らしいと思ってたんです。経営って話になったら、ちゃっちゃっと片付けた方がいいぐらいのこと、私だってわかりますからね。お金儲けより、依頼人の満足度を大事にしてる先生のところで働いていたいって、思ってきましたけど」大きくため息をついた。「あんな小娘に振り回されちゃうなんて。百歩譲って、女の趣味が悪いのには目を瞑《つむ》ったとしてもですよ、仕事の質を落としちゃ、ダメでしょ」

私は苦笑いを浮かべて、書類に目を落とす。

独立――しようと思っていた。

司法修習生時代には、五年ぐらいイソ弁をしたら、独立して自分の事務所をもつだろうと予想していた。だが、実際に弁護士になってみると、リスクを背負ってまで独立する必要などないのではと思うようになった。弁護士稼業は依頼料の取りっぱぐれはあるし、事務所の家賃や人件費にお金がかかる。国家資格を取れば安泰といった仕事ではなかった。ほかの仕事と同様に、才覚のある人だけが成功する。

書類仕事を片付け、午前十一時になると、出かける支度をした。

荻原からの連絡がなく、ヒステリーを起こしそうなみゆきを残して、事務所を出た。近くのファストフードで昼食を済ませ、電車に乗る。

四十分ほどで、敬介が指定したファミレスに到着した。

案内された、駐車場を望む席で敬介を待つ。

人が足りないのか、誰もいないテーブルの多くには、食器が置かれたままになっている。

駐車場に顔を向けた。

停まっている一台の車の前で、二人の母親が話をしている。三人の子どもたちは、その母親たちの側でじゃれあうように遊んでいた。

私より年下に見える二人の母親は、とても似ている。髪形、服装、笑い方。

あんな生き方をする可能性が、私にもあったのだろうか——。

出産を考えてみる前に、坂口から別れ話を切り出されてしまったので、子どもを授かる機会はなくなった。

もし、子どもがいたら——育児に夢中になれたろうか。こんな私でも。

もし、私に子どもがいて、もうすぐ自分の寿命が尽きると知らされたら——どうだろう。

子どもの行く末を案じてしまうだろうか。

その時の子どもの年齢にもよるかもしれない。

幼ければ幼いほど心配になるのでは。

一人で生きて、一人で死ぬのとは、違う辛さがあるような気がする。

その時、一台の白い車が駐車場に入ってきた。

車はバックを始め、白線で区切られたスペースに上手に収まった。

その車から降りてきたのが、敬介だった。

私には気付いていない様子で、店の入り口に向かって歩いていく。

ワイシャツにネクタイをして、その上にブルゾンを羽織っている。そのブルゾンの背中には、敬介が働いている自動車販売店の名が、大きくプリントされていた。

私は首を伸ばして、敬介の姿を窓越しに追う。

敬介が入り口のドアから入って来たところで、私は立ち上がり、お辞儀をした。

私に気付いた敬介が、足早に近づいてくる。

向かいの席に座った敬介は、すぐにオーダーをして、居住まいを正した。「勉強したんです、遺産のこと。本来でしたら、遺言書の無効を訴えたいところですが、遺留分の請求だけにします。無効ですよ、あれは。その気持ちは変わってません。でも、譲歩するのも大人の判断だと考えるようにしたんです。ですから、子どもとして、法律で保証されている権利として、遺産の半分を要求します。遺言書の存在を知ってから、一年以内に遺留分の要求をしておけば、いいんですよね？　今日はちょっと急だったんで無理でしたが、近いうちに弁護士を選びますから、その人から正式に連絡をさせてもらいますから」

私は敬介の瞳を覗き込む。

敬介はすぐに目を逸らし、横を向く。「上手《うま》くはいってませんでしたよ、親父とは。厳格でね、愛情の欠片《かけら》さえ見せたことがなかった人です。私をあの家から追い出したのは、親父です。私は別に、都会で一旗揚げたいなんて思ったことなかったんですから。父の願いだったんです。だから……あの家を出たんです。たまに私が帰れば、不機嫌でしたよ。あそこに、私の居場所はなかったんです。子どもの頃から、ずっと疎外感をもってました。だから、親を一人にさせていたなんて非難は、私にするべきではないんです」

敬介がオーダーしたカツカレーが届き、私は「どうぞ召し上がってください」と告げた。

回ってきたウエイトレスに、私はホットコーヒーのお替わりを頼み、口を付けた。

駐車場へ目を向けると、先ほどの親子連れの姿はなく、敬介が乗ってきた車があるだけだった。

洗車をしたばかりなのか、ピカピカに輝いている。

照り煌《きら》めく車を眺めているうちに、するりと声が出た。「人生で楽しかった出来事に順位を付けるとしたら、敬介さんはなにが一位になりますか?」

敬介は口いっぱいにご飯を入れたばかりのようで、頬を膨らませている。

私は続ける。「夏子さんが、そういうランキングを付けるのを、病院で流行らせたんです。何人かの患者さんに聞いたところ、その遊びは、結構おもしろかったそうです。どちらとどちらを、四位と五位にするかで悩んだりして」手を伸ばし、コーヒーカップの柄を摘んだ。「お父様の人生で楽しかった出来事ランキングの、第一位は、あなたが生まれたことだったそうです」

顔を顰《しか》めて、コップの水を飲んだ。「あんな親父でも、子どもが生まれた時は、嬉しかったんですかね」

「第二位は、あなたが小学校に入学した時。中学校に入学した時と同点タイだそうです。第十位まで、全部、あなたのことだったそうです」

「なにが言いたいんです?」語気を強めた。

首を左右に振る。「自分でもなにが言いたいのか、わかりません。人はすれ違ってばかりだと思いまして。男女関係もそうですけど、親子でも、すれ違ってしまいますね。楽しかった思い出は、みんなあなたのことなのに、財産を遺さない決断をしたのは、どうしてだったんでしょうか」

「私が聞きたいですよ、そんなこと」

敬介はスプーンを置いて、まだ半分以上残っている皿を見下ろした。

私は言う。「ご自宅の近くにある歯科クリニック、覚えていらっしゃいますか？」

顔を上げた。「歯科……クリニック？」

「ええ。お父様もあなたも、歯の治療を受けるのが苦手だったようですね。院長はよく覚えていましたよ、あなたたち親子を。まだ小さかったあなたは、診察台で怯えた顔をして、隣に立つお父様のスラックスを、ずっと握っていたそうです。お父様はあなたと同じような顔をして、治療中ずっと診察台の横に立っていらした。あなたにスラックスを摑《つか》まれていたので、側にいてあげたんじゃないでしょうか。治療を二人で一緒に耐えている様子が、印象的だったと院長は話していました」

「子どもの頃の話だ」怒ったように言って、スプーンを摑み、カレーを食べ出した。

不貞腐《ふてくさ》れた様子でカレーを口に運ぶ敬介を、眺める。

ふと、弘前の病院で入院患者と、遺言書の打ち合わせをしていた時のことを思い出した。

四人の子どもたちに財産を遺そうと考えている人に、私は尋ねてみた。一人息子に財産を一銭も渡らないように遺言する、親の気持ちはわかるかと。八十歳の男性は、自分にはできないが、昔はそういう愛し方もあったのだと答えた。甘やかす愛し方より、親の力や金をあてにするなと、突き放す愛し方のほうが、高尚とされていた時代があったそうだ。それが本当だとしたら――随分難しい愛し方だったろう。愛される方も、大変だ。

せめて最後に、遺言書とは別に、手紙の一通も残してくれていればよかったのに。手紙が無理なら、声だってよかったろう。

そうすれば、敬介は敬一郎の遺志がわかり、遺留分の請求を起こそうとはしなかったかもしれない。

人は行き違ってばっかりだ。

5

その池は弘前から三キロ南にあった。

ガイドブックにも載っているその池へは、駅前からいくつもの立看板によって、道案内がされていた。

畔に立ち、池を眺めると、二艘のボートが浮かんでいた。

池は左に急カーブしているため、その全貌を見ることはできない。

貸しボート屋に向けて歩き出す。

鳥の鳴き声が聞こえてきた。

木製のステップを上がり、貸しボート屋の受付の女に声をかけた。

隣のカフェで待つように言われ、池の上に張り出すように造られたテラス席に座った。

湿った強い風が吹いて、髪が右から左に流される。

途端に、サイドの髪が口紅に張り付き、指で払いのけた。

風のせいで、口紅が顔についてしまっていないか心配になり、鏡を取り出そうと、バッグの中に手を入れた。

書類の束が入った封筒に目が留まり、思わず苦笑する。

夏子に会うために先ほど病院に行き、そこで五人から、遺言書の作成を頼まれてしまった。

病院へ行く度に、私は新規顧客を増やしてしまう。

先ほど、敬介の弁護士から遺留分の請求が出たことを知らせた時は、夏子に喚《わめ》かれてしまった。一銭も息子にやりたくないから、私に遺すことにしたのにと言って、怒った。そこで私は、遺言書があっても、遺留分を請求できる権利が子どもにはあるのだと説明した。そして、裁判になった場合、夏子と敬一郎との交際期間の短さ、内縁であったことなども考慮されたうえで、敬介の遺留分が認められる可能性はかなり高いと告げた。可能性は低いが裁判で戦うのか、あるいは遺留分と同額にあたる、敬一郎の遺産の二分の一を敬介に渡すのを受け入れ幕引きにするのか、よく考えておいて欲しいと私は言った。すると夏子は、そこの病院のロビーで地団駄を踏んでみせ、口惜しがった。その時、私は生まれて初めて、地団駄を踏む大人を目の当たりにしたのだった。周囲の人たちが夏子をじろじろ見ていたが、彼女は一切気にせず、足をフロアに打ち付け、何度も「畜生」と叫んだ。そして二十分後には、夏子は病室へと戻って行った。カモがたくさんいると気付いてしまった夏子は、病院を自分のシマと定め、すでに次のターゲットの病室に入り浸っているようだった。

病室へ戻る夏子の背中を見送った時、私はなぜか、呆れる気分にはならなかった。

「よろしく」と、声をかけたくなってしまい、そんな自分に驚いた。

遺産を狙っているとわかっているのに——。

酷い女だと充分承知しているのに——。

だが……患者たちが抱く死への恐怖を、夏子の力で減らして欲しいと思ってしまった。楽しかったランキングを発表し合うことで、一瞬でも苦痛から解放されるのなら、夏子には病院に居続けて欲しい。

そんな風に願ってしまった私は、きっとどうかしている。

手鏡を探し当てた私は、顔をチェックした。

五分ほどして、初老の男がゆっくり近づいてきた。

私は立ち上がり、男を待つ。

ソラマメのような顔の輪郭をした男は、小坂と名乗り、私の隣に、池に向くよう座った。

電話ですでに話していた用件を、もう一度説明した私は、バッグからレコーダーを取り出し、再生ボタンを押す。

レコーダーから近藤の声が流れてきた途端、胸に痛みが走った。

私は痛みに耐えながら、近藤の声に耳を澄ませる。

声は目の前のレコーダーから聞こえているというのに、とても遠くから届いている気がした。

池の上部まで大きく伸ばしている、枝ぶりを眺めた。その、生命力に溢れた姿は、皮肉に思えた。

今、私たちはすでにこの世にいない人の声を聞いているというのに。

テープの中の近藤が「ありがとう」と最後の言葉を言い、私はレコーダーを止めた。

バッグから書類を取り出し、私は言った。

「今、お聞きいただいた、近藤さんのお話にもありましたように、遺言書に、小坂さんへの本の遺贈が記載されています。これはその本の目録です。全部で八十二冊あります。お受け取りになりますか？」

小坂は左手で目元を押さえた。

その手を左右にゆっくり動かす。

再び、私は胸に痛みを感じた。

私は池の水面に広がる波紋を目で追い、小坂が落ち着くのを待った。

「なんで……近いのに」と小坂が呟いたかと思うと、突然大きな声を上げた。「教えてくれたら、行ったのに。入院してるって知ってたら、行ったよ、見舞いに。あいつ、なして教えてくれねかったんだべ?」

私はなにも言わず、ただ小坂を見つめた。

小坂が苦しそうな顔で言った。「あいつの中では、ワはまだ、苦学生のままだったんだべか。あいつが言うように、本がたくさんあるのに感動して、しょっちゅう近藤家に入り浸ってたよ。中学時代の話だ。高校はどうだったかな。わんつか疎遠になってたのかな。秋田で就職したもんで、寮生活が始まると、たまにしか実家には帰らなくなったんだ。たまに帰れば、あいつの酒にまつわる嫌な噂ばかり耳に入って。正義感にかられたのか、注意しに行ったよ、あいつの家に。大きな蔵のある立派な家だったのに、どんどん売ってしまって」泣きべそをかく。「すっかり忘れてたよ、あいつのこと。それに、自分が本ば読むのが好きだったこと。もっと――いや、あと一回だけ、あいつのとこに行ってやれば良かったんずや。その一回で、酒から立ち直れたかもしれねぇ。なして諦めてしまったんだべ。あいつより、大事なことが目の前にあったんだべか。薄情もんだ、ワは」

小さな男の子が走り寄ってきて、「ジイジ」と言って、小坂の足に抱きついた。

大きな音をさせて洟《はな》をすすった小坂は、その子を膝に抱き上げた。

子どもは小坂に向かってしきりに言葉を発するが、私には一つの単語も聞き取れなかった。

小坂は「そうか、そうか」と言って、子どもの頭を撫でる。

突然、小坂の目から大粒の涙がこぼれた。

私は小坂から目を逸らし、太陽に向かって伸びる枝先へ視線を転じた。

葉は光を浴びてきらきらと輝いている。

私ははっとして、息を呑んだ。

一瞬、光の中に、近藤の笑顔が見えた気がした。

途端に、胸に温かいものがじんわり広がっていく。

役に立てたのかもしれない――。

初めてだ。弁護士になって十二年。様々なトラブルの解決にあたってきたが、こんな気分になったことはない。

弁護士は――私は誰も救えない。

近藤の寿命を延ばすことはできなかったし、小坂の後悔や哀しみを、減らしてやることもできなかった。

でも――。

近藤の願いが叶うよう、法律でガードしてあげることはできる。相続人に遺言者の気持ちを運ぶことはできる。
これが、私がこの世に生まれた理由だろうか――。
手で胸を押さえた。
不思議だった。
私は存在してもいいのだと、誰かに許可されたような気がしている。
私はもう一度、近藤の笑顔を見たくて、いつまでも光に目をあてた。

こがいな、アホな話がありますかって。

そうやろよ。どうして、五百万もした絵が、五万になるんだよ。

そうだよ。五百万で買ったんよ。

夏っちゃんが、お買い得だって強く勧めたからだよ。夏っちゃんに勧められなきゃ、買ってへんよ。

バブルの時は、一千万やったって言ったんだよ。夏っちゃんがだよ。そうに決まってるやろ。

不動産屋の社長がもってたんやけど、すぐに現金化したいんで、即金なら五百万でええって言うからさ。キャッシュで買ったんだよ。

気に入ってたかって？　なんだよ、それ。私が気に入ってたら、詐欺にはあたらんとか、アホな理屈をこねくり回そうとしてんの？

見てもーたんだよ。ちゃんとした人にね。そしたら、五万ぐらいの価値しかないって。目の前が真っ暗になったよ。

惚れた弱味はあったかもしれへんよ。いや、あったよ。

私が悪いの？ ちゃうよね。私の気持ちを知ってて、金をむしり取った夏っちゃんが、悪いんだよね。

もうさ、目は覚めたよ。すっかり覚めました。

だからさ、金を返して欲しいんだよ。絵をそっちに渡すから、五百万を戻してよ。そうしたら、訴えないから。

夏っちゃんも騙《だま》されたって言ってんの？ なにそれ。

はぁー？

一千万の価値がある絵だと信じて、私に勧めたってぇ？ よくもまぁ、ぬけぬけとそがなことを。

男がいるんやろ。

いや、わかんないけど。

うちの店の子が、一度、男と腕を組んで歩いてるのを、見たことがあるって言ってたからさ。

うちで直した服を着てたって言うから、見間違いやないと思うよ。

きっかけ？ 夏っちゃんがうちの店に、ブランドもんの服を持ってきてさ。太っちゃったから、ウエストを広げて欲しいって持ってきたんだよ。それで、色々話をするうちにさ、飲みに行ったりするようになってさ。

あれだよ。お客はん全員と、そういう個人的な付き合いをするわけやないよ。夏っちゃんの場合はさ、向こうからぺらぺら喋ってきたからだよ。べっぴんさんやないけど、明らかに私に気があるって様子をするからさ。男としちゃ、どうぞって本人が勧めてきてんのに、腹がいっぱいなんでいりまへんなんて、そんなもったいないこと、するべきやないやろうよ。

いやいや。先生、ちゃうよ。間違わないでくれ。

夏っちゃんに男がいるってことと、絵を返品したいってことは、まるきし別の問題。そこ、一緒にされると困るんだ。ちゃうんやから。

女房？　なによ、それ。

女房は夏っちゃんのことはなんにも知らないよ。あったりまえだよ。やめてくれよ。問題をすり替えへんでくれる？　女房は、家にいるよ。家でお針子はんたちを束ねてるよ。店には滅多に来ないから。

え？　絵のことを？

いや、女房にはなにも言ってへん。気付いてへんかもしれへんな。飾ってへんしさ。

どうしてって。うちはさ、小さいんだよ。だから、あれぐらい大きい絵を飾る壁がないんだよ。そのうち大きい家に引っ越そうって言ってるんやけど、毎日忙しいもんで、具体的にならなくてさ。

真面目にコツコツ、商売をしてきたんだよ。遮二無二《しゃにむに》働いてさ。

絵なんて、夏っちゃんから勧められなきゃ、買ってないよ。興味なんてないんだから。

やったらなんで買ったって言われるとさぁ……。夏っちゃんの口が上手《うま》いんだよ。それにのせられちゃったんだ。

夏っちゃんから勧められて、断れる男なんておれへんて。

返してくれよ、五百万。

頼むからさぁ。

1

嶋正義《しままさよし》の店を出た私は、天井を見上げた。

矢印で示された、トイレのある方向へ早足で進む。

結構切羽《せっぱ》詰まっていた。

和歌山駅近くのデパートの七階に、嶋の店はあった。

電車が遅れ、約束時間のギリギリになってしまい、トイレはパスして店に入ったために、二十分も経った頃には、早く嶋の話が終わらないかと祈るようになってしまった。嶋は早口で喋り続け、そそっかしい性格なのか、合間には伝票を書き損じたり、店員に指示を出して、それはすでに昨日で終わっていると反論されたりしていた。

トイレを済ませ、やっと人心地がついた。パウダールームに用意された椅子に座り、化粧を直す。

四十歳になった途端、化粧崩れが激しくなり、こまめに直さなければならなくなった。メイクの仕方も大幅に変わった。三十九歳までは、目を大きく、鼻を高くと、パーツのレベルアップに励んだが、四十歳になるとそういう細かい修整には力を注がなくなった。今では、肌を明るくして、顔全体の印象を若々しくしようと努めている。

弁護士になったばかりの頃は、実年齢より上に見せようと苦心したものだが、今ではそんな日々が懐かしくさえある。

鏡の中の私は、どう見ても、すっかり経験を積んだ、働く女の顔をしていた。

一時間半前に、四年ぶりに会った夏子は、私と同い年のはずだが、いじらしいほど若作りをしていて三十歳程度にしか見えず、現役の女の匂いを放っていた。相変わらず、短いスカートをはき、ハイヒールで自慢の膝下を強調する格好をしていた。服はもちろん、バッグやアクセサリーに至るまで、ブランドもののようだったが、働いていないと言っていたので、それらは男たちからの戦利品なのだろう。

男から脅迫を受けて困っていると夏子が言ったので、病室でカモを探すのは止めたのかと私は尋ねた。すると夏子は、病院は辛気臭《しんきくさ》いから嫌だわと答えた。

トイレから出た私は、少し離れた場所から、嶋の、服のリフォーム店を眺めた。

高級感と清潔感のある店は、繁盛しているようで、紙袋を手にした客たちが、次々に入っていく。

閑散とした平日の昼間のデパートで、こんなに客の姿が見られるのは、嶋の店ぐらいだった。

インターネットというもので、みゆきが調べてくれたところでは、嶋はこの一年で五店増やし、現在十一店舗を経営し、急成長を遂げているらしい。

エスカレーターへ向かって歩き出す。

すぐに私は足を止めた。

ペットショップのガラスケースの中で、子猫たちが眠っていた。

四匹の子猫たちは皆、体を丸め、一生懸命眠っている。

ふと、兄の結婚祝いに、子猫はどうだろうと考えてみる。

いや、離婚時に分けられないようなものは、贈るべきではないだろう。離婚訴訟を何百回と担当してきた私としては、結婚祝いであっても、別れる時のことにまで考えが及んでしまう。

四十一歳の兄は、来月結婚式を挙げる。その日は、皇太子の結婚式の三日前にあたる。姉は二回、ド派手な結婚式を挙げたが、現在は独身になり両親の家に出戻っていた。姉の結婚式に二度とも出席させられた兄は、俺は式なんて挙げたくないと言っていたはずだが、十一歳年下の嫁に請《こ》われて、姉以上の豪華な式を挙げるようだ。十回以上転職を繰り返してきた兄に貯蓄はなく、式の費用は全額、両親が払うという。どうしても孫が欲しい母が、今回の兄の結婚を喜んでいるからだ。

一つ下のフロアに移動し、結婚祝いの品を探してみるが、これといったものはない。

早々に贈答品探しは諦めて、五階の文房具売場をうろついた。

さっきからずっと聞こえている鈍い機械音はなんだろうと考え、はっとした。

バッグの中を探り、まだ震えている携帯電話を取り出す。「はい、石田です」

みゆきの声が聞こえてきた。「先生、どこにいらっしゃるんです？　ずっと電話してるんですけど、留守電に切り替わってしまうんです」

「すみません」

荻原と私は、みゆきから携帯電話をもたされているのだが、外にいるのに、電話がかかってくるということに慣れず、いつも叱られている。

私からの連絡を欲しがっているという、依頼人からの伝言を聞いた後、荻原の在席を尋ねると、みゆきの声が大きくなった。

「あの女のところにでも行ってるんじゃないですか？　ここには朝から一度も顔を出しませ

んよ。年増の毒牙にすっかりやられてしまってるんですよ、きっと」

荻原が現在付き合っているのが、四十二歳のデザイナーだとみゆきは疑っていて、自分より五つ年下の女性を年増呼ばわりする。みゆきは、荻原に女の存在を感じ取ると、それが若ければ、若過ぎると文句を言い、年がいっていれば、年を取りすぎていると不平を漏らす。荻原を男として捉えていて、焼きもちを焼いているのかと疑ったこともあったが、みゆきの場合は、それとはどうも違うようだった。息子の彼女は、どんな娘でも気に入らないという母親に似た感覚でいるらしい。実際、みゆきには二十歳の娘が一人いて、そのボーイフレンドたちとは仲良くやっているようなのだから、おもしろいものだ。

みゆきとの通話を終えた私は、公衆電話を探した。

携帯電話には、通話途中で交信が切断される危険があるので、依頼人に連絡する際は公衆電話と決めていた。

フロアの隅に三台並んでいるのを発見し、テレフォンカードを差し入れた。

何本か電話をして用事を済ませると、デパートを出る。

さきほどと同じ電車に乗って、夏子が現在住むマンションに一番近い駅で降りた。

早速、夏子についての情報を集めて回る。

今回、夏子は自分も騙されたと主張している。

知り合いから、絵の買い手を探している人がいると聞いた。一千万円の値打ちのある絵だが、至急現金に換えたいから、五百万円で構わないというので、ひと肌脱いだだけだという。

そして都合のいいことに、その知り合いとは突然連絡が取れなくなってしまったと語った。

嶋の話では、絵に付けられていた鑑定書の発行団体を、最近になって調べてみたら、存在していなかったそうだ。また、代金は先方の要望で、銀行口座を通さず、現金で手渡した。その際の領収書に書かれていた有限会社も、存在していなかったという。

どちらの言い分を信じるかといえば、当然、嶋の方だ。

夏子が親切心だけで仲介をしたなんて、怪し過ぎる話だ。

気に入らないと、足を出して、蕎麦屋の店員を転ばすような意地の悪い女なのだ。

だが——私の依頼人は夏子だった。

夏子は生来の詐欺師だが、ツメは甘い。

これほどまでに細部がきっちりしている詐欺は、夏子の創作とは思えなかった。背後に、完璧な台本を書いた人物がいる気がした。

訴訟になったら、嶋側は、夏子がすべてを知っていたうえで、騙したということを証明しなければならない。恐らく、それは難しいだろう。

それに、嶋は訴訟に持ち込みたくないであろう。訴訟になれば、裁判所で夏子との関係について、説明を求められることになる。先ほどの口ぶりでは、夏子とのことが公になるのを恐れているようだった。

裁判長より、妻の裁決を気にする男は多い。

一軒の不動産屋に入り、夏子が住んでいるマンションについて尋ねた。店主は夏子のことは知らなかったが、オーナーなら、そのマンションの一〇一号室に住んでいると教えてくれた。

私はすぐにマンションに行き、一〇一号室のドアホンを押す。

部屋に招き入れてくれたのは、五十代ぐらいに見える女だった。

二匹の犬が、ソファに座る女の周りを走る。

私が二〇五号室の夏子の話を聞きたいと言うと、女は一匹を膝の上に、一匹を胸に抱き、ゆっくりした口調で話し出した。

「正直申し上げて、困ってます。きちんとした方にしか、お貸ししたくないんですよ。ここじゃ、大きい家に一緒に暮らしちゃるようなものでしょ」胸に抱いた犬に向かって、そうでしょ？　と確認する。「最初の話と随分ちゃうんよ。うち、暇なわけやないんよ。それに、プライバシーのことやって、よくわかってまっから。店子《たなこ》はんたちの行動を見張ったりなんてしてへんよ。ただ、この子たちを散歩に連れて行ったり、買い物に行ったりするもんで、店子はんがやっかいなことになってるってことは、すぐにわかるんよ」

「夏子さんがやっかいなことになってるんでしょうか？」

「ええ。そのことで、いらしたんやないの？　借金よ。相当困ってるんやないかしら。家賃やって、二度滞《とどこお》ったんよ。本人に言っても、来週にはって先延ばしばかりするから。うち、そういうの一切信じまへんの。それでって？　家賃？　保証人の方に連絡を取ったら、すぐに振り込んでくれよったんよ。えっと……熊田はんと仰《おつしや》いましたね。別れたご主人やって、その方。東京にいらっしゃるんよ。電話でお話ししただけやけど、事情を説明したら、それは申し訳ありませんでしたって、仰って。その日のうちに、家賃を振り込んでくれよったんよ。ね、そうよね？」再び犬に向かって、確認した。

「借金の原因はなんだかご存知でしょうか？」

ふうっと息を吐き、目をきらきらさせる。「若い男と付き合うのも、エラいことだわね」

すぐに尋ね返した。「借金の原因が、若い男性なんでしょうか？」

女はしたり顔で頷《うなず》く。「詳しくはわかりまへんけど。越して来よった頃は、あげに若作りはしていなかったんですよ。ま、うちっとたら、失礼な言い方してしまって。ここだけの話にしておいてね。病院で働いてるって書いてあったんよ、入居申し込み書には。看護婦さんかと思ってお尋ねしたら、事務をしてるって言ったんよ。やったら、ええかって、思ったんよ。ほら、看護婦さんて、立派なお仕事やけど、不規則な生活になってしまうでしょ。夜中に帰って来よったり、昼まで寝てたりって生活だと、ここでの暮らしはどうかしらって。ちゃんとした造りのマンションよ、もちろん。でも、生活音って、気になる人には気になるでしょ。でも、ま、事務なら、そういった心配はいらんやろうから、ええかしらって思ったんよ。それが、どうやら、事務っていうのは嘘で、病院で掃除の仕事をしていたようなんよ。店子はんの一人が、和歌山駅近くの病院で、掃除をしていたのを見たんやて。なんでそんな嘘をついたのか、わからんけどね。うちに来て、一ヵ月も経たないうちに、その仕事は辞めてしもうたようなんよ。同じ頃、若い男の人が出入りするようになって」肩を竦《すく》める。「急に派手な格好をするようになって。半年ぐらいは幸せいっぱい夢いっぱいって感じやったの。あら、うちったら、お茶も差し上げないで」

立ち上がりかけた女を、手で制して言った。「どうぞお構いなく。本当に。どうぞ。半年経ったら、幸せな生活はどうなったんでしょう？」

「若い男の姿を見なくなった頃から、家賃が滞るようになったんよ。ほいでよ、親展やの督促やのと書かれたハガキや手紙が、ぎょーさんくるようになったのは。きょうびは、まともな商売をしちゃるとは思えへん男が、部屋の前で小谷はんの帰りを待つようになって。お金に困ってるんやないやろか。その割りには、働いているようにも見えへんけど」

今、この女が話したのは、本当に夏子のことなのだろうか。別人の話を聞いている気分だった。

男から金を巻き上げる才能の持ち主の夏子が、家賃が払えないほどお金に困り、元夫の熊田に払ってもらったという。夏子になにがあったのだろう。嶋が支払った五百万は、夏子の手には入らなかったのか。それとも若い男に使ってしまったのだろうか。絵の受け渡しの際に現れた男は、自分と同年代に見えたと嶋は言っていたので、恐らく五十代ぐらいだろう。だとすると、マンションに出入りしていたという若い男とは別人か。

　私は、夏子に腹を立てたのはどんな時かと尋ねてみる。

　途端に女は二匹の犬を、左右のそれぞれの腕に掻き抱いた。「この子たちを足蹴りしたんよ、あの人。信じられます？　こがいな弱い生き物を、蹴散らしたんよ。黒田《くろだ》はんの——パン屋なんよ。黒田はんのお店の中には連れて入れまへんから、ガードレールにこの子たちのリードを繋いでおいたんよ。パンを選びながら、窓ガラス越しにこの子たちの様子を見てたんよ。甘えん坊なもんで、うちの姿が見えへんと、おろおろしてしまうんよ。その時、駅の方から小谷はんが歩いて来るのに気が付いて、なんとなく見てたんよ。そうしたら、あの人、この子たちを蹴っ飛ばして歩き去ったんよ。うち、驚いて。すぐにお店を出て、なんてことするのって叫んだんよ。あの人、うちとこの子たちを見て、なにか？　ってとぼけたんよ。うち、この目でしっかり見たんよ、蹴ったのを。そう言ってやったら、考え事をして歩いてたから、犬がいたことも、蹴ったことも気が付かへんかったたって、いけしゃあしゃあとしてましたよ。すぐにここを出て行ってもらおうと思って、知り合いの弁護士はんに相談したんよ。でも、この子たちを蹴ったのを見たの、うちだけやったもんで」左右の犬に交互に顔を近づけ、自分の唇を舐めさせる。「弁護士はんが言うには、本人は気付かへんかったたってているし、これを理由に賃貸契約を解除するのは、ややこしいやろうって。この子たちになにかあったら心配やしぃ、もう今や、買い物に行く時は、お留守番してもらってるんよ。ねー」と犬に同意を求めた。

やるだろう、夏子なら。

女がした、驚くような話を、私は丸ごと受け止め、思わず頷きそうになる。

慌てて顎を上げて、質問を続けた。「おやっと思ったことはありましたか?」

小首を傾《かし》げた。「派手な格好をしだすようになった以外で?」

「ええ」

「どうかしら」と呟き、犬を膝に下ろした。

しばらくの間、その犬を撫でていたが、「そういえば」と言い出した。

「いつやったかしら。信用金庫の隣に小さい公園があるんやけど、そこで夜、一人でブランコを漕いでたんよ。なんだか寂しそうやったねぇ。問題の多い人やけどね。大家としてはごっつう困ってますけど、その時は、同じ女として、小谷はんのことを見てしまって。若い男と付き合って、幸せになった中年女の話なんて、聞いたことあります? ドラマだって、なんだって、たいてい短い間に終わってしまうものでしょ。目的があるのよ、そういう場合の若い男には。目的が果たされたら、ぽいって捨てられちゃうものなのよ。ブランコを漕いでる小谷はんを見てたら、可哀相に思ったわね」

夜、夏子が一人でブランコを漕ぐ姿を思い浮かべてみた。

すると、鎖が軋《きし》む音が聞こえてきた。

やけにありありと、その情景が頭の中に広がる。

やがて、夏子の顔が、私の顔に変わった。

一人でブランコを漕いでいるのは、私だった。

やけにしっくりくるその光景をイメージした途端、夏子にシンパシーのようなものを感じた。

それは、ちょっとこそばゆかった。

落ち着かない気分で、女の膝に座る犬を眺める。

夏子はどうしてしまったのだろう。

夏子が同性から哀れまれるなんて――。

私の知っている夏子は、どこにいってしまったのだろう。

少し残念に思っている自分が、なんだか不思議だった。

2

長い前髪の隙間から、品定めをするように私を窺《うかが》う。

そして、その少年は、夏子にそっくりな顔で「こんにちは」と言った。

幸一は小学六年生になっていた。

私は言葉が浮かばず、口を開けて、幸一を見上げる。

幸一と最後に会った日から、十年が経っていた。あの赤ちゃんが、こんなに成長したことが驚きだった。

「元気？」と、私はテーブルの横に立つ幸一に、とてもつまらない質問をした。

幸一は、「はい」と答える。

「私のこと、覚えてる？」と、私は尋ねてみる。

首を左右に振った。

「まだ赤ちゃんだったものね。夏子さんとは——お母さんとは会ってるの？」

何度か瞬《まばた》きをした幸一は、私の問いには答えず、顔を右に向けた。

幸一の視線の先には、プールがあった。

このスポーツジムは、一階のラウンジの窓ガラスから、地下一階にある二十五メートルプールを見下ろせるようになっている。

「これから泳ぐの？」私は聞いてみる。

幸一はプールへ目を落としたまま、頷いた。

幸一の横顔には、一刻も早くこの場から立ち去りたいと書かれている。

「じゃ、頑張ってね」と私は言って、この場から逃げるきっかけを作ってやった。

幸一はボストンバッグを肩に担ぎ、身体を回した。

「ちょっと待って」私は咄嗟《とっさ》に声を上げていた。

私は名刺入れから一枚を抜き出し、その裏に、携帯と自宅の電話番号を書き付けた。

立ち上がり、名刺を幸一に差し出す。「なにか困ったことがあったら、連絡して。私、弁護士だし。幸一君とは親戚なんだから。遠い親戚だけど」

幸一はじっと名刺を見下ろす。

受け取らせようと、私は幸一のTシャツに触れそうなほど、名刺を突き出した。

「フロートペン」幸一が小声で言った。

「え？」

名刺ではなく、私の右手に握られているペンを指した。「それ」

私はペンを持ち上げ、上下を逆さまにして、中の絵が変化するのを見せた。

幸一の顔が、僅《わず》かに綻《ほころ》ぶ。

すっと思い出が蘇った。

十年前、幸一と会った時、やはり彼はフローティング・アクション・ペンに興味を示し、私から一本奪ったことを。

「こういうの、好きなの？」私は尋ねた。

「うん。結構集めてる」

私はしげしげとペンを眺めてから、「このデザインは、持ってない?」と尋ねた。

「うん」

心の中でため息をついてから、言った。「いいわ。あげる」

幸一の顔がぱっと輝いた。

だがすぐに、困ったような表情を見せてから、迷うように瞳を左右に動かした。

私は笑いながら言う。「遠い親戚のおばさんから、フロートペンを一本もらったぐらいで、困ることはないわ。その代わり、この名刺も受け取るのよ」

ゆっくりと晴れやかな表情を作った幸一は、「うん」と頷いた。

名刺とペンを受け取った幸一は、階段を下りていった。

時を置かずに、嘉昭が現れた。

ラウンジを見回し、「幸一とは会いましたか?」と嘉昭が聞いてきたので、私は頷いた。

「びっくりしました。すっかり大きくなっていて」素直な感想を私は述べる。

向かいに座った嘉昭は、以前会った時より、随分頬がこけて、弱々しい印象になっている。

赤ちゃんを少年に変える年月は、大人を老人に近づける。

現在、熊田親子が住む家は、私が通勤に利用する沿線にあった。

嘉昭から事務所に届く年賀状の住所が、数年前に変わった時、私の自宅と近いことに気が付いていた。

嘉昭に電話をすると、私の自宅から歩いていける距離にある、スポーツジムを指定された。毎週土曜日の午後は、スイミング教室に参加する幸一に付き添うため、スポーツジムのラウンジで過ごすのだと嘉昭は説明した。

私が話し出すのを待っている気配の嘉昭に向かって、口を開いた。「夏子さんの件で、お邪魔しました。今でも連絡を取られてるんですか？」

「滅多には。たまに金に困った時に、連絡をしてきます。夏子が――トラブルでも？」

「まぁ、ちょっと。夏子さんが住んでいる、賃貸マンションの保証人になっていますね？」

「はい」

「熊田さんが、家賃の未納分を立て替えたこともあるようですね」

「ええ」

私は尋ねる。「夏子さんに、総額でいくらぐらい貸していますか？」

少し間を置いてから、「百五十万ほどです」と答えた。

「借金の理由は、どうお聞きになってますか？」

苦笑いを浮かべた。「その都度色々なことを言ってますが、本当のところは、まったくわかりません」

賑やかな話し声が聞こえてきて、顔を向けると、私と同年代に見える四人の女たちが、隣のテーブルにつこうとしていた。

嘉昭に目を戻すと、考えをまとめる風情《ふぜい》で下を向いている。

今の嘉昭の胸にあるのは、愛という名のものか。それとも情と呼ばれているものか。

別れた妻から無心され、金を渡す男の気持ちを表現する言葉は、存在するのだろうか。

不可解な行動を取る人をたくさん見てきたので、今更、驚きはしない。人はたくさんの複雑な気持ちをもち、それは変化する。愛から執着への変化はとても早く、憎しみにもあっという間に移行した。そういった様々な感情に付けられている呼び方を、随分学んできたが、嘉昭の気持ちを表す単語があるのかどうかは、わからない。

私は言った。「夏子さんから依頼を受けた案件があります。それとは別に、心配していることがあります。どうも、夏子さんは、銀行やクレジット会社から借りるだけでは足りずに、高利のサラ金にも手を出しているようなんです。夏子さんに尋ねましたが、否定します。熊田さんは、なにかお聞きになっていませんか？」

辛そうな顔で「サラ金ですか」と呟いた。

「普通の仕事をして、返せる額ではなくなっているようです。私は自己破産を勧めていますが、夏子さんは同意しません。まだなんとかなると、思っているようです。今度、夏子さんから借金の申し込みがあったら——家賃の未払いを、オーナーから立て替えるよう求められた場合でも、熊田さんからも、夏子さんに自己破産を勧めていただけないでしょうか？」

「わかりました」

「お休みの日に、お邪魔して申し訳ありませんでした。用件はこれだけなんです。電話でも良かったのですが、お会いしてお話しした方がいいように思いまして。熊田さん、東京にいらっしゃるんですし」

真面目な顔で頷いた。「こちらこそ。石田さんも、今日は休みだったんじゃないんですか？」

「休日といっても、特にすることありませんから。仕事しか、することないんです」私はプールを覗く。「夏子さん、幸一君に連絡を取ってないんですか？」

「ええ。幸一には、一度も連絡をしてきたことはないと思います」

「そうですか」

夏子が幸一に連絡を取らないのは、なぜだろう。

夏子から、幸一の自慢話を延々と聞かされたのは、どれくらい前だったろうか。

冷たいとは思うものの、親としての自覚が欠如している夏子を、断罪する気持ちにはなれなかった。

頻繁に連絡を取り合うのが正解とは限らない。

カップルも、親子も、行き違うものだから。

願わくは、幸一が、なんでもかんでもを、親や境遇のせいにするような人間にはなりませんように。

「またサボってるな」

強い声がして、私は嘉昭に顔を戻した。

「幸一です」と嘉昭は言って、人差し指で下の方を指した。「自分より上手な子がいると、すぐに泳ぐのを止めて、休んでしまうんです」

私は嘉昭が示す先にいるはずの、幸一を探してみる。

だが、プールサイドにはたくさんの子がいて、その誰もがスイミング・キャップとゴーグルをしているため、その中のどれが幸一かはわからない。

なんだか親子の絆《きずな》を見せ付けられた気がした。

嘉昭が言う。「幸一は、顔は夏子にそっくりなんですが、性格は私に似てまして。自分のミニチュアを見ている気分です。自分より優れている人を見つけると、すぐ諦めてしまうんです。現実的とも言えるんですが、まだ十一歳ですからね。自分の大きさを、勘違いしても許される年齢だと思うんですが。夏子の性格の全部――だと、大変ですから、百分の一程度でも、あの子に受け継がれていたらと、考えることもあります。馬鹿げた考えですが」

私は昔訪ねた、名古屋にあった家を思い浮かべる。ブランコがある小さな庭。マグカップが置かれたままのダイニングテーブル。たたまれた洗濯物がのっかっているソファ。カーテンのように布を取り付けた棚。

それらを見た時――私は、平凡で小さな幸せだと感じた。

なんて、ものを知らなかったのだろう。その平凡で小さな幸せを、私は手に入れられなかったし、夏子も嘉昭も手放した。そして、同じようにその幸せを維持できなくなった大勢の人たちが、弁護士事務所に相談にやってくる。

嘉昭が我が子から目を離し、私と目を合わせた。

私は静かに見つめ返す。

嘉昭は、私の瞳に映る自分と会話をするかのように、覗き込んでくる。

やがて、口を開いた。「私はすぐに諦める人間でした。大学生の時は、自分より優秀な学生がいたので、専攻分野を変更しました。研究者になってからも、自分より優れた人物がいたので、勤務先の大学を変えました。私は、そういう人間でした。でも、夏子と出会って」遠い目をする。「彼女はご存知のように、夢ばかり追いかけている女ですから。私が諦めかけてると見るや、大丈夫だとはっぱをかけてくれました。誰だって壁にぶつかることはある。でも、その壁にはいくつも通り道があいている。壁の高さにばかり目がいって、よく見えてないだけだ。よくよく探せば、壁をすり抜ける道があると。私に、そう勘違いさせてくれる女でした。夏子が側《そば》にいる間は、私に魔法がかかったようになってましたから」含み笑いをした。「研究者としての限界に気付かずに、毎日を過ごせていました。離婚して、彼女の魔法が解けた途端、元の自分に戻ってしまいました。努力はせずに、諦めて、逃げ出す昔の私にです。そのくせ、同じことをする息子に腹を立てたりするんです。勝手なもんですね」

嘉昭がプールへ目を向け、私もそれに倣《なら》った。

プールの底の、鮮やかな水色を眺めているうちに、吸い込まれそうな気がして、椅子の肘掛を強く摑《つか》んだ。

3

隣の坂口が、話しかけてきた。「あのさ」

「わかってる」私はすぐに言う。「いまどき、こんなバブリーな披露宴なんて、恥ずかしいって言いたいんでしょ」

坂口は笑って、「先走るなよ」と言ってから、壇上に向けて拍手を送った。

その壇上には、モーニングコート姿の兄が座っている。隣には、落ち着いた様子の新婦がいる。

私も、周囲に合わせて手を叩いてみせた。

結婚式会場として都内で有名なここで、六月に式を挙げるのが、新婦の夢だったという。広く美しい庭もあるこの場所は、バブルが弾ける前は、独身女性たちの憧れの場所だった。

だが、バブルが崩壊してからは、質素な披露宴が主流になっている。だから今日のように、日曜の大安でも、容易に予約が取れた。

そして私は、親族席に、別れた夫と並んで座らされている。

両家のバランスを取るために必要なのだと、母と兄から説得され、渋々坂口に事情を説明した。すると、坂口は二つ返事で、出席すると言ってくれた。お陰で、親戚たちからは、「あら、復縁なさったの？」と聞かれることになった。

坂口は三ヵ月前に、二度目の離婚をした。

私と坂口が離婚したのは六年前だが、それ以降もたまに食事をしたり、飲みに行ったりする関係が続いている。友情と呼ぶには、やや親密過ぎる関係が継続していた。だからといって、復縁は絶対にない。

坂口とは反対側の左の席は、二つ並んで空いている。

披露宴の開始前から、姉が酒を大量に摂取してしまい、親族控え室でストリップをやりだした。仕方がないので、一緒に出席することになっていた、姉の現在のボーイフレンドが、監視役として控え室に居残ることになった。それで、姉の席と、十歳年下のボーイフレンドの席が空いている。

司会者が大きな声を上げて拍手を促してきたので、私はまた手を叩き、壇上へ目を向けた。新郎と新婦が着替えのために、席を外すという。それを拍手で送り出せと、丁寧な言葉を使って司会者が命令する。

拍手で二人を送り出した後、私はテーブルに置かれている小さなメニューを手に取った。繊細な文字で書かれた料理名を目で追う。

さすがに、兄のお得意のフライドチキンは、メニューから外れたらしい。

大勢のウエイターたちが滑るようにテーブルにやってきて、料理をサーブし始めた。

皿を覗いた坂口は、低い唸り声を上げた。

そのスープは、坂口が苦手なカボチャの色をしていた。

坂口は苦虫を嚙み潰したような顔で、水割りの入ったグラスに手を伸ばす。「席次表を見たけどさ、お義母さんが――元お義母さんが心配してた、両家のバランスは取れたんじゃないのか？　良かったじゃないか」

ちらっと、斜め前方に座る母へ視線を送り、小声で答えた。「入社して一ヵ月目の社員の結婚式に、上司がよく出席してくれたと、私は思ってるけどね。母は全然気に入らないみたい」尋ねるような顔の坂口に説明する。「新婦の来賓の方が、格が上過ぎるって不満らしい。勿論、格っていうのは、母が妄想で勝手に作ったランキングのことなんだけど」

「格かぁ」

私はスープに口をつける。

甘くて冷たいスープは、やはりカボチャで、少し味付けが濃い気がした。

量が少なくて、あっという間にスープを平らげた。途端にウエイターの手が伸びてきて、皿を奪っていった。

「カボチャ、ダメなんだよ、片付けてくれる？」とウエイターに告げた坂口は、水割りのお替わりを頼んだ。「人ってさ、無意識にランキングを付けるよな。最近、つくづく思うんだよ。どっちが上で、どっちが下かってことに、すっごいこだわるのは、なぜなんだろうって。よく考えてみたら、そういうの、人間だけじゃないんだよな。ほら、猿の集団の中にも順位があるだろ。集団で暮らす鳥にも、順位があるらしいし。犬なんかも、自分を含めた家族の中での序列を察知してるらしいな。二つの違う指示が出たら、上位だと思ってる人間からの命令に従うそうだし。その方が、上手く暮らせるってことなのかな？　僕の疑問って、可笑《おか》しいか？」

「ううん。可笑しくはない。なにかあったの？」

「いや、なにもない。これってきっかけがあったわけじゃなくてさ、日々積み重なっていく疑問の一つ」

届いた水割りを、坂口は一気飲みで空にした。

私は言う。「飲み過ぎないでもらえると、嬉しいんだけど。ストリッパーの姉の次は、酔っ払いの元夫なんて、困るのよ」

「そりゃそうだ」

次の料理が運ばれてきて、今度は坂口もフォークを握った。

伊勢海老のテルミドールを口に運ぶ。

大味で、不味《まず》くはないが、美味《おい》しくもない。

それでも、ここの結婚式場が人気なのは、ブランド力なのだろうか。運営会社が、同業の中で上位にあるとの意識付けに成功したのか。

坂口が真面目な顔で言い出した。「企業間の争いの根底にあるのってさ、メンツなんじゃないかって、今頃、気付いたんだよね。商標権や特許権の侵害なんて、一見すると、商売上の争いに思える。ところが、実際に問題にしてるのは、メンツだったりするんだよな、これが。どうして、うちほどの会社が、あんな会社に負けるんだとかね。負けるとわかってても、このままじゃ、沽券《こけん》に関わるからと、訴訟を起こす場合も結構多いしね。そういうメンツってさ、どっちが上で、どっちが下かって、暗黙の序列を踏まえた上で成り立ってるよな。企業法務なんて言ったって、結局は、人と人の争いごとを仲介する仕事なわけよ」

「なにがあったの？」

「なにもないって。全然。なーんにもない。ナッシング」

坂口は三年前に独立し、自分の弁護士事務所を立ち上げた。

仕事に対する愚痴が急に増えた時期と、重なっていた。

坂口のことだから、よくよく考慮し、勝算があった上での独立だったとは思うが、計画通りにはいっていないのかもしれない。すべての弁護士事務所が繁盛するわけではない。

私がパンを千切っていると、坂口が言った。

「徹子姫は、弁護士稼業に嫌気がさしたりしないかい?」

もう酔ってしまったようだ。

私を姫と呼ぶのは、いつも酔っている時だった。

「酔いを醒ましに、控え室に行ってる?」私は尋ねた。

「なに言ってんだよ。全然酔ってないよ。まったくだよ。ナッシング。新郎の親族席が三つも空いちゃ、まずいだろう」

私が口を開きかけると、坂口が遮った。

「徹子姫は変わったよな。自分で気が付いてる? その冷たい目は、昔のまんまだけどな。ま、聞けよ。徹子姫は、変わったんだよ。少しふっくらしたんだ。違うよ。顔じゃない。外見じゃなくてさ、ここ」自分の胸を差した。「ここがね、ぺったんこだったのが、ふっくらしたの」突然小声になり、口の横に手をあてる。「おっぱいのことじゃないぜ」

「下品」

「だから、おっぱいのことじゃないって。な、ビールだったら強くないから、いいんじゃないかな? わかったよ。水を飲めばいいんだろ?」グラスの水を一気飲みし、ウエイターを呼んだ。「この人が酒を飲ませてくれないの。だから、水、ちょうだい」

私は坂口を睨みつけながら、伊勢海老を口に運んだ。

「遺言書を扱い始めた頃ぐらいからじゃないか?」目の辺りを赤くした坂口が言う。「徹子姫を変えるほどの力が、遺言書にあるなら、僕もやってみるかな。新規顧客を探すなら、まず病院に行って、入院患者に営業すればいいんだろ?」

「本気で言ってるの?」

「本気。本気の本気。大丈夫だ。徹子姫が通ってる、病院以外のところにするって約束するから。縄張りを荒らすようなことはしない」

「どうぞ、お気遣いなく。でも、遺言書の仕事は大変よ。遺言者の希望通りにしてあげたいけれど、遺族たちが納得しないことも多いからね。ただ——私の場合は、遺言書をやらせてもらって良かったかな。私だけじゃないとわかったから。なにがって……多くの人が満ち足りない想いを抱えているって、知らなかったのよ。世界にたった一人でいるような寂しさも、私だけが感じていることだと思ってたの。それに、死を前にした人ってね、私の何万倍もの虚しさと衝突するのよ。もう充分生きたって思える人なんて、いないの。なんで、私なんだって、腹を立てたりする。そういう人たちと接してると、私の抱えているものなんて、ちっぽけなんだってわかるわ。そうわかってみたら、少し気持ちが楽になったのよ。わからないわよね、なにを言ってるか。説明なんてできないわよ。そういう類の話ではないんだから」

よくわからないといった顔をしている坂口をそのままにして、私は食事を続けた。

突然、派手な音楽が鳴り響き、顔を上げると、親族席の横にある扉にいくつものスポットライトが当てられていた。

音楽が一段と大きくなり、司会者が「装いも新たに、新郎新婦の入場です」と高らかに宣言した。

スタッフが扉を開ける。

黄色いスーツを着た兄が、同色のロングドレス姿の新婦と並んで立っていた。

絶句している私の横で、「黄色かぁ」と坂口が呟《つぶや》いた。

4

手強《てごわ》い。

現れた男を見て、私は確信した。

てっきり、ちんぴら風の男だろうと思っていた。だが、ホテルのラウンジに現れたのは、清潔感を漂わせた好青年風の男だった。

詐欺師夏子を手玉に取り、金を吸い取った男の名は、太田《おおた》俊輔《しゅんすけ》という。

もう金を取れないと判断した太田は、夏子を捨てた。

夏子は腹を立て、太田が現在住んでいるマンションに押しかけ、同居していた女を殴り、怪我をさせた。

夏子は治療費と慰謝料を請求され、私に連絡をしてきた。自己破産をするならとの条件付きで、私は夏子の代理人となり、交渉にあたる仕事を引き受けた。

太田は爽やかに笑って言った。「夏っちゃんに弁護士さんの親戚があったなんて、初耳でしたよ」

「遠縁なんです」

小さく頷き、「夏っちゃんの様子はどうですか？」と言って、心配そうに顔を曇らせる。

「明るくて、元気な夏っちゃんに戻ってるといいんだけど。真里菜《まりな》の方は、結構大変だったんですよ。精神的にショックを受けてて。診断書のコピー、届きましたか？」

「拝見しました」

「こうなったのは、僕が原因ですよね。それはわかってます。でも、暴力っていうのは、いけませんよね。なにも解決しませんから。女性の顔を殴ったりしちゃ、いけません。違いますか？」

「夏子さんは、先に暴力をふるってきたのは、真里菜さんの方だったと仰ってます」

「本当ですか？　本当に、そんなことを？」

太田はゆっくり首を左右に振り、困ったような表情を浮かべた。

私は言った。「真里菜さんが先に手を出してきたので、夏子さんは、それを避けようとしたところ、たまたま拳が顔の正面に当たったと話していらっしゃいます」

苦笑いを浮かべた太田は、自分の顎を撫でた。

次に、ミルクピッチャーを持ち上げ、アイスコーヒーの入ったグラスに注いだ。

白いミルクが、氷と氷の隙間をゆっくり流れ落ちていく様を、太田は見つめる。「ミルクがこうして落ちていくの見てるの、好きなんです。だから僕、ストローで掻き回さないんです」

私も、太田のアイスコーヒーを眺める。

真っ白だったミルクは、徐々に茶色がかっていき、黒いコーヒーと交じり合っていく。

アイスコーヒーを見つめる太田の瞳は真剣で、話を続けにくい雰囲気があった。

自分のペースに誘い込む作戦だろうか。

太田の出方がわからないので、そのまま黙っていることにした。

ミルクはグラスの底に溜まり、今度はふわふわと上に向かおうとする。

少しずつコーヒーの色が変化していく。

太田が突然、ストローに口をつけ、吸った。

すると、グラスの中に流れが生まれ、コーヒーとミルクが猛スピードで複雑に絡み合う。

ストローに口をつけたまま、太田は私に真っ直ぐな視線を向けてきた。整った顔立ちに、試すような表情が浮かんだ。

私は尋ねた。「被害届けは出されましたか?」

意外そうな顔で答える。「届けなんて。大騒ぎはしたくないんです。それは真里菜の考えでもあるし。だから、円満に解決したいと思ってるんです」

「それが慰謝料と治療費の請求ということですか?」

「わかりますよ、徹子先生の仰りたいことは。金で解決するのかってことですよね。でも、ほかにないじゃないですか。謝罪を表現する方法、なにかあります? 謝罪を受け入れる、別の手段ってなんでしょう?」

「先ほども申し上げましたように、夏子さんは、ご自身の方が被害者だと仰っていますので、謝罪を表現する考えはもっていらっしゃいません。ですので、慰謝料と治療費の請求には応じません。充分ご存知だろうとは思いますが、改めて言わせていただきますと、夏子さんには、お金はありません。貯金はすべて、太田さんとの生活費や、太田さんへのプレゼントに消えてしまったそうです。太田さんから突然、別れ話を持ち出されて、相当な精神的ダメージを受けたと仰っています。私は弁護士として、夏子さんに、太田さんへ慰謝料請求をしたらどうかと提案しています」

自分の胸に人差し指をあてる。「僕に慰謝料を請求?」

私は頷いた。「検討中です」

激怒して本性を表すのではないかと思ったが、太田は首を左右に振って、「信じられない」

と繰り返すだけだった。

私はアイスティーに口をつけた。味がすっかり薄まっていたので、ガムシロップをたっぷり加えて、甘い液体にしてから再びストローを吸った。

本当は、検討などしていない。

夏子は、太田とよりを戻したくて仕方ないのだ。だが、慰謝料と治療費の請求を引っ込めさせるには、こちらもカードはあるんだと強気で押すしかなかった。

真里菜から先に暴力をふるわれたのだという、夏子の主張もある。この主張が、真実かどうかはわからない。大事なのは、現場には夏子と真里菜しかいなかったので、証人がいないということだった。当事者以外に証人がいないということは、なにも心配せずに、徹頭徹尾主張すればいいということだった。

太田が話し出した。「夏っちゃん、十四歳もサバよんでたんですよ。知ってました？　最初、僕に二十五歳の同い年って言ったんです。嘘だってすぐにわかりましたけど、可愛いなぁって思って、二十五歳を信じたふりをしてました。でも、年をそんなにごまかしてるってこと、夏っちゃん、すぐ忘れちゃうみたいなんですよ。テレビのアニメの話だって、アイドルの話だって、全然合わなくて。年をごまかしたんだったら、そういう年代のわかる話題になった時には、おとなしくしてればいいのに、あれこれ喋っちゃうんですよ。しょうがないから、おかしいなぁなんて、首を捻ってみせると、夏っちゃん慌てて、子どもの頃はド田舎に住んでいたから、テレビ放映されていた番組が違うんだとか言って」小さく笑った。「バレバレなのに、必死で言うもんだから、納得した顔をしておきました。夏っちゃんの、そういうところ、好きでした。でも、好きだったところが、目障りになってしまう時がやってくるんですよね。恋愛の不思議なところです」

私は頷かず、アイスティーを啜った。

ラウンジの照明がゆっくり絞られていき、ティータイムからナイトタイムに演出を変えた。さっきまで若さで輝いていた太田の頰は、照明の変更で、陰を帯びる。照明に合わせて、好青年だった印象も、トーンダウンしたようだった。

やがて、太田が頭に手をやり、「困ったなぁ」と声を上げる。「真里菜になんて言ったらいいんだろう。僕が訴えられそうだから、君は訴えないでくれなんて、言えませんよ。彼女は現に怪我してるわけだし。治療費、結構、大変なんですよね。もう二週間も仕事を休んでるから、収入もがくんと減っちゃってて、可哀相なんですよ」

「夏子さんも、ショックのあまり、仕事に就くことができません」

「夏っちゃんは、元々、働くのが嫌いだからでしょー。ショックのせいじゃありませんよ」

その時、私たちのテーブルの横を、女の客が通り過ぎた。

太田はちらっとその女の足元へ視線を送ると、即座に目線を上げて、顔を確認した。その本能的な行動を見た途端、冷笑が浮かびそうになって、私は下を向いて堪《こら》えた。太田がこの交渉に集中していない、今が勝負の時だった。

私は言った。「ある男性から、絵を買ったそうなんです。なんでも、夏子さんに勧められて、絵を買ったそうなんです。購入した金額ほどの価値がないと判明したので、返品を求めようとしたところ、売った相手は行方不明で、鑑定書の発行元の団体は、存在していませんでした。どうやら、夏子さんは絵画詐欺の片棒を担《かつ》がされたようです。ある人に頼まれて、その絵の売買に関わったと夏子さんは仰っているんですが、そのある人の名を、明かしてくれません。迷惑をかけたくないと仰るんです。でも、夏子さんが訴訟を起こされたら——それが民事でも、刑事でもですが、自分の身を守るために、その人物の名を明かすよう、私は説得するでしょう」小さく頭を下げる。「失礼しました。真里菜さんの慰謝料と治療費請求の件とは、関係のない話をしてしまいました」

太田が睨《ね》め付けてきた。その瞳はじっとりと、絡んでくる。

私は見つめ返す。

夏子からは、絵の売買に太田が絡んでいるとは聞いていないが、交渉のテーブルにのせられるものなら、取り敢えず上げてみる。それが、交渉のカードにはならないとわかったら、その時、テーブルの下に隠せばいい。

年をごまかして、なにが悪い。オスが若いメスを求めるから、メスは必死で若作りすることになる。夏子としちゃ、精一杯だったのだ。そのひたむきさを茶化すなんて、根性が曲がっている。

夏子は働くのが嫌い？　大きなお世話だ。お前だって、働くのが嫌いだから、女をキャバクラで働かせているんだろうに。前の女の悪口を言う男は、最低だ。

私はムカムカしてきた。

人は弱い。楽な道があれば、そちらを選ぶのは、自然なこと。

太田なんかに、とやかく言われたくない。

怒りはなかなか治まらず、私はアイスティーを一気に飲み干した。

喉は冷えたが、眉間のあたりに溜まった熱は、静まらない。

水の入ったグラスに手を伸ばした時、はっとした。

なぜ、夏子を悪く言われたことに、こんなに腹を立てているのだろう。

私はゆるゆると、手を引っ込めた。

膝の上に戻した自分の手を見下ろす。

そっと顔を上げると、太田と視線がぶつかった。

私は目に力を入れ、そのまま踏ん張る。

持久戦かと覚悟した途端、太田が目を逸らした。

顔に皺をたくさん作って、太田が笑った。「徹子先生には、敵《かな》わないや」

「と、言いますと？」

「真里菜を説得しますよ。慰謝料と治療費は請求させません」

「それを伺って、安心しました。円満に解決できると信じていましたので」

「ね、先生」テーブルに上半身を倒すようにして、顔を近づけてきた。「実は、徹子先生って、僕のタイプなんですよね。たまに電話してもいいですか？」

「私的な用件での連絡なら、お断りします」

「本当に？」背中を勢い良く背もたれに戻し、太田は残念そうに顔を歪める。「失恋しちゃったぁ。寂しいなぁ」

太田はテーブルに片肘をつき、そこに拗《す》ねたような顔をのせた。太田の一人芝居がまだ続きそうだったので、私はわざとらしく腕時計に目をやった。

5

「ほんまに、来よったんや」

呼びつけておいて、私を見るなり、嶋はそう言った。

「そういう、ご指定でしたので」私は嫌味っぽく聞こえないよう注意して言った。

嶋は片手を上げると、「ちょっと待ってて」と言って、慌ただしく姿を消した。

嶋に会いたいと連絡をすると、道の駅に併設された温泉施設を指定された。自宅からも仕事場からも離れていて、知り合いに出くわさない場所がいいのだと言った。

浴衣姿の嶋が、両手にソフトクリームを持って戻って来た。

一つを私に差し出し、「ええよ、金なんて」と嶋は言って、背後を指差す。「隣の休憩室の方が落ち着くから」

嶋の後に続いて廊下を進み、裏口からいったん外に出た。隣の建物までの間に、渡り廊下が通っていた。十メートルほどの渡り廊下の屋根は緑色で、足元には人工芝のシートが続いている。人工的な緑のトンネルを、せかせかと抜けていく嶋を追って歩いた。

嶋が私を振り返り、「溶けちゃうから、早く食べて」と言って、自分のソフトクリームを少し持ち上げた。

手元に目を落とすと、ソフトクリームのトップ部分は、すでに元気がなくなっていた。

それでも、歩きながら口をつけるわけにもいかず、ひたすら嶋の後を追う。

隣の建物に入ると、靴を脱ぎ、下足箱に入れた。大きな木札を手に、階段を上る。

廊下の左右に大部屋が二つあり、嶋は右の和室を選んだ。

部屋には大きなテレビが一台あり、ローテーブルが六個置かれている。そこにいる人々は、皆、嶋と同じ柄の浴衣を着て、寛《くつろ》いでいた。

座布団を枕にして横になり、テレビを見ている男の横を通り、一番奥のローテーブルに嶋はついた。私は嶋の向かいに座り、掘りごたつ式の穴部分に足を下ろした。

「早く食べちゃってよ」嶋が急《せ》かす。「コーンの下から垂れちゃうよ」

私はソフトクリームを食べ始めた。

懐かしい味がした。

嶋が言う。「風呂が好きでさ。うちのは狭いからさ、一年前にここができてから、たまに来るようになってさ。大きい風呂は気持ちええよな。夏っちゃんも連れて来よったこと、あったよ。売店で柿の種とビールを買ってさ、ここに座って。風呂上りやから、つるんとした顔しちゃって、可愛らしいかったな。女の人って、化粧するでしょ。色々塗って、顔をきつくするのは、どうしてかね。ぼんやりした顔の方が、私は好きなんやけどさ」

コーンを覆う紙に、溶けたソフトクリームが溜まりだし、破れそうになる。私はそこにハンカチを当て、食べるスピードを上げた。どんどん味が濃くなっていく気がした。

先に食べ終わった嶋が、部屋の隅にある、無料の自動緑茶機からお茶を運んでくれる。やっと食べ終わった私は、ウエットティッシュで手を拭きながら、夏子との楽しかった思い出はほかにはないのかと尋ねた。

「楽しかった思い出……そういえば、ここで、見ず知らずの人と、野球拳を始めたことがあったな。止めさせるの、エラかったわ。私にとっちゃ、楽しい思い出とは言えへんかぁ。そうや。フィギュアスケートの試合を観に行って」目尻の皺を深くした。「楽しかったなぁ。なんだかさぁ、少し恥ずかしいでしょ、オッサンがフィギュアスケートを観るのが好きなんて。女房にも内緒にしてるぐらいなんやから。たまにやってるテレビ中継を、楽しみにしてるんよ。でも、うちのに、バレるのは困るんよ。たまたまテレビを付けたら、フィギュアスケート大会の放送してて、難儀やからそのまま見てるって、体《てい》にしなくちゃいけへんからね。新聞を広げてさ、読んでるふりをして、ちらちら見るんだよ。どうして夏っちゃんに、そがな話をしたんだか覚えてへんけど、大阪で開かれた大会があってさ、そのチケットを取ってくれたんよ。それで、夏っちゃんと二人で行ったんよ。生まれて初めて生で観たよ。テレビじゃ優雅な感じだけどさ、近くで観ると、凄いスピードだし、迫力があったねぇ。感動しちゃったよ。それから心斎橋で飲んで、立派なホテルに泊まってさ。夢みたいやったな、あの二日間は」

刹那《せつな》的に楽しむなら、夏子は得意だ。きっと、それはそれは素晴らしい二日間だったのだろう。

そうなのだ。

夏子は楽しい時間を演出する天才だった。

だから、人は夏子を愛する。

底意地が悪くて、金に目のない小悪党でも、愛されてしまうのだ。

それが——夏子だった。

嶋は片肘をテーブルにつき、反対の手で湯呑みを握った。

すぐに湯呑みを口につけると、トンとテーブルに戻し、嶋は大きなため息をついた。「一緒に苦労してきたのよ、女房とは。チクチク綻びを繕《つくろ》ってさ、数百円の手間賃をもらうって商売をしてきたからさ。働き続けなきゃ食べられなくなるから、とにかく毎日働いてきたのよ。うちなんて、バブルの恩恵になんか与《あずか》ってなかったんやからね。株だの、不動産だの、そがなものに手を出せる金はなかったことやし。そしたら、バブルが弾けてさ。突然、売上が増えて。気が付いたのよ。今がチャンスやって。不景気になって、新しい服を買えへん人らは、これから増える。店の賃貸料はどんどん下がってる。うちみたいな商売が拡大するのは、今なんやって。女房は反対したんよ。こんなチャンスによ。そういう女なんよ。だから、言ってやったのよ。今、勝負しなくちゃ、一生後悔するって。納得したかって？　納得しなくたってええのよ。俺が主やからさ。店を増やして、売上はぐんぐん伸びたよ。ほら、みたことかって。銀行の支店長が挨拶に来るんやから、笑っちゃうやろ。商売が苦しい時、借金を申し込んだら、若い行員に鼻で笑われた男が、あっちゅう間に天下を取ったんやからね」

自慢話は長い。

実際に長いのか、つまらないので長く感じるのか、どちらだろう。

男は仕事について語りたがり、女は、自分の男や子どもの優しさを語りたがる傾向がある。

こういった話を聞かされるのを、面倒に感じた時期もあったが、今では随分慣れた。

「金はどんどこ入ってきたのよ」嶋は浴衣の胸元に手を差し入れる。「ところがよ、使い方を知らへんのよ。ずっと倹しく暮らしてきたからさ。金をどう使ったらええか、見当つかんのよ。高級な寿司屋に行ってみたり、高い店でバッグを買ったりしてみたけど、それほど楽しくないんだよ。女房《つま》もさ、でんでん楽しそうやないのよ。皿の回ってへん寿司屋でさ、大トロなんて食べてもさ。旨いよ。確かに、いつも食ってるのと比べたら、雲泥の差だよ。なのにさ、高級な寿司屋から家に帰って、なにすると思う？　女房は繕い物をするんだよ。仕事を始めちゃうんよ。そんなの、明日にしろって言うんやけどさ、今日のうちにやっておきたいからって。それがさ、楽しそうに見えるんよ。高級な寿司を食ってる時より、穏やかで、幸せそうな顔をしてるんよ。嫌になるやろ」

「いい奥さんじゃないですか」

顔を顰《しか》める。「ええ奥さんって言うのかね、うちのみたいな面白みのない女を」

「堅実で質素な奥さんがいたから、今の嶋さんの成功があるわけですよね？」

「……まぁ」

「一緒に苦労されてきた奥さんが、夏子さんとのことを知ったら、とても深く傷つくんじゃないでしょうか？」

嶋は目を大きくした。「あんた、まさか……」

「なにも言ってませんよ、私は。お会いしたこと、ないですし。ただ、裁判になれば、隠しておくのは難しくなりますよ」

嶋の顔には、はっきりと恐怖が浮かんだ。

額の皺を深くし、必死で考えを巡らせているのがわかる。

私は、嶋の決断を待った。

嶋は今、自分の誇りと折り合いをつけているのだろうか。

みゆきは、しばしば誇りという言葉を口にする。誇りを回復するために、負けるとわかっている裁判に打って出る人がいるという。その誇りを宥《なだ》めるのが、荻原は上手だと言っていた。女の趣味の悪ささえなかったら、最高の弁護士なのにと残念がってもいたが。

逡巡《しゅんじゅん》している嶋の顔を見て、私はもうひと押しすることにした。

訴える相手は夏子ではなく、絵を売った当人であるはずだということ、その人物を夏子は知らないこと、裁判になれば、夏子との関係が公になることをもう一度語った。

そして嶋に、ダメ押しの言葉を向ける。「なにを得て、なにを失うかを、よくよく考えてください。夏子さんに失うものはなにもありません。でも、嶋さんにはおありでしょう」

嶋ががっくりとうな垂れた。

途端に、同情心のようなものが、私の胸に生まれた。

嶋を覗き込むようして言う。「今回、嶋さんは大変な目に遭われましたけど、見方を変えれば、本当に大事なものを再確認できたとも言えるのではないでしょうか？」

くいっと顔を上げた。「女房のことを言ってんの？」

「奥さんのことも、商売のこともです。世間がバブルに浮かれていても、堅実にまっとうな商売を続けてこられたんですよね。だから、今、成功していらっしゃる。知識も経験もない絵の売買に大金を払うなんて、バブルの頃に皆がやっていたことじゃないですか。こつこつと真面目に商いをするって、誰もができることじゃありません。素晴らしいことです」

どこかで聞いたセリフだった。

荻原だ――。

荻原が、今、私が言ったのと同じような言葉を、かけていたっけ。そんなつもりはないのに、私は荻原の影響を受けているのかもしれない。

躊躇《ためら》う嶋を、私は眺める。

惚れた夏子に、いい顔を見せたくて、飾る場所もないのに、高額な絵を買わされた男。夏子との出会いによって、自己顕示欲に被せていた蓋が開いてしまったのだろうか。

詐欺師、夏子に出会ったのが運のつき。

だが――。

運が開いたとも言えないだろうか。

本当に大事なものに気付けたのだから。夏子は人を騙して金品を奪うが、人に与えるものもある。売上に困っている美容師を励ましたり、研究者の夫に魔法をかけたりしたこともあった――。それに、望んでいる人に、楽しい時間を提供したり、人生の最後に輝きを与えたりもした。それは誰にでもできることではない。

それが――夏子の素晴らしい点だ。

いや、素晴らしいとは、言い過ぎか。

どうも、ここのところの私は、夏子に甘過ぎる。

年を取ったせいだろうか。

まぁ、とにかく、夏子にも美点の一つぐらいはあるといったところだろう。

「先生の――言う通りかもしれへんなぁ」

か細い声で、嶋が言った。

交渉は成立した。

嶋は背中を丸めて、湯呑みに手を伸ばす。

なんだか、さっきより身体が一回り小さくなった気がする。

夏子を訴えないことを再確認したら、席を立ち、私は東京に戻るべきだろう。今まで、ずっとそうしてきた。

でも――ちょっと……。

打ちひしがれている様子の嶋が、可哀相に思えてきた。

「奥さんとは、どこで知り合ったんです？」と、私は自分でも驚くような質問をしていた。

不思議そうな顔をした嶋は、しばらく私を見つめた後、遠い目をして語り出した。

嶋の気が済むまで、自慢話や愚痴を聞いてあげよう。

気まぐれを起こした私は、嶋の話に耳を傾けた。

私は騙《だま》されていません。

ええ、そうです。

夏子さんには感謝しています。

騙されていると言っているのは、女房なんです。

住職と夏子さんを、詐欺罪で訴えるなんて言い出して、困っています。

私は、住職からも夏子さんからも、誰からも、お布施を強要されたことは一度もないんです。

心の平安を求めるために、座禅をしに行きます。

それだけなんです。

いや、そりゃ、少しぐらいは会話をしますよ。

今日はお心が少し乱れておいでではと、住職から話しかけられたり、紫陽花《あじさい》が随分咲いてきましたねと、私から話しかけたり、その程度ですよ。

あれを買えとか、お布施をはずめとか、そんなことは、一度だって言われたことはありません。

お布施は、私からの気持ちなんです。

霊感商法とか、霊視商法とか、そういうのとは違うんです。

それぐらい、知ってますよ。マスコミで随分騒がれてましたからね。

でも、私は住職から、祖先の祟《たた》りの話をされたことも、なにかを買えと言われたこともありません。

きっかけですか？

夏子さんに紹介してもらったんですよ。

夏子さんが勤めている旅館には、仕事がらみでたまに行ってまして。夏子さんはとても気の回る人ですから、私が塞《ふさ》いでいるのを素早く見抜きましてね。

心に引っかかってることがあるなら、吐き出した方が楽になるわよって言ってくれまして。

気が付いたら、なにもかも喋っていました。

夏子さん、聞き上手なんですよ。凄い仲居さんですよね。

私じゃ、とても解決できないけど、いい場所なら知ってると言って、寺に連れて行ってくれました。

最初は、ちょっと戸惑いましたよ。なにか買わされたりするのかと思いましたから。

でも、そういうの、まったくなかったんです。

行くと、部屋に通されて、座禅を組む。それだけなんですよ。

多い時は、十人以上の人が、座禅をしに来てますよ。

時間になれば、ありがとうございましたと言って、皆、帰って行くんです。

ただ黙して座るだけで、心がゆっくり休めるんです。

お布施ですか？

ある時、同じ時間に座禅を組んでいた人が、帰りに事務所でお布施を渡しているのを見かけたんです。

それで、そういうお礼の方法もあるのかと気が付いて。

月に一度程度、お布施を。

たいした金額じゃありません。ちゃんと常識の範囲内です。

総額ですか？

女房は百万だって言ってます。

ええ、そうなんです。

私が寺と縁を切らなければ、家を出ると、女房が言い出したのは、ひと月ほど前のことです。

本当に家を出たのは、一週間前ですけど。

夏子さんとですか？

いえいえ、まったく。

女房は誤解してるんです。

女房は元々、夏子さんをあまり好きではなかったようなんです。それで邪推したんでしょう。

夏子さんには、申し訳なく思ってます。

私たち夫婦間の揉め事が、夏子さんに飛び火してしまいました。

1

私はソファから立ち上がり、本間淳《ほんまあつし》に暇乞《いとまご》いをした。

部屋を出ようとドアを開けた瞬間、目の前をなにかが横切った。

びっくりした私は、「うわっ」と声を上げた。

背後から本間が言う。「すみません。息子です。腹でも空いて、キッチンに行くところだったんでしょう」

まだドクドクしている心臓を手で押さえて、振り返った。「息子さんでしたか」廊下の左右へ目を配ったが、すでに人の姿はなかった。「こちらこそ、大きな声を上げてしまって、驚かせてしまったんじゃないでしょうか？　謝っておいてください」

「いやいや」

本間は口を開き、笑みを浮かべるのだが、瞳には苦しそうな色があり、なにかに耐えているかのような印象を抱かせる。

廊下を進みながら、私は尋ねる。「今日は息子さんの学校はお休みなんですか？」

本間からの回答はなく、私は玄関に到着した。

本間の家は三階建てで、そのうち一階のひと部屋を、仕事場にしているとのことだった。

東京で働いていたが、去年、生まれ故郷の山口に戻ってきたという。経営しているＩＴ関係の会社は、東京でなくても大丈夫なのだといったことは、夏子から教わっていた。

七年ぶりに連絡をしてきた夏子は、詐欺罪で訴えると息巻く女がいて、困っていると言った。うるさいので、その女を追い払って欲しいとも言い、旅館で働いているので、温泉に入りに来たらと気軽に誘ってきた。着手金の額を告げると、すぐに振り込んできた。

私は本間の自宅を出て、新山口駅に向かう。

ビジネスホテルがあり、コンビニがあって、ファストフード店があった。

大きな駅の周辺は、どこも同じ風景だ。

駅前のタクシー乗り場に到着した。運転席で大きく新聞を広げている、先頭車の窓をノックする。

寺の名前を告げ、運転手に評判を尋ねてみたが、なにも聞き出せなかった。

十分ほどで寺に到着した。

みゆきが渡してくれた資料の中に、この寺の画像があったが、それより随分立派に見える。

事務所で名乗り、住職との面会の約束があると申し出る。

すぐに通されたのは、庭に面した和室だった。

車や電車の走行音がすぐ近くから聞こえてきて、ここで座禅を組んで精神集中するのは、結構大変なのではないかと思われた。

奥の襖が開き、男が現れた。

住職だと名乗った六十代に見える男に、私は本間のことを尋ねる。

よく通る声で住職は話し始める。「確かに、月に何度か座禅をしにいらしています。お布施も頂戴しております。ですが、これが詐欺にあたるとの申し出は、いささか納得いたしかねます。夏子さんと本間さんから、奥様の話を伺いまして、でしたら、一度座禅を組みに、寺にお越しいただいたらどうだろうかと申し上げましたが、どうも奥様はこういった場所を毛嫌いされているようで、未だに一度もお越しになっていません」

「本間さんの奥さんは、なにか邪推していることがおありなんでしょうか?」

鋭かった目が、途端に柔らかくなった。

「邪推ですか。そうかもしれませんな。夏子さんは非常に魅力的な女性ですから。奥さんとはお会いになりましたか?」

「いえ、まだ。今日か明日には、お会いする予定でいます」

「そうですか。そうそう、そういえば、夏子さんから、あなたはご親戚だと、聞いていましたが」

「遠戚です。夏子さんは、よくこちらにお邪魔しているんでしょうか?」

「たまに、です」住職が答える。「三日続けてお越しになるかと思えば、一ヵ月ぐらい姿を見せないこともあります。お一人でお越しになることもありますし、どなたかをお連れになることもあります」

「確認させていただきたいのですが、こちらでは、なにかご利益《りやく》のあると称した物を販売するといったようなことは?」

「ありません」

「除霊料や、供養料を請求するようなことは?」

含み笑いをした。「ありません」

「そうすると、皆さんは——夏子さんも本間さんも、こちらには座禅を組みにいらっしゃるだけなんですか?」

「ええ。ご期待に添えず申し訳ないのですが、座禅だけなんです」住職は楽しそうに話す。「座禅をされたことはおありですかな? 今日、これからなさってみてはいかがですか?

皆さんの気持ちがわかるかもしれませんよ」

住職はそう言って、腕時計に目を落とした。

午後三時スタートの座禅タイムが、間もなく始まるというので、私は住職に付き従った。

長い廊下を歩きながら、前を歩く住職に尋ねた。「元々、夏子さんは、どうしてこちらに来ることになったんですか？」

「二年前に、東山旅館の先々代の社長さんが亡くなられましてね。そのご葬儀が、この寺で行われました。夏子さんは、その手伝いに来ましてね。実にまめまめしく働いていらっしゃいました。それからしばらくして、ふらりとお越しになって、座禅を組まれました。なんだかハマっちゃったと言って、度々お越しになるように」

まめまめしく働いていた？　夏子が？

大勢から夏子のコメントを聞いてきたが、初めて聞くフレーズだった。

しかも、座禅にハマったという。

夏子は生まれ変わったのだろうか。

住職が言った。「こちらです」

案内された部屋は三十畳ほどで、すでに二人の男が、座禅開始を待っていた。

住職が立ち去ったのを見届けてから、すぐに男たちに、先ほどと同じ質問をした。

二人とも、住職や本間や夏子と同じように答えた。

黒いセーターを着た男は、月に五千円程度のお布施を、ワイシャツにネクタイ姿の男は、お布施をしたことはないという。

ほどなくして、静かに一人の僧が現れた。

僧は、女性用だという黒い膝掛けを私に勧めながら、座り方を教えてくれた。

身体の固い私にはとても無理そうな足の組み方だったので、そう言うと、一番楽な方法を伝授してくれた。

小ぶりの座布団の上に跨《また》がるようにして、正座する。これだと、痺《しび》れなくて済むらしい。

さらに、一メートルほど前方にある、縁側の際あたりを見ると、ちょうど半眼状態になると教わり、少しがっかりした。

目の前には美しい庭があるのに、それを見てはいけないという。

さらに僧は、一本の線香が燃え尽きるまでの三十分ほどが座禅タイムだと説明すると、早速線香に火を点け、私の左で座禅を組んだ。

てっきり、私たちの後ろを行ったり来たりしては、時に棒で背中を叩くのが僧の仕事かと思っていたが、ここでは一緒に座禅を組むようだった。

線香の匂いが、やけに強烈に鼻を刺激してくる。

懐かしい気持ちが生まれた途端、頭に祖母の家が蘇った。

祖母の家には、いつも線香の匂いがしていた。そんなに線香に火を点けていたのだろうか。

いつも蟬の鳴き声がうるさくて、鬱陶《うっとう》しいほど暑かった。

祖母の家の記憶は、なぜ夏なのだろう。

ほかの季節には行かなかったのだろうか。

あまりに昔のことで、細部がはっきりしない。

あの、線香の匂いのする祖母の家で、夏子と初めて出会った。あれから、三十九年になる。

なんて、時間が経つのは早いのだろう。

夏子と私は、今年、四十七歳になる。

四時間前に会った、夏子の目と口周りには、しっかりと年齢が現れていた。

どんな仕事も長続きせず、カモを見つけたらすぐに働くのを止めていた夏子が、二年以上も仲居をしているという。

私もそうなのだろう。

それを聞いた時は、意外さに、肩透かしをくらったような気分がした。

しかも夏子が座禅なんて——。

黙って座っているだけでは、夏子の能力は発揮できないだろうに。

もう詐欺師として男たちから小金を巻き上げるのは止めたのか。

真面目に働いていると聞けば少し落胆し、トラブルに巻き込まれていると聞けば、安堵してしまう。

私は半眼で苦笑し、夏子のことを考えるのを止め、今抱えている案件を頭に浮かべてみた。相変わらず、荻原事務所には雑多な依頼がくる。忙しい割りに、たいした売上にならないのは、取りっぱぐれるのが多いせいだ。みゆきは半ば本気な口ぶりで、取り立て屋を雇ったらどうだと荻原に進言していた。

隣の僧が、身体を動かす気配がした。

「お疲れ様でした」と僧が言い、座禅タイムは終了した。

膝掛けの下の足を伸ばしてみる。筋肉が硬くなってはいるが、痺れはない。

一緒に座禅をした人たちに目礼をして、部屋を出た。

境内を歩きながら携帯電話の留守電をチェックする。

留守電には三つのメッセージが入っており、そのうちの一つは、本間からだった。訴えると言っている本間の妻とは、明日の午前九時に会えることになった。携帯電話の電源をオフにしてバッグに仕舞う。

寺の周辺で聞き込みをしてから、タクシーに乗った。

東山旅館の手前で降ろしてもらい、今度は旅館の周辺で聞き込みをする。

歩いて渡れそうな浅い川を挟んで、両岸にはホテルや旅館が密集して建っている。

その中でも、二百名収容できる東山旅館は、大規模な老舗《しにせ》旅館として、地元では有名なようだった。旅館は有名だったが、夏子は有名ではなかった。一時間以上かけて歩き回ったが、夏子を知る人物とは出会えなかった。「仲居さんはたくさんいるし」と言われれば、頷《うなず》くしかないのだが、なんだか残念だった。ほかの仲居と同じ着物を着ていたとしても、夏子だけは特別だろうと思っていたのだが。悪い意味での場合が多かったが、夏子はどこでも目立っていたのだ。夏子の個性は際立っている。だからどんなに大勢の同僚がいたとしても、夏子は注目を浴びていなければ可笑《おか》しい。そんなことをしましたかと呆れながらも、夏子に関する話を聞くのは退屈ではなかった。いや、むしろ、楽しんでいた節もある。いつからだろう。そんな風に思うようになったのは。

午後五時半になり、聞き込みを切り上げることにした。

東山旅館に向けて、やや急な上り坂を歩く。

片側一車線の道は、ひっきりなしに車が通る。浴衣の上に丹前を羽織った、年配の宿泊客らしき人たちとすれ違った。厚底ブーツをはいた、事務所の周辺でよく見かける格好をした、若い子たちともすれ違う。

大きな機械音がこぼれてくるゲームセンターを通り過ぎ、左に曲がった。

川の向こう側に、東山旅館が見える。

十階建ての東山旅館は、各階の出窓の下に提灯《ちょうちん》をぶら下げていて、すでにそれらに明かりが灯っていた。

橋を渡りながら川を見下ろすと、四人の子どもたちが河原で遊んでいた。

東山旅館に到着し、誰もいないフロントの前を通過して部屋に入った。

明かりを点けて窓を開け、部屋に風を入れる。

和室のテーブルには、六時間ほど前に、夏子から話を聞いた時のままの状態で、二つの湯呑みが置いてあった。

テレビを付け、ニュース番組を見ていると、ドアがノックされた。

夕食を運んできた仲居の帯には、北沢《きたざわ》と記された名札が留まっている。

北沢の方から、「夏っちゃんのご親戚なんですってね」と話しかけてきた。

「遠戚ですが」と、私はいつものように答えた。

北沢は皿をテーブルに並べながら、「夏っちゃん、今日はほかの部屋の担当になってしまいまして」と言った。「どうしても夏っちゃんじゃなきゃダメだって、お客さんなんです。どうしても夏っちゃんじゃなきゃって」

「指名なんですか？」

「ええ。夏っちゃんを指名するお客さん、多いんですよ」

「どうしてですか？」

手を止める。「どうしてって……理由ですか？」

「ええ。こちらには、仲居さんはたくさんいらっしゃるんですよね？」

「二十四名います」しばらく考えるようにしてから、北沢は口を開いた。「夏っちゃんは、気配りができる人ですから。仲居には、そういうのが求められます。難しいんですけど。本当に難しいんです。仲居にはさっさと部屋を出て行って欲しいと思うお客さんもいるし、仲居と世間話をしたいお客さんもいるし。二人連れのお客さんが、別々の考えの場合もありますしね」盆から皿を移す作業を再開する。「夏っちゃんは、そういうの、ちゃんとわかる人ですからね。苦労してきたって言ってました。ご親戚ですから、ご存知ですよね。今じゃ、ハーフっていったら、格好いいと思われますけど、昔は違いましたもんね。違いましたよ。一人息子さんを手放したんだって、母親にとっては地獄のような苦しみだったでしょうね。ほとんどのお客さんは、涙を流しますよ。そんな話を聞けば」

「お客さんに話すんですか？　身の上話を？　子どもと別れて暮らしていることを？」

頷いた。「ええ。ついたお客さん、全員にするんじゃないですよ。色々話しているうちに、互いの身の上話になった時に、です」

「そうですか」

「お友達の保証人になって、借金の肩代わりをしなくてはいけなくなって、結局、自己破産した話も、何度聞いても、可哀相で」

「そう、お客さんに？」

「ええ」北沢は頷く。

「本間さんをご存知ですか？」

「本間さん……社長さんの本間さんですか？　ええ、うちには何度もお越しいただいてます。夏っちゃんの担当です」

「夏子さんが、本間さんにお寺を紹介したこともご存知ですか？」

「お寺ですか？　どこのお寺ですか？　あぁ、あそこですか。そう言えば、どこ行ってたのって尋ねた時、座禅を組みにねって答えたこと、ありましたね。その時、そのお寺の名前を言ってました。でも、そこを本間さんに紹介したかどうかはわかりません」

北沢は皿を並べ終わると部屋を出て行き、廊下に用意してあるのか、すぐに別の盆を持って戻ってきた。それを二回繰り返すと、今度はテーブルに並べた料理の説明を始めた。

素材や作り方を聞かされるのは、迷惑でしかなかったが、退屈な顔をするわけにもいかず、おとなしく説明が終わるのを待つ。

やがて説明を終えた北沢が、飲み物はどうするかと尋ねてきたので、ビールを注文した。部屋の冷蔵庫から瓶ビールを取り出し、グラスに注いでくれた。

冷たいビールは胃を刺激し、しゃっくりが出そうになった。

北沢が口を開いた。「夏っちゃんより私の方が古いので――ここのことです。この旅館で働き始めたのは、私の方が五年早いんです。本当は先輩として、後輩の夏っちゃんを引っ張っていく立場なんですけど、今じゃ、まるっきり甘えてます」小さく笑う。「あんなにいい人、私、ほかに知りません。私が風邪を引いた時、お粥を作ってくれて、看病してくれたんですよ。そういう優しい人なんです、夏っちゃんって。いつも元気で、リーダーだし。夏っちゃんが出した企画、若旦那さんが採用してくれたんです。凄いですよね。私なんて、アイデア出せませんもん。そうだ。夏っちゃんが、宝くじを買おうって言い出して。仲のいい仲居たち四人でお金を出し合って、まとめて買ってるんです。そうしたら、この間、初めて十万円が当たったんです」目を輝かせた。「ツキが回ってきたような気がして、嬉しかったぁ。ひと晩で、皆で飲んじゃいましたけど。女も、この年になると、それぞれ事情を抱えてますでしょ。皆――全員ってわけじゃありませんけどね、ツキに見放されてるように思ったことなんて、一度や二度じゃありません。そんな女たちだからでしょうか、十万当たったってだけで、大騒ぎになりました。よく考えてみれば、それまでずっとハズレてたんですから、全然儲かってないんです。それでも、嬉しかったんです。夏っちゃんが、百万当たったらどうするって言う度に、私たち、夢みたいなこと答えてたんです。それが、一度当たった途端、凄く現実的な答えに変わったんです。可笑しいですよね。それが――そんなことが、毎日を楽しくさせてくれるんです」

それからも、幸せそうに微笑みながら、北沢は夏子の素晴らしさを謳《うた》い上げた。

あの夏子が、同性から信頼され、優しい人だとまで言われている――。

どうしたのだろう。

夏子になにがあったのだろうか。

同姓同名の別人の話を、北沢はしているのではないのか。

そう思ってしまうほど、北沢の話には、違和感があった。

それでも、小谷夏子を知っているという人がいたことは、少し嬉しかった。

手首を内側に捻って、細い革バンドの腕時計を見た北沢は、「あら、大変」と言って、突然話を打ち切ると、慌てた様子で部屋を出て行った。

とても食べきれる量ではないと思っていたが、それは皿の数に目を晦《くら》まされていたからのようで、しっかりデザートまで平らげることができた。

部屋を出て、暇そうな仲居を探しながら歩く。

だが、どの仲居も忙しそうに立ち働いていて、声をかけるタイミングを見つけられない。

やっと話を聞けたのは、カラオケボックスの受付の男と、土産物を担当している女だった。

しかし、この二人からは、たいした収穫は得られなかった。

旅館を出て、携帯を耳にあてた。

留守電を聞きながら、街の中心街へ向けて歩く。

三件のメッセージを聞いてから、事務所に電話をかけた。

二コール目で電話に出たみゆきに、私は「お疲れ様」と言い、「残業なんですね。大変ですね」と労《ねぎら》った。

みゆきが言う。「荻原先生の裁判の準備が佳境のようですから、私もお付き合いさせていただいています。荻原先生でしたら、今、夕食を摂りに行かれてますけど」

「いえ。みゆきさんの意見が聞きたくて」

「はい、なんでしょう?」

私は、夏子の周囲から拾ってきた情報をみゆきに報告する。

依頼人の言い分に疑問がある時などに、みゆきからアドバイスをもらっていた。依頼人に詳しいみゆきの意見は、とても参考になる。いつの間にか私は、荻原の仕事のやり方を踏襲していた。

私は電話の向こうにいるみゆきに向かって、「どう思います?」と尋ねた。

「それ、本当に小谷夏子さんのことですか?」とみゆきが聞いてきたので、つい笑ってしまう。

私もそう思ったと言うと、みゆきは「今のお話では、まるで、気のいい仲居さんみたいじゃないですか」と残念そうな声を上げた。

ますます私の顔はにやけてしまう。

左右に目を配り、車道を横切った。

みゆきの声がした。「徹子先生がそちらに行かれる前は、てっきり霊感商法を始めたかと思ったんですけど。ほら、夏子さんは時流に乗るタイプですしねぇ。でもなにも売ってないんじゃ、詐欺にはなりませんよねぇ。ご自分の過去をうまーくアレンジして話しているところは、流石《さすが》ですけど、それは犯罪ではありませんからね。その本間さんの奥さんが、ご主人と夏子さんとの関係を疑って、大騒ぎをしてるってだけの話になってますよね。宝くじだって、本当に買ってるみたいですし、賞金もちゃんと分配しているようだし。ただ――」

足を止める。「ただ？」

「同僚ですからね。もう辞めてしまった人や、隣の旅館で働いている人のことだったらぺらぺら喋れても、今、一緒に働いている同僚のことは、話したくても、話せないんじゃないかと思って。ほら、なんで余計なこと喋ったんだって、後で嫌がらせ受ける危険もあるし。そういう嫌がらせ、夏子さんは得意そうだし。昔の夏子さんのままだったとして、ですけど」

「そういう可能性もあるかもしれませんが、周辺の旅館やホテルじゃ、夏子さんは知られてないんですよ。飲み屋もあたってみましたけど、同じでした。もっとあたってみるべきでしょうか？」

「先生、芸者さんは？」

「芸者？」

「ええ」みゆきの力強い声が返ってきた。「今でもいるんじゃないですか、そういう温泉街なら」

半信半疑だったが、みゆきが飲み屋をあたるぐらいなら、東山旅館に出入りしている芸者に聞いた方がいいというので、宿に戻ることにした。

携帯をバッグに仕舞い、来た道を戻る。

急に肌寒さを感じて、両腕を擦った。

腕を身体の前でしっかり組み、足早に歩く。

年のせいか、暑さと寒さにすっかり弱くなった。風呂に入れば、すぐに火照《ほて》ってのぼせたようになるし、ちょっと冷たい風にあたれば、全身が急激に冷えて震えてしまう。体温の調整能力が弱まっているようだった。

旅館に戻ると、すぐにフロントの横に置かれていたパンフレットを広げた。

後ろの方のページに、宴会用の部屋が紹介されていて、その下に、コンパニオンさんの手配も承ると書かれていた。

みゆきのアドバイス通り、宴会用の大部屋に一番近い女性用トイレに入る。

誰もいなかったので、鏡に向かって化粧を直す。

扉の開く音がして、鏡越しに窺《うかが》った。

日本髪の鬘《かつら》を被った、私と同年輩に見える和服の女が、不機嫌そうな顔で、個室に入っていく。

私はポーチに化粧道具を仕舞い、女を待つ。

しばらくして、個室のドアが開き、女が出てきた。

隣で手を洗い始めた女に、私は自己紹介をして、夏子を知っているかと尋ねた。

「知ってたら、なに?」と、女はダルそうに言った。

「夏子さんのことを、教えていただけないかと思いまして」

じっとりと絡みつくような視線を私に向けてきた。

値踏みが終わると、女は「いくらくれんの?」と聞いてきた。

「謝礼は差し上げられません」

「なんだ、それ。それじゃ、喋り損じゃないか」

私は頭を下げて、「お呼び止めしてしまって、申し訳ありませんでした」と謝罪し、トイレの出口に向かった。

こういうタイプは、引き止めてくるに違いない。

喋りたいと顔に書いてあったし、不満をたくさんもっている風情《ふぜい》だった。現状に不満を抱えている人は、ほんのひと突きで、他人のことを堰《せき》を切ったように話し始める場合が多い。下手《したて》に出るより、対等な立場だとわからせた上で喋らせた方が、後々、公式な場での証言が必要になった時、要請しやすくなる。

だが、予想に反して、なかなか声はかからなかった。

もう、扉の前に辿り着いてしまった。

扉に手をかける。

まだ声はかからない。

ゆっくり扉を押し開けた。

読みを誤ったかと、がっかりしながら廊下を歩き出す。

一つ下の階の宴会場に向かおうと階段を降りかけた時、背後から声が聞こえた。

やっとだ。

なんでしょうといった顔を作ってから、振り向いた。

さきほどの女が、壁に身体を預けるようにして立っていた。

身体の前で強く腕を組むその姿は、まるでさっきの私のようだった。

女に誘導され、裏口から外に出る。

建物に沿って回り込み、裏口を出入りする人たちからは見えないであろう場所で、女は足を止めた。

二階の窓からこぼれる明かりが、ぼんやり私たちを照らす。

女は志乃《しの》と名乗り、タバコに火をつけた。

そして、くわえタバコをしたまま、スクワットを始めた。

衣擦れの音が夜に響く。

志乃はスクワットをしながら言った。「で、なにが、聞きたい、わけ？」

「夏子さんのことで、ご存知のことを」

「性悪、女、だって、こと、なら、知ってる」

そうこなくては。

私はなぜか安堵を覚え、志乃のスクワットが終わるのを待つ。

やがて、わくわくしている自分に気が付いた。

なんでだろう？

なんで、私は期待感で胸を膨らませているのだろう。

私は小さく頭を振って、可笑しな想いを打ち消した。

志乃は三十回ほどでスクワットを終えると、深呼吸をしながらタバコを吸った。

足元に捨て、草履で踏み潰す。「チップは、仲居たちで分けることになってるんだよ。仲居が客からチップをもらったら、いったん全額を仲居頭に渡すの。で、集まった金を、仲居頭が、平等に仲居たちに分配するって決まりが、ここにはあるんだよ。それを、夏子は嫌がってね。自分が貰ったチップだからって。全額を仲居頭に渡してなかったのがバレて、大揉めになったんだ。仲居頭に楯突いて、長く居られやしないんだ、普通はね。皆から苛《いじ》められるから。でも夏子の場合は、その頃には、自分の子分を三人ぐらい作っていたし、若旦那に取り入るのに成功しててね。仲居頭も、今までのように、苛めて追い出すこともままならなくて、冷戦状態が続いてる」

「夏子さん、勝てるでしょうか？」

笑った。「勝って欲しいって顔してんねぇ。どうだろうねぇ。人数でいったら、夏子は全然負けてるんだ。でも、この勝負はわからないな」

「本間さんという、男性のお客さんをご存知ですか？」

「ＩＴの社長さんの本間さん？　よくは知らない。あたしなんかには滅多にお呼びがかからないから。接待には、若いコンパニオンを呼んでるからね」

私は寺の名前を出し、知っているかと尋ねると、志乃は不思議そうな表情を浮かべ、「なんで、寺？」と言った。

「夏子さんが、度々座禅を組みに行っていると聞いたものですから」と、私は説明する。

目を剝《む》いた。「夏子が座禅？　まったく想像つかないね。そこの寺の住職の噂話なら聞いたことがあるけど。なかなかのやり手だって話。葬儀屋の社長が、あたしを贔屓《ひいき》にしてくれてるんだけどどね。その社長が言うには、四年前、先代の住職が病気で亡くなったんだってさ。それで、本山から今の住職が派遣されてきたらしい。なんでも、精進料理の教室を開いたり、小学校や中学校へ話をしに行ったりして、新しいことをいろいろやる人みたいだね」

「ご利益があると謳ったものを売るような話は、聞いたことがありますか？」

大きく首を左右に振る。「その手の噂は聞いたことないね」

夏子に対して、腹の立ったのはどんな時だったかと尋ねるそばから、志乃の顔は険しくなった。

「芸者はさ、芸が命なんだよ。こんな田舎芸者でも、そうなんだ。毎日、踊りや三味線の稽古してるんだ。そうじゃなきゃ、コンパニオンになっちまうだろ。短いスカートはいて、酒を飲んでりゃいい、コンパニオンにさ。芸者の仕事、コンパニオンの仕事、仲居の仕事、きっちり分かれてるんだ。仲居はさ、そういうこと、ちゃんとわかっててくれないと困るんだよ。客に酌して回るんだよ、あの女。酌なんて、コンパニオンに任せりゃいいだろ？ そのために、客は別料金を払ってんだから。仲居は注文を聞いて、運んで、空いた皿を片付けるのが仕事だろうに。なのに夏子は、ずうずうしく酌をして回るんだ。それだけじゃないんだよ」腕をしっかりと組んだ。「先月だよ。土建屋の社長たちが集まるお座敷で、あたしが踊ってたんだ。踊ってくれって客に言われたから、踊ってたんだ。そしたら、夏子が客の一人と踊り始めたんだ。客に誘われたんじゃない。あの女が、男の手を引っ張って一緒に踊るように仕向けたんだ。あたしは踊りながら、ちゃんと、この目で見てたんだからね。夏子たちは、盆踊りだか、チークだか、勝手気ままな踊りだよ。その男は、そこで一番偉かったんだろう。上座にいたからね。ほかの客たちは、その男に気を使ってさ、手拍子や掛け声で、夏子たちの方を盛り上げた。あたしは、途中で踊りを止めた。止めさせられたんだ、あの女に。酷い目には随分遭ってきてるけどね、仲居にあんな意地悪をされたのは、初めてだったよ」

袂《たもと》からタバコを取り出し、口にくわえると、志乃はまたスクワットを始めた。

上下に動く志乃を、私は眺める。

私は大きく息を吸い込み、そして、ゆっくり吐き出した。

驚いたことに、私は満足していた。

ようやく、夏子を感じられた。

私は当人に会っているというのに、山口に来てから、夏子を見失ったような気がしていた。

だが、今、しっかりと夏子を見つけた気がする。

こんな風に悪い場合がほとんどだったが、人々の頭にしっかりと記憶されていなければ、夏子ではない。そういう仲居さんは知らないなどと言われるような、薄い存在感では困るのだ。

私はほっとして、夜空を見上げた。

2

本間の妻、裕子《ゆうこ》に指定された喫茶店は、すぐにわかった。

幼稚園の向かいにある、その店の窓側の席に座り、裕子を待つ。

午前九時の喫茶店には、新聞を広げた老人の客が一人いるだけだった。

幼稚園を取り囲むフェンス越しに、園庭で遊ぶ子どもたちが見える。

結局、私は子どもを産まなかった。産みたかっただろうか？　よくわからない。最近、もし、というのを考えるようになった。もし、弁護士になっていなかったら、もし、再婚していたら、もし、子どもがいたら。

ふっと可笑しくなる。

宝くじで百万円が当たったらどうするかと空想する夏子と比べて、なんて、後ろ向きの空想だろう。

扉が開いた音がして、顔を向けると、四十代に見える女が立っていた。

私と目が合うと、ゆっくり近づいてきた。

裕子と名乗った女は、私の向かいに座り、アイスコーヒーを注文した。

名刺を差し出し、私は言った。「ご主人から伺った話では、住職と小谷夏子さんを、詐欺罪で訴えるとのお考えをおもちだとか。そうなんでしょうか?」

裕子はぼんやりとテーブルを見ていて、肯定も否定もしなかった。

やっぱり。

問題は座禅ではない。

問題は、別のところにあるのだろう。

私は裕子が話し出すのを待った。

アイスコーヒーが運ばれ、裕子の前に置かれた。

だが、口をつけるでもなく、相変わらずぼんやりしている。

私はカフェオレのカップを持ち上げて、口まで運んだ。

「お子さんは？」

突然の裕子の質問に、私は手を止めた。

「いません」

怒ったような表情を、裕子は一瞬見せた後、「そうですか」と呟《つぶや》いて、アイスコーヒーのストローをくわえた。

次に、ゆっくり窓外へ顔を向けると、「あの頃が、一番なんです」と言って、目を細めた。

裕子の視線の先には、揃いの服を着た園児たちがいた。

「息子は三月生まれでした」裕子は言う。「ほかの子どもたちと比べると、随分小さくて、可哀相に思えました。三月に産んだ私のせいだと、自分を責めたりもしましたよ」

私は頷き、話を聞いていると知らせた。

裕子が続ける。「心根の優しい子で。素直に育ってくれて、私は毎日が幸せでした。女の子の方が育てやすいなんて言う人もいますけど、私は男の子で良かったと思ってました。あの子で良かったと」

裕子は摘んだストローを、グラスの中でゆっくり円を描くように動かす。

と、そのストローを放した。

眉を顰《ひそ》めて、今にも泣き出しそうに見えた。

弱々しい声で裕子は言った。「中学生になって一ヵ月で、学校に行かなくなってしまいました。学校でなにかあったのかと尋ねても、息子はなにも言わなくて。担任に聞きに行きましたが、わからないと言うばかりで。全然親身になってくれないんですよ、その先生。通信教育もあるから、無理に通わなくてもなんて言って。学年主任にも、教頭にも校長にも、会いに行きました。何度もです。教育委員会にも行きました。でも、誰も話を真剣に聞いてくれないんですよ。同情してるって顔をするだけなんです。あの人もです。あの人も、困ったって顔をしただけでした」

「ご主人のことですか?」

「そうです」鋭い視線を私に向けてきた。「あの子、三LDKのマンションから、一歩も出なくなって。一年経って、二年経って……身体はどんどん大きくなっていくんです。あの人は、息子が学校に行かなくなる三ヵ月前に、会社を辞めて、独立していました。毎日帰宅は遅いし、休日も働いてました。あの子が学校に行かなくなったのに、あの人は仕事を減らしませんでした。息子より、仕事を取ったんです。私が文句を言えば、仕事の大変さを並べたてました。あの人は仕事に逃げたんです」吐息をついた。「息子が十七歳になった誕生日に、あの人が突然、田舎に戻ろうって言い出して。環境を変えれば、息子も変わるかもしれないと言って。私たち、こっちの出身なんです。それで、去年、引っ越してきました。でもね、変わらなかったんですよ。自宅からは一歩も出ません。もう学校はいいです。なにかやって欲しいんです。好きなことを。大きなことなんて、望んでいないのに。叶《かな》わないんですよ、うちでは」テーブルに目を落とした。

昨日、本間の自宅でドアを開けた時のことが蘇る。

一瞬のことだったし、ぶつかりそうになった黒い物体は、すぐに立ち去ってしまったので、印象と呼べるようなものは抱けなかった。あの時――本間が口を濁していたのは、息子のことに触れられたくなかったからか。

テーブルに向かって裕子は言う。「あの人の服から、お線香の匂いがするようになって。尋ねたら、お寺に座禅を組みに行ってるって。あの人、また、逃げたんです。父親として、息子にきちんと向き合ってくれないんです。東京では仕事に、こっちでは宗教に逃げて。もう止めてって言いました。お寺なんかに行かないでって。なのに、あの人、行くのを止めないんです」

「ご主人をお寺に行かせたくなくて、住職を詐欺罪で訴えると仰《おつしや》ったんですか？　でしたら、夏子さんのことは？」

「あの人の携帯を見たら、小谷さんからの着信履歴がたくさんあったし、あの人からの発信履歴もたくさんあって。あの人を問い詰めたら、東山旅館の仲居だって。お寺に行くよう勧めてくれた人だって。色々相談していたから、電話のやり取りがあったって、そう言ったんです。なんで、仲居に相談するんです？　おかしいじゃないですか。その仲居は、住職とグルだと思ったんです。あの人から搾《しぼ》り取るつもりなんだろうって。ああいうのって、徐々に金額がエスカレートしていくらしいじゃないですか。せっかく早く気付いたんですから、すぐにもお布施を払うのを止めさせようとしましたけど、あの人、まったく聞く耳もたずで。そんなに座禅したいなら、家でやったらいいじゃないですか。どこでも足を組めばいいんですよ」

すっと裕子は顔を上げた。

そこには不満げな表情が浮かんでいた。

すぐに私から目を逸らし、裕子は幼稚園の方へ顔を向けた。

園児たちをしばらく眺めてから、裕子は口を開く。「なにしてんだろう、私」

「はい？」

「なにしてんだろう、私って、思うこと、ないですか？　弁護士さんじゃ、そんな風に思わないですかね」窓に左手をぴたっとつけた。「洗濯物を干している時、突然、なにしてんだろうって。買い物に行く前に、冷蔵庫の中身を確認している時にも。古くなった息子の歯ブラシを捨てた時にも。食器を洗おうとして、スポンジを摑《つか》んだ時にも。これは違う。これは、私が思っていた生活とは違うって。私、こんなところで、なにしてんだろうって」

多くの人が、そんな思いを抱えながら生きている。

そう、言ってあげるべきだろうか。

だが、私は口を開かなかった。

誰かに言われてもピンとこないだろう。

自分で気付くしかないのだ。

願っていた通りの人生を送れていなくても、うまくいかないことが多くても、その現実と上手《うま》く折り合いをつけていくしかないということは。

裕子は長いこと、園児たちを見つめていた。

3

「おや、まぁ。懐かしいですねぇ」

みゆきが大きな声を上げて、私のデスクの上にあった、『どうぶつのり』を見下ろす。

「山口で発見したんですか?」とみゆきが言うので、私は頷いた。

犬の顔型をした、黄色い容器に入った『どうぶつのり』は、私が大学生の頃に発売され、大ヒットした。のりを使い終わった後で、赤い帽子型の蓋に穴を開ければ、貯金箱になると謳われていたが、実際そうやって使っている人を見たことはない。

最近は、懐かしい文房具に惹かれる。

昔の文房具は、デザインは洗練されていないし、機能も劣るが、ぬくもりが感じられる。

私が、文房具に思い出をくっつけているだけかもしれないが。

昨日まで行っていた山口出張の経費精算をしようと、財布を取り出した。早く提出しないと、みゆきに怒られてしまう。

荻原の姿は事務所内になかったが、午前十一時から、私も同席することになっている打ち合わせがあるので、もう間もなく現れるだろう。

みゆきが自席で山口土産の包みを開けながら言った。「電話で徹子先生から、夏子さんの話を聞いた時は、なんだかショックでしたよ。私の知ってる夏子さんじゃないですからね。仲居さんっていったら、朝の早い仕事ですよね。それでいて、夜は遅くまででしょう。肉体労働だし、接客業だし、身体も神経も使って、大変な仕事ですよ。そんな仕事を、二年以上も続けてるなんて言われても、すぐには信じられませんでしたよ。別人の話を聞いているみたいでした。ですからね、芸者さんからのお話、聞いて、あー、良かった。私の知ってる夏子さんだわって思ってしまいました」

十五分前に、事務所に顔を出してすぐに、私は芸者から聞いた夏子の話を報告していた。

みゆきは饅頭の小袋を荻原のデスクに置き、私のところにも持ってきた。「仲居さんって言ったら、着物ですよね？」

「仕事着ですか？　ええ。着物でしたね」

「自慢の膝下のラインをさらせないなんて、口惜しいでしょうねぇ、夏子さん」

「あぁ……そうかもしれませんね」

席に戻った。

「武器の膝下を隠した上で、芸者さんと張り合うところが、流石だわ」何度も頷きながら自

みゆきのその様子は、夏子を馬鹿にするのではなく、また、呆れるのでもなく、ひたすら感心しているように見えた。

今回、夏子が詐欺罪にあたる行為をした証拠はない。裕子には、この点を何度も説明した。裕子が納得したかどうかはわからないが、最後には、「そうですね」と言った。

本間がなにか買わされたというような事実が出てこない限り、今回は、これで終わりになるだろう。

「おはよー」と、荻原ののんびりした声が聞こえてきた。

自分のデスクに向かいながら、荻原が言う。「おっ。早速精算かぁ。そうなんだよ、溜めないで、すぐに処理すれば、みゆきさんに怒られなくて済むんだよなぁ」

「そうなんです」私はレシートを並べながら相槌を打った。

みゆきが大声で反論する。「私を鬼のように言わないでくださいよ。怒られるか、怒られないかで、仕事をして、どうするんですか。経費をまとめるのが遅れると、クライアントへの請求が遅れるんです。支払いはできるだけ遅く、請求は早くが、ビジネスの基本ですよ」

私は頷き、荻原は「ごもっとも」と答えた。

荻原が窓に向かって、ストレッチを始めた。

少し痩せたのだろうか。

ワイシャツのサイズが大きいような感じを受ける。

たまに女の影がちらつき、みゆきが癇癪《かんしゃく》を起こしたこともあったが、ここ五年ほどは、そういったことはないようだった。

荻原は今年で五十七歳になる。

あと何年、こうしていられるだろう。

荻原がストレッチをして、みゆきが電話を受けて、勘を働かせる。私はデスク周りをお気に入りの文房具で飾り、仕事をする。

その中にいる時、幸せは感じにくい。

失って、初めて、幸せの中にいたと気付く——遺言者たちが私に教えてくれたことだった。

お陰で私は、失う前に気付くことができた。今、私は恐らく幸せの中にいる——。

荻原が腰を回しながら、みゆきに向かって、必要な書類の用意を頼んだ。

みゆきはキーホルダーの鈴の音をさせながら、事務所を出て行った。

三年前から一つ下の小部屋も借りていて、そこには、所内に収まりきらなくなった書類が保管されている。

「名前なんだけどね」荻原が言う。「ここのなんだけど」

「事務所の名前ですか？」

「そう。荻原・石田弁護士事務所にする？」

「は？　どうしたんですか、突然」

肩をぐるぐる回す。「荻原弁護士事務所の石田ですって、名乗るの、嫌じゃない？」

「嫌ではないですよ。どうしたんです？　誰かになにか言われたんですか？」

荻原は首を左右に振った。「そういうんじゃないんだけどね。これからのことを考えるようになってさ、もうこの年だから」

「これからの、ことですか？」

荻原が腰に手をあて、上半身をこちらに捻った。

ピタッと目が合ってしまう。

老《ふ》けた——。

毎日見慣れているはずの荻原の顔に、老いを感じてしまい、私は動揺する。

荻原がのんびりした口調で言う。「遺言書を預かってるよね。その人が二十年後に亡くなったとしよう。二十年後、私は引退してるだろう。私は引退しててもいいんだ。この事務所が存在していれば、残っている誰かが、引き継いでくれるからね。そんな時にさ、私がいないのに、荻原弁護士事務所っていうのも、おかしな話だと思ってさ。もっと早く気付くべきだったんだけど。何十年も前に、徹子先生が一人前の弁護士になった時に、私から申し出るべきでしたね。すみません」

咄嗟《とっさ》に、荻原は重い病気なのではと、疑ってしまう。

それで、事務所の先々のことを考えたのでは——。

私は急いで口を開いた。「そういう事務所の名称なんて、どうでもいいと思ってる方ですから、私。名刺や封筒や、いろんなものを作り直さなくちゃ、ならなくなりますよ。お金、かかります。それに、電話に出る時、長くなりますよ。荻原・石田弁護士事務所です、なんて。みゆきさんが嫌がるんじゃないですか？」

「みゆきさんが嫌がりますかね？」

「嫌がるんじゃないですか？　長いですもん」

「それは、困りますねぇ」

「ええ。みゆきさんの機嫌を損《そこ》ねては、まずいでしょう」

思案顔になった荻原は、手首を回し始めた。

事務所のドアが開き、みゆきが戻ってきた。

「はい、どっこいしょ」とみゆきは言って、書類ケースを自分のデスクの上に置く。すぐに、中の書類を選《よ》り分けながら「荻原先生、代々木上原の宮田《みやた》さんに電話はされたんですか？」と尋ねた。

「あっ」荻原はストレッチを止めると、急いで椅子に座った。

探し物をするようにデスクの書類を動かし始めた荻原に向かって、みゆきが言う。

「右の一番上の引き出しに、名刺を入れたままなんじゃないですか?」

「あぁ……あ、本当だ。あった。凄いね、みゆきさん。名刺のある場所まで知ってる」

「名刺をもらったら、すぐに渡してくださいと申し上げてますでしょ、私は。整理しますからって。なのに、溜めてしまうんですから。どの件に関わりのある方なのか、わかっているのといないのとでは、電話の受け答えも変わってくるんですよ」

「そうだよねぇ」

「先生、のんびりしてる場合じゃ、ありませんよ。宮田さんは、十時半までしか自宅にいない方だって、仰ってませんでしたか?」

「おっ。そうだった」

受話器を握った荻原と目が合った。

にやっと笑みを浮かべた荻原は、「藤田みゆき事務所にしますか?」と小声で言ってきた。

「異議なし」と私も小声で答えた。

4

デパートの三階にあるカフェを指定したのは私だ。

君を見つけられるか自信はないと、私は正直に幸一に言った。すると幸一は、僕はすぐにわかりますからと答えた。先に店に行ってて、僕から声をかけますからとも言った。なぜ、そんなに自信があるのかわからないが、やけにはっきりと断言するので、わかったと言って電話を切った。

それが四日前のことだ。

事務所を出て、人混みの中を歩く。

渋谷はいつからか幼稚園のようになってしまい、子どもたちにぶつからないようにして歩くのは大変だった。

下着姿のような格好をした女たちの横をすり抜け、デパートに到着した。

エスカレーターで三階に上がり、カフェに入る。

店内を眺め回そうとした時、一人の青年が立ち上がるのが見えた。

夏子にそっくりの瞳をした青年が、小さく首を倒して、挨拶をしてくる。

ふうっ。

あれが、幸一かぁ。

思わずため息が出る。

幸一はすっかり青年になっていた。

そのことを、喜ぶべきなのだろうが、自分が重ねてきた年月の方に気持ちはいってしまう。

向かいに座り、幸一の顔をしげしげと眺めた。

私が子どもを産んでいたら、その子はこんなに大きくなっている――。

いつもは脇に避《よ》けている現実を、広げて見せられている気分がした。

ウエイトレスにアイスティーを頼み、幸一の前にあるグラスへ目を向けると、もう氷だけになっている。

「随分前から来てた？」私は尋ねる。

「いえ。あぁ……はい」

ウエイトレスがアイスティーを運んできたので、追加注文をしたらどうかと促したが、幸一は首を左右に振った。

ストローの袋を裂きながら私は言った。「すっかり青年ね。今、大学生？」

「はい。一年です」

「お父さんは、お元気？」

「はい、元気です」

幸一からの電話を受けた時、弁護士の私への相談なら、有料になると告げた。トラブルに巻き込まれているなら、助けてはあげたいが、定められた料金を取らなければいけない決まりがあった。

弁護の依頼ではないと電話口で幸一は言い、父には秘密なのだとも付け足した。

夏子の詐欺師の遺伝子が、幸一には受け継がれていませんように。

そう願いながら、今日の約束をした。

幸一は少しの間テーブルを見つめていたが、すっと顔を上げると、口を開いた。「弁護士に」いったん口を噤《つぐ》み、すぐにまた話し出す。「弁護士になりたいんです。弁護士には、どんな資質が必要でしょうか？」

びっくりして、しばらくの間、幸一を見つめ続けた。

幸一が不安そうな顔をしていることに気付き、我に返った。

「ちょっと、驚いてしまって」私は弁解をしてから、言った。「法学部なの？　そう。弁護士にはどんな資質が必要か……私も知りたいことだわ」

がっかりした表情を、幸一ははっきりと顔に浮かべる。

そんなところも、夏子にそっくりだ。

私は答える。「私が弁護士になったばかりの頃、いい弁護士になるのに、一番必要なことはなにかと、先輩弁護士に尋ねたことがあったわ」

幸一はくるりと、真剣な表情に変えた。

私は続けた。「先輩弁護士は、すべての関係者から話を聞くことだと答えた。それを聞いた時、全然納得できなかったんだけど——今ではその考えが正しいと信じてるわ。医者って、最先端の知識や、経験が問われる仕事でしょ。そう、思われてるでしょ。でも、患者は、知識や経験以上に求めているものがある。自分の話を聞いてくれたうえで、それじゃ、こうしましょうと、治療方針をわかりやすく説明してくれて、励ましてくれる医者がいい医者だと思う。弁護士も同じ。私のような民事専門の弁護士はね。幸一君は、どうして弁護士になりたいと思うようになったの？」

「最初は映画で、弁護士のことを知って。それから、本を読んだりして、興味をもつようになりました。困ってる人や、弱い人を守ってあげる仕事だし」

正義を理想に掲げる弁護士は、すぐに挫折する——。

という持論の持ち主は、元夫だ。

表の道もあれば、裏の道もあることを受け入れられなければ、弁護士の仕事を続けられないとも元夫は言っていた。

幸一はどうだろう。

グラスの水を一気に呷《あお》った幸一は、そのグラスを、少し乱暴にコースターに戻した。

その動作に、男を、若さを感じた。

七年前、幸一は恥ずかしさを紛らわすため、不機嫌な表情をしていた。あの、子どもと少年の間で漂っていた幸一は、もういない。

それがちょっと残念な気がした。

幸一が口を開いた。「仕事でやりがいを感じる時って、どんな時ですか？」

アイスティーに口をつけ、私は時間稼ぎをする。

ろくでなしの兄からも、「仕事でやりがいを感じる時って、いつよ?」と尋ねられたことがあった。

あれは確か、兄に娘ができ、祝いの品を持って行った時だったから、五年前のことだ。

「俺、今度の仕事は生涯の仕事にしようと思ってる」と言った、求職活動中の兄は、その質問を私に投げてきたのだ。

私は咄嗟に答えられなかった。

姪の可愛らしさを褒めて、うやむやにしようとしたが、兄はしつこく尋ねてきた。

しばらく考えてから、私は言った。仕事にやりがいを求めるのは、エゴではないかと。兄は不満そうに頬を膨らませ、フライドチキンを食べていた。

そして今、同じ質問を幸一から受けている。

散々迷った挙句に、私は言う。「私の考えだけど——ほかの弁護士は、別の答えをもっていると思う。それを踏まえたうえで、聞いてね。仕事にやりがいは感じない。感じられたらいいなと思ったことはある。でも、それは違うと、今では思ってる。仕事にやりがいがあって当然だと思って、質問した? 弁護士の仕事って、やりがいを求めてはいけない領域のものだと思ってる。淡々と仕事をして、もちろん、手は抜かずに、当たり前のことをする。それを積み重ねるだけ。結果として、それが誰かを助けることになって、感謝されるかもしれない。でもね、感謝されることを目的にしてはいけないし、期待してはいけないと思ってる。

救えると考えてはいけないと思う。救えないもの。ただ、ベストを尽くすだけ」

幸一は考え込むように、顔を伏せた。

恐らく、幸一にはわからないだろう。

就きたい仕事を見つけた幸一にとって、将来の社会人生活を、感動と達成感がひっきりなしにやってくる世界だと夢見ているのではないか。

だが、私の毎日に、そんなドラマは起こらない。

人の話を聞き、書類を作る。たまに交渉。交渉相手から怒鳴られることは多く、身の危険を感じることもある。それでいて正当な報酬を請求しても、取りっぱぐれることが多い仕事。

それでも、この仕事を、私は嫌いではなかった。

幸一はなにも言わなくなり、私はアイスティーを飲み終えてしまった。

刑事事件専門の熱血弁護士を、紹介してあげるべきだろうか。

私とはまったく違う、仕事への取り組み方を聞けるかもしれない。

誰がいいだろうかと頭の中で検索をかけ、二人の候補者を選んでから、幸一に提案してみた。

幸一は少しだけ表情を柔らかくして、頷いた。

「泳いでるの？」私は気が付いたら、尋ねていた。

「えっ？　泳ぐ？」

「そう。前に会った時、スポーツジムだったでしょ。スイミング教室でレッスンを受けていたから。今も泳いでいるのかと思って」

「いえ。全然」

「そう」

七年前の幸一の細い首が思い浮かび、一気にその時のことが蘇る。

私はバッグから封筒を取り出して、テーブルに置く。「先週、山口に行ってね、珍しいフロートペンをいくつか見つけたの。あげるわ。まだ、好きだったら」

「本当ですか？」

幸一は封筒から三本のフロートペンを取り出し、それらを動かし始めた。子どもに返ったような無防備な顔になって、ペンを眺める。

「幸一君のお母さんね、今、山口にいるのよ。知ってた？」私はさり気なさを装って聞いてみた。

途端に顔から一切の表情を消した幸一は、強く首を左右に振った。

私は尋ねる。「よかったら、連絡先を教えようか？」

「いえ、それは」冷めた声を出した。「連絡、しないし。あの人に、連絡することなんて、ないですから」

突然、私の胸に痛みが走った。

ペンを動かし続ける幸一を、私は眺めた。

クールな幸一の言葉の奥に、母親を強く意識している気持ちを感じ取ったのだが、気のせいだろうか。

5

「大変なのね」

私は心からそう言って、ジンを飲む。

「本当にそう思ってるか?」

電話口から、疑うような坂口の声が聞こえてくる。

「思ってるわよ。他人事《ひとごと》じゃないもの。うちの親だけ年を取らないってことはないんだから」

「だなぁ」

元夫は最近、父親の介護の大変さを、電話で私に愚痴ることが多くなった。

自身のことや現在のことが、よくわからなくなってしまった父親を、坂口は母親と二人で自宅で介護している。施設に預けようと坂口が言えば、決まって母親は、まだ大丈夫だと反対するらしい。

壊れていく父親を見ているのが、忍びないと坂口は嘆いた。

一時、私の義理の父親になったその人は、真面目が服を着たようだと言われた人物だった。水道局を定年退職した後は、夫婦で度々国内旅行に出かけていた。修学旅行並みの予定を組み、そのスケジュール通りに過ごすよう妻に求め、嫌がられていたと聞いたこともある。旅行から戻れば、『旅の記憶』と題したノートを作成した。そこには、行程はもちろん、交通費などの費用明細も記録され、さらに、買った弁当の写真などが貼り付けられていたという。旅を楽しむというよりは、そのノートを作るために旅をしているんじゃないかと、父親をからかった日々が懐かしいと坂口は言う。

初めて、坂口の父親と会った時のことはよく覚えている。自宅を訪ねると、ネクタイにスーツ姿で出迎えてくれた。妻が、自宅でその格好はおかしいと指摘したそうだが、嫁になろうかという人に失礼があってはいけないと、その服装に固執したらしい。

父親は正装で迎えてくれたが、私たちは僅《わず》か三年で、離婚することになった。

離婚届けを提出して数日後に、坂口の父親が、突然私の仕事場に現れた。

小さな応接室に通すと、身体を半分にして、頭を下げた。「バカ息子が」と繰り返し、「申し訳ありません」と謝罪の言葉を何度も吐いた。

坂口が言う。「そう言えば、今日、幸一君から電話があったよ」

「なんて?」

「メモを棒読みしてた」

「なに？」

「僕に電話をする前に、話す内容を書いておいたんだろう。それをひたすら読んでるって感じだった。来週、事務所に来ることになったよ。あれは、役者とすりゃ、相当の大根だな。お母さんの夏子さんとは大違いだ」

「忙しいのに、時間を取らせることになって、すみません」

「たいしたことじゃないさ」と、坂口は答えた。

先週幸一に会った時、私の話にがっかりした様子だったので、刑事事件専門の弁護士と、企業法務専門の弁護士を紹介するから、彼らから話を聞いたらどうかと提案した。早速、坂口に連絡を取ったのだろう。

坂口は、幸一に弁護士をどう説明するのだろう。

携帯電話を耳にあてたまま、グラスを持って、窓辺の椅子に腰かけた。

一日の仕事を終え、自宅マンションの窓辺に座り、ジンを飲みながら、夜を眺めるのが好きだった。眼下にはたくさんの光が瞬《またた》いている。静かな時間が過ぎていくのに身を任せているのが気持ちいい。

「眠いのか？」

坂口の質問が可笑しくて、つい笑ってしまう。

坂口が早口で言う。「もう切るよ。元夫の長話に付き合わせちゃ、申し訳ないからな」

申し訳ないなどとまったく思っていないだろうに、坂口は時折、しゃあしゃあと詫びの言葉を口にする。

「そう」と、私は了承してやる。

「そう言えば」と、もう切ると言ったことなど、忘れたように喋りだした。「お義兄《にい》さんから案内状をもらってさ」

「嘘でしょ？」

「本当。それで、店に行って来たよ。いい店だったよ。ねぎま鍋が旨かった。今度は、流行《はや》るんじゃないか？　場所も良かったし」

私は腕を伸ばして、テーブルに置きっぱなしにしていたハガキを摑む。

それは、五年で、八回目になる開店のお知らせだった。兄は自費で店を二度出し、二度とも失敗して多額の借金を作り、一度目は実の両親に、二度目の時は嫁の両親に尻拭いをさせた。その後は、どこからか出資者を見つけてきては、店をオープンさせ、雇われ店長の職に就くようになった。

だから、兄からの開店案内のハガキを見れば、またかと思うだけで、足を運ぼうとは考えもしなかった。

坂口が明るい口調で言った。「しのぶちゃん、一生懸命働いてたよ。しのぶちゃんのため

にも、今度は成功させないとな、お義兄さん」

「そうね」

嫁のしのぶに愛想を尽かされて当然の兄であったが、意外なことに、ここの夫婦は仲が良かった。

しのぶは店を手伝い、自分の両親に借金を肩代わりさせてまでも、ひたすら付き従う。兄なんて見限って、自分の幸せを摑むべきだと姉が忠告したこともあったが、しのぶは真顔で、離婚なんて考えたこともないと言った。

理解不能だと呟く姉の横で、私も頷いていたら、そっちもだと、矛先を向けられてしまった。

そうだろうと思う。

坂口との結婚生活は三年で終わったが、その後の友人関係は十年以上続いている。外から見れば、理解不能な関係だろう。

私にとって、坂口との友情は、今やなくてはならない存在になっていた。

だが、兄夫婦や、私たちだけではない。

世間の物差しでは測れない関係はたくさんある。遺言書の作成に携わってきて、そういう関係をたくさん目にしてきた。

グラスのジンを飲み干し、もう一杯飲むか、止めるかを考える。

「そう言えばさ」

坂口の声が聞こえてきた。

もう少しだけ、付き合ってやるか。

携帯電話を耳にあてたまま、お替わりを作りに、キッチンに向かった。

6

改札口へ向かいながら、本間を探す。

人が多くて、見つけられない。

改札を出た私は、速度を落として、真っ直ぐ進んだ。

背後から、声が掛かった。

振り返ると、耐えるような表情をした本間がいた。

駅ビルの中の喫茶店に入り、向かい合う。

すぐに本間が頭を下げた。「わざわざお越しいただいて、すみません。弁護士さんの知り合いなんて、いないもんですから。仕事上でたまに相談する弁護士さんはいるんですけど……プライベートなことはちょっと。困っている時に、ちょうど石田先生から連絡をもらったもんですから、相談してみようかと」

私は相談料の金額を告げ、了解を取り付けてから、ノートを開く。

開始時間を口にした私は、同時にその数字をノートに書き付けた。

本間が話し出す。「先週です。三月三十日です。突然、女房から電話がありました。夏子さんと住職を詐欺罪で訴えるのは止めたと、女房が言ったので、私がそうかと答えると、いきなり離婚話を持ち出してきたんです。まずは話し合おうと提案しましたが、会いたくないと言うんです。弁護士から連絡させるから、その人と話をしてくれと言います。それで……その時は、そこまで深刻には考えなかったんです。ところが、翌日、弁護士だと名乗る人物から電話がありました。だから、その弁護士に言ったんです。もう座禅は止めた。だから、戻って来いと伝えて欲しいと。一度電話が切れて、すぐに、また弁護士から電話がありました。私のメッセージを伝えたが、離婚の決意に変更はないと確認したと弁護士は言いました。それで、慰謝料を要求してきました。財産のほぼ半額です。それから」顔を上げた。

「息子は私に渡すと言ってきました」

辛そうに顔を歪め、肩を落とした。

私は尋ねる。「本間さんのお気持ちをお聞かせください」

「気持ち？」

「どうしたいですか？」

「どうって……離婚なんて、したくありませんよ。そんなに座禅が気に入らなかったんですかね？　ただ、座ってるだけですよ。それに、今はもう、止めたんです。そう言ってるのに。向こうの弁護士が、ちゃんと伝えてくれたのか、怪しいですよね。それに息子はいらないなんて、どういうことです？　母親が言うセリフですか、そんなの」

「座禅を止められたのは、いつですか？」

少し遠い目をしてから、答えた。「二週間前です。女房の言った通りだったんです。それで、行くのは止めにしました」

私は驚いて、聞き返した。「奥さんの言う通りだった？」

「ええ。女房は胡散臭《うさんくさ》いと言ってました。その通りでした」苦笑いを浮かべる。「この前座禅を組みに寺に行ったんですけど、その日は、どうも腹の調子が悪くて、トイレを借りたんです。なかなか腹の具合は良くならなくて。今日は座禅は無理だと判断しまして、帰ることにしました。廊下を歩いていたら、住職と夏子さんの声が聞こえてきまして、開いてた窓から下を覗くと、二人がいました。声を掛けようとした時、私の名前が聞こえてきて、咄嗟に顔を引っ込めたんです。住職と夏子さんは、揉めてました。私のことでです。私のお布施ですよ。どうやら、住職と夏子さんの間には取り決めがあったようなんです。夏子さんの紹介で、座禅を組みに来た人が、お布施をした場合、その額の十パーセントがキックバックされることになっていたようです。夏子さんは、私から聞いたお布施の額と、住職からのキックバックの額が合わないと、怒ってました。その二日前に、東山旅館で夏子さんから、今月どれくらい座禅に行ったのか、いくらぐらいお布施をしたのかって、聞かれてたんです。そういうことだったんですよ」

お布施のキックバックだったか——。

やっぱり……。

人のいい仲居なんて、夏子の柄じゃあなかった。

座禅を勧める夏子に、魂胆《こんたん》がないわけがないか——。

それにしても、よくできている。

物を売りつけなければ、詐欺罪に問われることもない。

夏子のアイデアだろうか。それとも住職か。

「ショックでした」本間の声は沈んでいる。「やっぱり、金なのかって。夏子さん、凄く親身に話を聞いてくれたんですよ。仕事のことや、息子のこと。男って——いや、私だけかもしれませんが、自分の弱い部分を、誰かに晒《さら》したりできないんです。女房にもね。女房だからこそかな」

それから本間は、妻との出会いを語り出し、交際当時のエピソードを披露した。

私は時折頷きながら、話を聞く。

突然別れを突きつけられた方は、たいていの場合、幸せだった過去を並べたてる。やがて、相手への怒りの言葉に変わり、最後は自分の境遇を嘆くのだった。

受け止めてしまいなさい。

未練はなんの役にも立たないのだから。

私は心の中で、本間にアドバイスする。

昔の私は、なんでも受け止めてしまう自分が、嫌で嫌で仕方がなかった。

だが、あまりにたくさんのトラブルに介入させられて、ある日、気がついた。

受け入れるのは、悪いことではないのかも——と。

生きるための手段として、結構使えるのでは、と思うようになったのは、みゆきのひと言がきっかけだった。

離婚調停中だった夫婦の娘が、突然事務所に私を訪ねてきた。

中学一年生の少女は、家族がバラバラになるのを恐れていて、両親に対しては怒っていた。

そして、離婚しないよう説得して欲しいと、応接室で私に訴えた。

私は中一の少女に向かって、弁護士の仕事について語った。

顔いっぱいに不満を表した少女は、私に怒りをぶつけてきた。私はどうしてあげることもできないので、同じ言葉を繰り返しただけだった。

やがて少女が立ち上がり、応接室を出た。

その時、みゆきが声をかけた。

「お嬢ちゃん、幸せになりたい？」と。

驚いた様子の少女に向かって、みゆきはこう言った。

「丸ごと受け止めておしまいなさい。気に入らないことも、哀しいことも。そうすれば、きっと生き易くなるわよ」

みゆきのこの言葉は、私の心にヒットした。

打たれた途端に、くるりとなにかが裏返った気がした。

悪だと思っていたものに、輝きを見つけた瞬間だった。

ノートに書き記した時刻から四十分が経過した頃、本間の話は、自分がどれだけストレスを抱えながら頑張ってきたかになった。

「——会社を経営するって、凄く大変なんですよ。わかります？　経営することに比べたら、会社員なんて、楽な商売ですよ。言われたことをやって、上司の顔色を気にしてさえいれば、毎月決まった日に、給料が振り込まれるんですからね。それに比べたら、経営者は、全身ストレスまみれですよ。ストレスの海の中で泳いでいるようなもんだ。そんなにまでして働くのは、どうしてかと言えば、家族のためですよ。いい暮らしをさせてやりたいからでしょ。だけど、女房は、自分のためなんでしょって言うんです。家族のためだなんて嘘をつかないでくれって。仮にそうだったとしても、それは悪いことですか？　自分のために、必死で働いちゃ、いけないんですか？　毎日夕方の六時頃に家に戻ればいいんですか？　妻の話を聞くふりをすればいいんですか？　妻の話なんて、芸能人の恋愛沙汰か、友人の家の出来事ぐらいしかないんですよ。そんな話を我慢して聞いてやれば、いい夫なんですか？　どうして、仕事に夢中な私を丸ごと理解してくれないんですか？　息子のことは、どうにかしなくちゃと思ってますよ。あれこれやってみたんです。それでもどうにもならないから、こっちに引っ越すことさえしたんです。働く姿を見せたくて、自宅と仕事場を一緒にしたんです。働くって、こんなに大変なんだぞってことをね。息子にも女房にも見せたかったんです。変わるかと思ったんですよ。なにかがね。でも、ダメでした。全然ダメ」

突然口を閉じ、首を左右に振った。

私はノートに目を落とす。

『離婚はしたくない』と書いた文字の下に、『努力はした』と追加した。

「夏子さんがね」本間が続ける。「み―んな、思い通りにいかない人生を過ごしてるわよって言って、ぽ―んと私の肩を叩きましたよ。あの、大きな瞳をキラキラさせて。皆、そういうのを上手に隠してるだけだって。私だって、そうよって。こんな田舎に流れ着いてしまったって。思い通りにいったことなんてないんだからって言って、笑ってました。それでも生きるんだ。生かされてる理由があるんだからねって。そう、言ってました。私、カラオケが大嫌いなんですよ。なんで、狭い部屋で歌わなきゃいけないのかって思う性質《たち》で。なのに、夏子さんに、東山旅館のカラオケボックスに連れて行かれちゃって。私の腕を引っ張る時、爪、立ててましたからね。本当ですよ。すっかり夏子さんのペ―スにのせられてしまって、その時は、凄く楽しかったんです。中学校の校歌を歌ったりもしました。人生で楽しかった出来事ベストテンの発表をし合ったりも。その時、酔った頭で必死に考えて、十個を上げたんですけど、昔のことばっかりでした。小学校から大学生の頃のことばっかりです。それから事あるごとに、考えてみるんですが、多少順位が入れ替わる程度なんです。社会人になってからの出来事が、一つも入らないんですよ、ベストテンに。結婚も、息子が生まれたことも、入らないんです。楽しいって気持ちじゃ、なかったんです。自分が負う責任の大変さの方に、気持ちがいっていたようで。だから、ですかね。そんなんだから、三行半《みくだりはん》を叩きつけられてしまうんですかね。先生は、どう思いますか？」

「さぁ、どうでしょう」

「どうでしょうって……あるでしょう。先生なりの考えが。さっきから黙ってますけど、私の話、真剣に聞いてくれてるんですか？」

本間の語尾は強く、挑戦するような響きを含んでいた。

色々話すうちに、怒りの矛先を、自分の弁護士に向けてくる依頼人も少なくない。

こういった時は、当たり障りのない返事をするのが一番だった。

だが——その当たり障りのない返事が思いつかない。

本間の視線が強く、突き刺さってくる。

どうしようかと考えているうちに、口から言葉が勝手に転がり出た。

「夏子さんの言う通りだと思います」

本間が意外そうな顔をした。

「随分たくさんの人に会ってきましたけど」私は言う。「自分の人生のすべてに満足している方に、出会ったことがありません。夏子さんが言うように、皆さん、思い通りにいかない人生を過ごしてるんじゃないでしょうか。ふと、こんなところで、なにしてるんだろうと、感じてしまう経験をもつ人も多いようです。それでも、生きるんですよ。寿命がくるまでは。自分だけではなく、多かれ少なかれ、皆が抱えている感情だと思えば、少し気が楽になりませんか？　それと、夏子さんがそう言ったのは、本心からだと思います。お布施のキックバックが欲しいがために作り出した言葉ではないと、私は思います」

本間が唇を歪めた。

本当に、こんなことで、弁護士さんが来たのかい？

こりゃ、たまげたよ。

そうですよ。お支払いはしてませんよ。

でもね、俺は注文なんかしてないんだから。そうだよ。夏っちゃんが勝手に送りつけてきたんだ。

こっちは、てっきり、ご進物かと思ってましたよ。だからね、仏壇に供えてから、いただきましたよ。

なにって、野菜でしたね。だから、キャベツとかトマトとか、色々ですよ。

男の独り暮らしじゃ、野菜が足りないだろうからって、夏っちゃんが言って。

いやいや、違うんだ。だから、注文はしてないんだって。

小さな段ボールに野菜が入っててさ、伝票の注文者名を見たら、夏っちゃんの名前が書いてあったから、くれたんだろうと思ったんだよ。

前には払ったって？　あぁ、あん時はね。

どうしてって。いや、違う。あん時も、注文なんかしてないよ。

いいかい。よーく聞いておくれよ。

夏っちゃんは普段から、うちに遊びに来てくれてたんだよ。

そん時の手土産は、大根だのきゅうりだのの野菜だったんだ。家の近くの農家からもらったって言ってさ。それで、そこの台所で、煮物やおひたしや、色々作ってくれてさ。それをつまみに二人で飲むんだ。楽しいよ。定年退職してからは、誰もうちになんぞ遊びに来てくれやしない。だからさ、夏っちゃんが来てくれるのが嬉しいんだよ。

先月、突然、夏っちゃんから荷物が届いたんだ。中には野菜や果物が入っててさ。手紙なんか入ってなかったけど、きっと、夏っちゃんが、俺の身体を心配して、送ってきてくれたんだと思ってさ。思うよ、誰だって。

そしたらさ、一週間ぐらいして、請求書が届いたんだよ。

夏っちゃんから届いた野菜や果物の値段が書いてあってさ、全部で一万ぐらいだったかな。もう食べちゃってたしさ、夏っちゃんが、俺の健康を考えて送ってきてるって思ったからな。振り込んだよ。

そしたら、また野菜が送られてきたんだよ。

夏っちゃんに何度も電話したんだけどさ、留守電になっちゃうんだよ。冷蔵庫に入れといたって、傷んでいくだけだからさ、しょうがないから、食べたんだ。

一週間経った頃、また請求書が届いたからさ、そこに書いてあった番号に電話したんだ。そしたら、そこは野菜の通販会社で、夏っちゃんからの注文で、送り先が俺のところになってて、請求書の送付先も俺になってるって言うんだよ。それから、夏っちゃんには、ずっと連絡が取れないまんまなんだ。

金？　払わないよ。俺が注文したんじゃないんだから。

払ったらバカだろう。

催促の電話？　きたよ。

その野菜の通販会社からね。何度もだよ。

だから、言ったの。俺は注文してないから、払わないって。そしたらさ、商品はどうされましたかって言うんだよ。食べたよって言ったらさ、それじゃあ払ってくれって言うんだよ。

俺さ、年金で細々と暮らしてんだよ。野菜に一万なんて払えないって。

そしたら、今度は弁護士さんが登場だよ。

どうなってんだい、いったい。

1

「送りつけ詐欺ですね」

目を輝かせてそう言ってきたのは、イソ弁の磯崎賢《いそざきけん》だった。

境遇と名前の両方に「イソ」が付くため、「イソ君」と呼ばれている新人弁護士は、穏やかで愛される性格故に、入所二十日で、すっかり事務所に馴染んでいた。

今週から、私が彼のお守りをすることになっている。

磯崎が言った。「夏子さんって、徹子先生の親戚だって聞きましたけど、本当なんですか？」

「遠戚」

「遠いんですかぁ」

山下重彦《やましたしげひこ》の自宅を出た私と磯崎は、駅へ向かっていた。

住宅と小さな工場が共存している町並みは、どこか懐かしい匂いがした。電車に乗って一つ隣は、大ターミナル、横浜駅だというのに、ここには下町の雰囲気が色濃く漂っている。

「手頃な公園がありますね」磯崎が言う。「腹、空きませんか？」

「そう、ね」

「昼、食べるの、公園にしませんか？」

私は足を止め、垣根越しに公園を覗く。

今日は穏やかに晴れていて、外で食べるに相応《ふさわ》しい天気のようにも感じられた。

公園に入ってみると、子どもも老人も、ホームレスもいなかった。

私はベンチに腰かけ、コンビニに昼食を買いに行った磯崎の戻りを待つ。

メガネを外して、クロスで曇りを取る。

また視力が落ちたようで、度が合わなくなっていた。

残念ながら落ちているのは、視力だけではない。肉体の機能のありとあらゆるところのネジが緩んでしまっていた。

それも致し方ないかと、諦めがつく年齢でもあった。

五日後の誕生日に、五十六歳になる。

ふと、自分の足元に目がいき、靴が白くなっているのに気が付いた。公園の中を少し歩いただけで、砂埃をかぶってしまったようだ。

足を揃えて、前に出す。

この靴に足を通した瞬間、私は自分の年齢を受け入れた。

幅広で甲をすっぽり包むデザインの靴は、どこから見ても、お洒落ではない。こういうのは、オバアサンが履く靴だとずっと思っていた。

だから、見た目重視の美しいパンプスを履き続けた。結果、親指の付け根あたりの骨が、外側に出っ張ってしまった。歩く度に、その出っ張った部分が革に当たり、痛みが走るようになった。

靴屋で店員に相談すると、勧めてきたのが、この靴だった。

顔色を変えた私に、「仰《おっしゃ》りたいことはよくわかりますが、騙《だま》されたと思って、一度足を入れてみてください」と店員は言った。

渋々足を入れてみると、見事にフィットした。

売場を行ったり来たりしてみたが、素足で家の中を歩いているかのような履き心地だった。

履き心地に問題はない。

問題は、ずっとオバアサンが履く靴と定義していたデザインの靴を、自分が履くことに対する抵抗感を拭《ぬぐ》えるかどうかだった。

どんなに素敵なスーツを着ていても、この靴がパーにしてしまう。

それぐらい、ダサさが際立っている。

二十分近く悩んだ末、購入した。

翌日、自宅の玄関で、この靴に足を通した時、私はやっと自分の年齢と向き合えた。

磯崎が小走りで戻ってきた。

「お待たせしました。昼飯、昼飯」と楽しそうにレジ袋から食べ物を取り出す磯崎は、二十八歳だ。

彼は、まだ私の半分程度しか、生きていない。

「徹子先生には、これとこれにしたんですけど、大丈夫ですか？　あと、ヨーグルトとサラダもです。徹子先生、歯の治療中だって言ってたから、柔らかいものにしてみたんですけど」

「ありがとう」

磯崎はよく気が利く。今の若い男の特徴でもあるらしい。

「イソ君は、それだけなの？　足りる？」

「はい」

磯崎は「いただきます」と元気良く言ってから、サンドイッチを食べ始めた。

先週までお守りを担当していた荻原に、磯崎は優秀な弁護士になりそうかと私が尋ねると、ストレッチをしながら、難しそうな顔をした。

ダメそうなんですかと私が問うと、「イソ君は、肉がダメなんだって」と荻原は残念そうに言った。

「若い男は、ガツガツ肉を食うもんでしょう」と荻原が言うので、食べ物の好き嫌いと、弁護士の将来性に因果関係はないでしょうと私は指摘したが、「肉は大事だ」と譲らなかった。

荻原弁護士事務所の行く末を、真剣に考えねばならない時期になっていた。荻原は今年、六十六歳になり、みゆきは六十四歳になる。

そこで今年、新人弁護士の居候《いそうろう》を受け入れることにした。任せられるほど育ったら、独立などさせずに、そのまま事務所を引き継がせてしまいましょうと、悪巧みを打ち明けるかのような調子で荻原は言っていた。しかし、肉を食べられないせいで、イソ君は失格になるかもしれない。

「夏子さんは、荻原弁護士事務所のアイドルのような存在だって」磯崎が口を開いた。「みゆきさんが言ってました。そうなんですか？」

苦笑いを浮かべる。「アイドルかどうかは。ただ、注目はしてるわね。今度はなにやったんだろうって気になるし。長いのよ。付き合いが。最初に依頼を受けたのは――もう三十年以上前になる。私が弁護士になって初めて一人で担当した案件が、夏子さんのだったから」

「それも、送りつけ詐欺ですか？」

「まさか。当時、送りつけ詐欺なんてなかったんじゃないかな。彼女がするのはね、時代時代で、色々なの。若い頃は、結婚詐欺がベースだったんだけどね」

「今回の夏子さんの依頼は、支払ってくれない人から、取り立てて欲しいってことでしたよね。でも、今の話を聞いた感じでは、逆に、送りつけ詐欺で訴えられかねないと思うんですけど」

「そこが、小谷夏子なのよ」

「小谷夏子なんですかぁ」磯崎が繰り返した。

先週、九年ぶりに会った夏子は、髪を栗色に綺麗に染め、濃い化粧をしていて、未だに年齢に抵抗しているように見えた。

痛々しいとは思わなかった。

むしろ、頑張れと声援を送りたい気持ちだった。

私はひと足先に降りるが、あなたは最後まで悪あがきをしてくれと言いたいぐらいだった。

夏子は私に向かって、自分は被害者だと言った。そして、辻褄《つじつま》の合わない自分勝手な物語を語った。

それを私は、結構楽しんで聞いた。

矛盾だらけの話だったが、それはそれで、おもしろかった。

サラダにドレッシングを振りかける磯崎に尋ねる。「仕事、どう？　慣れた？」

「毎日が楽しいです」

ドレッシングの容器を上下に小さく揺すり、すっかり空にしてから、それをレジ袋に捨てた。「仕事を楽しいなんて言っちゃ、ダメなんですかね？」

「ダメではないでしょう」

「ですか？」笑顔になる。「修習生の時は、なんか、つまらなかったんですよ。書類作りと、法律の解釈の勉強とか、判例の分析とかばっかりで。荻原先生に言ったら、修習生なんだから、当たり前だって。ですよね。僕、人が好きで。人と関わっていたいんですよ。子どもの頃から弁護士か、接客業に就きたいと思ってたんです。修習生の時は、弁護士になったの失敗だったかなぁって後悔しちゃいました。ほとんど人と接しなかったので。でも、荻原先生に二十日間つかせてもらって、毎日楽しかったんです。いろんな人と関われて。っていうか、正確に言えば、いろんな人と関わっている荻原先生の側《そば》にいられて、ですけど。あの、真面目な話、していいですか？」

「今までは違ったの？」

「いえ」真剣な表情で磯崎は否定する。「今までも、これからも真面目な話です。あの、いい弁護士になるには、どうしたらいいですか？」

「荻原先生はなんて？」

「すべての関係者から話を聞くことだと」

思わず、微笑んでしまう。

三十年以上前、弁護士になったばかりの私は、同じ質問を荻原にして、同じ答えをもらった。なんだか、懐かしい。

「私もそう思うわ」私は同意した。

「そうなんだぁ。そんなに重要なんですね。僕、それならできるかもしれません。それだけかもしれませんけど」

嬉しそうな様子の、磯崎の横顔を眺める。

私はあの頃、こんなに素直に荻原の言葉を受け入れなかった。依頼人の希望に近い決着に導く交渉力が、重要だと思っていたから。

だが、荻原の言葉は正しかった。

「あ、鳩だ」磯崎がはしゃいだ声を上げた。

花壇の前で、三羽の鳩が歩き回っていた。

辺りを見回すが、公園には相変わらず、私たちと鳩の姿しかなかった。

いい天気なのに。

蒸しパンを食べながら、空を見上げる。

薄い雲が広範囲に浮かんでいた。

昼食を済ませ、公園を出た。

私たちは地下鉄に乗り、夏子とは別件の関係者の元に向かう。

駅を降りて、携帯電話の画面に現れた地図で確認しながら歩き、一軒の店の前で足を止めた。

明かりの点いていない電飾看板には、『お好み焼きの店』と書かれている。

準備中の札のかかった扉を開けた。

大きな声で呼びかけ続けていると、奥から女が現れ、私が名乗ると、不機嫌そうな顔をした。

テーブルの上にのっていた椅子を下ろし、向かい合って座った。

化粧っけのない女、西田道子《にしだみちこ》は私より四つ下だと聞いていた。

私は言う。「電話でお話をさせていただきましたように、四月十四日、富岡和義《とみおかかずよし》さんがお亡くなりになりました。富岡さんは遺言書を遺されました。まずは、用意させていただきますので、ちょっとお待ちください」

磯崎を促し、ポータブルＤＶＤプレーヤーの準備をさせる。

道子が組んでいた腕をほどき、早口で聞いてきた。「え、なにそれ。手紙じゃないの？　画像なの？」

私は頷《うなず》く。「遺言書もありますが、まずは、富岡さんのビデオレターをご覧いただこうと思いまして」

「嘘でしょ」

私は手で、磯崎に作業を止めるよう合図した。

道子は眉間に深く皺を寄せ、迷惑そうな顔をした。

「ビデオレターを見たくないですか？」と私が尋ねると、こくりと頷いた。

「だって」道子は口を尖らせる。「手紙だと思ってたから。もう死んだんでしょ？　なのに、生きてる時のが、映ってるってことでしょ」プレーヤーを指差した。「それは……そうは聞いてなかったから」

遺言者のほとんどが、正式な書面のほかに、ビデオレターの作成を希望するが、受け取る側の評判はといえば、一様ではない。なかには拒絶する人もいる。

私は言った。「遺言書は味気ないものです。誰それにいくら、誰それになにを譲るといったことしか書けませんから。でも、それでは、真意はなかなか伝わりません。感謝の気持ちや、謝罪の言葉を伝えたい方が多いので、ビデオレターを一緒に作成するのをお勧めしています。相続人の中には、道子さんのように、見るのを断られる方もいらっしゃいます。それは仕方ありません。ただ、後々、最後のメッセージを受け取らなかったことを、後悔しないと言い切れますか？　腹を立てるのも、過去を水に流すのも、メッセージを見てから、お決めになったらどうでしょうか」

道子は困ったような表情を浮かべ、プレーヤーをちらちら見る。

「あっ」と言って、道子は突然立ち上がった。「お茶も出さないで」と呟《つぶや》いて、奥へと姿を消した。

隣の磯崎が息を吐き出す音が聞こえたので、顔を向けると、まるで怪談のクライマックスを待つ子どものような表情で、プレーヤーを見つめていた。

道子が戻るまでしばらく時間がかかるだろうと予測した私は、壁に貼られた品書きを端から読んでいく。

十周を超えた時、磯崎が囁《ささや》いた。「遅いですね、道子さん。僕たちのこと、忘れちゃったんじゃ？」

発想がおかしくて、つい笑いそうになった。

私たちを忘れたのでも、茶葉を買いに行っているのでもない。

なかなか決心がつかないだけだ。

亡くなった人のビデオレターを見るのに、勇気が必要な人もいた。その勇気をもつまでに時間が必要な人もいるのだ。

サンダルの音が聞こえてきた。

ゆっくりした足取りで近づいてくると、私たちの前に湯呑みを置いた。

半身で座り、壁に目を向けるその姿は、わざとプレーヤーを視界に入れないようにしているように思われた。

私は「いただきます」と言ってから、湯呑みに手を伸ばす。

少し遅れて、磯崎も湯呑みを握った。

私は時間をかけて緑茶を飲み、空になった湯呑みをテーブルに戻した。

「ご覧になりますか？」私は尋ねる。

壁方向に身体を向けたまま、道子は頷いた。

私は磯崎に頷き、プレーヤーを動かすようサインを送った。

「久しぶり。富岡です」

プレーヤーから声が聞こえてきた途端、道子の身体がぴくんと動いた。

「君は――道子さんは、俺の顔なんて、見たくなかっただろう。それなのに、このビデオレターを見てくれてありがとう。医者にあと半年だって言われてね。全然元気なのに。違う病院で診《み》てもらったらさ、そこの医者が同じことを言うんだよ。まだ、五十歳なのにさ。宣告された時――罰が当たったなって思ったよ。えみに、呼ばれたのかなってさ。えー、道子さんは、今、幸せですか？　俺は再婚して、息子が二人だ。子どもを捨てたのに、また子どもに恵まれたよ。えー、タイムリミットまで僅《わず》かだと言われて、仕事を片付けたり、家族で旅行に行ったりした。心残りがないようにと思ってね。無理だけどね。心残りなんて、日に日に増えていくばかりだ。未練がある。大量に。遺り残したことがいっぱいでね。その一番は、えみと道子さんに、きちんと謝罪していないことだ。俺は酷い。人間として最低だ。我が子を見捨てた。もし、今だったらって思うよ。今だったら、えみの病気も、君の必死さも、すべて受け入れられたような気がする。だけど、二十八歳の俺には、無理だった。はっ。ダメだな。俺は。遺言のビデオレターにまで、言い訳してるよ、俺。年のせいになんてしてる。違う。違うよな。若さのせいじゃない。俺の人間性の問題だ。えみが生まれた時、世界で一番幸せ者だと思った。本当に。ベッドに並んでる赤ん坊の中で、うちの子が一番可愛いと思ってさ。でも、えみに重い心臓病があるってわかった時は、世界で一番の不幸な男になった気分だった。この子の病気を治してやりたいと願った。そのためなら、どんなことでもする覚悟はあった。そこまでは、君と同じだった。だけど、日本じゃ移植手術はできないから、海外に行かなくちゃダメだってことになって。億の金なんて用意できないから、募金活動をすることになったよな。あそこから、俺の本性が出るようになったんだ。会社へ行って働いて、病院へえみの顔を見に行って、休日は駅前で頭を下げて募金活動をした。寄付してくれそうな人がいると聞けば、えみのアルバムを持参して、頭を下げたろ。どうして俺が？って思ってしまった。一度思うと、もうダメだった。君は立派だったね。迷いなんて、一切見せなかった。えみを救うことだけが君のすべてだった。なのに、父親の俺は、なにもかもが嫌になってしまった。そして、君たちから——君とえみから逃げた。逃げるべきじゃなかった。最後まで戦うべきだった。運命と。本当にすまない。俺と離婚した後、君は——さらに苦労したろう。きっと、そうだろう。離婚して一年後だった。新聞の隅にえみの死亡記事を見つけた。小さな記事が——記事が小さくて、その小ささが、えみの人生の小ささに思えて、腹が立った。もっと大きく、一面に書かれるべきだと思った。逃げた父親のくせに、記事の小ささに腹が立った。その時、君に会いに行くことは考えられなかった。俺の顔なんか、君は見たくないだろうと思った。今もそうだろう。でも、最後なんで勘弁してくれ。今更、そんなこと言うなって思ってるよな。その通りだよ。だけど、どうしても謝ってから、逝《い》きたかった。すまなかった。本当に。あの世に行ったら、まずはえみに謝りたいと思ってる。甲《か》甲斐性《いしよう》がなくてさ、ほんの少しの金しか残せないんだ。その中からなんで、笑っちゃうような金額なんだけど、受け取って欲しい。君はまだまだ生きろよ。えみを産んでくれて、ありがとう」

私は手を伸ばして、プレーヤーを止めた。

道子が手で顔を覆った。

その背中が震えている。

伝わったみたいですよ。

私は心の中で富岡に話しかける。

生前、富岡は道子から許されたいと私に言った。

私は失礼ながらと前置きしたうえで、それは無理ではないかと告げた。そして、こう続けた。

このビデオレターを見た後でも、道子さんはあなたを許しはしないでしょう。でも――あなたの気持ちは、受け取ってくださるんじゃないでしょうか。それだけじゃ、不満だとあなたは言いますが、それって、凄いことですよ。血が繋がっていても、愛しているつもりでいても、人と人は行き違います。自分の気持ちを、届けたい人に、届けることに成功したとしたら、それは奇跡のようなものなんですよ、と。

洟《はな》をすする音がして、隣へ顔を向けると、磯崎が顔をくしゃくしゃにして泣いていた。

2

「妹なんです。弁護士なんですよ。なにかお困りのことがあったら、ご連絡ください」

姉は隣のベッドの人に、私を紹介し、併せて営業活動をした。

一昨日、姉はデパートの特売会場内で転倒し、足を骨折した。すぐに手術を受け、現在入院している。

連絡をくれた兄の話によれば、すでに姉は要注意人物として、病院からチェックされているらしい。なんでも『患者の権利を守る会』を立ち上げ、病院側に、交渉のテーブルにつくよう要求しているらしい。

花を持って見舞いに訪れた私に、姉は怪我のことではなく、会のことでもなく、別れたばかりだという男との思い出を語った。どれほど優しくて、どれほど思いやりにあふれた、誠実な男だったかといったことを話し続けた。私たちは、これを第一期と呼んでいる。やがて自分を責める第二期へと移行し、憎しみで過激な行動に出がちな第三期に突入するのが、いつものパターンだった。

私は腕時計に目を落とし、「もう行かなきゃ」と言って、姉の話の腰を折った。

「そうなの?」と答えた姉は、不貞腐《ふてくさ》れた顔をした。

「お大事に。ほかの患者さんたちに迷惑をかけないようにしてね」

「なにそれ」と姉は口を尖らせたが、私は構わず病室を出た。

通路を進んでいると、両手に紙袋を提げた兄が歩いてくるのに気がついた。

私より少し遅れて気がついた兄は、足を止めた。

兄が病院内にあるレストランでの昼食を提案してきたので、私は了承し、二人でエレベーターに乗り込む。

兄の紙袋を見ながら言った。「いいの？　それ、姉さんの荷物なんでしょ。病室に置いてくればいいのに。私はレストランで待ってるから」

「荷物を置いて、すぐに病室を出られると思うかい？　俺が口を開く前に、男との思い出話が始まっちまうよ」

十五階で降り、ショーケースの中のサンプルを眺めてから、レストランに入った。

窓側の席は埋まっていて、中央付近のテーブルについた。

「昨日さ」メニューを見ながら兄が言う。「坂口さんが見舞いに来てくれた」

「らしいわね」

「姉貴が喜んでたよ。坂口さんは、姉貴に優しいから」

注文を済ませてから、兄がしんみりと言った。「もう、俺らも年なんだな。ちょっと転《ころ》んだだけで骨折なんて。考えてみれば、今年、姉貴は還暦だ。びっくりだよ。姉貴が還暦を迎えるってことは、二年後には俺が還暦になる。六十歳と言ったら、棺桶に片足突っ込んでるような、よぼよぼのジイさんだと思ってたんだけどな。それに、俺がなっちまうとはな。実感はないけど。徹子はいくつまで働くんだい？　弁護士は、定年はないんだろ？」

「定年はないけど、いくつまで働くかは、決めてない」

「そうか」

兄は二年前に自宅の一階を改装して、うどん屋をオープンさせた。両親が亡くなり、二世帯住宅の一階が空いたので、そこを店にしたのだ。

兄の前にカツ丼と冷やしうどんのセットが置かれた。

「なぜ、うどん？」と私が問うと、「うどん屋だけに、うどん」と兄は笑った。

メニューにうどんがあれば、必ず頼み、どんな味かをチェックしているのだという。

兄が言う。「この前、坂口さんに、うまいうどん屋があるからって、連れて行かれたよ」

「どうだったの？」

「そこの麺は、腰が強かったな。飲み下せないかと思ったよ。手打ちだろうな、間違いなく」

「兄さんの店のは？」

「手打ちなわけないだろう」

「どうして？　麺にこだわらなくていいの？」

兄は目を丸くした。「大変じゃないか。手打ちにしたら」

驚くようなことを言ってのけた兄は、冷やしうどんを口に運んだ。「まぁまぁだ」と感想を述べてから、カツを齧《かじ》った。「親父が入院していた病院も、最上階にレストランがあったの、覚えてるか？　親父の病室に行っても、話すことがなくて、困ったもんだよ。男親と息子なんて、喋ることなんか、ないんだよ。必死で話題を探すんだが、浮かばなくてね。今の店はどうなんだって、親父が聞いてきて、まぁ、やってるって俺が答えて、そうかって親父が言って、終わっちゃうんだ、会話が。徹子はどうだったかい？」

「同じようなもんよ。仕事はどうなんだって、お父さんが聞いてきて、やってるって私が答えると、そうかって言って、終わり。まったく同じね」

笑いながら頷いた。「なんだか、最近、親父のことをよく考えるんだ。どんな風に生きて、どんな風に考えてたろうとね。お袋は口が達者だったから、自分の気持ちを喋ってたが、親父は無口だったから、なにを考えてるのか、よくわからなかった。親父が死んで二年経つっていうのに、今、無性に会いたくてな。もっと色々親父から話を聞いておけば良かったよ」

そう言ってご飯をかきこむ姿は、父にそっくりだった。

母が死んでからの父は、心ここにあらずといった風情《ふぜい》で、この世のすべてに興味を失ったかのように見えた。特別仲のいい夫婦だと思ったことはなかったが、父のその様子を見た時、母への想いを知った。母の死から一年後、父は病院で亡くなったが、それは肉体の死であって、心はすでに一年前に母と一緒に天国へ旅立っていたのではないかと思われた。

兄が真面目な顔で、白菜の漬物を箸でつつきながら言った。「人生の閉じ方、難しいと思わないか？　この前、クラス会に久しぶりに出席したんだ。皆の人生、いろいろでね。定年前に会社を辞めて、自分の会社を興したのもいたし、熟年離婚をしたのもいたな。田舎暮しを始めたいと言ってるやつもいた。皆の話を聞いているうちに感じたんだ。自分の人生を選び取ってるな、とね。人生という難題について初めて真剣に考えさせられるのは、高校生の時だと思うんだ。進路という分岐点があるからね。就職するのか、進学か。進学するなら専攻はと、考えなくてはいけない。遠い先の自分の人生を想像しながら、進路を決める。だがね、十代の間抜けな子どもに、想像する力はないんだよ。己を知らないし、世間も知らない。ところがだ。六十近くまで生きてきた人間が、また、人生について考えることになる。この時は、本気だ。人生を再設計するわけだからね。知識がないだとか、世間を知らないだとか、そんな言い訳はできないからね。本気の真剣勝負だ」

私もちゃんと人生の閉じ方とやらを考えなくてはいけない年齢だ。

どうやって閉じたらいいのだろう。

弁護士を引退したら――。

したいことが浮かばず、私は愕然《がくぜん》とする。

人生をどう再設計したらいいのか、見当もつかない。

背中がぞくっとして、私は肩を竦《すく》めた。

虚しさが勢力を拡大させるかもしれない――。

今では、私の虚しさはすっかり存在感を薄め、胸の隅で小さくなっている。

虚しさとの付き合い方が上手になったのだと、自己分析していた。

だが――弁護士の仕事を――遺言者のメッセージを受け取り、それを相続人に伝える役目がなくなったら……私はどうなってしまうだろう。

胃が持ち上がったような気がして、私は左手を胃の辺りに置いて、撫でた。

ふと、尋ねてみたくなり、私は口を開く。「兄さんは？　どういう人生の閉じ方を考えているの？」

「熟考中なんだよ」

「そう」スプーンでピラフをすくった。

「ただな。原点に返る手もある、と思ってね」

「原点？　兄さんの原点ってなに？」

「なんだと思うかい？」目を輝かせた。

うんざりして、私は言う。「質問に質問で返さないでよ」

顎を引いて、怒られた子どものような表情を見せる。「怒るなよ。それじゃ、言うけどな、ケンタッキーフライドチキンだ」

「えっ？」

「旨いだろう。初めて食べた時の、あの衝撃。凄かったんだ。世の中に、こんな旨いもんがあるのかと、すっかり感動してね。それから三十七年。いつ食べても旨い。どの店のも旨い。これは、凄いことだ」

「店長を目指すの？」

「いや、そうじゃない。ケンタッキーフライドチキンを超える味を見つけたいと思ってるんだ。フライドチキンの専門店を出せたら、最高だよ。超えたいねぇ、あの味を」

「うどんは手打ちじゃないのに？」私は確認する。

「うどんと一緒にしないでくれよ」

「また借金地獄に陥らないようにと、祈るばかりだわ」

「それは言えるな」頷き、うどんをすすった。「徹子の原点と言ったら、あれだろう」

「あれって？」

「文房具だよ」

がっかりした私は、冷たく言った。「なに言ってんのよ」

「なんで怒るのかね。子どもの頃、徹子が文房具屋に入り浸ってたの、よく覚えているよ。ほとんどの子どもが、隣の駄菓子屋に行きたがるのに、徹子だけ、文房具屋に行きたがってたろう。くらーい感じのおばちゃんがやってる店だったんじゃなかったかい？　未亡人だと誰かが聞き齧《かじ》ってきて、子どもたちは、未亡人の店と呼んでた。未亡人という言葉の意味なんて知らなかったはずなのに」

みるみる記憶が蘇ってきた。

木造の小さな店だった。左のガラス扉に、『入り口』と書かれた小さな紙が貼られていた。扉を開けると、左の棚には紙製品が並んでいる。右の棚には、折り紙やノリが入った箱が置かれていた。棚を右に回りこむと、ペンが並んでいる。試し書き用の紙には、ぐるぐると円を描いた跡があった。それは、いつ見ても、同じ跡だった。買う物を決めると、「くださいな」と大きな声を上げた。すると、奥から女店主が現れた。暗い印象の人だったろうか。顔は思い出せないが、声は覚えている。優しい声で話す人だった。私が買った物について、どこがほかの物と違うのか、どういう工夫がされているかといったことを教えてくれた。そして最後に、決まって「良い買い物をしましたね」と言うのだった。

あれが、私の原点なのだろうか。

兄の原点と、私の原点――。

姉の原点はなんだろう。

子どもの頃の姉を思い出していると、麺をすする大きな音がして、我に返った。

兄がうどんを食べていた。

兄の白髪に目がいき、私はちょっと切なくなった。

そんな風に覗き込んだら、失礼ではないかと思っているのは、私だけのようだ。

将棋盤を挟んで対局中の二人を、大勢の人間が取り囲み、見下ろしている。

その大勢のギャラリーの中には、磯崎もいた。

3

夏子は山下と、この将棋サークルで知り合ったという。

山下のほかにも、このサークルに所属する三人の男たちから、あってしかるべき支払いが滞《とどこお》っていると夏子は言った。

夏子の行為は送りつけ詐欺に該当すると、三日前に私は指摘した。しかし夏子は、欲しいと言うので、代わりに注文してあげただけだと電話口で嘯《うそぶ》いた。

嘘は一つもついていないと、夏子は言った。

私の話を信じないのかと、夏子に詰問された時には、もう少しで笑いそうになってしまった。

夏子なんて、信じられない。

付き合いが長くなればなるほど、そう思う。

夏子が嘘つきだということは、太陽が東から昇るのと同じくらい、確かなことだった。

夏子にしかできないことは——ある。

それは、人の気持ちを明るくさせたり、楽しくさせたりすることで……私には決してできないことで——だから評価している部分も、少しはある。

だが——夏子は与えるだけでなく、奪ってしまうのだ。

人の好意や善意を、小銭と引き換えてしまう。

私が答えようとすると、先に夏子が、私のこと、嫌いなの？　と聞いてきた。

いいえ——。

私は咄嗟《とっさ》に、そう答えていた。

夏子は、そう、と満足そうな声を上げた。

途端に、失敗したと、私は後悔した。

なぜ、否定したのだろう、私は。

その電話から三日経った今でも、不思議でしょうがない。

その時の自分を叱りつけたい気分だった。

まぁ……嫌いではないのだろう——。

思わず、いいえと答えたのだから。

嫌いではなくても、信じることはできない。

事実関係を確認してから、支払い要求をするかどうか決めると私が言うと、夏子は不満そうな声を上げた。

夏子はどうやって人生を閉じるのだろう。聞いてみたい気がして、口を開いた時には、電話は切れていた。

どよめきが起こった。

同時に、取り囲んでいた人間たちが一斉に喋り出す。

対局を振り返り始めたようだった。

円陣から男が一人、出てきた。

代表者の中原維夫《なかはらただお》だ。

中原に隣の部屋に誘われた私は、まだ円陣の中にいる磯崎の名を呼んだ。

部屋は小さく、その大部分を一台のテーブルが占めている。その上には将棋盤が並んでいた。

興奮顔で椅子に腰かけた磯崎に向かって、中原が言う。「なかなかの対局だったと思いませんか？」

「はい」磯崎は元気良く返事をした。「最後の局面で、角を動かさなかったのが凄いです」

中原は豪快に笑って、「石田先生は、将棋は？」と聞いてきた。

「残念ながら、まったく」

「そうですか。だったら、わからんでしょう。いい年をした男たちが、夢中になってるのが」

曖昧な笑みを浮かべて、言った。「大きな魅力があるものだということだけは、わかりました」

私はやって来た理由を述べ、夏子のことを尋ねた。

愉快そうに笑うと、中原は言う。「夏っちゃんはね、ここの女神なんですよ。ご覧のように、ほとんどが男でしょ、ここは。どれくらい前だったかな。半年ぐらいかな。ある日、突然、現れましてね。将棋をやってみたいんで教えてくれって言いました。すぐにここの女神になりました。皆が夏っちゃんに教えたがりましてね。覚えは、正直言って、酷く悪かったけど、本人も周りも楽しそうだったから」

「山下重彦さんも、こちらの会員だと聞きましたが」

「そうそう。最初はあんまり熱心な人じゃなかったんです。月に一度、顔を出すか、出さないかぐらいで。それが、夏っちゃんが来るようになってから、彼女目当てに、毎日のように顔を出すようになりましたね。山下さんみたいな人、多いんですよ。今年、定年退職したそうです、山下さん。再雇用をしてもらうつもりでいたらしいんですけど、景気が悪くなったせいでダメになったって。まだ働くつもりでいたのに、突然、老後ですって宣告されちゃったようなもんですから、こたえたみたいですね。これもよくある話なんですけど、在職中に知り合った他社の人に連絡を取って、再就職を頼んで回ったらしいんです。でも、誰も相手にしてくれなかったって。あんだけ色々面倒をみてやったのに、口惜《くや》しいって嘆いてました。山下さんを引き立ててくれる人はいなかった。よくある話でしてね。ほかの趣味と比べりゃ、金もあまりかからないし、体力も必要ないし、頭を使うからボケ防止にもいいかな、なんて考える人が多いんです。それでうちに通い出してみたものの、それほど熱中もできずにいたところへ、女神が登場ですからね。心、奪われちゃったんでしょうねぇ」

「夏子さんが、山下さんに無農薬野菜の購入を勧めた話は、お聞きになっていますか？」

くっくっと笑い声を上げ、自分の鼻を人差し指で押さえた。「私も買わされてますよ、夏っちゃんから」

「買わされている？」

「ええ」中原は頷く。「勝手に送りつけてくるんですよ、ここに。それから十日後ぐらいに請求書が届くんです。何回ぐらいあったかな。一応、支払ってましたけどね、私は。一回目の時に、夏っちゃんの戦法は読めましたよ。送りつけ詐欺だってね。生鮮食品はクーリングオフ制度を利用できない点をついた詐欺でしょ。私としては、秤《はかり》にかけたわけです。夏っちゃん目当てに通ってくる男たちが、ここに落とす金の額と、買わされる野菜の金額と、どっちが高いかって。計算した結果、野菜の方が安かったんで、支払ってました。でも、夏っちゃん、この頃はすっかり顔を見せなくなったので」両の掌を天に向けて、上下に動かした。

「野菜の方が高くなってしまいましてね、秤が動きました。それで、夏っちゃんに電話して、もうここに将棋をさしにこないなら、野菜を送りつけるのは止めてくれと言いました」

「中原さんと山下さんのほかにも、こちらの会員の方で無農薬野菜を、夏子さんから買っているのは、何人ぐらいいらっしゃるんでしょうか？」

「さぁ。私が知ってるのは四人ぐらいですけど、もっといるんじゃないかな」

私たちは、それから三人の会員たちから話を聞き、将棋サークルの教室を出た。

駅へ戻るように歩き出し、一番近い喫茶店に入る。

アイスコーヒーを二つ注文し、ウエイターに夏子の外見を説明し、知っているかと尋ねた。

若いウエイターはにやりとして、「あの、やり手のおばあちゃんですね」と言った。

人違いをしているようなので、私はさらに詳細に外見の特徴を説明する。

「間違いないですね。おじいちゃんたちから、夏っちゃんって呼ばれてた、おばあちゃんです」と、ウエイターは断言した。

夏子がおばあちゃんと呼ばれている――。

その衝撃を受け止めるのに、時間がかかってしまう。

私はゆっくり自分の足元へ目を落とした。

履きやすいだけの不格好な靴。この靴を勧められた時と同じぐらいのショックだった。

私はなんとか笑顔を作って言った。「そのおばあちゃんだけど、よく、ここに来るのかしら?」

「最近はあんまり。でも、前は結構毎日って感じでしたね」

「一人で?」

「いつもおじいちゃんと一緒でした。いろんなおじいちゃんです。なんか、やり手でしたよ。えっ? なにがって——色々、プレゼントをもらってましたよ。現金を貰ってるところも見たことあるし。なんか、この近くで一緒に将棋やってるとか、そんなこと言ってましたね。あーんとか言っちゃって、おばあちゃんが、おじいちゃんに食べさせたりして、いちゃいちゃしてましたよ。でも次の日は、別のおじいちゃんを連れて来るんすよね。そういうの、やり手って言うんすよね。店長がそう言ってました」

まだ、そんなことやっていたか——。

濃い化粧をしていた夏子を思い浮かべた。

最後まで悪あがきをしてくれと、私は応援する気持ちでいたが、そんな声援はいらなかったようだ。

夏子はバリバリの現役だったのだ。

私が礼を言うと、ウエイターは立ち去り、すぐにアイスコーヒーを運んで戻ってきた。

ウエイターが、さっきよりいくらか親しげな様子でグラスを置いて、テーブルを離れた。

私はなんとか笑顔を作って言った。「そのおばあちゃんだけど、よく、ここに来るのかしら？」

「最近はあんまり。でも、前は結構毎日って感じでしたね」

「一人で？」

「いつもおじいちゃんと一緒でした。いろんなおじいちゃんです。なんか、やり手でしたよ。えっ？　なにがって——色々、プレゼントをもらってましたよ。現金を貰ってるところも見たことあるし。なんか、この近くで一緒に将棋やってるとか、そんなこと言ってましたね。あーんとか言っちゃって、おばあちゃんが、おじいちゃんに食べさせたりして、いちゃいちゃしてましたよ。でも次の日は、別のおじいちゃんを連れて来るんすよね。そういうの、やり手って言うんすよね。店長がそう言ってました」

まだ、そんなことやっていたか——。

濃い化粧をしていた夏子を思い浮かべた。

最後まで悪あがきをしてくれと、私は応援する気持ちでいたが、そんな声援はいらなかったようだ。

夏子はバリバリの現役だったのだ。

私が礼を言うと、ウエイターは立ち去り、すぐにアイスコーヒーを運んで戻ってきた。

ウエイターが、さっきよりいくらか親しげな様子でグラスを置いて、テーブルを離れた。

ちゃん、この頃はすっかり顔を見せなくなったので」両の掌を天に向けて、上下に動かした。

「野菜の方が高くなってしまいましてね、秤が動きました。それで、夏っちゃんに電話して、もうここに将棋をさしにこないなら、野菜を送りつけるのは止めてくれと言いました」

「中原さんと山下さんのほかにも、こちらの会員の方で無農薬野菜を、夏子さんから買っているのは、何人ぐらいいらっしゃるんでしょうか？」

「さぁ。私が知ってるのは四人ぐらいですけど、もっといるんじゃないかな」

私たちは、それから三人の会員たちから話を聞き、将棋サークルの教室を出た。

駅へ戻るように歩き出し、一番近い喫茶店に入る。

アイスコーヒーを二つ注文し、ウエイターに夏子の外見を説明し、知っているかと尋ねた。

若いウエイターはにやりとして、「あの、やり手のおばあちゃんですね」と言った。

人違いをしているようなので、私はさらに詳細に外見の特徴を説明する。

「間違いないですね。おじいちゃんたちから、夏っちゃんって呼ばれてた、おばあちゃんです」と、ウエイターは断言した。

夏子がおばあちゃんと呼ばれている——。

その衝撃を受け止めるのに、時間がかかってしまう。

私はゆっくり自分の足元へ目を落とした。

履きやすいだけの不格好な靴。この靴を勧められた時と同じぐらいのショックだった。

4

「呼びつけて、悪かったね」

先日とは打って変わった低姿勢で、山下は座布団を勧めてきた。

朝からずっと雨が降っていて、今日は蒸し暑かった。

窓を閉め切っているせいなのか、山下の部屋には埃とカビの臭いが充満している。

私はハンカチで汗を拭うふりをして、鼻を押さえた。

だが、いつまでもそうしているわけにもいかない。

山下がテーブルにグラスを置いた。

私は礼を言って、すぐに口をつけた。

隣の磯崎も手を伸ばし、飲みきった後で、小さく息を吐き出した。

私は言う。「夏子さんに関する件で、ご相談があるということでしたが、どういったことでしょうか？」

頭に手を置き、「いやぁ」と言って、その手でつるりと顔を撫でた。「悪かったねぇ、わざわざ雨の日に、来てもらっちゃってさぁ。ずっと晴れてたのにねぇ。梅雨はずっと先の話だろうけどさ」

いと思って、遺言書を作った時点で、もう完結したのよ。その人が亡くなって、相続人がどう受け取るかは、おまけみたいなものなんだと思うようになったわ。なんで、もう泣きそうなのよ」

「すんません」

「ね、明日、告別式、行くんだけど、大丈夫？　泣かない？　絶対？　頼むわよ」

私がハンカチを差し出すと、磯崎は受け取り、涙を拭《ぬぐ》った。

こんなに涙もろくて、弁護士をやっていけるのだろうか。遺言書の作成に初めて携わった時、私も泣いてしまった。だが、その時だけだ。それ以降は、ぐっと我慢して泣かないようにしている。弁護士には感情のコントロールが必要だった。依頼人のために泣ければ、交渉を有利に運べるかもしれないが、対立相手の方に、同情すべき点があった場合、その感情を抑制できなくてはいけない。泣くという症状は、まったく感情をコントロールできなくなった時に、表れるものだ。

弁護士を取り巻く環境は、劇的に変わりつつあった。来月からは裁判員制度がスタートするし、ロースクールが用意され、弁護士資格者を増やす取り組みも始まっている。

どういったタイプの弁護士が、事務所が生き残れるのか、暗中模索が続いている。

大変な時代に弁護士になった磯崎の、涙もろさは懸念材料だった。

磯崎が「洗って返します」と言って、ハンカチをポケットに仕舞った。

「人生を閉じるって、まだまだ若いじゃないですか。確か、六十前でしたよね」突然、磯崎が顔を曇らせる。「あぁ……でも、もっと若くて亡くなるっていうか、死と向き合う人もいますもんね。徹子先生につくまで、僕、意識したことがありませんでした。人生に終わりがくるってこと。あの、遺言書の作成って、辛くないですか？」

「辛い？」

「はい。全然元気なんだけど、子ども同士で揉めたりしないように、今のうちに遺言書を作っておくっていう人、いましたよね。そういうのだったら、ほかの依頼と同じように平常心でいられるんですけど。余命四ヵ月と医者に宣告されたなんて言われたら……長岩《ながいわ》さんのことです。僕、辛くて」

「だから、泣いちゃうんだ？」

「すみません。涙腺、弱いんです」うな垂れた。

「辛いわよ、私だって。辛いからこそ、私にできることをしようと思うの。希望通りにしてあげようとね。始めたばかりの頃は、遺言者にすっかり感情移入してね。生存中に会ってるでしょ。だから、相続人に会いに行って、拒絶されたり――拒絶だったら、まだいいの。遺言者を覚えてない人もいるのよ。そうすると、自分のことのように腹立たしくなったわ。でもね、たくさんの人の遺言書を作って、相続人に会っているうちに、考え方が変わってきたの。徐々にね。それでもいいんだと思うようになった。あの人に感謝したいとか、謝罪した磯崎がウエイターの背中へ視線を送りながら言う。「夏子さんは将棋サークルでなにしてたんでしょう?」

「カモを物色《ぶっしょく》してたんでしょうね」

「やっぱり、そうですかぁ。さっきの中原さん、全部わかってるって感じでしたよね」

「そうね。将棋サークルでカモを物色――目の付け所は、いつもいいのよね。相変わらず、ツメは甘いんだけど」

「どうするんですか? 依頼です。夏子さんから、未払い代金の回収を頼まれてるんですよね?」

「断るわ。自分で片を付けるようにと言って」

磯崎が身を乗り出してきた。「それ、アリなんですか?」

「アリよ」

「じゃあ、もう夏子さんには会わないんですか? そっかぁ……夏子さんに会いたかったなぁ、僕」

「これで終わるような女じゃない」

「はい?」

「夏子さんの口癖。これで終わるような女じゃないと言うのがね。人生を閉じる時、なにを思うのかしらね、彼女は」

私は頷き、話の続きを待つ。

だが、山下は口を閉ざしてしまった。

山下の迷いが消えるのを、私は待つしかない。カビ臭く、蒸し暑い部屋で。

ようやく山下が口を開きかけた。

と思ったら、立ち上がった。

冷蔵庫からピッチャーを取り出し、私たちのグラスに注ぎ足した。

座り直したものの、山下が話し出す気配はない。

仕方がないので、再びグラスに手を伸ばした時、突然山下が言った。

「色々考えたんだけどさ」

手を引っ込めた。「はい」

「身体を大切にしなくちゃ、いけないよ。基本だろ？　二年前までは、女房があれこれ気を使ってくれてたんだ。俺は出されたもんを食ってれば、それで良かったんだ。だけど、女房が逝っちゃったもんだからさ。それでも、勤めてた頃はまだ良かったんだよ。部下が結構いたからね。部下たちが俺の身体を気にしてくれてさ、部長、もっと野菜、摂った方がいいですよ、なんて言って、俺の前にサラダの皿を置いてくれたりしたんだよ。部下はさ、叱りつけるだけじゃダメだ。飲みに連れて行かないと」

うっすらと、話の行き先が見えてきた。

山下はそれを口にするのに抵抗感があって、わざと寄り道をしているように思えた。

私はグラスに手を伸ばしながら言った。「夏子さんは、山下さんの身体を気にかけてくれたんですね?」

「そうなんだよ」勢い込んで言う。「心根の優しい人だからね」

私と目が合うと、山下はすぐに逸らせ、少し恥ずかしそうな表情を浮かべた。

麦茶を飲んでから、私は尋ねる。「知り合われたのは、将棋サークルだそうですが」

「そうそう。ルールを全然、覚えなくてさ、夏っちゃん。初心者だって言ってたけど。それにしたって、酷いんだよ。やりたい放題なんだ。先生、将棋は? そう。駒はさ、その種類によって、動ける範囲が決まってるんだよ。ルールだ。これを覚えてもらわないことには、勝負にならない。だけど夏っちゃんは、ルールを覚えようって気持ちがなくってね、好き勝手に駒を動かしちゃうんだ。無茶苦茶だよ。それでもさ、夏っちゃんと指してると楽しいんだ。だから、皆の人気者。俺、花粉症でさ。結構、酷くなるんだ。薬を飲めば眠くなるし、喉が渇くから、なるべくなら飲みたくはないんだけど、そうもいかないからな。夏っちゃん、将棋サークルにお茶を持ってきてくれたんだよ。水筒に入れてさ。私も花粉症になって長いのよ、花粉症って名前が付くずっと前から、花粉症だったんだからって言ってたよ。色々試したけど、これが一番効くのよって言って、持って来てくれたんだよ。それ、飲んでみたらさ、少し鼻が楽になって。効いたんだよ。どこで買えるのかって聞いたらさ、家の近くの店だから、私が買って、持ってきてあげるわよって言うんだよ。ちゃんと、金を払うって、俺は言ったよ。だけど、そんな高いもんじゃないからって言ってさ、受け取らないんだ。そりゃあ、困るって俺が何度も言ったらさ、だったら、山下さんのお気に入りの場所に連れてってくれって。それがお茶の代金よって。お気に入りの場所なんて言われちゃって弱ったよ。実は俺さ、噴水が好きなんだよ。何時間見てたって、飽きなくてさ。ここらの公園にあるようなのは、ダメだ。せこくてな。昔は女房が調べてくれて、休みの日には噴水巡りをしたもんだ。お気に入りの噴水なら、ある。だけど、夏っちゃんをそこへ連れてったって、喜ぶとは思えなくてさ。でも、ほかに場所も思いつかなくて、俺が一番だと思う噴水に連れてったんだ。そしたら夏っちゃん、噴水を見るなり、キャーッて歓声を上げて、大はしゃぎだよ。なんか、俺まで興奮しちゃってさ。二人で、噴水の周りをぐるぐる走ったよ。いい年して」

思い出すかのように目を細めた。「楽しかったよ」

「それから、手土産を持って、こちらに伺うようになったんですか？」

こくりと頷いた。「元気をくれたんだよ、夏っちゃんは。定年退職してから、皆に無視されてた俺を元気にしてくれた。俺はさ、自分の会社とか、よその会社とか、区別なく、若いもんを育ててやるのが、先輩の役割だと思ってるからさ、時には厳しい言葉を吐いたよ。そいつのためだと思うからだよ。どうでもよければ、そのまんまにしとくよ。俺の檄《げき》はさ、愛情の裏返しだってのに。ところが、どうだい。定年になった途端、俺には用はないとさ。恩を仇で返すとは、このことだろ？　口惜しいねぇ。たまんないよ。夏っちゃんにさ——夏っちゃんにまで無視されたらさぁ、生きる力を失くすよ。本当だよ」

「夏子さんと連絡は？」

「留守電に、夏っちゃんが会いに来てくれたら、一万を払ってもいいって吹き込んだんだけど、音沙汰ないんだよ。もう、会いに来てくれないんだろうか？」

縋《すが》るような目をした山下に、私は言う。「山下さん、なにもかもわかってらっしゃるじゃないですか。どうして夏子さんがここに来ていたか、わかってたんですよね？」

山下は俯《うつむ》いて、答えない。

「私にお話ししてくださってないこと、まだ、ありますよね？」と促すと、山下はゆっくり顔を上げた。

山下が口を尖らせる。「ちょっとのことだからさぁ。五千円とかだよ。ここまで来るんだって、交通費がかかってるわけだしさ。手土産に払ったんじゃなくて、手間賃だよ。そこで、料理を作ってくれたこともあったしね」

「毎回、その手間賃を払ってたんですね？」

「五千円とかだよ。外で食事したら、それぐらい、すぐなるだろうよ」

私はなにも言わず、山下をじっと見つめ、鏡になる。

山下は口を大きく開けて、言い募る気配を見せたが、突然動きを止めると、目を伏せた。

しばらくじっとしていた山下が、俯いたまま声を搾り出した。「金を渡さなかったら、もう二度と来てくれないんじゃないかって不安で。だから——金が目当てだって、わかってたけど……寂しかったんだよ。毎日、誰とも話をしない生活、想像できるか？　去年の二月までは、毎日、たくさん喋ってたんだ。打ち合わせして、部下に指示を出してさ。それが、なーんもなくなっちゃったんだよ。これで、夏っちゃんまで来なくなったら、俺、どうしたらいいか、わかんないよ」

「夏子さんが、山下さんに会いに来たら、一万を払うと仰っていることは、私からも伝えましょう。ただ、私から伝えても、同じだと思いますよ。もう、夏子さんからの答えは出てるんですよ。山下さんだって、それはよくわかってらっしゃるでしょう」

山下は背中を丸め、肩を落とした。

「あとは、山下さんが、それを受け止められるかどうかですよ」

それから私は、夏子から山下の未払いの取立ての依頼を受けたが、その回収業務は断るつもりでいることや、弁護士の仕事の範囲について説明をした。

しかし、すっかり気落ちした様子の山下の耳に届いたかどうかは、わからない。

「これで失礼します」と私が言うと、山下は一瞬だけ顔を上げ、すぐに俯いた。

「山下さん」私は話しかける。「皆、一人なんですよ。寂しさを、大なり小なり抱えてます。うまく付き合っていくしかないんです。お金で寂しさを埋めても、永遠には続きませんよ。

それより、孤独を楽しむようにされたらどうですか？　孤独って、そんなに悪いもんでもないと思いますけど。生意気なことを申し上げて、すみません」

ゆっくり山下は顔を上げると、ぼんやりと私を見つめた。

苦しそうな山下の顔に、自嘲めいた笑みが浮かんだ。

私は顔を覗き込み、「山下さん」と名を呼ぶ。

諦めが山下の口の端に浮かんだように思えた後、微《かす》かに頷いた。

私は立ち上がり、部屋を出た。

道路を歩き始めると、隣に並んだ磯崎が後ろを振り返った。「なんだか、すっかり元気をなくしてましたね。可哀相になっちゃいました」

私はなにも言わず、住宅街を駅へ向かう。

磯崎がなおも振り返りながら言った。「山下さんが、夏子さんにお小遣いをあげてるって、どうしてわかったんです？　夏子さんが、そう言ってたんですか？」

「まさか。彼女はそんなこと言わないわ。ただの推測よ」

「へぇ」道を右に折れる。「読みが深いんですねぇ。あれですか？　今日、僕たちが呼ばれた理由も、徹子先生、読んでましたか？　僕、まさか、山下さんが夏子さんに会いたがってるなんて、思ってもいませんでしたよ。この前の時は、金なんか払わねぇってことしか言ってませんでしたよね。あの時の山下さんの話には、筋が通ってましたし」

「弁護士になって、知ったことなんだけどね」

「はい」

「被害者の多くが、自分がどういう被害を受けているか、わかっていて、それでもそこから抜け出さないの。理性がね、これは明らかに騙されてるだろうと信号を送っても、感情がね、そんなことはないと否定してしまうみたい。その感情の種類は色々あるけど、一番多いのが恋愛感情。プライドも多いわね」

「そうなんだぁ」磯崎は感動したかのような声で呟いた。

赤信号で、足を止めた。

横断歩道の向こう側で、制服警官が二人の男と話をしている。横にはバイクと軽自動車が停まっていた。

「あの」磯崎が口を開いた。「徹子先生、格好良かったです。山下さんが受け止められるかどうかですよってセリフ。胸にきました。皆、一人なんだってセリフも。徹子先生だから、ですよね。僕が同じ言葉を言ったら、殴られるかもしれない」笑い声を上げたすぐ後で、表情を急変させると、「徹子先生みたいな弁護士に、僕も早くなりたいです」と神妙な口調で言った。

びっくりした私は、磯崎をぽかんと見上げた。

「徹子先生って、侍っぽいですよね？」

信号が変わり、磯崎が歩き出した。少し遅れて私も続いた。

私は尋ねる。「侍って言った、今？　どういう意味？」

磯崎は「お主《ぬし》だけが、孤独と思うべからず」と言ったかと思うと、手刀をふるう真似をして「シャキーン」と効果音まで口にした。

私は横断歩道の真ん中で、立ち尽くした。

5

エレベーターの扉の上部に目を向ける。

エレベーターは五階に停まっていた。

みゆきだろう。

みゆきは階段の上り下りがキツくなったといって、最近は一つ下のフロアにある、書類の保管部屋へ行くにもエレベーターを使う。

私は五階で下り、保管部屋のドアをノックした。

返事はなかったが、ドアを開けた。

キャビネットの前に椅子を用意して、そこに腰かけた状態で、引き出しの中を覗くみゆきを発見した。

「みゆきさん、ただいま」大きな声で言った。

みゆきがゆっくり顔を上げ、「あら、先生。お帰りなさい」と答えた。

みゆきの聴覚は年々衰えていくようで、最近はしっかり大きな声を出さないと伝わらない。

「どうでした？」みゆきが目を輝かせて聞いてくる。

「あたりでした。離婚したかった妻が、わざと夫に浮気をさせるように仕組んでました。浮気相手と妻は、高校の同級生でした」

「やっぱり」満足そうに頷く。「どうも、裏があるんじゃないかと思いましたよ」

「どうして、そう思ったんです？」

「浮気相手が妻と同い年なんて、滅多にない話ですからね、ちょっと臭ったんですよ。オスっていうのは、本能的に、若いメスを求めるもんですからね。それに、あの奥さん、落ち着きすぎてましたでしょ。なんといっても可笑しかったのは、素人が尾行した初日に、食事中の二人の写真や、ラブホテルに出入りする決定的瞬間の写真を、撮れるかってことですよ。調査会社に頼むお金をケチったんでしょうね。それで、バレちゃうんですから、ツメが甘いんですよ。ツメが甘いと言えば、夏子さんの件はどうなりました？」

「取立ての依頼は断りました。山下さんが、会いに来てくれれば、一万を払うと言っていたと伝えたら、『エロハゲ、死ね』で、電話が切れちゃいました。どういう人生の閉じ方をするんでしょうか、彼女は。今年、五十六歳になるっていうのに、男たちを手玉に取れてるんだから、まだまだ現役を続けるつもりなのかもしれませんね。かかった経費、また踏み倒されそうです」

みゆきはコロコロと笑った。「粘り強く、請求するのが大事ですよ。もう諦めるんじゃないかと、敵は思ってますからね、その期待を裏切って、しつこくしつこく督促するのが大事です。そういうことができる人がいいですよね、私の後の方は」

「え?」私はびっくりしてしまう。

「ここを辞めさせていただこうと思っていること、荻原先生には、まだお話ししてないんですよ。なかなかいいタイミングがなくて。もう年ですからね。単純な仕事をミスするようになってしまって」大きくため息をついた。「死ぬ前日まで、ここにいたいと思ってたんですよ。居間でワイドショーなんか見るより、ここにいた方が、何倍も楽しいですもの」

「だったら……なぜです?」

「スーパーから帰る、主人の後ろ姿を見てしまって。先月です。いつもよりちょっと早く帰らせていただいた時があって。主人が退職してからは、家のことは、全部やってくれてましてね。ボケずに済むよなんて言って、洗濯や掃除、料理もしてくれるんです。今日は新しい料理に挑戦してみたなんて話すから、私は精一杯褒めるんですよ。おだてて、やる気にさせてるつもりでいました。それが、あの日、早く帰れたんで、スーパーに寄ることにしたんです。折り畳み傘が壊れてしまったので、安いのがあったらと思って。そうしましたらね、たまたま、主人を見かけたんです。マイバッグを肩から提げて歩いてました。小さいんですよ、その背中が。この人についていこうと決意した時には、大きく見えてた背中がね、小さく見えたんです。歩き方も、すっかり年寄りの足の運びでね。切なくなっちゃって、声を掛けられなかったんです。少し時間を潰してから、家に戻ったんです。私が玄関を開けましたらね、あの人、いつものように明るい声で、お帰りって言ったんですよ。その声を聞いた途端、残りの時間をこの人と過ごさなきゃ、と思ったんです。寿命まであと何年かわかりませんけど、この人と過ごさないと、きっと後悔するだろうなって、確信したんです」

側にあった椅子を、みゆきの近くまで運び、腰かけた。「もう決めちゃったんですか？　引き止めてもぐらつかないぐらい、固い決心なんでしょうか？」

「固いんです」

「私、なんと言ったらいいか……言葉が出てきません。みゆきさんの意見を聞けなくなったら——大切なことを見落としたり、読みを誤ったりするでしょう」

ゆっくり首を左右に振る。「そんなこと、ありませんよ。徹子先生はちゃんと人の心の奥を、読んでらっしゃるじゃないですか。一応、私に聞いてくださいますけど、やっぱりねって顔をされてますよ。徹子先生は、しっかり予測して、したたかに交渉する優秀な弁護士さんですよ。クールに見られて、誤解を受けることがあるかもしれませんが、その誤解はいずれ解けますから。人に冷たいんじゃないですよ。人に多くを期待しないんです、先生は。そういうところ、私、格好いいと思ってました。イソ先生が、徹子先生は侍のようだって言った時、そうそうって頷いてしまいました。イソ先生、出会ってから、まだひと月ちょっとだっていうのに、見事に徹子先生を言い表したから、花丸を差し上げたいぐらいでしたよ。あら、侍って嫌ですか？　格好いいじゃないですか。褒めてる言葉ですよ。身分にふんぞり返って、刀を錆《さ》びさせるような侍じゃないですよ。強きをくじき、弱きを守る、いい侍ですよ。万事丸く治めて、達者に暮らせよと言って立ち去るんですから。お気に召さないんですね。先生ったら、そんな顔をして」笑いながらキャビネットの引き出しを押した。「ね、先生。私も、夏子さんの人生の閉じ方に興味あるんです。夏子さんの動向がわかったら、教えていただけませんか？　勿論、ここを辞めてるわけですから、お話しできる範囲で結構ですけど。私の勘ではですね、天国に逝くその日まで、人を騙して小金を巻き上げているように思うんですよ。あらっ。天国かしら、行き先は。でも、地獄じゃ、可哀相ですよね。お金は奪ったかもしれませんけど、大切なことに気付かせたり、夢を見させたりって、いいこともしてますもんね。天国ですね、きっと。あらっ。年下の夏子さんを、先に逝かせるような気でいますね、私。嫌ですねぇ。自分だけは、誰よりも長生きするつもりでいるんですから、困ったもんですね」

途端に、寂しさが胸に溢れる。

みゆきがいなくなる——。

こんなことがあったと、愚痴れる人がいなくなる。「ただいま」と言えば、「お帰りなさい」と答えてくれる人がいなくなる。買った文房具を見せる人がいなくなる。「早く早く」と経費をまとめるのを、急《せ》かしてくれる人がいなくなる。「そしたら、なんて？」と相槌を打ってくれる人がいなくなる。それから……。

みゆきが、どれほど大きな存在だったかと、今更ながらに思った。

事務所名を、みゆきの名前にしようかと荻原と冗談を言い合ったことがあった。冗談ではあったが、真実を衝いていた。みゆきが事務所にいてくれたから、業務は回り、居心地のいい場所になった。

ドアにノックの音がして、荻原が顔を出した。「ただいま」

二人で「お帰りなさい」と答えた。

荻原が言う。「なに、二人で、キャビネットの間から顔を出して。なにか企んでる？」

みゆきは小さく肩を竦めてから口を開いた。「先生、ちょうど良かった。いつお話ししようかと思ってたんです。私も、もう年ですしね。辞めさせていただこうと考えまして」

荻原は目を見開き、そのまま固まった。

呼吸さえ止めてしまったのではないかと思われるほど、微動だにしない。

みゆきが、私に尋ねるような顔を見せてから、荻原に向かってパンパンと手を打った。

「先生。しっかりしてください。水でもお持ちしましょうか？」

荻原は答えず、ゆっくり顔を歪めていった。

みゆきが椅子を用意して、荻原を座らせた後、辞める決心をするに至った経緯を再び語った。

「困るよぉ」荻原は嘆いた。「困っちゃうよぉ。みゆきさんがいなくなったら、ここ、どうしたらいいのよ」

「次の人を雇いましょう。なにも今日辞めるって言ってるんじゃないんですよ。まずは、そうですね。求人広告を出しましょう。ハローワークにも募集をかけて、履歴書を送ってもらって、それから面接しましょう。いい人が見つかったら、引継ぎをしっかりやって、それから、ですから。まだ先の話ですから、ひとまずね。先生、そんな顔、しないでくださいよ。

徹子先生は、ちゃんと納得してくださいましたよ」

「いいえ、納得はしていませんよ」私は急いで否定する。

「あらっ。そうなんですか？　まぁ、どうしましょう」

荻原が自分の頭の上で両手を組み、顎を反らせて、天井を見上げた。

つられて、私も天井へ目を向ける。

蛍光灯の端が黒くなっているのに気がついた。その黒い部分を、ひたすら見つめ続けた。

「決心は固いの？」

荻原の声がして、蛍光灯から目を離した。

みゆきが「はい」と答えた。

荻原がしみじみと言う。「そうなのかぁ。そうだよねぇ。そうなんだろうけどさぁ。実はね、私、今年いっぱいぐらいで引退をと考えていたんだよ」

「はい？」思わず、私は大きな声を上げた。

「いきなり引退じゃなくてさ」宥《なだ》めるように荻原が手を上下に動かす。「私じゃなきゃダメなクライアントは、引き続きやるんだけどさ。そうじゃないクライアントや、新規はイソ君に担当してもらってね。なんだったら、もう一人、イソ弁を入れて、徐々に静かに、この事務所のバトンを徹子先生に渡そうと。徹子先生とみゆきさんがいれば、この事務所は今まで通りきちんと回っていくだろうと、思ってたんだよねぇ。みゆきさんがいなくなるってことは、考えもしなかったなぁ。なぜ、考えなかったんだろう。抜かったな。どうやら、私の引退時期は延びそうだね」

「そうしてくださいよ」私は不満を言葉に込めて言う。「どうしたらいいんですか、私。イソ君と二人で残されちゃって」

みゆきが口を開いた。「イソ先生の、弁護士としての将来性はどうなんでしょう？」

荻原が渋い顔をした。「肉を食べられないって言うんだよ」

「先生」みゆきが注意するように言う。「食べ物の好き嫌いと、弁護士の将来性は関係ないんじゃないですか？」

「関係あるか、ないか、わからないよ」と、荻原はなおも言った。

「徹子先生はどう思います？　イソ先生の弁護士としての将来性」とみゆきに尋ねられ、

「泣き虫なんですよねぇ」と私は答えた。

「涙もろいって域を超えてるんですよ」私は二人に説明する。「昨日なんて、声を上げて泣いたんですよ。遺言者より泣いてましたから。親身になってくれる弁護士だって思ってくれるケースもあるでしょうけど、係争相手の方に同情して、泣き出さないとも限りませんからね」

「あらあら」みゆきは可笑しそうに笑う。「純情なんですかね。涙を堪《こら》える訓練って、できるのかしら。ま、あれですよ。できなかったら、泣いても大丈夫な案件を担当すれば、ね」

荻原が言った。「みゆきさんはどう思うのよ、イソ君の弁護士としての将来性。ここを、任せられる人物かね？」

首を傾《かし》げた。「心配な点が一つありますけど、そこを除けば、私は、立派な弁護士先生になられる人だと思いますよ。ズルくないですもの。ズルい人って、いますでしょ。そういう人は、なにをやってもダメだと思いますけど、特に弁護士にはなっていただきたくないですね。依頼人のために嘘をつくならいいんです。いくらでもついてください。でもね、ズルい人は、自分を守るために嘘をつくんですよ。これじゃ、いけませんよ。イソ先生の場合、ズルくないですから。私は、いい先生に来ていただいたなって、思ってます」

「心配な点って、なによ？」荻原が尋ねた。

「遠距離恋愛しているそうなんですよ。名古屋に住んでる娘さんだそうです。娘さんをこっちに呼び寄せられたら、いいんですけどね。名古屋の女は猫と一緒で、土地に執着しますから。イソ先生が、名古屋に引っ張り込まれるんじゃないかと。それが心配な点です。荻原先生、笑い事じゃありませんよ。子どもができたの、両親のいるこっちで育てたいわ、なんて言われてご覧なさい。それじゃ、名古屋に、なんてことになる男がどれだけいるか。弁護士でしたら、どこでも開業できますしね。そんなことになったら、ここを引き継いでくれる人がいなくなってしまいます」

「引っ張り込みそうな人なんですか？」と私が尋ねると、「まだ、わからないんですよ」とみゆきは答えた。

そして、今週上京する磯崎の彼女を、事務所に連れて来るよう誘ったので、昼食を一緒にしながらチェックするつもりだと計画を打ち明けた。

荻原が静かに言った。「イソ君には心配な点があるということかぁ。やはり、もう一人、入れることを検討しますか。イソ弁の二人のうち、どちらかが残ってくれればいいと考えて。そうすると、イソ弁採用の面接で確認することは——肉食で、泣き虫じゃなくて、遠距離恋愛していない人。ですね？　面接で必ず聞いてみましょう」

みゆきが「そうですわねぇ。面接でちゃんと聞かなくちゃ」と言って、笑い声を上げた。

荻原も目尻の皺を深くして笑い出す。

つられて、私まで可笑しくなってきて、笑ってしまう。

みゆきが笑いの合間に言う。「事務所のこれからを真剣に考えなくちゃ、いけませんよ。なのに、なんだか、可笑しくて、哀しいですねぇ」

荻原の瞳には寂しさが漂っていて、笑顔が、泣き顔にも見える。

きっと私も同じような顔をしているだろう。

荻原が笑顔を小さくして、「ずっと変わらずにいることは、できませんよね。そうわかっていても、願ってしまいますね」と語った。

私は頷いた。

6

一気に大勢が降りて行き、電車の中はガラガラになった。

ドア横の席に座り、バッグを膝にのせた時、向かいの席の男に目がいった。

「幸一君?」咄嗟に声が出ていた。

男は一瞬、目を丸くした後、小さく会釈してきた。

私は幸一の隣に移動し、「何年ぶりかしら」と話しかけた。

「お久しぶりです」と答えた幸一に、笑顔はない。薄いグレーのジャケットの胸には、弁護士バッジはなく、左手の薬指にはリングがあった。

私は言った。「元気そうね」

「はい」

「一昨日、夏子さんと電話で話したところなのよ。夏子さん、今、横浜の近くに住んでるのよ。知ってた？」

「いいえ。あの人は、もう死んだものだと思ってますから」

幸一の言葉は、なぜか、私を傷つけた。

言葉を探しているうちに、間がどんどん空いてしまい、私は助けを求めて窓外の景色へ目を向けた。

遠くに観覧車が見えた。

幸一が口を開く。「あの、弁護士さん……坂口さん、でしたよね？　坂口さんは元気ですか？」

「ええ。元気。彼と連絡を取ってたの？」

「いいえ。あの時——石田さんに紹介してもらって、話を聞きに行った時以来です」

「弁護士にはならなかったみたいね」

頷き、私から目を離した。「大学四年の時に、できちゃった結婚をしました。それで、弁護士の夢は捨てました」

ポケットから携帯を取り出し、待ち受け画面を私に見せてきた。

男の子と女の子が、ピースサインをしていた。

「幸せです」幸一は私の目を見て、そう宣言した。「平凡ですけど、家族との穏やかな暮らしは幸せです。日に日に成長していく子どもを見ているのは、楽しいですよ」

「そうなの」

「これで良かったと思ってます」と口にした幸一は唇を引き結び、窓外へ目を向けた。

まるで自分に言い聞かそうとしている様子なのが、気になった。

幸せだと言い切ってしまうのも、不自然に思える。

いろんな形の幸せを見てきた。

その経験から言うと、「幸せか」と尋ねられて、「そう言えば、そうだ」と気付くくらいが、ちょうどいいようだった。

尋ねてもいないのに「幸せだ」と言う人は、そう思い込まずにはいられない状況であることが多い。

幸一はどうだろう。

彼の言葉通り、幸せだったらいいのだが。

私は言う。「お父様からは年賀状をいつもいただいているんだけど、確か、今はベトナムにいらっしゃるんだった?」

「ええ。大学を定年後は、お呼びがかかれば、どこへでも行ってるようです。父は研究一筋ですから。研究ができれば、どこへだって行くんでしょう」

言葉に父親を否定するようなニュアンスが感じられ、また私は、自分のことのように胸が痛くなる。

私は思い立ち、尋ねる。「ね、宝くじで百万円が当たったら、どうする?」

「はい?」

瞬《まばた》きを繰り返す幸一に、同じ質問を繰り返した。

いぶかしげな顔をして、「なんですか、それ」と呟きながらも、考えるような素振りをみせた。

幸一が言う。「父ほどじゃないですけど、そういう賭け事的なものって、嫌いなんですよ。えっ? まぁ、賭け事とくじは違うものかもしれませんけど。そうですね……車を買い替えます。今、乗ってるの、古いですし、もっと大きいのが欲しいんです。息子が野球をやってまして、チームメイトを何人か乗せられると便利なんで。その頭金にしますね」

「そう」

私は一生懸命堪えようとしたが、つい笑ってしまう。

「可笑しいですか?」幸一は声を尖らせた。

「ごめんなさい。笑ったりして。全然可笑しくないわ。凄く現実的なアイデアだと思って感心してたところ。この、宝くじが百万当たったら、どうするって、ある人がよく言うセリフでね。いろんな答えが返ってくるのよ。メロンを百個買って、毎日食べ続けたいとか、遊園地を借り切りたいとか、ブティックに行って、ここの棚にあるの全部頂戴と言いたいとかね。一番多い答えは、旅行。いずれにしても、少し現実離れした回答が多いの。なので、幸一君のとても現実的な答えが新鮮で、感心してました」

幸一は肩を竦めただけで、なにも言わなかった。

車内アナウンスが次の駅名を告げた。

幸一が「次で降ります」と宣言したので、私は頷く。

なにか、もっと大事なことを話しておきたい気がするのだが、なにも浮かんでこなかった。

「弁護士が必要になったら、連絡してね」と、私はありきたりの言葉を並べた。「連絡先、わかる？」

「変わっていないのなら、わかります」

私たちは、電車が次の駅に到着するのを静かに待った。

窓ガラスに水滴のラインが何本か付いた。

雨が降り出したようだ。

最近の夕立は激しく、恐怖を感じてしまうほど、大量の雨を落とす。今日もだろうかと、どんどん暗くなっていく空を眺めた。

間もなく駅に到着するとアナウンスが流れ、私は顔を幸一に向けた。

「雨ですね」と幸一が言って、窓から私に視線を移した。

「そうね」

「それじゃ」立ち上がった。

「元気でね」

「はい。石田さんも」

幸一が向こう側のドアに進んだ。

スピードを落とした電車は、ホームに滑り込んでいく。

振り返らないだろうとわかっていたが、幸一の背中から目が離せない。

ドアが開き、幸一は降りていった。

君は、君の幸せを貫け。

ホームを歩く幸一に、私は心の中で声援を送った。

ドアが大きな音をさせて閉まった。

第七章

そりゃあ、心配になるってもんでございましょう。

管理番号を間違えたって言われましてもね、さようでしたかと、納得はできませんよ。

取り違えるなんてこと、あってはいけないことでございましょ？

ひと目見ただけで、クッキーちゃんじゃないって、わかりましたわ。犬種や毛の色が同じでも、全然違いましたもの。

ええ。スタッフの方がね、菓子折りを持参でお越しになりましたよ。

謝ってはいただきましたよ。

今後、二度とこのようなことのないようにいたしますって、その方は仰《おつしや》ってましたよ。

どうやって、それを信じろと仰るんですか？

退会ですか？

勿論、考えはしましたけれど、ほかにないんですもの。仕方ないじゃありませんか。

どうしてでしょうかね。

独り暮らしの方は、とてもたくさんおいでになるでしょ。あちらの会のように、自分の死後、ペットを引き取って、責任をもって最期まで看取ってくれる施設が、たくさんあってもいいように思いますけれども。

入院中にペットを預かってくれる施設は、たくさんございますのよ。今回、あちらの会にお願いしたのは、いずれ、私が天国に逝《い》ったら、クッキーちゃんが暮らす場所ですからね、今のうちに馴染《なじ》んでいた方がいいと思ったからですわ。

それに、入院前にクッキーちゃんをうちまで迎えに来てくださるし、連れて来てもくださいますでしょ。入院前は色々用事がありますから、そういうの、助かるんですよ。退院した時も、迎えに行かなくて済むのは有り難いんです。ノートを毎日つけてくださるのも、健康状態がわかりますから。

ええ。今、申し上げたシステムについては、満足しております。今。大変ね。

でもですよ。

どんなに素晴らしいシステムがあったとしたって、ペットを間違えて連れてくるなんてことをしたら、台無しですわ。

たまたま同じ日に、同じ色のトイプードルを預かったからなんて言い訳をしてましたけど、そんなことを聞いたら、ますます不安になりますでしょ？

抜き打ちで、施設に行ってみたんですの。

ええ。事前に行くなんて言ったら、普段の様子がわかりませんでしょ。

どうでしたかって……入会前に、施設見学をさせていただいた時と同じでしたわ。一頭ごとに広い専用の場所があって、柵で囲われてました。清潔でしたし、エサも普通のでしたわね。

でも、代表の方とお話をしましたら、どんどん不安になりましたの。

夏子さんですよ。

あんなに強い香水をしている方が代表なんて。

そうでしょうとも。代表の方は、実際にはペットの世話はなさらないんでしょう。ほかのスタッフの方がやっていらっしゃるんでしょう。

それは良くわかっておりますわ。

夏子さんと少し立ち話をいたしましたの。短い時間でしたが、この方は、動物が嫌いだと、すぐに見抜けましたわ。動物好きって、互いによくわかりますの。

ビジネスだということは、わかってますわ。ボランティア団体ではございませんものね。動物が好きではなくても、会の代表になっても構いませんわね。

でも――夏子さんには、生理的に、嫌悪感を覚えてしまいましたの。

なんだか、怪しいんですよ。

なにって、なにもかもがですよ。

まっとうな生き方をしてきた人じゃ、ないような。

怪しいと私が申し上げているのは、あの方のお洋服のセンスのことではないんです。

どう言ったらわかっていただけるかしら。

夏子さんに、お会いになったことは？

でしたら、私の言いたいこと、おわかりにならない？

・

1

「と、野口法子《のぐちのりこ》さんは言ったんです」

私は先週、中軽井沢に行った時のことを、みゆきに語って聞かせた。

みゆきがグラスにビールを注《つ》ぎ足してくれる。

「みゆきさん、これ、美味《おい》しい。テリーヌなんて、凄いですね」

「最近、料理に凝ってるんですよ。ある日、ふと、思ったんです。私、あと何回、食事ができるのかしらって。そう考えましたらね、一回一回が、とっても大事に思えたんです。カロリーや塩分を気にするのも、ほどほどにしようって決めました。食べたいものを食べることにしたんです。ネットのレシピを参考に、凝った料理に挑戦したりして。これが、結構楽しいんですよ」

オーブンを見てくると言って、みゆきは席を立った。

荻原弁護士事務所で働いていた九年前より、だいぶふくよかになったみゆきの姿が、キッチンカウンター越しに見える。

事務所を辞めたみゆきは、その翌年、夫とこの施設内の家に移り住んだ。広い施設内には、独立した家々が建ち並んでいる。一見すると、ほかの町並みとなんら変わりはない。だが、すべての家と本部がホットラインで繋がっていて、ボタンを押すだけで、施設内に常駐している医師が駆けつけるサービスが保証されている点が、ほかの町とは違っていた。元気な時は、自宅での独立した生活が守られるが、いったん介護が必要な段階になると、本部からスタッフがやって来て、様々なサービスが受けられるという。

みゆきの夫は、ここで二年を過ごし、他界した。

以後、みゆきは、この家での独り暮らしを五年以上続けている。

寂しくないかと私が尋ねると、みゆきはここで友達もできたからと答えた。

庭の手入れをし、施設内のいくつかのサークルで活動をし、料理をして、編み物をする生活を、気に入っていると話す。

私は荻原弁護士事務所をセミリタイアしてからは、二ヵ月に一度程度みゆきを訪ね、手料理をご馳走になりながら、取り留めのない話をするようになっていた。

二年前から、以前携わった遺言書がらみの案件や、どうしても私にあたって欲しいとクライアントが要求した時に限って、弁護士に戻った。

荻原弁護士事務所の代表者となった、磯崎から電話が入り、「出番です」と言われる度、嬉しくなることは、皆には内緒にしている。

席に戻ったみゆきは、「お肉は、もうちょっとお待ちください」と言い、夏子の様子を聞きたがった。

私はみゆきに教える。「夏子さんは、変なおばあさんになってました。さすがにハイヒールとミニスカートは止めたようでしたが。両手で合計六本の指に、大きな石の付いたリングをしていましたから、儲かってるのかもしれません」

「その、入院中にペットを一時預かりしてくれたり、飼い主が死んだら、ペットを引き取って育ててくれたりするサービスって、とてもいいアイデアですよね。ここにいる方たちの中にも、そういうの心配している方、たくさんいるんですよ。でも、それ、夏子さんのアイデアなんですかね？　確か、昔、夏子さんにペットを蹴られたと訴えていた方、いましたよね。どうも、夏子さんとペットビジネスが、結びつきませんけど」

「夏子さんは自分のアイデアだと言ってましたが、本当かどうかは。ペットの面倒はスタッフ任せで、自分はまったくやってないと言ってたのは、本当だろうと思います。小便臭いから、飼育施設にはなるべく足を踏み入れたくないと言って、香水を浴びるようにつけてました」

「犬を間違えてしまったんですよね。飼い主の法子さんが怒るのもわかりますけど、戻って来たんですよね。ちゃんと謝罪もしたし。夏子さんは、徹子先生になにをさせようとしてるんです？」不思議そうな声を上げた。

「クレーマーの法子さんを、黙らせて欲しいと。夏子さんの言葉通りに言うと、『法律の講釈でも垂れて、あの女を黙らせて欲しいんだよね。まっとうな商売してんのに、変な噂を流されちゃ、迷惑だからさ』とのことでした。近所を聞き込みした限りでは、法子さんがクレーマーかどうかはわかりませんでした。結構いい家に住んでいましたし、お金に困っているような評判も拾えませんでしたから、謝罪金が欲しい手合いでもなさそうです。会費を全額返金するからと退会を勧めても、法子さんはそれはできないと言うんです。ほかに同じようなサービスをしている会が、ないからと言って。ここならクッキーちゃんを任せられると、安心したいと言うので、手順を二人で確認するようにしたし、同じ犬種は、離れたサークルに入れるようにしたと説明しても、納得してくれません」

オーブンのブザーが鳴り、みゆきがキッチンに消えた。

私は、旅先で買ったという土産物を並べた棚に目を向けた。そこには、陶器のケースや人形など、小さなものがずらりと並んでいる。

私にはよく海外の文房具を買ってきてくれた。

みゆきから土産を貰う度に、私も文房具を探し歩く旅でもしようかと考えるのだが、未だ実行できていない。ネットで海外のホテルの料金を調べたり、ガイドブックを買って、地図を広げてみたりはするのだが、そこまでだった。いつがいいだろうかとカレンダーを眺めているうちに、その旅行中に、仕事の依頼がくるような気がしてきてしまう。そして、来年にしようと先延ばしにする。この繰り返しだった。気持ちがまったく現役を引退していないのだ。こんなことをしているうちに、肝心の体力がなくなってしまうと、軽い焦りが生まれることもあったが、もともと、それほど行きたくはなかったのだと理由を見つけて、気持ちを落ち着かせたりした。

　みゆきがローストチキンを手に戻ってきて、テーブルの上で切り分け始めた。

　私は尋ねる。「ご主人ともっと旅行に行っておけば良かったと思いますか？」

「旅行ですか？　そうですねぇ。うちの場合は、ちょうど良いぐらいでしたよ。あと一年も一緒に旅行していたら、離婚していたかもしれませんよ。笑い事じゃありませんよ、先生。熟年離婚どころか、老年離婚って、悲惨ですよ。私はずっと働いていましたからね、主人と一緒にいる時間は、多くなかったんです。それが、良かったんですよ。一緒にいない時間があるから、今日、こんなことがあったのよなんて、話ができるんですから。毎日、狭い家の中で一緒に過ごしてますとね、相手の知らないことなんてありませんからね、会話なんてなくなりますよ。旅行もそうですね。ずっと感動してるわけじゃありませんでしょ。食事が出てくるのを待ったり、移動中のバスの中だったり、行列に並んだり、そういう空白の時間って、ありますでしょ。そういう時、会話はゼロです」指で丸を作ってみせた。「会話がなくても苦痛ではありませんでしたけどね、限界は近かったかもしれませんよ。ちょうどいい頃合いを、神様が見計らってくださったのかしらって、思ってます」

みゆきが土産物の並ぶ棚に、顔を向けた。

言葉とは裏腹に、その横顔には、しっかりと寂しさが表れていた。

みゆきは強くて弱い女性だ。

改めて、そう感じた。

みゆきに請《こ》われて、赤ワインの栓を抜いた。

グラスに注ぐと、強い香りが立ち上ってきた。

すぐに、みゆきが取り分けてくれたローストチキンを口に入れる。

香辛料をたくさん使っているような、スパイシーで深い味わいがした。

みゆきが言う。「昼間、人様が働いている時にいただくお酒って、どうしてこんなに美味しく感じるんでしょうかねぇ。ひひひって笑いたくなるような感じ、先生、わかります？」

「わかります」と答えて、強く頷《うなず》いた。

「さっきの法子さんの話ですけど、クッキーちゃんのことや、夏子さんのことや、会のことは、本当は関係ないのかもしれませんね。クッキーちゃんを任せられると、安心したいと言ってるようですけど、それはつまり、現状では不安だと思ってるってことですよね。その不安の根っこにあるのは、会に対するものではないように思いますけど。自分に死が訪れる不安に耐えられなくて、それがその会に向けられている。そんな風に思えますけど」

「あぁ……そうかもしれませんね」

「誰にでも不安はありますけど、その法子さんは特に、強く不安をもっている人なのかもしれませんね」

「そうかもしれませんね」

みゆきがティッシュで口の周りを拭《ぬぐ》ってから言った。「ワンちゃんだけなんですか？　その会は」

「猫もいました。施設は全然別になってましたけど。子猫も子犬も可愛かったです」

「可愛いですよねぇ、ペットって。言葉が通じないのも、いいですよね。娘のように、憎まれ口を叩かないのが最高ですよ」

デザートのアップルパイも平らげた私たちは、ひとまず、食器を片付けることにした。

ワイングラス以外の器を、私がキッチンカウンターまで運び、みゆきは、それを自動食器洗い機にセットする。

皿をかごに立てかけながらみゆきが言う。「さっきも言いましたけど、その会のアイデア、どうも夏子さんのものとは思いにくいですよね。男の影はありましたか？」

「副代表が男性でしたから、その人のアイデアかもしれませんね」

「どんな男でした？」

「四十代ぐらいの、おどおどした感じの人で、夏子さんの従順なしもべといった様子でした」

「その商売自体に、問題はないんですよね？」

「ええ。会員と交わした契約書もチェックしたんですけど、まっとうなものでした。会員はいつでも退会できますし、会費の返金にも応じると謳《うた》っていました。飼い主の死後に、ペットが不治の病にかかった場合に、安楽死を選択するかどうかも、会員の希望次第で、選べるようになっていました」

「まぁ」みゆきが手を止めた。「ペットの安楽死……飼い主が、苦しい思いをさせるぐらいならって考えるんでしょうかしらね。でも、ペットの自殺って聞いたこと、あります？　どんなに痛くても、苦しくても、動物って、本能的に死を望まないように思いますけど」

死に方にこだわりをみせるのは、人間だけか――。

因果なものだ。

みゆきがスイッチを押すと同時に、大きな流水音が聞こえてきた。

席に戻り、ワインを手酌していると、みゆきが「これ、先生に差し上げます」と言って、パンフレットをテーブルに置いた。

「なんですか？」

「ここの施設のパンフレットです。ここ、結構人気で、予約待ちが何人もいるんですって。私たちが死ぬのを待ってる人がいるってことですよね」口に手をあてて笑う。「予約されるなら、お早めに。二部ありますから、一部は坂口さんに。一軒にお二人で入られても、別々のお家に入られても、どちらでもよろしいんじゃないかと、思いますけれど」

私がぽかんとしていると、みゆきが自分の頬を手で押さえながら「酔ってしまったみたい。身体がぽっぽしてきました」と言った。「差し出がましいとは思いましたけど、徹子先生、いつもここの施設内を歩かれてる時、興味深そうな顔をされてるから。こういう所での暮らしに関心がおありなんじゃないかと思いましたの。先生が高級マンションをお持ちなことは知ってますけれど、一応と思いまして」

「そう……ですか。でも、どうして、坂口さん？」

「徹子先生の親友って言ったら、元ご亭主の坂口さんじゃないかと思いまして。お友達と一緒に申し込むって方、結構多いんですってよ。やだっ、先生。男女の仲を復活させたらどうですかとか、そんなこと、申し上げてるんじゃないですよ。もしかして、とっくにそうなってました？　そんな驚いた顔をされるってことは、違うんですね。まぁまぁ、よろしいじゃないですか。とってもいいお友達だってことはお認めになるでしょ？　ですよね。でしたら、どうぞご検討くださいませ」

みゆきがパンフレットをつっと、押してきた。

私はゆっくりパンフレットに手を伸ばした。

2

「私からの話は以上とさせていただきます。残り十五分は、質問に答える時間に致しましょう。質問のある方、いらっしゃいますか？」

私がそう言うと、四、五人から手が上がった。

私は中央付近のスーツ姿の男を指した。

男が立ち上がり、私に向かってお辞儀をした。「先生のお話では、民事の弁護士は、喋る技術よりも、聞く技術が必要だということでしたが、その、聞く技術というのは、どうやって磨くんでしょうか？」

「どうぞ、おかけになってください」と、質問者に座るよう促した。

セミリタイアしてから、様々なところから講演依頼がくるようになった。最初は尻込みしていたが、借りのある弁護士仲間からの要請を断りきれず、一度受けてしまうと、あとはなし崩し的に受けるはめになった。

今日も、私のつまらない話を聞きに、五十名ほどの人たちが集まっている。

聴衆は、ロースクールへの入学を検討している人たちらしい。仕事帰りに聴講できるよう弁護士を目指す方たちが、ここに集まっていると聞いています。だからこそ、耳障りなことも、伝えておくべきでしょう。最低な人間のために弁護をした結果、正直な人を苦しめることもある仕事です」

口を閉じた。

静かだった。

こそりとも音がしない。

俯《うつむ》いて、私と目を合わさないようにしている人、腕を組み宙を睨んでいる人、ぽかんとしている人……。

しばらく聴衆を見回してから、私は再び口を開いた。「がっかりされたかもしれません。私がお話ししたかったのは、どんな仕事も、楽しい部分と大変な部分の両方があるということです。楽しいだけの仕事など、ないと思ってください。喜びが大きい仕事は、その分、苦労も多いものです。どんな仕事でも、それを目指すなら、覚悟が必要です。弁護士なら、依頼人から感謝されたのと同じぐらい、相手方から憎まれる覚悟です。いい結果と悪い結果のどちらも引き受ける覚悟ができて、一人前です。もう、時間のようです」

上手《かみて》に目を向けると、担当者が頷いていた。

私はしめの言葉を述べる。「覚悟ができそうな方は、こちらのロースクールへの入学を検討してみてください。今日はありがとうございました」

ね。私はそう感じたことがないので、こちらからお尋ねします。弁護士の磯崎先生は、どういったところを、素晴らしいとお感じになるんでしょう?」

ネクタイを押さえながら、ゆっくり立ち上がった。「人助けができるところです。困っている人を救えるところです」

思わず、私は苦笑いをした。

どうやら、磯崎は平凡な弁護士になったようだ。

私は聴衆を端からゆっくり眺めていく。二、三十代の男性が目立つが、なかには四十代と思《おぼ》しき女性や、五十代にしか見えない男性もいた。ここにいる全員が、磯崎と同じ考えをもつ弁護士になってしまうのかと思ったら、少し怖くなった。

私は「どうぞ、おかけください」と磯崎に声をかけてから話し始めた。「人助けをするのは、とても気持ちがいいものです。困っている人を救えば、感謝されます。感謝されれば、いい気分がします。それを求めて、弁護士稼業に精を出すのも、いいでしょう。私は、それを否定はしません。私の——癖かもしれませんが、少し引いて、全体を見てしまいます。原告と被告のどちらかの希望が通れば、どちらかの願いが砕かれています。自分の依頼人の利益だけに目を向けるのが、弁護士だと言う人もいます。迷いなく、そうできる人もいるでしょう。ですが、依頼人の言い分が、いつも筋が通っているとは限りません。明らかに、依頼人の方に、義がまったくないケースもたくさんあります。それが弁護士稼業です。これから左隅に上がっている手に気がつき、目を向けると、それは磯崎だった。そういえば、今夜、講演会に遊びに行くかもしれないとメールを貰っていた。いつから聴講していたのだろう。まったく気がつかなかった。

私は目だけで、「下げろ」と伝えたが、磯崎はかえって高く手を上げた。

「身内からの質問には、お答えしないことにしてるんですが」と、私は精一杯睨みを利かせて言った。

驚いた顔をした磯崎は、手を上げたままきょろきょろと会場内を見回す。誰からも手が上がっていないのだから、いいではないかとでも言いたげな様子だった。

「ほかに、質問のある方はいらっしゃいませんか?」と、私は聴衆に尋ねたが、手を上げる勇気があるのは磯崎だけだ。

仕方なく、「それでは、どうぞ」と磯崎を指した。

磯崎は元気良く立ち上がると、「弁護士の素晴らしいところは、どういったところですか?」と言うと、すぐに椅子に腰かけた。

私は目を剝《む》いた。

なに、その質問。

弁護士の素晴らしいところって——そもそも、素晴らしいのだろうか。

私は首を捻りながら答える。「弁護士稼業は素晴らしいという前提での、質問のようですにと、講演開始は午後八時に設定されていた。

最近では、夜になると、めっきり頭が働かなくなる。今も、脳の動きにキレがない。

私はマイクを握り直す。「とてもよくいただく質問です。いつも私は、自分で考えてください とお答えしています。私が元水泳選手だったとします。皆さんがオリンピックを目指す水泳選手だとします。私は、クロールでいいタイムを出すには、息継ぎの時の頭の角度は二十度、腕は五十五度の位置まで上げるのが大事だと話したとします。ここで、どうやって、二十度や、五十五度にするのかといった質問が出ますか？　どうやって？　鏡でも見ながら練習したらどうですか？　一流選手の泳ぎを何度も見たらどうですか？　それは自分で考えて、工夫するところでしょう。どうか、自分で考えてください。今まで皆さんは、塾や学校の先生から、この問題集をやりなさいと指示されてきたのではないでしょうか。その指示通りに勉強をして、受験をクリアしてきた。それで、課題まで用意してもらうことに慣れてしまっているんでしょう。目標も課題も自分で探すものです。これが、私からの答えです。次の質問がある方は？」

誰からも手が上がらなかった。

必ずこの質問が出るので、いつも、自分で考えろと私は答える。すると、途端に質問をしようとする人がいなくなる。自分の質問も、同じように切り捨てられるのではと考えて、手を上げるのを躊躇《ためら》うようだった。

意外なほど大きな拍手が起こり、私は会釈をして、マイクのスイッチを切った。

聴衆たちが、次々に部屋を出て行き始める。

私はメガネを外し、演台の上に広げていた資料を、まとめてバッグに押し込んだ。

「やっぱり、徹子先生は侍ですよね」

顔を上げると、すぐ横に磯崎が立っていて、柄《つか》を握る真似をして「お主《ぬし》に、覚悟はおありか？」と言った。

「イソ君は？　ある？」

急に真顔になって、考える素振りをみせてから、「できてないです」と答えた。「未熟者で、すみません」

食事をしようと磯崎に誘われ、ついて行ったら、居酒屋のカウンターに座らされることになった。

ビールのグラスを合わせて、すぐに私は言った。「もし私が眠ったら、タクシーに放り込んで」

「眠いんですか？」

「うん」

「まだ十時前ですよ」

一つ、息を大きく吐き出し、「夜中なのよ、私には」と言った。

「朝が早いんですか?」

「そうなの」私は頷く。「年寄りは、なんで、あんなに早起きなんだろうと、ずっと思ってたら、自分がそうなっちゃった。どうしてかしらね。太陽の動きと合わせてる方が楽なのかしら」

「自然の営みは、そうなのかもしれませんね。太陽が昇ったら活動を開始して、太陽が沈んだら、休むっていうのが」

磯崎は美味しそうにビールを飲み、グラスを空けると、すぐに手酌をした。

私は先付けを口に入れる。

こういった店に来るのはとても久しぶりで、従って、モズクを食べるのも、実に久しぶりだった。

「本当は」磯崎が言う。「秋山《あきやま》さんと一緒に来ようと思ってたんです。でも、今夜しか時間を取れないという依頼人がいて、そっちへ行ってしまったもんで。聞いて欲しかったな、秋山さんに。徹子先生の講演。覚悟の話ですよ。僕は見て見ぬフリをしていました。義は向こうにあるのに、僕の依頼人が勝利した時なんかは、なるべく考えないようにしてました。秋山さんは、勝つことが好きな弁護士なんです。訴訟を勝負と捉えている節がありまして。確かに勝訴、敗訴というぐらいですから、勝ち負けはあるし、それにこだわるのも、悪いことではないと思うんですが……」

「ですが、なに？」

「負けても、満足してくれる依頼人もいますよね。勝っても、友人や家族を失う人もいますよね。勝率よりも、依頼人の満足度を上げるべきなんじゃないかと、僕は思ってるんです」

私がセミリタイアする一年前から、弁護士採用の面接に力を入れた。磯崎のほかにもう一人、弁護士を増員するつもりで、それまでにも面接を繰り返していたが、決め手に欠けて採用できずにいた。だが、私の年齢を考えると、そうのんびりもしていられないだろうと、本腰を入れて、採用面接にあたることになった。秋山を面接した時、上昇志向が強い女性と、私は見た。イソ弁として数年働いたら、すぐに独立していくように思われたので、評価は×だった。だが、はきはきとした受け答え、打てば響く頭の回転の速さを、磯崎が気に入ってしまった。私は懸念材料を並べて、彼女はやめた方がいいと言ったが、磯崎は食い下がった。荻原が作った弁護士事務所を引き継ぐのは、磯崎だったし、その彼が欲しいと思った人物を、セミリタイア目前の私が拒否するのもおかしな話かと、意見を引っ込めたのだが。

磯崎の横顔を眺める。

若さで輝いていた肌は、くすんでいる。顎の下には肉がつき、そのせいか、顔が大きくなったように見えた。時の流れは、容赦なく磯崎をも襲ったようだ。

磯崎は名古屋在住の女性と別れた後、東京出身、東京暮らしの女性と結婚した。夫婦で様々な不妊治療にトライし続け、去年、女の子に恵まれた。溺愛していると、自ら認める父親になった。

「だから言ったじゃない」と言いそうになった私は、寸前で思いとどまった。

「代表者は大変ね」とだけ口にして、ビールを飲む。

注文した品が続々とカウンターに並び始め、私たちはガツガツと食べた。

「そう言えば」磯崎が箸を止めた。「この間、荻原先生にご登場いただく案件がありまして、久しぶりにお会いしたら、釣りを始めたそうなんですよ。今度、海釣りに行こうって計画があるんですけど、良かったら……あぁ、とんでもないって顔してますね。わかりました。お誘いしません。荻原先生は、目下、お孫さんと一緒に釣りに行くのが最大の楽しみだそうです」

「そう」

荻原は、孫にデレデレするような年寄りにだけはなりたくないもんだと、私に言ったことなど、忘れてしまったのだろうか。子どもも、当然孫もいない私は、こういう話を聞いた時だけ、ほんの少し寂しくなる。だが、それは一瞬だった。今更どうしようもないことを、あれこれ考えるほど、無駄なことはない。

「徹子先生」いつの間にか真剣な表情に変えていた磯崎が言う。「さっきの講演のことなんですけど。聞いていて、徹子先生らしいなってところが随所にありました。とてもクールというか、公平で——侍でした。それで、素朴な疑問が浮かびました。先生は、弁護士になって、良かったと思っているんだろうかと。どうですか？　これも、覚悟の足りない三一侍《さんぴんざむらい》の愚問でしょうか」

　カレイの塩焼きを食べながら、私は考えをまとめた。

　そして、箸を置いた。「私は……感謝してるわ。私はたまたま弁護士という職業に就いたから。偶然の神様か、弁護士の神様か、仕事の神様あたりがいたら、その神様に感謝したいと思ってる。若い頃――いえ、いい年になっても、私は一人で虚しがってたの。時々、虚しさに押し潰されそうになってね。心と身体が凍りついたわ。それが、弁護士になって、たくさんの人と出会って、話を聞くうちに、気がついたの。皆、似たような思いを抱えていることにね。私だけじゃなかったのよ。皆、そういう思いを口にしないだけだとわかった。苦しくても、虚しくても、明日を迎えて生きる。そういうもんなんだとわかったら、呼吸をするのが楽になったの。それに、死の圧倒的な力を目の当たりにして――それは、遺言書の仕事をするようになったからなんだけど。生きてるだけで、素晴らしいことなんだと気付かされたのよ。今日生きられたことに感謝すべきなのよ。文句なんか言わずにね。そんな風に思えるようになったのは、弁護士になったお陰。だから、感謝してる」

　箸を取り直し、ホタテの味噌焼きを口に入れた。

　日本酒が飲みたくなり、メニューを手に取った。

　日本酒のページにはずらっと地酒が並んでいて、迷ってしまう。

名前がおもしろいので『じょっぱり』にしようと決め、磯崎に顔を向けた。

泣いていた。

「なんで、泣いてるの？」私は尋ねる。

「全然、泣いてません」

「全然、泣いてるじゃない。なんで、泣いてるのよ」

グラスをカウンターに戻したその手で、涙を拭った。「なんか、胸に響いたんです。徹子先生の言葉が」

「相変わらず、泣き虫なのね。そんなに涙もろくて、業務に支障ないの？」

「あるかもしれません」

あまりに素直に認められてしまい、思わず、笑ってしまった。

私につられたように、磯崎まで笑い出した。

いろんな弁護士がいて、いいのだろう——侍も、泣き虫も。

いつまでも、笑っていたいような気分だった。

3

「やっと見つけたよ」坂口は満面の笑みを浮かべ、「ちょっと、パンフレット、もらってくるわ」と言って、受付に向かう。

私はソファにバッグを置き、坂口の後ろ姿を眺める。

剣道を止めた途端、メタボ街道を歩き始めた坂口は、今では、コレステロール値や中性脂肪値を気にする、普通の老人になった。

せかせかと歩く姿だけは、昔と変わらない。

そのせいか、最近はよく転《ころ》ぶ。自分が思っている速度と、実際に足の動く速度が合わなくなっているからだろうと自己分析していた。

手に封筒を持って、坂口が戻ってきた。「徹子の分ももらってきたけど。入会案内書。いらないのかい？　本当に？　一応、持っていかないか？」

私は首を左右に振って、ソファのバッグを持ち上げる。

エレベーターに乗り込むと、すでに先客がいて、私たちはドア付近に立った。

隣の坂口が封筒をカバンに仕舞うのを、なんとなく見ていた。

私の視線に気付いた坂口が、にやっとして、もう一度カバンに手を入れたので、「結構です」と私は即座に断った。

一階に到着すると、坂口はなにも言わずに、左に進路を取る。

フロアの隅にある、セルフスタイルのカフェに向かう坂口に、続いた。

カルチャースクールの体験講座を受講した後、そのカフェに寄るのが、恒例になっていた。

角の席に座り、私が待っていると、坂口がトレーに飲み物とデザートを買って運んできてくれるのも、いつものことだった。

「はい、どうぞ」と言って、トレーを置いた坂口に、私は尋ねた。「今日は、デザート二つなの？　カロリーが高いからって言って、いつもは一つをシェアするのに」

「趣味を見つけた祝いだよ。特別な日だから、特別に、一人一個カップケーキを食べるというわけさ」

坂口は座るや否や、カップケーキに齧《かじ》りついた。

「良かったわね」私はマグカップを両手で持ち上げる。「趣味が見つかって」

坂口は咀嚼《そしゃく》をしながら、黙って頷いた。

数年前から、坂口と私は趣味を探していた。二人とも結構必死だった。

カルチャースクールの講座一覧表を眺め、少しでも興味をもてそうなものがあったら、体験レッスンを申し込んだ。しかし、なかなか見つけられなかった。今日のように、坂口と同じ講座を受講することもあったし、それぞれ一人で参加することもあった。そんな時は、どんな講座だったか情報を交換しあった。

今日は、三線《さんしん》講座を一緒に受講した。

私は開始十分で、このカフェに来たくなったが、坂口はそうではなかったらしい。講座が終了する頃には、「決めたよ」と嬉しそうに宣言していた。

あっという間にカップケーキを平らげてから、坂口は言った。「徹子には、文房具収集という立派な趣味があるんだから、それをさらに極めればいいじゃないか。無理して、新しい趣味を探すことはないと思うよ」

何度も言われてきた言葉に、反論するのも面倒になって、「そうね」と受け流した。

坂口が言う。「三線の音色が僕の魂とフィットしたのは、先祖に沖縄の血が入っているからかもしれないよ。昔から、沖縄には特別魅《ひ》かれていたしね」

カップケーキに手を伸ばし、周りの紙を剝《は》がしていると、坂口の強い視線を感じた。

私はカップケーキを皿に戻し、「よかったら、どうぞ。私はお腹、空いてないから」と勧めた。

「本当に？　どうしようかなぁ。特別な日とはいっても、二個はなぁ。来月、人間ドックなんだよなぁ」

「カロリーが気になるなら、今日は電車で帰ってみたら？　カロリーを消耗してくれるんじゃない？　転ばないように、ゆっくり歩けばいいのよ。急がずに」

「それができれば、苦労はしないんだがね。転ぶのはいいんだ。足の骨の一本や二本、どうってことはないよ。耐えられないのはだね、同情してますって顔をした若いのに、手を差し出されることなんだよ。屈辱的だよ、あれはまったく」

転んだ時に手を差し伸べられたり、電車で席を譲られるのが耐えられない坂口は、よく夕クシーを使う。

「そう言えば」私は皿を押し出すようにして坂口に近づけた。「事務所の名前はどうなったの?」

「ああ? あー、もう、食べるわ。その話をするなら、食べずにはいられないからね」

よくわからない理由を上げ、坂口はカップケーキを食べ始めた。

すでに坂口は第一線を退いていて、事務所に顔を出すのは、月に二度程度と聞いている。坂口法律事務所の名称を変更したいと、所属弁護士たちから進言されたのは、去年のことだった。坂口はこの提案を即座に却下したそうだ。

だが先月、改めて、所属弁護士二十名全員の、署名入り要望書を提出されてしまい、坂口は非常に怒っていた。

汚れた指先をお絞りで拭《ふ》きながら、坂口が話し出す。「僕が、創設者だ。だから、事務所には僕の名前がついている。僕が引退したって、名前を変える必要ない。そういう事務所、あるだろ? そうだ、荻原弁護士事務所だって、そうじゃないか。もう荻原先生は引退されてるのに、事務所名はそのままだろう。そうなんだよ、そのままで、なんの不都合もないのさ。要望書には、くだらない理由がたくさん書かれていたけどね。根拠薄弱。個人名だと、小規模の弁護士事務所と誤解されがちだとしてあったな。とんでもない話だろ。僕の名前で、仕事を取ってきたんだ。僕の名前があるから、依頼がきて、ここまでになったんだ。絶対に名前は変えさせない。あいつら、僕が死んだら、翌日名前を変えそうだから、そうさせないようガードしておくつもりだよ」

私は言葉もなくて、マグカップの中を覗く。

スプーンを差し入れ、ゆっくり掻き回した。

荻原は自身がセミリタイアする際、事務所の名前を石田にしようと言ってきた。だが私は、名称を変更した方がいい点と、悪い点を数えると、悪い点の方が多いと答えた。私が指を折りながら悪い点を上げていくと、荻原はわかったと言い、いっそのこと、名前を入れない、ただの法律相談所としておけば良かったなぁと呟《つぶや》いた。

事務所に自分の名を残すことに、なんの執着ももたない荻原が、私は好きだ。

私がセミリタイアする時、磯崎にそれまでの経緯を話し、事務所の名を磯崎弁護士事務所にしても構わないと言った。

磯崎は平然と、「荻原のままで、いいんじゃないですかね」と答えた。

迷う気配を見せずに即決した磯崎にも、私は好感をもった。

過去を引きずり、未だに現役を引退できない坂口に好感はもてないが、それもまた、彼らしい。

独立した後の坂口が、相当苦労したことを考えれば、事務所の名前にこだわるのも、理解はできた。

いろんな弁護士がいる。

坂口が封筒から書類を取り出し、テーブルに広げて、申込書に記入を始める。「こういうのは、その気になった時に、さっさとやらないとな」

窮屈そうに書いているので、私は使用済みの食器をトレーにのせ、二人の間の椅子に移動してやった。

何の気なしに坂口の手元を追っていると、職業欄に大きく弁護士と書くのを目撃してしまう。

「弁護士って、書くの？」

私の問いに、手を止めた坂口が、顔を上げた。

私の視線の先に目をやった坂口は、「職業？　そうだよ。僕は弁護士だ」と答えた。「なんでだい？　徹子は弁護士と書かないのか？」

「もう引退したから」

「完全じゃないだろう？　今だって弁護士活動して、収入貰ってるだろう。ということは、税金だって払ってる。職業はと聞かれたら、弁護士と書くべきじゃないか？」

「ね、いつの日か――完全に引退したら、その時は職業欄に、無職って、書ける？」

「無職……」

汚いものでも見たかのように、坂口は顔を顰《しか》めた。

やがて、「それは、耐えられない」と絞り出すように言った。

やっぱり。

職業がアイデンティティーになっている男。

だが——そんな生き方も、あっていい。

充分、素晴らしい人生だ。

この私だって、弁護士の仕事がゼロになった時のことを想像すると、恐ろしくてしょうがないのだ。

坂口と似たようなものだった。

私は言う。「その時は、元弁護士って書いたら？」

「ん？　そうだな。そうするよ」

ほっとした顔をする坂口が可笑しくて、笑ってしまう。

坂口が不思議そうな顔をしたので、「どうぞ、続けて」と私は促した。

不審げな表情を見せながらも、坂口は再び書類に書き込み始める。

ふと、みゆきの言葉を思い出した。

私の親友が、坂口だと言っていた。

みゆきがそう言うなら——そうなのだろう。

「まぁ、可愛いかぁ」と兄が囁《ささや》くので、私は「そうね」と小声で答える。

母親が日本人だという、案内係のナオミは、パソコンを再稼動させた。「これが、生まれて三日目です。スタッフをママと思って、甘えています。まだ、三十グラムしかありません」

4

モニターに映されていた大きな目玉の雛鳥が、再び体を動かし始める。

クーと鳴きながら、嘴《くちばし》をさかんにぶつけているのは、親鳥を模したと思われる布製のぬいぐるみだった。

そのぬいぐるみは、飼育員が動かしている。

オーストラリアで絶滅を心配されているこの鳥に、姉が遺産を残したと知ったのは、通夜の席だった。

姉の遺言書を作ったという坂口から、初めてこの鳥の名を聞いた時、「なぜ、鳥なんだろう」と同席していた兄が呟いた。

兄も私も、それまで姉の口から、その鳥の名を聞いたことはなかった。動植物の絶滅を心配するような発言も、一度も耳にしたことはなかった。

だが、坂口から見せられた遺言書には、この鳥の保護活動をしている団体に、遺産を寄贈すると書かれていた。

ダンスクラブで踊っている最中に心臓発作を起こし、救急車で運ばれる途中で息を引き取ったと聞いた時は、姉らしい最期だと納得した。しかし、この遺言書には、姉らしさが微塵《みじん》も感じられなかった。

兄も同感だったとみえて、「最後の悪ふざけなんだろうか」と首を捻った。

遺言書には、兄と私に、オーストラリアへの往復交通費と宿泊費に使うならという条件付きで、現金を贈与すると記されてあった。

「それじゃあ、行ってみるか？」と兄に誘われ、二人旅と相成った。

遺産を寄贈した日本人の家族が、施設を見学に来るということで、保護団体は日本語のできるナオミを担当にした。空港の出迎えもナオミだった。すでに現地までのエアチケットや車の手配は済んでいて、私たちはナオミに促されるまま移動し、この施設に到着した。

早速案内されたのがナオミのオフィスで、十分前から彼女のパソコンで、件《くだん》の鳥が、殻を突き破る瞬間から、一週間の成長過程を記録した映像データを見させられている。

ナオミの姿がオフィスから消えたのをきっかけに、兄が言う。「なんで、この鳥なんだろうか？」

「さぁねぇ」

「日本にだって、絶滅が心配されてる鳥は、いるだろうに。なんで、オーストラリアのこの鳥だったのかなぁ。坂口さんの話じゃ、姉貴はこの施設にも、オーストラリアにも来たことないそうじゃないか。生まれたばかりの姿は、そりゃあ、可愛いよ。小さくて、頼りなさそうで、守ってやりたい気持ちになるもんだ。だからといって、この鳥に、遺産を残そうとまで考えるもんだろうかね」

私は首を捻る。

自由に生きることを、なによりも追求する人だった。

自由を脅かすものには、立ち向かっていく人だった。

入院中に、病院と対立したことがあった。姉の自由が脅かされたからだ。好きな時間に寝て、好きな時間に起きて、好きな時間に入浴し、好きな時間に食事をしたい姉にとって、病院は地獄だったのだ。

それだけ自由を尊重するくせに、恋愛に関しては、束縛を基本とした。

姉は矛盾を抱えている人だった。

だが――人なんて、そんなものだろう。

姉の場合は、少し極端だっただけ。

私が知っているそんな姉と、鳥の保護とは結びつかなかった。

ナオミが部屋に戻ってきた。「今夜、野生の彼らを見に行きましょう。夜行性ですから。

ホテルにチェックインをしたら、のんびりしてください。夕食はホテルの中で摂れます。午後十時に、ホテルのフロントに迎えに行きますね。車で一時間ほどで、彼らと会える可能性の高い場所に着きますよ」

私と兄は頷いた。

チェックインを済ませて、私と兄がそれぞれの部屋に落ち着いたのは、午後四時半過ぎだった。

窓を開け、深呼吸をする。

草の強い香りが身体に染み込んでいく。

部屋から草木は見えないが、風が運んでくるのは、間違いなく青臭い植物の匂いだった。

ノックの音がして、ドアを開けると、兄がぽつんと立っていた。

部屋に招き入れながら、「少し横になるんじゃなかったの?」と尋ねた。

「疲れてるんだが、興奮してもいるようでね。全然眠れそうもないもんで、来てしまったよ」木製の椅子に座り、部屋を見回した。「俺の部屋とまったく同じだよ。かかってる絵が違うだけだ」

私はスーツケースから携帯用スリッパを取り出し、履き替えた。

「かみさんと、伊勢神宮のツアーに参加したことがあったんだ」兄が喋りだす。「二泊三日だ。細かくスケジュールが組まれていて、結構忙しいんだ。ここの見学は何時何分までです。

時間厳守でバスに戻ってくださいと、ツアコンに釘を刺されてね。土産物屋で会計に手間取ったりすると、走ってバスに戻ったりしたよ。そんなに慌ただしくスケジュールをこなしているんだが、時間がぽっかり空くことがあってね。夕飯の準備ができるまでの二十分、といった感じだよ。ツアコンは、のんびりしてくださいと俺らに言うんだ。だがね、のんびりなんて、全然できないんだ。どうやってのんびりしたらいいのか、教えて欲しいと思うぐらいだよ。かみさんもそうだったみたいで、部屋中の引き出しや戸を開けていたよ。終《しま》いには、旅館のサービスなんかがまとまっているファイルを開いて、非常口の数を数えていた」

私は笑いながら、スーツケースの中身をクローゼットに移す。

兄がしんみりした口調で言う。「姉貴は、どういうつもりで、俺らをここに招待するような遺言を残したんだろうな。最初に聞いた時は、訳がわからなかったが、徹子と二人で旅行なんて初めてだし——多分、最後だろう。こういう機会でもなければ、ありえなかったわけだから、姉貴には感謝しないといけないよな」

「そうね」

「姉貴と旅行したこと、あったかい？」

「なかったわね」

「そうか。姉妹で旅行や買い物につるんで出かける人も、いるって話だが、そういう人たちってのは、なんなんだろうか」

「なにが言いたいのか、わからないわ」

「俺もだよ」

スーツケースをクローゼットの中に仕舞い、ベッドによじ登った。薄い枕をヘッドボードと背中の間に入れて、足を前に投げ出すようにして座り、足を揉む。足がすっかりむくんでいる。

私はふと、尋ねてみたくなった。「姉さんに腹が立ったのはどんな時だった？」

「ん？　どんな時って。そういう時があったって前提での質問なのか？　まぁ、たくさんあったよ。ああいう人だったから」

「まずは一つ、教えてよ」

「ええ？　そうだなぁ。まずは一つ……それなら、姉貴が、俺が隠していた0点のテスト用紙を、新聞の間に挟んだ時のことを上げようかなぁ。それはさ、なにも知らない親父が新聞を開くと、ぺろんと0点のテストが出てくる仕掛けだったんだ。実に劇的な効果を生んでくれたよ」

私は吹き出してしまう。

兄が声を大きくした。「姉貴に文句を言ったんだ。でも、姉貴は腹を抱えて大笑いするばかりで、謝罪の言葉一つ、なかったね。そういうところ、あったんだよ、昔から」

「子どもの頃じゃなくて、最近の話では、ないの？」

「最近のがいいのか？　待ってくれ、今、思い出すから。んーと、おかしいな。最近だって、たくさんあるはずなんだがな。どうして思い出せないんだろう。えーと、最近、腹が立ったのは……そうだ。姉貴にじゃなかったよ。姉貴が付き合った男たちの、誰一人も、葬式に来なかったことに、腹を立てたんだ。どうしてかね。いい別れ方じゃなかったからか？　きれいに別れりゃいいってもんじゃないだろう？　揉めるよ。真剣に付き合ってれば、別れる時は、すったもんだするさ。姉貴は一生懸命、生きたんだ。一生懸命過ぎて、人を傷つけたこともあったろう。そうではあっても、葬式には来るべきだろう。水に流せとは言わないが、最後の挨拶ぐらいしてくれたって罰は当たらないだろう。違うか？」

「遺族はお葬式の参列者の数を、気にしがちだけどね、それと、故人がどう生きたかとは、まったく関係ないことなのよ。随分たくさんの人の遺言書を作ってきたし、お葬式にも出席してきて、わかったのはね、そういうこと。哀しむ人の数なんて、どうでもいいこと。誰の記憶に残ったかも、どうでもいいこと。姉さんの人生は、姉さんのもの。誰かに評価されるようなものじゃないわ」

兄は自分の顎下に手をあて、それをゆっくり左右に動かした。しばらくの間、そうやって同じ動作を繰り返していたが、やがて「そうかもな」とぼそりと呟いた。

私たちは口を閉じ、しばし姉との思い出に浸った。

強い個性の持ち主だった姉の思い出は、どれも色鮮やかでくっきりとしている。

特別仲が良かったわけではないが、あの姉で良かったと、今、思う。

私は話しかけた。「兄さんの0点のテスト用紙を新聞に挟んだの、姉さんじゃない」

「なんだって？　嘘だろ？　だったら誰だよ」

「私」

「本当に？」

「本当」

「そうだったのか……でも、俺が姉貴に食ってかかった時、笑ってるばっかりだったけどな。自分じゃないなんて、姉貴はひとことも言わなかったぞ」

「おもしろかったからじゃない？」私は自分の膝を胸に引き寄せる。「そういうところ、あったじゃない、姉さんには。おもしろければ、オッケーみたいなところが。姉さんは……もう、いないのね」

「……そうだな」

今一度姉の姿を思い浮かべ、もういないという現実を嚙み締めた。

5

今日のクッキーは興奮しているのか、二十分ほど前からリビングの中を走り回っている。

飼い主の法子の興奮を、ペットが敏感に察知しているのだとしたら、凄いことだ。

壁に下げられているカレンダーを見る限り、法子は忙しそうで、ほぼ毎日、なにがしかの用事があるようだった。

明日の欄には源氏物語、明後日は手話、明々後日はビーズ教室と記されている。

どうやったら趣味を見つけられるのか、聞いてみたくなったが、私に口を開くチャンスがあるかどうかはわからない。

私がソファに腰を下ろす前から、法子は話し出し、それは三十分経った今も続いていた。一気に自分の思いをぶちまけると、また最初から同じ話を繰り返し、すでに三巡目に突入していた。

法子と原凪子《はらなぎこ》は、源氏物語を学ぶ講座で知り合ったという。凪子はダルメシアンを飼っていた。病気がちになった凪子は、犬の行く末を案じた。凪子には一人息子の慶一《けいいち》がいたが、その嫁が犬の毛にアレルギーがあったため、引き取ってはもらえないと思われた。そこで法子は、夏子が代表を務める会を紹介し、凪子は会員になった。今年の一月に凪子は他界し、犬は会が引き取った。二週間前になって、慶一の離婚が成立し、妻子と別れて暮らすことになったため、犬を取り戻したいと会に連絡したところ、契約にはないことなので応じられないと言われた。また、犬との面会さえも、契約外だからと断られた。

慶一はショックのあまり、寝込んでいると、法子は言う。だから、代わりに、自分が交渉していると。

さすがに疲れたのか、クッキーが法子の膝の上に這い上がり、顔を舐め始めた。

「はいはい、いい子だから。ちょっと静かにしていてちょうだいね。今、ママは大事なお話をしているところなのよ」と法子はクッキーに説明し、「ちょっと、お紅茶をいただく？」と言って、ティーカップを犬の鼻先に近づけた。

クッキーは喉が渇いていたのか、カップに顔を突っ込むようにして、凄い勢いで紅茶を飲み始めた。

愛おしそうにその様子を眺めながら、法子が言う。「可愛いでしょう。孫よりも、何倍も可愛いんですよ。孫は嫁に似てしまって、まったく愛想がありませんの。最初は、一緒にここに住んでたんですよ、息子夫婦は。我慢したんですよ、私。家の中がごたごたしたら、息子が可哀相ですからね。でも、無理だったんです。ぐうたらなくせに、ちょっと注意すると、口答えしてきて。それで、出て行ってもらったんです。お陰で、今は気ままな一人暮らしを楽しめておりますの。お寂しいでしょうなんて言う方、結構多いんです。そういう方は、なにもわかってらっしゃいませんのよ。一人暮らしは寂しいものだと、決め付けないでいただきたいんです。たとえ息子であったとしたって、一緒に暮らせば、気を使いますでしょ。もう、そういうの、引退いたしましたの。残り少ない人生は、自分のためだけに使わせていただきます。あら、クッキーちゃんは別ですよぉ」ティーカップをテーブルに戻し、クッキーに頬擦りをする。「この子は、ママがだーい好きなのねぇ」

この、嫁を追い出した法子は、一昨日、夏子と一戦を交えている。

突然会の本部に現れ、凪子の犬を慶一に返せと二時間粘り、スタッフを困らせていたところに、たまたま立ち寄った夏子と鉢合わせをした。副代表の矢沢功《やざわいさお》の言葉を借りれば、修羅場だったという。

そして私が、今日、法子の自宅を尋ねることになった。

夏子からは「黙らせてくれ」と頼まれ、矢沢からは「希望には添えないことを誠意をもって、説明して欲しい」と依頼されていた。

電話口の夏子は激しく怒っていて、法子を上品ぶったバカ女と呼んだ。

矢沢によれば、口達者な法子に、夏子は負けそうになり、キレてしまったという。法子に殴りかかりそうになった夏子を、すんでのところで取り押さえたらしい。男性スタッフ四人で、夏子を羽交い絞めにして別室に連れて行ったが、怒りは収まらなかったようで、そこにあった椅子をひっくり返し、テーブルを壁に投げつけて穴を開けたそうだ。

この話を聞いた時は、子どもみたいなことをすると、笑ってしまった。

困った人なのだ、夏子は。

私は話し出した。「原凪子さんと、会が交わした契約書の写しを持ってきました。これです。ここにありますように、一度お預かりしたペットは、ご遺族からお申し出があったとしても、お渡しできないと、書かれています。これは原凪子さんの遺志でした。大切なペットです。条項の一つひとつを説明し、納得いただいた上で、署名していただきました。会員の方たちは、いろいろな希望を出されます。散歩はさせないで欲しいですとか、お気に入りのタオルは毎日洗って欲しいといった希望を出される方もいます。そういった場合は、特記事項として契約書に加えた上で、署名、捺印をしていただいています。原凪子さんは、そういった希望を出されませんでした。この契約に納得されたのです。契約した時とは状況が変わったので、凪子さんは自分に引き取ってもらいたいはずだと、慶一さんは主張されていますが、凪子さんがどうお考えになるか、それは誰にもわかりません。わからない以上、契約書通りにするべきです。また、慶一さんとペットとの面会も、お断りいたします。ペットは飼い主が突然いなくなり、ショックを受けました。施設での新しい暮らしにようやく慣れたところで、以前接したことのある人と面会してしまうと、混乱してしまうからです。それから、今日はこちらにお邪魔いたしましたが、もし、原慶一さんの代理として、話し合いを希望される場合は、慶一さんから委任状を預かってください。慶一さんからの委任状がない場合、今後この件で、法子さんとお話はいたしません」

法子は頬を膨らませ、はっきりと不満を顔に表した。

「あの人」法子は横を向いた。「嫌いなんです」

「あの人と言いますと?」

「夏子さんですよ」クッキーを抱き直す。「胡散臭いし、真実を一つももってない感じでしょ」

夏子という人物を言い当ててはいるが、それを理由に因縁をつけられては、堪《たま》らない。

私は、出るところへ出ても構わないのだという強気さを滲《にじ》ませながら、契約書の正当性を再び語った。

不服そうな表情は変わらないものの、法子は反論を口にしなくなった。

もうこのあたりでいいだろうと、今日の話し合いを終わりにすると、私は宣言する。

私が立ち上がると、少し遅れて、法子がクッキーを抱いたままソファから腰を浮かした。

小柄な法子の身体が、一瞬ふらついた。

「大丈夫ですか？」と、私は声をかける。

法子は澄ました顔で、なにも答えなかった。身体のふらつきなど、なかったことにしたいように思われた。

私は法子を見つめたまま、彼女の気持ちを想像してみた。

寂しくないと言い募ったのは、寂しいからかもしれない。

孫を愛想がないと言ったのは、孫といい関係を作れていないことを、気にしているからかもしれない。

夏子を嫌いと言ったのは、無視したいのに、夏子の存在が気になって仕方がないのかもしれない。

人はとても複雑だ。

私が廊下を進み、玄関で挨拶をし、ドアを閉めるまで、法子は一切口を利かなかった。

中軽井沢駅前からタクシーに乗り、ショッピングモールの名を告げた。

そこは、荻原弁護士事務所の現在の女事務員が、一度行ってみたい場所だと言い、その近くのホテルを取っておいたと連絡してきた時は、自慢げだった。

タクシーを降りた私は、大きな案内板の前に立つ。

この案内板から推察するに、ショッピングモールは巨大な広さのようだった。

すぐ近くの入り口から中に入り、少し歩いただけで、すっかり気疲れしてしまった。並んでいる店はどれも、若い人たち向けの品々を並べていて、私は完全に場違いだった。

カフェでさえ、私を受け入れてくれるようには思えず、テイクアウトにして、通路のベンチに腰かける。

買い物が全然楽しくなくなったのは、いくつからだったろう。

皺になりにくいことや、身体が楽だということよりも、デザインを重視する六十代だっている。だが、そんな六十代が満足できる服はどこにもなかった。

ロイヤルミルクティーをちびちび飲んでいると、突如、白いブラウスに黒いロングスカートを着た集団が現れた。整然と並んで歩いてくると、ホールの中央のステップに勢揃いした。

四、五十名ほどの女性たち全員が、私と同じぐらいの年齢に見える。
遅れて現れたスーツ姿の男が、彼女たちの前に立ち、タクトを構えた。

いきなりピアノ演奏が始まり、歌声がホールに響き始めた。

どこかの外国の自然の美しさを歌い上げる。

綺麗で厚みのある歌声は、迫力があった。

コーラスという趣味は、どうだろう。

一人でできる趣味ばかり、探していた気がする。こうやって皆で歌うのは、楽しいだろうか。

その時、最上段の左端に立つ女に、目が吸い寄せられた。

首を左右に振り、とてもノっている。

だがそのノリは、合唱という形態では、あまり受け入れられないような、独自のものだった。

ほかの女性たちが、指揮者を一心に見つめ、ほとんど同じような表情で、不動の姿勢で歌っている中では、かなり違和感があった。

そのノリのいい人を見ているうち――姉を思い出した。

もし姉が、このコーラス隊に入っていたら、あんな風になるのではないだろうか。

団体行動が苦手な人だった。

自分勝手ではあったが、その恵まれた容姿のお陰で、男たちから結構モテた。電話が家に一台しかなかった頃は、男たちからの取次ぎを随分頼まれたし、手紙を渡して欲しいと、預かることも多かった。

この人がいいのではないかと、予想を立ててみるのだが、概《おおむ》ね、当たらなかった。なんでまたその人かと、意外に思うような人を、姉はいつも選んだ。

母と同じように、姉は私に、頭脳で身を立てろと言った。頭脳が足りない女は、誰かに頼って生きるしかないが、頭脳があれば、主導権を握れると言った。そういう姉は、容姿を使って、いつも主導権を握っているように、私からは見えていたが。

私が弁護士の国家試験に合格した時、一番大喜びしてくれたのは、姉だった。私の腕を取り、「よくやった」と何度も叫んだものだった。

私が坂口と結婚すると母から聞いた姉は、「まさか、仕事をやめるんじゃないだろうな」と確認してきた。続けるつもりだと答えると、「よしよし」とだけ言って、姉は電話を切った。坂口と離婚した時、姉は連絡をしてきて、「代わりに、落とし前をつけてこようか」と言ってきたので、「どうか、なにもしないでくれ」と私は懇願した。

当時は「坂口、気に入らねぇ」と事あるごとに言っていたが、それは私を慮《おもんぱか》ってのことだったのか――。いつからか、姉は坂口を身内に再登用していた。そして、遺言書の作成は、私ではなく、坂口に依頼していた。鳥の保護団体への遺贈を、私に反対されるとでも考

えたのだろうか。このことは、私を少し傷つけた。

姉の死は、親が死んだ時の哀しさとは違う種類の痛みを、私に与えた。

両親を亡くした時は、全身に降りかかってくるような哀しさを感じたが、姉の時は、片腕を失ったような痛みを覚えた。

曲が終わり、すぐに次の曲がスタートした。

ピアノがアップテンポの明るいメロディーを奏でる。

さきほどの女性に目を向けると、肩がスイングしていた。

思わず、にやけてしまう。

陽気な曲調にもかかわらず、ほかの女性たちは、さっきの曲と同じように歌っている。

やっぱり、あの人、いいわ。

あんな風に、楽しそうに歌ってもらった方が、聞いているこちらも楽しくなる。

コーラス隊の一人の女性に、やけに肩入れしている自分が、なんだか可笑しかった。

そうだ——。

私は、ああいう人が好きなのだ。

姉のような、個性的な人。

兄のような、ろくでなしの憎めない人も。

それに——夏子のような、お金が好きな間抜けな詐欺師も。

自分と遠い存在だから、気になって、注目してしまうのかと思っていたが――本当は、自分とシンクロする部分を感じて、惹き付けられるのかもしれない。

ちょっと変な兄妹と遠戚なのだ、私たちは。

曲はどんどん激しくなり、その女性のスイングも大きくなった。

もう誰も彼女を止められない。

指揮者が手を徐々に上げていき、それに合わせて、歌声も大きくなっていく。その高く上げた手を、指揮者がぐっと握った途端、歌声は止んだ。

一拍置いてから、ホール内に拍手が起こった。

私も大きな拍手を送った。

6

してやられたとは、このことだ。

法子に。

夏子に。

もっと、注意するべきだったのだ。

法子の様子をよく観察し、次の手を読んでおけばよかった。

夏子がまっとうな商売をしているなんてことはありえないのだから、すべてを疑ってかかるべきだったのだ。

夏子なのだから。

長年、夏子のしでかしたことを見てきたのだから、私は騙されてはいけなかったのに。

警戒を怠ってしまった——。

セミリタイアしたことで、仕事人としての感覚が鈍ってしまったのだろうか。

私はとてつもなく、自分にがっかりしている。

依頼人は嘘をつく。

自分に都合のいい物語だけをする。

だから弁護士は、常に、依頼人の話の矛盾に、注意する必要があった。依頼人の嘘が弁護活動を邪魔するならば、そう告げて、証言を変更させる。一番してはいけないことは、依頼人を全面的に信じることだった。信じ過ぎると、防御策が万全でなくなり、嘘が発覚した時には、大きなダメージを被ってしまう。

私は原慶一の社宅のリビングに、副代表の矢沢と並んで座っていた。ダメージを受けて。

慶一の背後には、小さな庭が覗く。

離婚したと聞いていたが、妻子の痕跡はそこかしこにあった。

庭には子どもの遊具が転がっていたし、ダイニングテーブルの籠の中には、色違いの二つ

のマグカップと、うさぎのイラスト付きのカップがあった。

慶一は酔った人のように、目の周囲を赤くさせている。

明らかに怒っていた。

「あなたたちの話なんて、信用できませんよ」と、慶一はまた同じフレーズを繰り返した。

これに対し、矢沢はおどおどした様子で、「信じてください」と答える。

法子は私の訪問を受けた後、慶一をけしかけ、夜、誰もいない時間に、会の施設に侵入させた。しかし、凪子のペットはそこにいなかった。そこで慶一は、スタッフの出入りを一週間にわたって監視した。次に、このスタッフたちの尾行を開始した。やがて、もう一つ別の施設がある事実を突き止めた。今度はその施設に、夜間忍び込み、そこで、探していた犬を発見する。犬は出産したばかりで、授乳中だった。

慶一は矢沢へ鋭い視線を向けた。「飼い主が死んだ後、ペットを預かるなんて謳っておいて、実際は、勝手に繁殖させる、ブリーダーじゃないですか。これは詐欺ですよ。犬が動揺するから、私に会わさないなんて嘘ついて。本当は、はらませたのが、バレると困るからだったんでしょ。会員の人たちに、私はこの話をしますからね。契約解除が殺到するでしょう。お宅ら、解散せざるを得なくなるんじゃないですか？」

矢沢が慌ただしく何度も頷く。「お気持ちは、大変、よくわかります。そのような誤解を招かないよう、施設を離れた場所にして、スタッフも別にしておりました。まったく違う団体ではあっても、ご理解いただけない可能性のあることを想定して、そのようにしておりました。今回は、たまたま一つの施設で、風邪が流行ってしまいまして、スタッフの半分が倒れてしまいましたので、急遽応援を頼みました。普段は、そういう交流は一切行っておりません。なんといっても、運営目的が違う会ですから」

「よくできた商売ですよ」慶一は嘲《あざけ》りを声に込めて言った。

慶一の声は割れているため、二人の人間が同時に喋っているように聞こえる。嘲りも二重になって、耳に運ばれてくる。

矢沢の言い分は、こうだった。

契約を交わす際、最大限会員の意向に添うようにしている。凪子の場合、犬に不妊手術はしていなかったし、不妊手術をするよう会に要望も出していなかった。出産させないように注意して欲しいとの希望もなかった。ちょうど年齢の合う、ダルメシアンを預かることになった。一緒に渡された血統書によれば、どちらも病気を抱えていない健常な犬だったので、お見合いをさせたところ、気が合ったようで、夫婦となった。すぐに妊娠したので、安全に出産できる環境が整っている施設に移した。そんな折、会員の息子である慶一から、引き取りたいと要望が出たが、契約書にないことなので断った。面会も、契約書にないことなので断った。会員の凪子の希望は、自分が死んだ後、犬が幸せに暮らせるようにして欲しいということだけであり、その希望は叶《かな》えている。一点も契約違反をしていない。

これに対して慶一と、恐らく、その背後にいるであろう法子は、当初から繁殖を目的に、飼い主の死後にペットを預かる会を作ったのだろうと主張している。

原家に来る前に、喫茶店で矢沢と打ち合わせをした際、こちらに契約違反はないのだから、最後まで押し通すしかないと私はアドバイスをした。譲歩する気配を見せたら最後、慶一が主張している疑いは事実となってしまうと、その危険性を説明した。落ち着きなく唇を舐め、激しく瞬《まばた》きを繰り返す矢沢を見て、かなり心配になったが、夏子が出てくるよりはましだと思うようにした。

びびりではあるが、しつこい性格なのか、矢沢は何度も同じ話を繰り返した。根競べでは負けそうにないのが、心強くはあった。

何度目かの沈黙の幕が下り、リビングは不気味に静まり返った。

「仮に」矢沢が口を開く。「原さんの仰る通りのビジネスをしているとしたら、随分、効率の悪い商売ですよ。会員のペットの平均年齢は、八歳です。会員と長く連れ添ったペットがほとんどですから。預かる時にはすでに高齢です。繁殖目的で、ペットを預かる商売を始めたのだろうというご指摘は、この点から見ても、違うということが、わかっていただけるのではないでしょうか？」

慶一は不満そうな顔は変えなかったが、すぐに反論はしてこなかった。

ここだ。

慶一と矢沢で引っ張り合っていた綱があったとしたら、その綱を握る手を慶一が、一瞬緩めたのだ。

私の出番だった。

私は話し出した。「弁護士として、お話しさせてください」

慶一が、はっきりと不愉快さを顔にのせた。

構わずに続ける。「この契約書がある限り、争点自体が存在しません。これはゆるぎません。犯している罪はありません。法を犯しているのは、慶一さん、あなたの方です。施設に不法侵入しています。二度もですよ。まぁ、もう少し、話を聞いてください。こちらに伺ってから、考えていました。犬の幸せとは、なにかということをです。ルーの幸せです。ルーは話せませんから、どうしたいのか推測するしかなくて、それは、どうしても人間の基準にあてはめてしまいがちです。でも、それでは、誤った判断をしてしまうように思います。仮に、ルーをお渡ししたとして、こちらの庭で育てられるんですか？　ダルメシアンは、たくさんの運動をしたがる犬だそうですね。毎日、どれくらい走らせたり、遊ばせることができますか？　お仕事は毎日、ありますよね。一日のほとんどを、ここで留守番させるんですか？　子犬はどうしますか？　ルーと一緒に、こちらで育てられますか？　それとも子犬の飼い主を見つけて譲り渡して、ルーだけを育てるんですか？　ルーの立場に立って、今回の解決策を見つけませんか？」

慶一の言葉を待ったが、真一文字に結んだ口は、開く気配を見せない。

勝負はついた。

負けを素直に認められる人は、少ない。

静かな引き際を用意してあげるのが、最善の策だろう。

私は、「今日はこれで失礼しますが、もう一度よく考えていただき、確認したい点などがあれば、ご連絡ください」と言って、矢沢を促して席を立った。

慶一の家を出て、駅へと歩き出す。

すぐに矢沢が話しかけてきた。「先生、ありがとうございました。最後のあの様子では、これ以上、なにか言ってくる感じではありませんね。本当にありがとうございました」

「また、慶一さんからなにか言ってきたら、事務所に連絡してください」

「いやぁ、本当に助かりました。夏っちゃんから何度も聞いていたんです。親戚に凄いやり手の女弁護士がいるんだって。何度もピンチから救ってもらったって言ってました。だから私は無敵なんだって、もう何度も」

歩道橋の階段を並んで上る。

手摺に摑《つか》まりながら、私は尋ねる。「どうして、夏子さんを代表にしてるんですか？」

「はい？」

「会のアイデアも運営も、夏子さんがやっているとは思えません。矢沢さんのアイデアなんでしょうか？」

一瞬、目を丸くしたが、すぐに笑顔になった。「ま、誰のアイデアでもいいじゃないですか。いいスタッフに恵まれて、なんとかやっています。今回のようなことが、二度とないように注意しますよ」

階段を上りきり、私はふうっと息を吐き出した。

すぐには歩き出せなくて、欄干越しに車道を見下ろしながら呼吸を整える。

片側三車線の道路を、たくさんの車が走り過ぎていく。

「大丈夫ですか？」と声をかけられ、私は頷いた。

矢沢を仰ぎ見ながら尋ねる。「もう一度、伺います。なぜ、夏子さんを代表に？」

唇を舌で湿らせてから、肩を竦《すく》めた。「野暮ったい男より、華やかな女性が代表の方が、感じがいいでしょう」

「あなたは頭のいい方です。そのあなたが、感じがいいというだけで、夏子さんを代表にするとは思えません。夏子さんの、明るくバイタリティーのある性格が、役立つ場所はあるでしょう。ですがそれは、飼い主の死後に、ペットを預かったり、販売する企業の中にはないように思います。矢沢さん、あなた、いざとなったら、すべてを夏子さんに押し付けて、逃げるつもりなんじゃないですか？　それで、代表者を夏子さんにしてるんじゃありませんか？」

「なんですか、それは？」目を見開き、早口で言う。「いざとなったらって、どんな時ですか？」

「会員たちに不信感をもたれて、商売がうまく回らなくなった時」

顔の前で手を左右に小刻みに振り、「とんでもない」と言った。

「法律違反はしていませんね」私は認めた。「とてもお上手です。契約書に書かれている通りにするが、書かれていないことは勝手にする。さきほど、慶一さんに、会員のペットの平均年齢が八歳だと言っていましたが、数字上はそうなのかもしれませんが、私が拝見した限りでは、子犬はもちろん、元気な若い犬も結構いましたよ。それに、オスが多少高齢でも、若いメスを相手に選べば済むことです。なによりも、このビジネスがいいのは、ペットと同時に血統書も預かれることですよね。血統書さえあれば、どんどん増やして、生まれた子犬の血統書を申請できる。よくできています。いえ」片手を上げて、反論しそうな矢沢を黙らせた。「あなたのビジネスについては、どうでもいいんです。私が言いたいのは、夏子さんを利用しないで欲しいということです。お願いですから、夏子さんを巻き込まないでください。いいですね？」

私は歩道橋を渡りだす。

遅れて矢沢がついてきた。

夏子を利用しようなんて男は、困るのだ。

問題の多い女だからといって、騙されていいわけがない。

矢沢に裏切られて傷つく夏子なんて、見たくないのだ、私は。

あなたは本当に夏子の良さを理解しているのかと、尋ねてみたくなったが、口には出さないでおくことにした。

急ブレーキをかける音が、下から聞こえてきたかと思うと、けたたましくクラクションの音が続いた。

下りの階段の手摺に摑まった。足元に気をつけながら、下り始める。

私を気遣うように、ゆっくり隣を歩きながら矢沢が言う。「夏っちゃんの守り神だからですか?」

「なんです?」足を止めた。

「夏っちゃんがよく言ってるんです。徹子さんは、私の守り神なんだって。だから、ですか?」

「守り神なんかじゃありません。今までだって、いつも守ってきたわけじゃありません。私が忠告しても、耳を貸さないことが多かったですから」再び階段を下り始める。

「なんだか、親友からの忠告って感じですね」茶化すように言った。「随分強い絆があるようですね」

今一度足を止め、「長い付き合いですから」と言い放った。

第八章

私に慰謝料の請求？

損害を被《こうむ》った？

そう、夏子さんが、言ってるんですか？

まさか弁護士さんを二人も送り込んでくるなんて、思ってもいませんでした。

ええ。

元々は、お友達に誘われて、夏子さんの主宰するサークルに入ったんです。そうです。高齢者の婚活支援サークル、『縁《えにし》』です。

二年前に夫に先立たれまして、一人で気ままにやっていたんですが、ちょっと病気をしまして。そうしたら、急に、誰かに側《そば》にいて欲しいと思うようになったんです。でも、そうそう出会いなんて、ありませんから。そんな話をしたら、お友達が紹介してくれたんです。それで縁に入会しました。

いいえ。まだ結婚相手は見つけられてないんです。

最初は楽しかったんですよ。

ハイキングやお花見に参加するだけで。

でも、結婚相手はなかなか見つからなかったんです。気が合うとか、優しいとか、そういうことだけでは決められませんでしょ、私ぐらいの年齢になりますと。

若い頃であれば、勢いだけで結婚まで行けましたけど、これくらいの年になると、下手に経験や知識があるだけに、慎重になってしまいます。人生の最後を共に過ごす相手ですしね。

気がついたら、男性のお友達がたくさんできていました。

夏子さんは、この人は貯金がいくらあって、どこそこに土地があるとか、子どもがいるとか、いないとか、そういう情報を教えてくれました。それで、早く決めろって急《せ》かすんです。そういうサークルなんですから、当たり前なんですけど、段々、そういうのが嫌になってしまって。

結婚をあまり意識しないで済むような――それでいて、皆で集まってわいわい楽しめたらいいのにと思ったんです。

それで、縁を退会しました。

それだけのことです。

夏子さんが言うように、会員を引き連れて独立したなんて、そんなことはありません。

はい。

退会する前に、親しくなった会員の方たちに、サークルを止《や》めることを話しました。

だって、突然私が姿を消したら、心配なさるでしょ、皆さん。お友達ですもの。

私の話を聞いて、同じように思ってる方が何人かいらっしゃったんでしょう。それで、退会される方が相次いだんじゃないでしょうか。

でも、それ、私のせいでしょうか？

サークルに入会する、退会するというのは、個人の自由です。そうですよね？

私ですか？

いえ、そんな。

ただの年寄りです。

昔ですか？　モデルをしてました。

一年だけです。結婚と同時に引退しました。

今？

どうしてそれを？　夏子さんから？　そうですか。

ええ。昔の知り合いに頼まれて、高齢者向けの雑誌で、モデルのような仕事をたまにすることはありますけど、それだけです。厚化粧して、写真を撮られるだけです。たいしておもしろい商売じゃないんですよ。

年ですか？

六十です。

六十に見えないなんて、そんな。若い方から見たら、六十も七十も、区別なんてつかないでしょうに。

1

銭湯を見つけて、思わず、私は足を止めた。

「まだあるのね、銭湯が」と私が言うと、磯崎が「珍しいですね」と答えた。

栗山純子《くりやまじゅんこ》の家を出て、歩いていると、銭湯ののれんを発見した。

さっきこの前を通った時に気付かなかったのは、まだ開店していなかったせいだろうか。

歩き出しながら私は言う。「イソ君が生まれた頃は、自分の家にお風呂があったのよね。私の子どもの時分は、そんな家、なかったから、みんな銭湯だったのよ」

磯崎が笑顔で頷《うなず》くのを見て、またやってしまったと反省した。

つい、私の子どもの頃はと、昔と今を比較するようなことばかり言ってしまう。

昔のことばかり引き合いに出す年寄りには、なりたくないと思っていたのだが。

いつの間にか、典型的な年寄りになってしまった。

七十一歳になった今年、荻原弁護士事務所から要請される仕事は激減していた。

三日前、久し振りに磯崎から「出番です」と電話が入ったので、夏子がらみかと尋ねると、「当たりです」と言われた。

夏子は東京に舞い戻っていた。

一昨日会った時の夏子は、白髪を紫色に染め、ピンク色のフレームのメガネをかける、派手な年齢不詳の女になっていた。

サークルを主宰しているというので、まだペットを預かっているのかと思ったら、高齢者の婚活を支援するサークルだと夏子は説明した。ならば、結婚詐欺で訴えられでもしたのかと再び先読みしていたら、一人の女性会員が、複数の男性会員を引き連れて退会した上、新たな会を立ち上げたという。この女性のせいで、会は存続の危機に瀕していると夏子は主張している。精神的にも金銭的にも被害を受けたとして、慰謝料を要求したいと言った。

ペットを預かる会はどうしたのかと私が尋ねた時、夏子はよくわからないといった顔をした。私が当時のことを仔細に語り始めて、やっと記憶を蘇らせたようだった。さらに何度もしつこく尋ねた結果、副代表だった矢沢に、若い女ができて、夏子は代表の座を追われたらしいことがわかった。その後、東京に出てきて、しばらくぶらぶらしていたが、一昨年、高齢者のための婚活支援サークルを作ろうと思いついたという。

そんな話の最中、少し痩せたようだが、身体は大丈夫なのかと夏子が尋ねてきた。

食事と睡眠は大事だと言い、心配そうな顔をしたので、私はびっくりして夏子をまじまじと見つめてしまった。

夏子から、私の身体を労《いたわ》るような言葉を聞いたのは、生まれて初めてだった。

お互いにいい年なんだから、身体は大切にしなくちゃねと夏子は続けて、さらに私を驚かせた。

あいつに酷い目に遭わされたと、被害者然として文句を並べるばかりで、私に興味を示したことなど一度もなかったのに――。

夏子が人に思い遣りを示せるようになるとはと、私は感慨にふけった。

しかし、それも束の間だった。

夏子はバッグから小さな箱を取り出し、ちょうどいい物があると言い出したのだ。

滋養強壮にいいサプリだと説明し、私にぴったりの品だと謳《うた》った。そして普通は一箱一万円で譲っているが、親戚割引で八千円で特別に分けてあげられると声を潜めた。この特別価格のことは、内緒にしてくれと囁《ささや》き、ウインクまでした。

ディストリビュータになればと言い出したので、夏子の話を遮り、私は席を立った。

私も、まだまだだと反省した。

夏子から、私の健康を気遣うような言葉をかけられ、危うく感謝しそうになってしまった。

夏子がなんの魂胆もなく、そんなことを言うわけはなかったのに。

それでも――私は、夏子を嫌いになれなかった。

次の場所はほど近いはずだったが、磯崎がタクシーに乗ろうと言ってくれた。若い人の親切には、素直に従うことにしている。

運転手に行き先を告げた磯崎が、すぐに私に向かって言った。「純子さん、全然六十には見えませんでしたよね。美人だし、感じがいいし。僕が六十歳以上だったら、夢中になってしまうかもしれません」

「おやおや。それじゃ、夏子さんは？」

心底困ったような顔をして、「夏子さんですか？」と繰り返した。「どうかなぁ……うーん。強過ぎるかなぁ」

「なにが強過ぎるの？」

「個性というか、発散している気のようなものというか。若い頃なら、エキセントリックな女性に振り回されるっていうのもいいでしょうけど、年を重ねたら、どうもそういうのは、遠慮してしまいますね」

真面目に答える磯崎が可笑《おか》しくて、つい笑顔になってしまう。

それを見咎《みとが》めた磯崎が「なんで笑ってるんです？」と絡んできた。

にやけた顔をなんとか元に戻して、「なんでもない」と言ってごまかす。

高校の正門前でタクシーを降りて、そのまま少し歩き、アパートを見つけた。関根進《せきねすすむ》は五階に住んでいた。

関根は二部屋のうち一部屋を、骨董品を保管するのに充《あ》てている。古びた大量の木箱が、乱雑に置かれていた。

私たちは畳に直に正座し、関根に向き合う。

太いジーンズをはき、あぐらをかく関根は、顎がないように見えるほど顔が首と一体化していた。

関根に縁のことを尋ねると、事前に用意していたのか、言葉はするすると出てきた。

「去年、妻を亡くしましてね。すっかり参ってたんですが、そんな私を心配した知り合いが、再婚したらどうだと言ってきました。この年じゃ、嫁さんになってくれる人なんて、いやしないよと言ったら、なんでも高齢者用の結婚相談所があると教えてくれました。入会金なんかが高かったら、とても入れないと言ったんですけど、なんでも、そこは、会社が経営しているんじゃなくて、サークルのようなものなので、よそと比べると、十分の一ぐらいの会費でいいそうだからと勧めてくれました。色々参加しました。食事会にトランプ大会に、古都散策会も。夏っちゃんは、あれこれ世話を焼いてくれるんです。この人がいいんじゃないか、あの人はどうかって、どんどん紹介してくれました。ですが、なかなか、この人という女性とは巡り会えませんでした。運命の人とそう簡単に出会えるわけないんですが、こっちは老い先短いもんで、つい急いでしまいます。去年の十一月に、純ちゃんと出会いました。可愛い人なんですよ。そう思うでしょ、そちらさんも」と、磯崎に質問を向ける。

磯崎は「非常に魅力的な女性ですね」と答えて、頷いた。

「そうなんですよ。こっちは、純ちゃんにぞっこんです。でも、そんな男たちはたくさんいましてね、ライバルだらけです。贈り物をしたり、高級なレストランに誘ったりする男たちばかりでした。私は年金暮らしの身ですから、金では太刀打ちできませんから、アイデア勝負です。ちょっと大きな蚤《のみ》の市に、誘ったんです。そしたら、行ってみたいわって言ってくれたんです。デートですよ」にたりとした。「あっちの店、こっちの店と冷やかして歩きましてね。ま、ちょっとばかり、私の知識を披露したり。凄いのね、進さん、なんて、感心したような声を上げてましたよ。甘味屋に入ったところで、純ちゃんから言われたんです。結婚を目的に縁に入ったけれど、なかなか決められない。だから、あの会は止めようと思う。でも、せっかく仲良くなった人たちと、別れるのは辛いので、今まで通り、皆でいろんな所へ遊びに行きたい。だから、これからも今日みたいに誘って欲しいと。そう言われちゃ、もう私が縁に入ってる理由がありませんから、退会することにしました。来週、純ちゃんと美術館に行く予定です。デートです」

顔を後ろに捻った関根は、小机の上のカレンダーを手に取り、楽しそうに笑った。

私は尋ねる。「退会するよう、純子さんから勧められましたか？」

「いやいや。純ちゃんは、自分は退会するけど、進さんはそのまま入っていればって言ってたぐらいです。純ちゃんがいないんじゃ、縁に入っている意味がないんで、止めたってだけですよ」

「純子さんと夏子さんの仲は、どうでしたか？」と私が問うと、関根は唇を突き出した。

「それがさ、仲良さそうだったんだよ。姉妹のように見えるなんて言う会員もいたぐらいだし。互いに、純ちゃん、夏子さんって呼び合ってさ。だから、びっくりしたんだ。私が退会するって連絡したら、夏っちゃんの口調が豹変したから。あんたまで、あの女に誑《たぶら》かされたのかって、そりゃあ凄い剣幕で。まぁさ、夏っちゃんの気持ちも、わかるよ。皆の会費で、夏っちゃんは生活してるんだろうからね。会員が一人減るってことは、夏っちゃんに入る金が減るってことだろうからね。一気にまとめて何人かが退会するとわかったら、腹も立つだろうさ。だからね、純ちゃんや私を酷く言うのも、我慢して聞いてたんだ。その時はね。まさか、純ちゃんの家に押しかけたり、付け回したり、嫌がらせの電話を何度もかけたりするようになるなんて、思ってもいなかったから。それが、今度は弁護士を送り込んでくるとはな。びっくりだ」

「純子さんの家に、夏子さんが押しかけたり、付け回したりしているんですか？」

「そうだよ。弁護士をつけるんだったら、純ちゃんの方だって思ってたよ」

「今さっき、純子さんにお会いして、お話を聞いてきたところですが、ひと言も仰《おつしや》ってませんでしたが」

「そういうところ、あるのよ、純ちゃんには。奥ゆかしいっていうかさぁ。だから、守ってやらなきゃと思ってるんだけどね」

それから純子の素晴らしさについて散々聞かされた後、最近買ったという、掘り出し物の皿の説明を長時間にわたって受けた。帰るきっかけをやっとのことで見つけた時には、午後二時を過ぎていた。

磯崎も私もお腹が空いていたので、この近くで食事をしようとすぐに決まった。

店を探して、磯崎は顔を左右に動かしながら歩く。

私も同じように道の左右に目を配るが、探しているのは文房具屋だった。学校の近くにはたいてい文房具屋がある。私は未だに文房具に目がなかった。さっき、古い皿にまったく興味がないのに、関根の話をなかなか中断できなかったのは、彼に、自分と似た部分を感じ取ったせいかもしれない。

文房具屋を見つけられないうちに、大通りに出た。

磯崎が一軒のセルフ式コーヒー店を指差した。「あそこはどうですか？　時間が中途半端だから、レストランのランチタイムは終わってしまっているでしょうけど、ああいう店なら、サンドイッチ程度なら、いつでも食べられるでしょう」

私は左右を見渡し、「あれか、あれ」と指差した。

「はい？　牛丼屋か回転寿司屋ですか？　そういう店、オッケーなんですか？　見えてましたけど、あえて外したんですけどねぇ、徹子先生は嫌がるんじゃないかと思って」

「全然」

「そうですか。それじゃ、寿司にしますか？」

私は頷き、回転寿司店に入った。

すぐに席に案内され、磯崎と向かい合って座った。

タッチパネルに触れて注文を入れ、熱い緑茶を啜った。

「夏子さんの件、これから、どう動きますか？」磯崎が言った。

「見えてないことがありそうね。夏子さんと純子さんの間には、なにかあるんでしょう。夏子さんと純子さんから出てきたリストに載っていない人で、すでにサークルを止めた人から話を聞きたいところだわね」

「それぞれが出してきた、リストに載っている人物は、それぞれに有利な証言をするだけで、真実がわからない、ということですよね？」

「そう」

私のトロと海老と、磯崎のカッパ巻きと玉子が運ばれてきた。

「イソ君、もしかして、生魚もダメだった？」

「はい？　いえいえ。僕はまず、カッパ巻きと玉子から始めるんですよ。いきなりトロとかいかないんです。徐々にテンションを上げていきたい方なんですよ。よくわかりませんか？　すみません。変な食い方で。娘がね、貧乏くさーいって嫌がるんですよ、僕の食べ方。昔は僕の真似をして、同じように注文してたんですけどね、娘は。なんでも僕と一緒じゃなきゃ嫌で、パパと結婚するって言ってたのに。ある日突然ですよ。パパ、臭い。あっち行ってって」一つ吐息をつく。「学校ですよ。学校生活が魂を汚すんです。天使だったのに。今じゃ、ただの女の小さいのですよ」

私は笑って、後退しつつある、磯崎の額の生え際を眺める。溺愛されていた娘も成長する。やがては子離れしなくてはいけない時期もやってくるだろう。この磯崎にできるだろうか。

ふと、幸一を思った。

幸一はどうしているだろう。子離れできただろうか。幸一は子どものために、人生の進路を大きく変えた。それでも、子どもは成長する。確か——上の子は二十歳を超えているはず。とっくに子離れしていなくてはいけない年齢ではあるが。

次のオーダーを済ませて、磯崎が咳払いをした。「実は、秋山弁護士のことなんですが」

「どうかした?」

「徹子先生が懸念されていた通りになりました。独立したいと言ってきました」

「そう。それで、どうするの?」

「次の人を雇おうと思っています。僕一人では、とうてい仕事をこなせません。それであちこちに声をかけています。来週から面接をしたいと思っているんですが、徹子先生に同席していただきたいんです」

「私？　どうして？　一緒に働くのはイソ君なんだから、イソ君が選べばいいのに」

磯崎が顔を顰《しか》めた。「それで、失敗しました」

「同席するぐらいなら構わないけど、人を見る目が、私にあるかどうか」

「お願いします」頭を下げた。「実は、事務員の子も辞めたいと言い出してて」

「また？　確か――」

「一年です。今度こそ長続きしてくれそうだと思ったんですが。思っていたのとは違ったとかなんとか言われてしまいまして」

「そう。残念ね」

「僕が入った頃――あれが、理想でしたよね」磯崎が遠い目をする。「荻原先生がどーんと構えてらして、徹子先生が第一線で活躍してらして。みゆきさんが、てきぱきと仕事をこなして、お二人をサポートして。みゆきさんの具合、いかがですか？　そうですか……。そういえば――三人とも、キャビネットとデスクの狭い隙間をするりと歩かれてましたよね。最初見た時、びっくりしちゃいましたよ。三人とも手元の書類を見てるのに、どこにも身体をぶつけずに移動してたので。僕なんか、いたる所に身体をぶつけてたっていうのに。懐かしいなぁ。あの頃は良かったですよね？　なにもかもが上手《うま》く回ってて」

「あの頃は良かったなんて言い方、年寄り臭いわ」

「もう、若くないですから。昔を振り返れるぐらい、充分、生きてきましたから」

「若くないって、いくつよ」

「四十四歳です」

私より二十七も年下の男が、自分は若くないと憂えている。

かける言葉はなにもなく、滑り出てきた皿に手を伸ばした。

2

あぁ……。

忘れていた。

立ち上がり、窓を開けて、庭に下りた。

ホースを握り、水を撒く。

白モクレンの根元に水をかけた途端に、涙がこぼれる。

立っていられなくて、その場にうずくまった。

身を切られるような哀しさだった。

この白モクレンはみゆきから貰った。

みゆきに誘われ、彼女が暮らす施設内の家に引っ越してきたのは五年前だった。その時、引越し祝いにとみゆきから贈られたのが、この白モクレンで、手入れが簡単だと教わった。我が家とみゆきの家とは十メートルしか離れておらず、日常的に互いに行ったり来たりした。

水遣りを忘れがちな私に代わって、いつの間にか、庭の手入れはみゆきが担当するようになっていた。そのお陰で、庭は美しく保たれていた。

これからは、私がこの庭の花々を育てなくてはと思ったら、また、涙が大量に溢れてきた。

覚悟はしていたが、やはり、みゆきの死は辛かった。

四ヵ月前に、医者から余命半年と告知され、一人娘の麻子《あさこ》が頻繁にみゆきの家を訪ねるようになっていた。

告知された後も、みゆきは比較的元気な様子で、煮物やケーキを作ったといっては、届けてくれた。医者の診立《みた》ては間違っているのではないかと希望を持った途端、容態は悪くなった。

私は毎日みゆきの家を訪ね、毎日祈った。

まだ天国に連れていかないでくださいと、神仏に願った。

だが、私の願いは聞き届けられなかった。

昨日、麻子と、その家族と、私が見守るなか、みゆきは静かに息を引き取った。

私は亡骸《なきがら》に向かって、心の中で「ずるい」と呟《つぶや》き続けた。

私より先に逝《い》くなんて。私が見送らなくてはいけないなんて、ずるいと。

昨夜は哀しくて、泣きながら眠ってしまったが、目覚めてみれば、お腹が空いていた。みゆきを失って悲嘆に暮れているというのに、私の身体は生きるために懸命だった。自分が生きていることに感謝してみたり、そんな自分に腹が立ったりした。

通夜は今日の午後七時から、みゆきの自宅で開かれる。

開始までまだ六時間ほどもあるというのに、私はすでに喪服を身に付けていた。喪服姿でリビングに座り、みゆきとの思い出を数えていた時、ふと白モクレンに目が止まったのだった。

涙はとめどなくこぼれてくるが、そのままにして、水を撒き、ホースを隅に片付ける。

家に上がり、窓際でゆっくり横になった。

横になって眺める庭は、初めて見るような、変な感じがした。

カーペットが頬に当たり、チクチクしたが、そのまま横になっている。

やがて庭が徐々に明るくなっていった。

雲が動いたのか、陽が庭に下りてくる。

陽は、部屋の端で横になる私にも降り注ぎ、身体を温める。

じんわりと身体が温まってくるにつれ、みゆきの優しさもこんな風だったと連想してしまい、また涙を流した。

本部からの呼び出しベルが鳴り、身体を起こそうとしたが、なかなか上手くいかなかった。やっとのことで、上半身を起こし、片膝を立てる。窓枠に手をかけ、それを頼りに、なんとか立ち上がった。

壁に取り付けてあるモニター画面を覗くと、スタッフの顔が映っていた。

受話器を取り上げ、「はい」と答えた自分の声は掠《かす》れていた。

「徹子さん？　こんにちは。受付の伊東《いとう》です。こちらに荻原道哉さんがお越しになってますが、そちらにご案内してもよろしいですか？」

びっくりして、側の置時計を見ると、午後三時だった。

私は了解をして、受話器を置き、キッチンに移動する。

緑茶だろうか、それともコーヒーの方がいいだろうかと考えながら、キッチンの中でうろうろする。

結局、なにもしないうちに、玄関のチャイムが鳴った。

ドアを開けると、喪服姿の荻原が立っていた。

途端にまた哀しさが襲ってきて、よろけてしまう。思わず、ドアノブにすがりつくと、荻原が手を伸ばしてきて、私の腕を摑《つか》んだ。

そうして支えてくれる荻原のもう一方の手には、杖があった。

「大丈夫ですか？」と荻原が言うのへ、「はい」と答えてから、中に入るよう促した。

リビングのソファを勧めてから、キッチンで飲み物の用意をする。緑茶をトレーにのせて、リビングに運ぶ。

荻原は部屋の端に立ち、開いた窓から庭を眺めていた。今にもストレッチを始めそうで、私は少し微笑む。

「早く経費の精算をしてください」と、みゆきの声まで聞こえてきそうな気がした。

私はソファに座り、テーブルに湯呑みを置いた。

荻原が立ったまま言う。「午後七時からと聞いていたんだが、なんだか早く用意ができてしまってね。一人で喪服姿でじっとしているのも気味悪いかと思って、出てきてしまいました」

「私もです。もう喪服を着てました。変ですよね。みゆきさんの死をきちんと受け止めたわけでもないのに、喪服だけは着てしまうんですから」

「そうですね」窓枠に手をかけながら、ゆっくりカーペットの上に座り込んだ。「最期は、どんな様子でしたか？」

「……眠るようでした。本当に。言葉通り。眠るように静かに。荻原先生、もっとお見舞いに来てくだされば良かったのに。一度ぐらいじゃありませんでした？」

「元気で明るくて、しゃきしゃきしてるみゆきさんしか、見たくなかったんです。弱虫なんです、私。情けないことです」

私はトレーに湯呑みを戻し、それを持って荻原に近づいた。

荻原の横にトレーごと置いた。

私もカーペットに斜め座りして、庭を眺めた。

一段と日差しが強くなっている。

私は言う。「これから、この庭は荒れ放題になります。みゆきさんがずぼらな私を見かねて、手入れしてくれていたので、この状態をキープできていました」

「口うるさく言われたんじゃないですか？」

「それはもう。もし、植物が口を利けたら、この庭は断末魔の叫び声でいっぱいになってると言ってました」

くっくっと笑い声を上げた。「みゆきさんから口うるさく言われても、こっちはちっとも堪《こた》えないんですよね。結局やってくれると、わかってるからでしょうかね」

つられて、笑ってしまう。「確かに、堪えませんね」

荻原が湯呑みに手を伸ばした。

すっかり老人の手をしていた。

「今度の施設はどうですか？」私は尋ねた。

「今のところは、来月で一年になります。今までで一番、長く続いていますよ」

「終《つい》の棲家《すみか》になりそうですか？」

「それは、まだ、わかりませんね」と、楽しそうな顔をした。

荻原は五年前ぐらいから、様々な形態の高齢者向け施設を転々としている。みゆきと私は、ここの施設を勧めるのだが、さして気乗りのしない様子で「そうですねぇ」と答えるばかりだった。

荻原がそっと湯呑みを戻し、「みゆきさんに遺言書は?」と尋ねてきた。

「私が作りました」

「そうですか。それは良かった」

荻原は何度も頷いた。

三十分ほどして、坂口がやはり喪服姿で現れた。

我が家に来た理由を坂口が言い始め、それは荻原と同じようだったので、私は途中で話を遮《さえぎ》り、ソファに座るよう促した。

坂口は荻原に挨拶を済ませると、寿司の出前を取ろうと言い出した。

荻原と私が反対意見を出さないと見るや、坂口は電話機の前に立ち、勝手に出前のメニューが保管してある引き出しを開ける。

沖縄で暮らすようになってから、坂口の肌はすっかり黒くなり、それが健康そうに見える。

こちらに来れば、沖縄の自慢話ばかりするくせに、年に三分の一程度は東京で過ごしていた。自分が間に入らなければ解決しない事案があって、仕方ないのだと不満そうに言う割りには、楽しそうに弁護士を続けている。

冷蔵庫からビールを取り出した坂口は、庭を眺める荻原の隣に、あぐらを掻いた。荻原にグラスを勧め、ビールを注ぎながら、弁護士仲間の話をしだした。

私はソファに座って、彼らの話を聞くともなく聞く。

二人の会話から察すると、名前を挙げたうちの半分ほどが、すでに天国へ旅立っているようだった。

そして、二人とも、不思議なほど、各人の死因を知っていた。

私は側にあったクッションを胸に抱いた。

ここに、みゆきにいて欲しい。

そう思った途端、涙がこぼれた。

後から後から涙が出てくる。

私はクッションをぎゅうっと抱え込んだ。

3

人間味のまったく感じられないデザインにしたかったのなら、大成功している。

私と磯崎は、大久保隆一《おおくぼりゅういち》が働く商社の一階フロアで、三十分近くも待たされていた。

広いフロアの一角に、打ち合わせをするスペースが作られていて、私たちのほかにも、三人が誰かを待っていた。

大理石とガラスを使ってデザインされた室内は、ハイセンスかもしれないが、私はもっと人の温もりが感じられるものに囲まれていたい。

磯崎が見つけだしたのは、夏子と純子が出してきた会員のリストに入っていない、元会員の息子だった。会員自身は認知症を発症し、話を聞けない状態らしく、息子との面会をセッティングしてくれた。

磯崎がおどけた顔で囁《ささや》く。「昔の映画に出てくる、未来の会社って、こんな感じでしたよね。実際にこんな風にする会社があるんですね」

フロアに小柄な男が現れ、大久保だと名乗った時には、約束の時間から四十分が経っていたが、悪びれた様子はなく、謝罪の言葉もなかった。

エレベーターで二階に上がり、個室に案内された。そこはなんの変哲もない、無個性な部屋だった。

磯崎が口火を切る。「電話でもお話ししましたように、お父様が以前、小谷夏子さんが主宰するサークル、縁に入会されていたと知りまして、会員だった頃のお話を聞かせていただきたいと、連絡を取らせていただきました。現在、お父様からお話を伺うのは難しいと、施設の方から伺いまして、息子さんがなにかお聞きになっているのではないかと思いまして、こちらにお邪魔しました。お父様が縁に入られたきっかけはなんだったのか、ご存知ですか?」

「当然、知りません」狭い部屋に響き渡るほどの、大きな声だった。

一つ咳払いをしてから、大久保はボリュームを絞った。「知っていたら、そんな所に行かせませんよ。父はもう六十五歳なんですから。恥ずかしいったら、ありゃしませんよ。そんないい年をして、婚活だなんて。夏子さんに教えていただくまで、そういう会に父が入っていることも、そこで――トラブルに巻き込まれていることも、まったく知らなかったぐらいですから」

磯崎がすぐに尋ねる。「夏子さんが、隆一さんに、お父様が入会していることを教えたんですか? トラブルというのはどういう? 詳しく教えていただけませんか?」

「詳しくって……夏子さんが会社に――ここに連絡をしてきたんです。父のことで話があると言って。それで、会いました。高齢者のための婚活支援サークルを主宰していると、夏子さんは言いました。そこで初めて、父が婚活をしていたと知ったんです。真面目に結婚を考えている人たちをサポートするつもりで、会を作ったと。同じような会はたくさんあるが、大きな会社は、大量に人を集めて、コンピュータで相性を計る。でも、自分のところは、全会員と面談し、それぞれの事情や希望を考えて、紹介する。昔の仲人のようなものだと説明されました。父にある女性を紹介するつもりで、ハイキングのイベントに誘ったそうです。

ですが、父は、別の女性を気に入ってしまったと言うんです。互いが、それで良ければと、見守っていたそうなんですが、その女性というのが、財産目当てで、父に近づいた疑いがあることがわかったと言うんです。別の婚活サークルで、男たちに近づいては、財産を搾り取り、金がなくなると、次の男に鞍替えするといった噂があり、そこを退会させられていたという話でした。身元調査をもっと慎重にするべきだったが、会員の紹介だったので、つい信用してしまったと、夏子さんは反省されてました。夏子さんに、父名義の財産がどうなっているか、調べてみて欲しいと言われて、すぐにやってみました。定期預金が一つ解約されていて、普通預金の口座の残高もかなり減っていることがわかりました。結果を夏子さんに知らせたら、申し訳ありませんでしたと頭を下げてくれました。小規模運営の良さは、会員全員に目が届くことだったのに、こんなことになってしまってと、残念がっていました。いい方なんです、夏子さんは」

「それで、どうされたんですか？」磯崎が身を乗り出した。

「夏子さんが言うには、相手が悪いと。相手はプロだ。どれだけ自分が忠告しても、私が説得しても、目を覚まさないだろう。このまま搾り取られ続けて、すっからかんになったら、ポイと捨てられてしまう。いっそ、敵と手を組んだ方が得策ではないかと、夏子さんは提案されました。色々考えてみました。父は古いタイプの男で、頑固です。私がどれだけ言っても、かえって頑なになってしまって、父の財産を守ることはできそうもありません。妻とも話し合ってから、夏子さんに改めて相談しました。夏子さんに間に入っていただき、私から手切れ金を支払うので、父との交際を止めるよう交渉してもらうことにしました」手を一つ、打ち鳴らした。「二百万円で、片が付きました。夏子さんのお陰です。父のプライドを傷つけないような別れ方になるよう、夏子さんから注文を出してくれたので、円満に解決しました。父は、我々の行動にはまったく気付かず、ただ、二人の仲が上手くいかなくなったと理解していました。認知症になる前の話ですが」

「その女性の名前を教えていただけますか？」手帳とペンを構えて、磯崎が尋ねる。

「栗山純子という人です」

「はい？」

磯崎が素っ頓狂な声を上げたところをみると、まったく予想していなかったようだ。

だとすると、夏子と純子がぐるで、二人でカモから金を巻き上げていたであろうことまで、推測できていないかもしれない。夏子と純子は、取り分かなにかで内輪揉めでもしたのだろう。そこで純子は独立した。純子は、自分一人でも充分男から金を搾り取れると踏んだのではないか。

ということは……。

夏子は純子のサポート役だったということになる――。

夏子は、ずっと自らの魅力で、男たちから金を奪ってきた。

時に男に騙《だま》されたり、利用されたりもしたが、いつでも主役だった。

だが今回は、主役の座を、十歳若い純子に譲り、夏子は脇役に甘んじていた。男たちからちやほやされる女を、夏子が毛嫌いするどころか、仲良くしていたと耳にした時に、おかしいと感じていた。

なぜ、夏子は自分で騙そうとしなかったのだろう。そもそも高齢者の婚活支援サークルを作ったのは、カモを一気に集めるためであったろうに。

なんだか残念な気持ちでいっぱいになる。

「徹子先生から、なにかありますか？」磯崎が聞いてきた。

大久保に向かって、尋ねる。「お父様は、今、どうされていますか？」

「身体は元気ですよ。でも……いろんなことをどんどん忘れていって。記憶がぐちゃぐちゃになっているようです。突然、中学生にかえってしまったり、三十代の頃の話を、今日のことのように話したりします」ため息をついた。「最初はショックで、どうしたらいいかわかりませんでしたけど。最近は、今の父を受け入れるしかないと、思えるようになってきました。六十五歳にもなって色気づかれるよりは、全然いいですし」

「純子さんを恨んでいますか？」

「私がですか？　そうですね。夏子さんが間に入ってくださらなければ、有り金を全部持っていかれてるところでしたからね。年寄りを騙すなんて、悪質でしょう。先生だって、そう思いますよね？」

私がなにも言わずにいると、大久保は、「そうは思わないんですか？　騙された方が悪いと？」と絡んできた。

仕方ないので、私は口を開いた。「考え方ではないでしょうか。気持ちを弄《もてあそ》ばれたという考え方もあるでしょう。でも、見方を変えれば、心浮き立つ日々を過ごさせてもらったとも言えるのではないでしょうか。多くの年寄りの一日は、昨日とほぼ同じ一日なんです。お父様がどういう毎日を過ごされていたかは存じませんので、一般論を申し上げています。好きな人ができるのは、素敵なことだと思います。毎日にはりがでますから。私から申し上げるような話ではありませんでしたね。余計なことを申しました。言いたかったのは——お父様は、楽しい時間を過ごしたかもしれないということです。そういう時間、願っても、手に入らないものですよ」

つい、説教めいたことを口走ってしまった。

不満を隠そうともせず、大久保は口を曲げて、腕を組んだ。

磯崎は探るような目を私に向けてくる。

なによ。

なんで、そんな顔で私を見るのよ。

よく理解しようともせず、親の生き方の一部だけを見て、恥ずかしいと言う息子に、ひと事言ってやれるのは、年寄りの特権だ。これぐらいのいい事でもなければ、年寄りなど、やっていられない。

4

「素敵な部屋ね」

私は中野優希《なかのゆき》の二LDKの部屋を褒めた。

狭い部屋を、若い女性らしく可愛く飾ってある。

通された部屋の窓からは、大きな川が見える。

神通川《じんつうがわ》という名前だと、優希が教えてくれた。

優希がお茶を淹れてくれるのを待つ間、窓ににじり寄って、外を眺めた。

川岸のこちら側は、公園になっているようだ。

小さなベランダには、一脚の椅子が川に向かうように置いてあり、ここでビールを飲んだら美味《おい》しいだろうと思った。

優希がローテーブルにカップを置いた。

「どうぞ。それ、座布団ですから、使ってください」

私はオレンジ色の丸い座布団の上に戻った。

「いただきます」と言って、カップに口をつけた。

カモミールティーだった。

向かいに座り、少し緊張した表情を浮かべている優希は、あまりみゆきには似ていない。

私は話し出す。「電話でもお話ししましたが、みゆきさんから頼まれて、遺言書を作成しました」

「はい」神妙な顔で頷いた。

「ご存知でしたか？　みゆきさんが、優希さんに、遺産の一部を渡そうと考えていたこと」

激しく頭を左右に振る。「あの、この間、電話をもらって、びっくりしました。みゆき叔母さんとは何年も会っていなかったんです。亡くなったのも、お葬式があったのも、全然知らなかったんです。終わってから三日も経って、父から知らされました。話のついでにです。そう言えば、みゆき叔母さん、亡くなったんだってさぁ、なんて。お葬式は東京だったんですよね？　知っていたら、出たのに。親戚といっても、遠いんです。えっと、遠戚っていうんですよね、遠い親戚のこと。その、遠戚だったもんで、お葬式の連絡さえこなかったんです。石田さんから連絡をもらうまで、みゆき叔母さんが、遺言書を残してたってことも知りませんでしたし、そこに私の名前があるってこともまったく」薄い肩を竦《すく》めた。

「頑張ってる親戚の子がいると、みゆきさんは言ってましたよ」

私はみゆきとの関係を説明した。

説明を終えると、優希は目を輝かせて、「友達だったんですね、みゆき叔母さんの」と感嘆の声を上げた。

咄嗟《とっさ》に言葉が出てこなくて、縋《すが》るようにカップを摑んだ。

優希が口を開く。「私、友達、いなくて。だから、なんか、いいなって思っちゃいました。だって、みゆき叔母さんの近くに引っ越すなんて、相当仲良しだったからですよね」

その大切な人を、私は亡くしたのだ。

ここに来た理由に思い至り、哀しくなる。

哀しさを胸に仕舞う時間を稼ぐため、ゆっくりハーブティーに口をつけた。

優希が語り出した。「五年ぐらい前だと思うんですけど、みゆき叔母さん、ここに遊びに来てくれたんです。親戚の結婚式に呼ばれて近くまで来たって言って。私、一時引きこもってたりしたんで、心配してくれてたみたいなんですよ。今も引きこもってるようなもんなんですけど」ケラケラと笑った。「みゆき叔母さん、私のお店を応援するわって言ってくれたんです」

「お店？」

「あれ？　その話は、聞いてませんでしたか？　あの、良かったら」と言って立ち上がり、隣の部屋との境にかかっていたガラス玉の簾を持ち上げた。

優希が作ってくれた空間に、身体を屈《かが》めて入り込んだ。

そこは、倉庫のようだった。

棚には番号がふられた箱が並んでいる。

その箱の中には、カラフルな様々な雑貨が、透明の袋に包まれて置かれていた。

声にならない声を上げ、一つの棚に私は近づいた。

「お店は、ここです」

優希の声がして、振り返ると、彼女がパソコンに手を置いていた。

「ネットショップ？」と私が尋ねると、にんまりと頷いた。

私は箱の中の、天使の羽がついたソープディッシュや、黄緑色のゴム製のフォトスタンドを眺めた。

優希が言う。「ヨーロッパの個性的な雑貨を買い付けて、ネットで売ってるんです。でも、まぁ、なかなか商売は難しくて。ここの家賃と食費分を稼ぐのが精一杯で。そのノート、気に入りました？　イタリアで買いました。可愛くて、センスが良くて、愛せる雑貨って、断然ヨーロッパなんですよ。あの、もしかして、文房具好きですか？　あぁ、やっぱり。目が違うから。本当ですよ」

イタリア製だというノートの色違いの品を見せてもらってから、私たちは隣の部屋に戻った。

私の向かいに座った優希は、硬い表情で私を見つめてきた。

私は話し出す。「みゆきさんは遺言書の中で、ご自分の財産の遺し方を指示されています。そこには、中野優希さんへ百万円を贈ることが明記されています。このことは、みゆきさんの娘さん、麻子さんもご存知のことで、優希さんへの遺贈を納得されています。みゆきさんからは、手紙を預かっています。恐らく、それを読んでいただければ、どうしてみゆきさんが優希さんにお金を遺されたのかもわかるのではないでしょうか。これです。どうか、この場で読んでいただけないでしょうか。声に出さずにで結構です。その上で、百万円を受け取られるかどうか、判断していただきたいのです。よろしいですか？」

優希はテーブルの上の白い封筒を見下ろす。

やがて、「はい」としっかりと答えた。

私は封筒を滑らせ、優希に近づけた。「どうぞ」

優希は小さく頷いてから、封筒を手にした。

封を開け、手紙を読み始めた。

去年、突然、遺言書を作りたいとみゆきが言い出した。なにかきっかけになりそうな出来事があったのかもしれないが、私にはなにも言わなかった。映像でメッセージを遺すのは嫌だと言った。カメラの前で自然に振る舞えそうもないし、それは声だけを録音するのでも同じだと話した。ずっと昔、手紙だと畏《かしこ》まり過ぎるので、音声で遺すのがいいように思ったこともあったが、最後に相応《ふさわ》しいのは、やはり畏まった手紙のような気がすると語った。私は遺言書と共に、十通の手紙を預かった。その中には、私宛のものもあった。死んでから、読んでくれと言われていた。

告別式の翌日に、荻原事務所に行き、保管してあった遺言書と手紙を受け取った。

自宅に戻って私宛の手紙を開くと、便箋には一行だけ書かれてあった。

『徹子先生、ありがとう』

私は一晩中泣いた。

あらゆるところが痛くて、一晩中呻き続けた。

二週間経った今でも痛い。

心に隙間が生まれると、そこにすっと哀しみが潜り込んできた。

私は堪《こら》える。

この痛みは消えないだろう。だったら、早く慣れてしまいたかった。

優希が手紙を捲《めく》る。

文字を追う優希の前髪で隠れた目元から、涙がこぼれたような気がして、私は窓外へ目を逸らした。

橋を渡る車が渋滞していた。

どうしてみゆきは、この優希に遺産を遺すことにしたのだろう。

尋ねた時、みゆきは笑って、私も不思議なのと答えた。

親戚ならほかにもたくさんいるし、もっと近しい人もいるんだけどと呟き、頑張ってるからしらねと、まるで他人事《ひとごと》のように言った。

「ありがとうございました」

声がしたので、優希に目を戻すと、彼女は笑みを浮かべていた。

私は意外に思って、「読み終わりましたか?」と確認した。

「はい」元気良く答えてから、照れたような表情を見せる。「私に友達がいないことや、引きこもっていたことや、一人でネットショップをやっていることを心配して、それで励ましてくれる手紙でした。なんか、私、人と付き合うの、上手じゃないんです」

「そんな風には見えないけど」

「今、すっごい一生懸命頑張ってるんです。明るい元気な女の子に見せようとして。必要以上に頑張っちゃうんです。演じちゃうっていうか。それで、石田さんが帰ったら、途端に落ち込んで、しばらく動けなくなっちゃうんです。えっと、石田さんのせいじゃないですよ、全然。私の問題なんです。人が嫌いなわけじゃないんですよ。誰かと一緒にいたいって気持ちもあるし、わいわい騒ぎたいって思ったりもするんです。そういうことにチャレンジしたこともあるんですけど。盛り上がってる中にいても、なんか、私、冷めてて。その後で、凄くへこむんです。あの時、あんな風に言わなければ良かったとか、あの時、こう言えば良かったとか。そんな風に反省もするんですけど、人から言われたことに、腹を立てたりもします。でも、その時は喧嘩したくないから、受け流すんです。そうやって受け流した自分に、腹を立てることもあります。私がこんなんだから、みゆき叔母さん、きっと心配してくれたんだと思います。生活ギリギリだってことも知ってたろうし。あ、それと、手紙に、石田さんのことが書いてありました」

「私のこと？」

「はい。焦って友達を作ろうとしたり、世間に擦り寄ろうとしなくていいのよって、書いてあって」手紙を繰り、該当箇所を探すような素振りを見せた。

やがて、目当ての場所を見つけたのか、手紙を読み始めた。「一人で、なにが悪いのって思ってなさい。それでも必ず、親友って、できちゃうものなのよ。この手紙を優希ちゃんに届けてくれてる人が、私の親友で、その人は、優希ちゃんに少し似ています。その人は、孤独との付き合い方をマスターした人だから、優希ちゃんの師匠になれる人です。その気があるなら、弟子にして欲しいと頼んでみたらどうでしょう。たとえ、孤独を受け入れても、その人のように、親友をもてるんです。優希ちゃんにお願いがあります。私の親友は、私が先に死んだことを、ずるいと怒ってると思うの。それと同じぐらい、哀しんでるはずだから、慰めてあげて欲しいのです。あなたなら、この哀しみも乗り越えられると言ってあげてください。天国から見守っていると言ってあげてください。心配でしょうがないのです。どうか、お願いしますね」

私は堪らず、手で顔を覆った。

嗚咽《おえつ》がもれてしまう。

相続人の前で泣くなんて、まるで磯崎のようで恥ずかしい。

でも、どんどん涙が出てくるのを止められない。

ふと、背中に温もりを感じて、顔を上げた。

隣に並んだ優希が、私の背中に手をあてていた。

優希が心配そうな顔で、私を覗き込みながら、背中を撫でる。

本当にわかってた？

あなたがいなくなった後の、私の哀しみを。

本当に？

あなたの想像を超えてると思うけど。辛くて、息が苦しいんだから。

こんなに、こんなに、胸が痛いのよ。

やり切れなくて、寂しくて、混乱してるわ。

耐えられないように思うのよ、こんな痛みには。

今、痛みに耐えて、生きていることが不思議なんだから。

怒ってるだろうという、あなたの読みはあたってるわ。とても怒ってる。どうしようもなく。

私は心の中で、天国のみゆきに文句を言いながら、泣き続けた。

5

「どういったお話なのか、ちょっとわからないのですが」私は純子に向かって言う。「お話を整理させていただきますね」

純子は頷き、私の隣の磯崎へ、媚《こ》びるような視線を向けた。

純子に指定されたカフェで、私たちは向かい合っていた。

私は続ける。「純子さんと一緒に会を止められた、男性のお友達、五人と突然、連絡がつかなくなったんですね？　その理由は、夏子さんだと思われているんですね？　夏子さんがどうしたと思ってらっしゃるんですか？」

「あることないことを、私のお友達に話したに違いありません。そうお思いになるでしょ、磯崎先生だって」

磯崎に発言の機会は与えず、私が引き取った。「夏子さんがお友達になにかを話したか、話さなかったかは、わかりませんが、いずれにしても、弁護士の私どもに、なにを求めていらっしゃるんでしょう」

「この前、先生たちがお越しになった時、夏子さんが私に慰謝料の請求を考えていると、仰ってましたわね」

「はい」

「お支払いします」

「はい？」

「三百万円と仰ってましたわね、先日。お支払いします。ですから、夏子さんにどうぞお伝えください。私のお友達と接触しないでくださいと。それがお支払いする条件です」

しげしげと純子の顔を見た。

ふざけた様子はなく、腹を立てているようにも見えない。

時折、磯崎へ色目を使いながらも、冷静に交渉に臨んでいるようだった。

と、いうことは……。

夏子が勝った——。

なんと、夏子が願っていた通りになった。

この純子に三百万円を吐き出させることに、夏子は成功した——。

まるで自分のことのように、嬉しくなってしまう。

私はほくそ笑みそうになるのを、必死で抑え、夏子に話をしたうえで、改めて連絡をすると言った。

私たちが暇乞《いとまご》いをして立ち上がると、純子は大きく手を伸ばし、磯崎の袖口に触れ、「ゴミがついてましたわ」と言った。

磯崎は感激したかのように顔を綻《ほころ》ばせ、「ありがとうございます」と礼を述べる。

私は鼻を鳴らしそうになったが、我慢した。

カフェを出た私たちは、夕方の買い物タイムで賑わう、商店街の中を歩く。

「美味しそうね」と言って、私は足を止めた。

コロッケパンと書かれたのぼりが立つ店の前には、四人の客が順番を待っていた。

私は最後列に並ぶ。

磯崎がきょろきょろと辺りを窺い、「これだけ誘惑があると、駅までなかなか辿り着けませんよね」と言って笑った。

買ったコロッケパンを、隣の商店の前に置かれたベンチで食べることにした。下ろされたシャッターの前に、ドリンクの自動販売機とベンチが置かれているのだから、私たちのような者のためのスペースなのだろう。

自動販売機で買った飲み物を間に挟み、私と磯崎はベンチに並んだ。

肉はダメなはずの磯崎が、平気な顔でコロッケパンを食べているので、大丈夫なのかと尋ねると、その気配さえないほど、肉はまったく入っていないので問題ないと言って笑った。

磯崎が口の端にソースをつけたままで言った。「みゆきさんの親戚の方は、どうでしたか？　遺産を受け取られるんでしょうか？」

「有り難くいただくって言ってたわ」

「そうですか」

磯崎はしばらくコロッケパンを眺めてから、齧《かじ》り付いた。

まるで磯崎のように泣いてしまったことは、内緒にしておこう。今、思い出しても、恥ずかしい。

紙コップに入った、薄いレモン味のジュースを飲んでいると、磯崎が言う。

「徹子先生ご自身は、遺言書はお作りにならないんですか？　それとも、もう作ってあるんですか？」

「作ってあるわ。坂口さんと互いに、執行人に指名しあってる。先に死んだ方の遺言書の執行を、残った方がするの。私の方が長生きしたら、執行人をイソ君に変更させてもらうわ」

「わかりました」

含み笑いをする磯崎に、私は言う。「なに、その顔。可笑しなこと、言った？」

「いえ。すみません。元ご主人と無二の親友になるって、なかなかないよなぁと思っただけです。男女の仲って、色々ですよね。僕はこんな年になっても、よくわかりませんよ。ほら、さっきの純子さんの件だって、そうですよ。純子さんに追従して、夏子さんの会を退会した人たちですよね。まぁ、普通に考えて、純子さんに惚れてるんでしょう。なのにですよ。夏子さんから、純子さんの悪口を吹き込まれたとしたって、そんなのに耳を貸さなければいいことですよね。惚れてる女の方を信じるべきなのに。えー、なんです？　僕も同じこと、言いますよ。可笑しなこと、言ってますか？」

「言ってる」

「なにがですか？」

「推測だけど。夏子さんは、男性たちに純子さんの悪口を言って歩いたのではないと思うわ。イソ君が言うように、恋心のある人は耳を傾けないでしょう。元会員ではなく、その息子や娘に接触したのではないかしら。純子さんと夏子さんの二人は、組んで男たちから金を巻き上げていたと思われるでしょ。その手口は当事者は勿論だけど、最後にはその家族に接近して、金を貰ってから、手を切っていた。夏子さん、これを応用したのではないかしら。元会員たちに接触するのではなくて、その家族に純子さんの話をして、早く別れさせた方がいいとでも告げたのでしょう」前を歩く人々を眺めた。「今まで夏子さんは、感情の赴くままに、大声で自分の主張を繰り返すだけだったんだけどねぇ。夏子さんも進化するのね。今回はきちっと戦術を立てたようだし、それが見事に成功したのだと思うわ。純子さん、わかったんでしょう。夏子さんを敵にしたら、自分の結婚詐欺が上手くいかなくなることを。それで、お金を払うことにしたんじゃないかしら。これからは邪魔をされないように」

「……深いなぁ」

感心したような声を上げて、磯崎は空を仰いだ。

それから私たちは黙々とコロッケパンを食べた。

私が最後のひと欠片《かけら》を口に入れた時、子どもたちの声が聞こえてきた。

左から、小学校低学年ほどの子どもたちが、一列になってランニングしてくる。先頭の子どもの声に合わせて、後ろの子どもたちが掛け声を上げた。身につけている、小さな柔道着が生意気で、可愛い。

磯崎が彼らを目で追いながら言った。「徹子先生に質問です」

「なんでしょう」

「夏子さんに腹が立ったのは、どんな時でしたか？」

「なに、突然」

「ずっと前に、みゆきさんに教わったんです。荻原先生から徹子先生に伝授された、聴取の秘儀。どうしてお二人とも、僕には教えてくれなかったんですかね。ちょっと僻《ひが》んでたんですけど。ま、みゆきさんに教わったから、いいんですけど。どうです？　腹が立ったのはどんな時でしたか？」

「祖母に作ってもらったワンピースを、夏子さんに裂かれた時。七歳の頃の話だけどね。向日葵の柄でね、夏子さんと私とお揃いで作ってもらったの。夏子さんの言い分は、私の方が似合うからというものだった。酷いでしょ？　酷いのよ。三つ子の魂、百までなのよ」

楽しそうな顔をして、磯崎が尋ねる。「それじゃ、おやっと思ったのは、どんな時でしたか？」

「んー。その質問は難しいわね。あまりに長い付き合いになってしまって、一つだけを挙げられないわ。それでも挙げるなら――夏子さんは詐欺をして、人を騙し続けてきたけれど――奪うだけではなかったのよ。夏子さんから相手に与えたものもあるって気付いた時おやっと思ったわね」

磯崎は微笑みながら頷いた。

ジュースを飲み切り、膝の上のパンくずを払ってから私は立ち上がる。

遅れて立ち上がった磯崎が「夏子さんの一番の理解者は、徹子先生ですね」と言った。

私は目を見開き、驚愕の表情を作ってみせてから「親戚ですから」と答えた。

「あれ、今――」

「さ、行きましょう」

「行くって、どこへ？」

「小谷夏子さんのところへ」

磯崎は笑って、「徹子先生、夏子さんが勝ったの、嬉しそうですね」と指摘した。

「依頼人の希望が通るのは、弁護士の喜びでもあります」

夏子が喜ぶ顔が頭に浮かび、私の心は弾んだ。

私は磯崎と並んで、駅へ向かった。

解説

北上次郎《きたがみじろう》
（文芸評論家）

うまいなあ。この解説を書くために久々に本書を再読したが、すでに読んでいる小説であるというのに、随所で目頭を熱くさせてしまった。生前、依頼者がレコーダーに吹き込んだ遺書を相手に届け、そして一緒に聞くシーンだ。あるいは別れた妻に謝罪するビデオレターをポータブルDVDプレイヤーにかけるシーンだ。石田徹子《いしだてつこ》に同行したイソ君が顔をくしゃくしゃにして泣く場面である。泣いちゃだめだよイソ君、と思いながら私も泣き虫になってしまうのである。そして最後の涙はクライマックスにやってくる。おお、ここも全部紹介したいが、ネタばれになりそうなので、ぐっと我慢。

内容を紹介する前に先走ってしまった。やはり順序立てていこう。これは、天才詐欺師の物語である。嘘つきで、意地悪で、生来の詐欺師、小谷夏子《こたになつこ》の波瀾の人生を描く物語である。

このヒロインについては「夏っちゃんはさ、天才なんだよ。男に夢を見させる天才」という登場人物の証言を引くのがてっとり早い。この手口が天才的だ。

居酒屋のカウンターに男と並んで座り、宝くじで百万円当たったらどうするって男に聞くのである。そいつが海外旅行に行きたいと言ったとしたら、行き先はどこがいい？と聞いて、どんどん話を膨らませていく。宝くじは当たっていないし、買ってもいないのに、そうやって2時間楽しい時間を過ごした帰り際、来月の家賃払えなくって、と言うと男は黙って手持ちの金を出すという。次の日には別の男とカウンターに並んで、宝くじで百万円当たったらどうするってまた質問するのが夏子流だ。

あるいは、人生で楽しかった出来事ランキングを作るというのも夏子流といっていい。たとえ辛い人生であっても、楽しいことの一つや二つはある。それに思い出して無理やり順位をつけていくのだ。楽しいことを思い出せば、なんだか温かいものがこみ上げてくる。それをこのヒロインは、カモでもない病人相手にもやったりするから、不思議な詐欺師だ。たとえば夏子の元夫である嘉昭《よしあき》は次のように証言する。

「彼女はご存知のように、夢ばかり追いかけている女ですから。私が諦めかけてると見るや、大丈夫だとはっぱをかけてくれました。誰だって壁にぶつかることはある。でも、その壁にはいくつも通り道があいている。壁の高さにばかり目がいって、よく見えてないだけだ。よくよく探せば、壁をすり抜ける道があると。私に、そう勘違いさせてくれる女でした。夏子が側《そば》にいる間は、私に魔法がかかったようになってましたから」

絶世の美女というわけでもないのに、みんなが惹きつけられる。夏子といると訳もなく楽しくなってみんなが笑顔になる。嘘つきで、意地悪で、迷惑な存在ではあるのだが、一方でそういう魅力に富んだ女性なのである。

この小谷夏子という詐欺師の造形が圧巻だ。本書が成功した半分の因はそこにある。では残りの半分とは何か。

それは本書の構成を見ればいい。つまり、弁護士石田徹子の側から描くという構成だ。石田徹子にとって夏子は、祖母の妹の孫、つまり遠縁にあたるが、徹子が新米弁護士であった二十四歳のときに、十七年ぶりに突然連絡が来るまでそれほど親しい相手ではなかった。むしろ嫌な思い出のある相手である。七歳の夏休み、祖母の家に遊びにいくと同い年の夏子がいた。裁縫の好きな祖母が作ったお揃いのワンピースをその場で着せられた翌日、徹子のワンピースはびりびりに裂かれて洗濯機の中に放りこまれていた。犯人は夏子だったが、最後まで謝らなかった。そういう相手であるから親しくもない。

それが十七年ぶりに電話してきて、困ったことがあるから相談したいと言う。ここから数年に一度、慰謝料を請求されたとか、金を返せと言われたとか、困ったことがあるたびに夏子から連絡がくるという関係が始まっていく。

二回目の依頼は五年後であり、その次の依頼は七年後である。その後の年数も書いておけば、四年、七年、九年、九年、六年だ。その間、夏子は結婚して離婚して、若い男と付き合ったり、年寄りを騙したり、病院の掃除婦をしたり、旅館の仲居をしたり、会うたびに職も変わっている。弘前、名古屋、和歌山、山口と住まいも転々としていて、そのたびに徹子はその地を訪れる。腐れ縁とも言うべきそういう不思議な関係が続いていく。当然、語り手である石田徹子も年を取っていく。第一章では、荻原《おぎわら》法律事務所に入ったばかりの二十四歳だが、最終章では事務所をリタイアしていて七十一歳になっている。

そういう長い歳月の物語だが、小谷夏子が一度も物語の表面に登場しないことに留意。すべてが伝聞なのである。夏子を訴えてきた相手、あるいはその地の知り合い、夏子が常連だった店のオーナーなど、第三者の証言を幾つも積み重ねていく手法が最後まで貫かれている。夏子自身の証言はないのだ。徹子が夏子と会うシーンですら、「四時間前に会った、夏子の目と口周りには、しっかりと年齢が現れていた」というように、回想形式で描かれていることに注意されたい。夏子は物語の表面にいっさい出てこないのである。ここまで徹底していると、これは確信犯と判断せざるを得ない。

当然ながら夏子の心象風景はいっさい描かれない。この構成こそが本書最大のキモだろう。そのために、この天才的な詐欺師の像が、色彩感豊かに、奥行きをもって、ぐんぐん膨らんでいく。

もう一つ重要なのは、本書は天才的な詐欺師、小谷夏子の人生を描くと同時に、弁護士石田徹子の人生を描く長編でもあるということだ。どういうふうにまとめればいいのか、まったくわからなかった新米弁護士の時代から、徐々に仕事を覚え、経験を積み、やがてリタイアしていくまでの人生を、鮮やかに描きだしている。

派手好きで社交的な小谷夏子とは違って、石田徹子は人と打ち解けず、友達もなく、仕事だけの日々を送ってきた。荻原法律事務所のイソ弁として働き始めたのは幸運だったかもしれない。独立したいと思ったこともないのは、荻原弁護士を人間として尊敬していたからだろうし、事務員みゆきのサポートと仕切りが群を抜いていたからだ。

イソ弁として荻原法律事務所にやってきたイソ君こと磯崎《いそざき》もいい青年だし、元夫の坂口《さかぐち》とも友人として付き合っている。個性的な姉、ろくでなしで憎めない兄、少し振り回されたところはあっても、周囲の人間に徹子は恵まれているとも言える。しかし本当の友はいただろうか、本当に幸せだったろうか。

不器用で、孤独で、いつも虚しさに押しつぶされそうになっている徹子は、実は私たちだ。私たちは夏子のようには生きられない。ああいうふうに生きられたら、どんなにいいだろう。しかしそれは望んでも得られない人生だ。

そうか、だからこの物語に引き込まれるのだ、ということに気づいたとき、あのラストがやってくる。友達がいなくても、孤独な日々を送っていても、けっしてあなたの人生はつまらないものではないというラストの手紙に、どっと感動がこみ上げる。いい小説だ。桂望実の傑作だ。

初出　「小説宝石」二〇一〇年二月号〜九月号
二〇一〇年十二月　光文社刊

本文中に「混血」という差別につながる表現がありますが、当時の時代背景を考慮したためであり、差別を助長するような意図は一切ありません。ご理解をお願いいたします。（編集部）

光文社文庫

嫌《イヤ》な女《おんな》

著者　桂《かつら》　望《のぞ》実《み》

2013年5月20日　初版1刷発行
2013年10月5日　8刷発行

発行者　駒井　稔
印刷　萩原印刷
製本　ナショナル製本

発行所　株式会社　光文社
〒112-8011　東京都文京区音羽1-16-6
電話　(03)5395-8149　編集部
8113　書籍販売部
8125　業務部

ISBN978-4-334-76576-7　Printed in Japan

組版　萩原印刷

お願い　光文社文庫をお読みになって、いかがでございましたか。「読後の感想」を編集部あてに、ぜひお送りください。

　このほか光文社文庫では、どんな本をお読みになりましたか。これから、どういう本をご希望ですか。

どの本も、誤植がないようつとめていますが、もしお気づきの点がございましたら、お教えください。ご職業、ご年齢などもお書きそえいただければ幸いです。当社の規定により本来の目的以外に使用せず、大切に扱わせていただきます。

光文社文庫編集部